Knaur

Marian Edwards

In den Armen des Feindes

Roman

Aus dem Amerikanischen von
Elisabeth Hartmann

Knaur

Die amerikanische Originalausgabe erschien 1994 unter dem Titel
A Year and a Day bei Kensington Publishing Corp., New York

Redaktion Nele Hansen

Deutsche Erstausgabe August 1998

Umschlaggestaltung Agentur Zero, München
Umschlagabbildung Thomas Schlück, Garbsen
Satz MPM, Wasserburg
Druck und Bindung brodard & taupin, La Flèche
Printed in France
ISBN 3-426-69009-8

2 4 5 3 1

Prolog

SCHOTTLAND, 1078

Die Fackeln flackerten, als die Wachen die massiven Eichentore weit öffneten, um die heimkehrenden Soldaten einzulassen. Unter eisigen Windstößen strömten die Krieger in den Saal, die Kleider schmutzig und zerrissen, Hoffnungslosigkeit in den Mienen. Wie verlorene Seelen, unsicher und voller Unbehagen, schlichen sie in dem Raum umher. Die Schatten des geschlagenen Heeres taumelten an den Wänden und lauerten wie aufgescheuchte und erzürnte Ahnengeister.

Hinter sich hörte Alec Campbell seine Stiefmutter und seine kleine Schwester weinen, doch er wandte sich nicht zu ihnen um. Statt dessen betrachtete er die feierliche Prozession, in der die verstümmelte, blutige Leiche seines Erzeugers, Laird Ian Campbell, hereingetragen wurde.

Alec trat hastig vor und sprang im Geiste den Kriegern bei, als der leblose Körper des einstmals so stolzen Führers zur Seite rutschte. Behutsam, ehrfürchtig wurde der Tote vor ihm auf den großen Tisch gebettet. Der stellvertretende Kommandeur des Lairds, Andrew, trat vor und legte dem gefallenen Führer feierlich das Schwert der Campbells auf die Brust. Die Schneide blutig, dunkelrot gefärbt wie der Rubin im Heft des Schwertes. Obwohl noch nicht einmal acht Jahre alt, ergriff Alec die Waffe seines Vaters.

Der frostige Winterhauch durchwehte den Saal, kroch unter

warme Schals und drang durch wollene Decken. Alle spürten die Kälte, nur einer nicht. Schweiß trat Alec auf die Stirn, als er das schwere Schwert seines Vaters von der kalten, starren Leiche zog und die Waffe aufrecht vor sich stellte. Er lehnte den Kopf an den kalten Stahl und schloß die Augen. Das Stimmengesumm des trauernden Clans verstummte, als Visionen durch das Bewußtsein des Jungen zogen. Ungebeten kamen Bilder aus der Vergangenheit: das wohlwollende Lächeln des Vaters angesichts einer guten Leistung, der Klang seines Lachens – ein volltönendes Dröhnen der Freude und des Überschwangs; die tröstenden Arme seines Erzeugers, wenn kindlicher Schmerz oder Ängste drohten – Erinnerungen, so peinvoll süß, daß ihm die Brust eng wurde.

Dann verblaßten die Bilder – und die plötzliche Leere war verheerender als die Erinnerung selbst. Der Vater war tot! Alles, was übrig war von dem Mann, dem er nacheiferte und den er anbetete, war dieser tote, verstümmelte Körper.

Alec hob den Blick zum Himmel und sprach ein stilles Gebet für seinen Vater. Langsam, obwohl sein Arm vor Anstrengung zitterte, hob er die Waffe hoch.

»Beim Schwert meines Vaters, bei seinem Blut schwöre ich, Alec Campbell, den Mord zu rächen.«

Stille legte sich über den Saal, und alle Augen, ob jung oder alt, leuchteten voller Respekt. Der Ehrenbezeigung nicht gewärtig, senkte Alec das Schwert und drückte die Lippen auf den blutroten Rubin im Heft. Der Kuß war eine Bitte um den ewigen Frieden für die Seele des Vaters und die Besiegelung seines Racheschwurs. Die Soldaten, einer nach dem anderen, knieten mit ernsten Gesichtern vor dem Jungen nieder.

Alec Campbell war noch kein Mann, aber auch kein Kind mehr. Er war der neue Laird.

Der Rittersaal des Schlosses der Mactavish hallte wider von Triumphgeschrei. Von einem erfolgreichen Vorstoß gegen den Rivalen zurückgekehrt, jubelten die Krieger siegestrunken. Das Bier floß in Strömen zur Feier des Tages. Der Laird der Campbells war nicht nur besiegt, sondern tot. Das ausgelassene Gelage würde bis in die frühen Morgenstunden andauern, bis niemand mehr in der Lage war, von dem Mut, der Tapferkeit, der Geschicklichkeit und dem Sieg zu berichten.
Eine ältere Frau mit grauen Locken, die ein von mehr als nur dem Alter faltiges und gefurchtes Gesicht umgaben, stieg die innere Treppe hinunter. Sie redete leise vor sich hin, während sie sich durch die Masse der ausgelassenen Männer drängte. Verschüttetes Bier befleckte die grobe Wolle ihres Gewandes. Sie hatte für den Schuldigen lediglich einen verächtlichen Blick übrig, bevor sie weiterging.
»Es ist Sünde zu feiern, während Tod und Sterben so nahe sind.« Sie äußerte ihre Gedanken laut, während sie auf den Führer zustrebte.
»My Laird, Eure Dame fragt nach Euch«, sagte sie ein wenig atemlos nach der Anstrengung.
Die Hebamme stand vor Angus Mactavish, dem Clanführer. Sein Haar war noch wild und zerzaust vom Schlachtengetümmel. Sein weißes Hemd war zerrissen und blutbefleckt, wo eine Waffe seine Brust geritzt hatte.
»Wie geht es ihr?« Er senkte seinen Pokal, und die siegestrunkenen Stimmen verebbten. Aller Augen waren auf die Frau gerichtet; der Clan wartete auf die Nachricht, daß ein Erbe geboren sei.
»Sie stirbt. Ich bezweifle, daß sie noch die Kraft aufbringt, das Kind zu gebären.« Völlig emotionslos äußerte die Hebamme diese Worte.
Unfähig, ihrem Laird in die Augen zu sehen, wandten die Männer den Blick ab, als er den Saal verließ. Die festliche

Stimmung war verflogen, die Soldaten rutschten unruhig auf ihren Stühlen umher, tranken ihr Bier und hingen düsteren Gedanken nach. Ihr Mitleid galt nicht der sterbenden Frau, sondern dem ungeborenen Kind. Es war allgemein bekannt, daß die vierte Ehe des Lairds keine Wunschheirat war. Vielmehr hatten zwei mächtige Könige sie befohlen und erzwungen.

Die bittere Ironie war dem Clan ein Dorn im Auge. Die englische Frau hatte empfangen, drei schottische Mädchen nicht. Wäre diese Gattin unfruchtbar geblieben, hätte sie das gleiche Schicksal ereilt wie ihre Vorgängerinnen – sie wäre geschieden und mit Schande beladen heimgeschickt worden. Weder König noch Kirche noch Gericht konnten intervenieren oder sich für eine Ehefrau einsetzen, wenn der Gatte sich auf das Jahr-und-Tag-Gesetz berief – ein liberales Statut, das einem Schotten die Macht gab, seine Ehe legal aufzulösen, wenn er es wünschte.

Mactavish hatte nur aus einem Grunde geheiratet: um einen Erben zu zeugen. Mit ihrer Schwangerschaft hatte die Engländerin siegreich das schottische Gesetz außer Kraft gesetzt. Durch ihren Tod würde sie den endgültigen Sieg davontragen, indem sie dem Clan den Erben vorenthielt.

An seinem Ziel angelangt, ergriff Angus die Hand seiner Frau. »Ich bin bei dir, Elizabeth.« Ihre Haut war kalt und feucht, ihr Fleisch schlaff und blutleer. Er schloß seine Finger um ihre. »Beth ...«

Elizabeths Lider flatterten, öffneten sich jedoch nicht. Ihre Lippen bewegten sich, ihre Stimme war nur ein Flüstern in dem stillen Raum. Der Laird beugte sich vor, näherte sein Gesicht dem ihren, um die mit jedem qualvollen Atemzug ausgestoßenen Worte verstehen zu können.

»Versprich es mir. Wenn das Baby lebt ... schickst du es heim nach England. Denn ...«

Eine Wehe schnitt ihr die Worte ab. Aber Angus wußte, was sie hatte sagen wollen: »Denn wir sind eins.« Sie hatten tatsächlich Liebe gefunden, wo keine vorgesehen war, nicht zwischen einem schottischen Laird und einer englischen Dame – seiner schönen englischen Braut, der er seine Zuneigung nicht zeigen konnte. Erst wenn sein Kind geboren war, wäre ihr Platz im Clan gesichert.
Angus drückte Elizabeths Hand, hätte ihr gern einen Teil der Schmerzen abgenommen. Er blickte in ihr schweißüberströmtes, vor Anstrengung verzerrtes Gesicht.
»Tu etwas für sie!« bellte er über ihren Schrei hinweg und strich ihr das wirre blonde Haar aus dem Gesicht. Zornig, als seinem Befehl nicht Folge geleistet wurde, durchbohrte der Blick seiner blauen Augen die Hebamme.
»My Laird, es gibt nichts mehr zu tun.« Die Hebamme schlug die Augen nieder. »Jetzt liegt es in Gottes Hand.«
Beths Schreie zerrissen die Stille. Ihr Todeskampf hallte von den Wänden des Zimmers wider, während ihr Körper sich unter Muskelkrämpfen wand. Tränen quollen unter ihren geschlossenen Lidern hervor und rannen in ihr Haar. Hilflos sank Angus auf die Knie und bettete seinen Kopf an ihre Schulter. Der Geburtshelferin nicht sichtbar, vermischten sich seine Tränen mit denen seiner Gattin. Seine Unfähigkeit, ihr die Schmerzen zu lindern, peinigte ihn mehr als jede auf dem Schlachtfeld empfangene Wunde.
Angus wußte, daß sie sterben würde. Die Wehen kamen ohne Unterlaß – hatte eine aufgehört, begann schon die nächste. Ihre Kräfte verließen sie. Er neigte sich ihr näher zu und flüsterte: »Aye, Elizabeth, ich werde deine Bitte ehren.«
Auf seine Worte hin hob Elizabeth für einen Augenblick die zitternden Lider und schloß sie wieder. Unter einer gewaltigen Wehe versteifte sich ihr Körper, verkrampften sich die Muskeln, bis die Wehe in unerträglichem Schmerz gipfelte.

Ein völlig anders gearteter Schrei durchdrang das Gemach, dann folgte ein klägliches Wimmern.
»Laird, es ist ein entzückendes Mädchen.« Die Hebamme hielt das Kind hoch.
Elizabeth schlug die Augen auf, ein schwaches Lächeln trat auf ihre Lippen. »Vergiß es nicht ... Angus. Schicke unsere Brittany nach England.« Ihre Augen schlossen sich; sie holte tief Luft und ergab sich der letzten Wehe. Ein zweites zartes Wimmern ertönte.
»Laird, da ist noch ein Kind!« Die Hebamme hob das zweite Kind hoch.
Der Laird blickte auf; seine Augen weiteten sich beim Anblick des Zwillings. Doch er konnte für das Zweitgeborene nicht mehr als einen kurzen Blick erübrigen, denn er wußte, daß Beth ihren letzten Atemzug getan hatte, um dem Kind den ersten zu ermöglichen. Mit einem traurigen Lächeln wandte er sich seiner Frau zu und deckte die Hand über das stille Gesicht der Geliebten. »Ruhe in Frieden, Elizabeth. Heute nacht hast du uns geschenkt, was wir uns wünschten.«
Das plötzliche Weinen der Säuglinge schien seltsam unheimlich, als hätten auch sie den Verlust der Mutter gespürt und trauerten mit dem Vater. In seine betrübten Gedanken hinein vernahm Angus seine Kinder und blickte sie an. Zwillinge hatte niemand erwartet, und die Geburt des zweiten Kindes ließ eine Idee in ihm reifen. Ein komplizierter Plan entstand in seinem Kopf. Gewohnt, Entscheidungen zu treffen, nagte diese doch an seinem Herzen, doch er mußte es tun, um die Sicherheit beider Kinder zu gewährleisten.
Er wandte sich der Hebamme zu. »Trenne die Zwillinge. Das ältere Kind geht in die Heimat seiner Mutter, das jüngere bleibt hier.« Sein Blick heftete sich auf das Erstgeborene. »Jenna, bringe mir mein Kind«, sagte er zu der Magd.
Jenna gurrte dem weinenden Säugling Trostworte ins Ohr-

chen, während sie den Raum durchquerte, um dem Laird das Kind zu zeigen.
Angus berührte die zarte Wange des Säuglings und schaute dann die Frau an, die das Kind im Arm hielt. »Elizabeth hat dir vertraut, und auch ich werde dir vertrauen. Brittanys Großvater darf nie erfahren, daß zwei Erben geboren wurden. Hört er die Wahrheit, hört er, daß es einen zweitgeborenen männlichen Zwilling gibt, kann es dieses Mädchen das Leben kosten.«
Jenna schauderte bei der Vorstellung. Mord war nichts Außergewöhnliches in Schottland und England. Zu viele Kinder verloren lediglich aufgrund der Geburtsfolge ihr Leben. Sie senkte den Blick auf das hilflose, unschuldige Bündel in ihrem Arm.
»Jenna, du hast meiner Gattin gut gedient. Wirst du auch ihrem Kind dienen?«
Jenna schluckte. Sie wußte, was der Laird von ihr verlangte. Sie würde Schottland verlassen müssen. Sie betrachtete das süße Gesichtchen des Babys. »Aye, ich werde diesem Kind genauso treu dienen wie seiner Mutter. Ihr habt mein Wort. Von mir erfahren die Engländer ihr Geheimnis nicht.«

Erstes Kapitel

SCHOTTLAND, 1097

»Alec Campbell ist eingetroffen!« ging es bei Hofe wie ein Raunen von Ohr zu Ohr. Aufregung lag in der Luft, und alle schauten sich um, voller Erwartung auf den Anblick des legendären Alec Campbell.
Ruhig ließ der König den Blick über den Aufruhr in der Versammlung schweifen. Edgar strahlte Distanz und Autorität aus, während seine Höflinge erregt untereinander flüsterten. Sorgenvoll schaute er immer wieder zum Eingang. Alec Campbell war der Schlüssel zur Einigung Schottlands. Die bereits ausgehandelten Friedensverträge hingen von der Unterzeichnung des letzten und schwierigsten Paktes ab. Alecs Loyalität stand außer Frage, doch sein Stolz war eine andere Sache. Der Haß unter den Clans wurzelte tief. Was Edgar als König von Campbell als Schottlands Führer verlangen mußte, würde er als Freund niemals von ihm fordern. Nach dem heutigen Tag würde ihre Freundschaft vielleicht für ein Königreich geopfert sein.

Das Portal wurde aufgestoßen, und der vielgerühmte, aber selten zu sehende Laird trat ein. Die Frauen verschlangen den Mann mit den Augen. Der Anblick des großen, muskulösen Kriegers stand in nichts hinter der legendären Gestalt zurück. Der Schwarze Campbell. Alecs rabenschwarzes Haar war in Schottland zwar selten, aber typisch für den Clan der Campbell. Ob er seinen Beinamen seiner Haarfarbe oder seiner berüchtigten Gnadenlosigkeit verdankte, blieb ein Rätsel. Daß er so eine imposante Erscheinung war – was die Männer für nicht erwähnenswert gehalten hatten –, machte ihn noch anziehender. Die Damen entfernten sich unter fadenscheinigen Entschuldigungen von ihren Männern, um sich Campbell mit wägenden Blicken zu nähern. Er war kräftig, gutaussehend und, am wichtigsten, ungebunden.

Blitzende blaue Augen unter der rabenschwarzen Mähne taxierten die Frauen und wandten sich wieder ab. Er zog das Schlachtfeld vor. Dort kannte er den Feind, hier nicht.

Als sein Name ausgerufen wurde, marschierte er in den Saal, ohne das Spalier der Damen eines Blickes zu würdigen. In soldatischer Manier trat er direkt vor seinen König. Es widerstrebte ihm niederzuknien, wie andere es getan hätten, und er neigte nur den Kopf.

»Ihr habt nach mir geschickt.« Ruhig, kurz und bündig grollte der tiefe Bariton Campbells wie ferner Donner, der dennoch weithin zu vernehmen ist.

Lady Melvina lachte leise über eine solche Arroganz und neigte sich ihrer Nachbarin zu. »Er ist stolz wie Luzifer.«

Auch Lady Gwen musterte den dunkelhaarigen Clanführer eingehend. Nichts an seiner Haltung deutete Unterwürfigkeit gegenüber seinem König an. »Kennt Ihr Eure Bibel, my Lady? Luzifer war der in Ungnade gefallene Engel.«

Die Warnung trieb ein Lächeln auf Lady Melvinas Lippen. »Dann besteht keinerlei Anlaß zur Sorge.« Während ihr Blick auf Campbell haftete und sie Lady Gwens Verwirrung spürte, trat ein leises, verschmitztes Funkeln in ihre Augen. »Man wird Campbell nie für einen Engel halten.«

Der König, prachtvoll in den schottischen Farben gekleidet, empfing den Laird mit einer Kühle, die allen anderen seine Autorität bewußt werden ließ. Campbell, weder unterwürfig noch eingeschüchtert, erwiderte den Blick.

Der König hob gemessen die Hand und gab damit das Zeichen, den Saal zu räumen. Wenige Augenblicke später standen sie einander allein gegenüber, Auge in Auge, König und Laird, von Mann zu Mann. Kein anderer Laird würde seinem Herrscher als Ebenbürtiger gegenübertreten, kein anderer König hätte es geduldet. Bewunderung, Vertrauen, Achtung – schon in ihrer Jugend hatten sich unlösbare Bande geknüpft, als sie nicht den Feind, sondern sich gegenseitig bekämpften. Seit jenem ersten Zusammentreffen hatten Edgar und Alec zu viele Schlachten gemeinsam geschlagen, um nicht einer des anderen Innerstes zu kennen. Alec trug noch heute die Narbe der Wunde, die er empfing, als er Edgar das Leben rettete.

Plötzlich streckten sie gleichzeitig die Hände aus und umfaßten einander an den Armen. Die Zeit hatte ihre Freundschaft nicht getrübt und auch das Band, das sie zusammenschmiedete, nicht geschwächt. Unter vier Augen waren sie noch immer schlicht Alec und Edgar.

Der König löste sich aus der Umarmung und trat an den Tisch. »Ich muß mit einer wichtigen Angelegenheit an dich herantreten.« Edgar schenkte aus einer juwelenbesetzten Karaffe Wein in zwei Pokale und reichte den einen gedankenverloren seinem Laird.

Alec nahm den Kelch und wartete. Sein Lehnsherr neigte keineswegs zur Unentschlossenheit. Was immer seine Gedanken beschweren mochte, es war von äußerster Bedeutung. Augenscheinlich sehr nachdenklich durchmaß Edgar mit langsamen Schritten zweimal den gesamten Raum, bevor er sprach. »Englands König zeigt immense Gelüste. Wenn er seine heimischen Probleme gelöst hat, wird er, so fürchte ich, sein Augenmerk auf Schottland richten.«

Campbell schien bei dieser Feststellung das Blut in den Adern zu gefrieren. »Du erwartest Unruhen?«

Der König richtete seinen von Leidenschaft und der Bürde der Verantwortung brennenden Blick auf Alec. »Aye. Mit jedem Tag, der vergeht, wird die Bedrohung größer. Ich muß die Clans einen. Schottland ist schlecht vorbereitet, würde England morgen zuschlagen. Zu viele interne Zwistigkeiten schwächen uns. Insbesondere dein Clan liegt, so mächtig er auch sein mag, ständig in Fehde mit Mactavish.«
Als der Name des gegnerischen Clans fiel, richtete Campbell sich unwillkürlich straffer auf. Er stand nicht da wie ein Laird, der seinen König anhört, sondern wie ein kampfbereiter Krieger.
Der König wies auf eine Mappe mit Papieren auf dem Tisch. »Ich habe Ehen zwischen den verfeindeten Clans arrangiert. Alle Verträge sind unterzeichnet, bis auf einen.«
Alec wußte, was nun folgte. Seine Hände ballten sich an seinen Seiten zu Fäusten, während er darauf wartete, daß der König fortfuhr.
»Der letzte noch zu unterzeichnende Vertrag betrifft den Clan Campbell und den Clan Mactavish.«
»Dann ist dein Plan zum Scheitern verurteilt!« Alecs dröhnende Stimme erfüllte den Saal, und seine Hand fuhr instinktiv ans Heft des Schwertes seines Vaters.
»Warum?« Der König blieb gelassen.
»Bei allen Heiligen, ich werde niemals einer Ehe zwischen meiner Schwester und dem Mörder ihres Vaters zustimmen.«
Mit ruhiger Autorität begegnete der König Alecs streitlustigem Blick. »Die beiden Häuser werden vereint, jedoch nicht durch deine Schwester. Durch dich selbst.«
Alec musterte Edgar mißtrauisch. »Und wie? Mactavish hat keine Tochter gezeugt.«
»Aye, es gibt eine Tochter. Sie ist nicht in Schottland, sondern in England aufgezogen worden.«

Brüllendes Gelächter unterbrach den Ernst des Gesprächs. »Eine an Englands Busen verwöhnte Blume. Sie wird keinen Tag überleben, geschweige denn das bis zur Scheidung vorgeschriebene Jahr.«

Der König furchte die Stirn. Daß englische Frauen schwache, rückgratlose Kreaturen waren, war allgemein bekannt. »Sämtliche Ehen müssen mindestens das vorgeschriebene Jahr überstehen. Falls einer der Bräute ein Unglück zustößt, wird ihr Tod nicht übergangen werden.«

Alec schnaubte. »Englisch *und* eine Mactavish. Du hättest keine Verbindung finden können, die mir mehr zuwider wäre.« Er schlug sich klatschend auf den Oberschenkel und blickte seinen König finster an. »Wann?«

»In zwei Monaten.«

»Du bist schnell, wenn du einen Entschluß gefaßt hast.«

»Also stimmst du zu.« Der König hob seinen Kelch und nahm den ersten Schluck Wein.

»Auf die Hochzeit.« Campbell zuckte mit den mächtigen Schultern. »Eine Frau hat keinerlei Bedeutung, eine englische sogar schon gar nicht. Aber daß eine Mactavish mir ausgeliefert sein soll?« Alec hielt inne, seine Lippen zuckten angesichts der Vorstellung. Doch sein Lächeln war kalt und hart wie der Mann selbst. »Nun, das ist ein Gedanke, der das Herz eines Campbell erwärmen kann.«

»Auf deine Hochzeit, Alec.« Der König erhob seinen Pokal.

»Ich habe gegen den Feind gekämpft, ich habe den Feind getötet. Jetzt werde ich mit dem Feind schlafen.« Alec hob seinen Kelch hoch empor. »Auf den Kampf, den Krieg, den Sieg. Aye, Edgar, auf meine Hochzeit.«

Beide Männer lachten laut über Alecs Trinkspruch und besiegelten das Abkommen mit einem tiefen Schluck.

Lord Gregory Wentworth legte das Schreiben nieder und starrte durchs Fenster auf seine Enkelin Brittany. Finster beobachtete er, wie sie ihrem Gegner im Kampftraining gegenübertrat. Sie war so verdammt klein. Keiner seiner Befehle und Anweisungen hatte erreicht, daß sie an Gewicht oder Größe zunahm. Sie sah aus wie ein bemitleidenswerter, an ein Schwert geschnallter Zwerg, aber nicht wie ein Soldat unter Waffen. Zufrieden stellte er fest, daß sie ihr Haar, wie befohlen, zurückgestrichen und geflochten hatte. Offen getragen erinnerten ihre wilden roten Locken allzu eindringlich an ihre heidnische Herkunft. Daß ihr die verhaßten Sommersprossen, die gewöhnlich mit einer solchen Haarfarbe einhergehen, erspart geblieben waren, tröstete nur unvollkommen darüber hinweg. Sie war trotz allem eine halbe Schottin.

Erneut starrte er auf den Brief in seiner Hand und fühlte sich plötzlich alt. Zuerst wurde seine Tochter durch Verehelichung verschachert und jetzt auch seine Enkelin. Diesmal allerdings war es etwas anderes. Er hatte Brittany ohne die Annehmlichkeiten und Frivolitäten des Hofes erzogen. Sie war stark, selbständig. Sie würde ihn nicht so enttäuschen wie seine Tochter.

Brittany beeilte sich, dem Ruf ihres Großvaters Folge zu leisten. Ihr Kampftraining durfte gewöhnlich um keinen Preis unterbrochen werden. Wahrscheinlich befand sich England im Krieg. Vor der Tür ihres Großvaters holte sie tief Luft und trat dann ein.

Vom Schreibtisch her bedeutete Lord Gregory ihr geistesabwesend, Platz zu nehmen. Ihr Gesicht war von der Anstrengung gerötet, und ihre braunen Augen leuchteten gespannt, als sie seinem Blick begegnete. Ihr Großvater griff nach einem dünnen weißen Pergament.

»Das ist ein Brief von deinem Vater.« Seine tiefe Stimme übermittelte die Nachricht wie ein Kanonenschuß.

Der Hieb saß. Obwohl Brittany bei der Erwähnung des Schotten, der sie gezeugt und im Stich gelassen hatte, spürte, wie sich jeder einzelne Muskel anspannte, zwang sie sich zur Ruhe. Ohne Gefühle durchscheinen zu lassen, sah sie ihren Großvater abwartend an.

»Laird Mactavish hat eine Ehe für dich arrangiert.« Wenngleich er sich den Anschein gab, den Brief zu überfliegen, wußte Brittany doch, daß er nach einem Zeichen von Schwäche in ihrer Haltung spähte. Das war seine bevorzugte Taktik. Nicht ohne Grund trug ihr Großvater den Beinamen »der Silberfuchs«.

»Offenbar versucht der schottische König, die Clans durch Eheschließungen zu einen«, sagte er und legte den Brief nieder.

Brittany würde sich, im Gegensatz zu ihrer Mutter, keine Blöße geben, wenn sie hörte, daß sie einen barbarischen Schotten heiraten sollte. Elizabeth hatte getobt und geschrien, gejammert und geweint. Zwar fühlte Brittany sich ganz ähnlich, doch sie würde ihren Stolz nicht verraten. Mit einem gezwungenen Lächeln entgegnete sie: »Wolltet Ihr nicht vielmehr sagen: die kriegerischen Stämme?«

Die verwitterten Züge des alten Kämpen entspannten sich. »Dein Zukünftiger ist Laird Campbell.«

Unter dem scharfen Blick des Großvaters schlug Brittany die Augen nieder. Campbell war Englands grimmigster Widersacher, Edgars rechte Hand und der eingeschworene Feind ihres Vaters. Lieber Gott, das war ihr Todesurteil. Mit neunzehn Jahren war die Entscheidung zwischen Leben und Tod leicht: Sie wollte leben. Doch eine Bitte um Gnade hätte unverzüglich Strafe nach sich gezogen. Trotzdem blieb ihr die Hoffnung, daß ihr Großvater ihr vielleicht doch eine winzige Bedeutung zumaß. Mit erhobener Stimme verlangte sie: »Ihr müßt unseren König um Intervention bitten.«

Gregory ging um den Schreibtisch herum und hob Brittanys Kinn an. Seine Stimme klang rauh. »Du bist immer noch schottische Untertanin. Mactavish hat sich nicht von deiner Mutter scheiden lassen und nicht wieder geheiratet. Du bist seine einzige Erbin.« Gregory ließ ihr Kinn los und trat zurück. »Willst du durch Feigheit Schande über dieses Haus bringen?«

Brittany blickte den Mann an, der sie ohne Liebe oder Zuneigung aufgezogen hatte. War sie hier eine Außenseiterin, so würde sie in Schottland ausgestoßen sein. Verzweifelt sehnte sie sich nach Trost in den Armen des Großvaters, wußte aber, daß eine Umarmung weder willkommen war noch erwidert werden würde. Soldaten waren nicht sentimental. Sie stand auf und stellte sich aufrecht vor ihren Großvater, wie es von ihr erwartet wurde.

»Wann und wo?« Die Worte klangen steif und kalt.

»In vier Wochen. In Schottland.«

»Lady Brittany, habt Ihr nicht gehört? Die Schneiderin ist gekommen, um Eure Aussteuer zu richten.« Prustend und keuchend vom schnellen Lauf, stürmte Jenna ins Schlafgemach.

Wie üblich gekleidet wie ein Soldat, saß Brittany auf dem Boden neben einer alten Truhe, ohne Jennas Aufregung zu bemerken. In den Händen hielt sie das Hochzeitsgewand ihrer Mutter. Mit sanften Fingern strich sie über den sehr alten Stoff.

Jenna trat weiter in den Raum und sah das Gewand in den Händen ihrer Herrin. Das elfenbeinfarbene Linnen war fein und glatt, am Halsausschnitt mit feinem goldenem Faden in einem verschlungenen Muster abgesetzt. Die Farbe würde Brittanys Teint schmeicheln. Ein leises Stöhnen entrang sich Jennas Brust. »Lady Elizabeth ist tot. Laßt die Vergangenheit ruhen.«

»Wenn ich wie meine Mutter geopfert werden soll, werde ich das Gewand einer Märtyrerin tragen. Es ist angemessen, meinst du nicht auch?« Brittany hob den Blick, und trotz des zur Schau getragenen Muts bemerkte Jenna doch die Not und die Angst in den braunen Augen.

»Nicht doch, Kindchen. Ihr dürft nicht unablässig grübeln. Das bringt nur Sorgen«, tröstete Jenna, obwohl sie sich selbst durch den Heiratsbeschluß verraten fühlte. Was dachte Laird Mactavish sich nur dabei? Campbell! Er war der wildeste Krieger in ganz Schottland, und seine Launen waren Gerüchten zufolge noch schwärzer als seine Seele.

»Du weißt so gut wie ich, daß ich Jahr und Tag nicht überleben werde«, sagte Brittany mit leiser, ausdrucksloser Stimme.

»Still jetzt, dieses unsinnige Geschwätz schadet Euch nur«, bat Jenna, wenn auch wenig überzeugend. Wenn Campbell es wünschte, konnte er Brittany töten. »Daß Euer zukünftiger Gatte Schotte ist, heißt noch lange nicht, daß er Euch erschlagen wird.«

Brittany lächelte traurig. »Die Berichte von seinen siegreichen Schlachten, von seiner Kraft und seiner Rücksichtslosigkeit sind also übertrieben?«

Jenna schluckte. »Das heißt nicht, daß er eine Frau schlagen würde.«

»Schon, aber ich bin keine Frau. Ich bin eine englische Dame.« Brittany hob den Saum ihres Soldatenrocks und musterte den groben Stoff. »Ich bin nicht einmal eine Dame. Ich bin eine Soldatin.« Das blaue Wams glitt ihr aus den Fingern und fiel auf ihre Oberschenkel zurück. »Wer würde mich in dieser schlichten Kleidung für eine Frau, geschweige denn für eine Dame halten?«

»Ihr seid eine Dame und werdet immer eine Dame sein«, widersprach Jenna ihr rasch.

»Jenna, was würde ich nur ohne dich tun?«

»Wahrscheinlich würdet Ihr mehr Unfug anstellen als beide Könige zusammen«, antwortete Jenna und nahm ihrer Herrin das Hochzeitsgewand ab.

Als die Magd das Kleid an sich nahm, fiel Brittanys Blick auf etwas in der Truhe. »Was ist das?« fragte sie und hob einen Schleier, woraufhin ein mit Saphiren bestückter Dolch zum Vorschein kam. »Hat diese Waffe etwa meiner Mutter gehört?«

Die Frage ließ Jenna aufhorchen, sie drehte sich um und starrte auf den Dolch in der Hand ihrer Herrin.

»Aye. Sie hat ihn einmal gegen Mactavish gezückt.«

»Dann werde ich ihn auf meinem Weg nach Schottland tragen«, verkündete Brittany mit blitzenden Augen. Jennas tadelnder Blick traf sie. Er ernüchterte Brittany sekundenschnell. »Hat sie wirklich versucht, ihn zu erstechen?«

»Sie hat es nicht nur versucht«, sagte Jenna. »Sie hat ihn verwundet.«

Brittany konnte es nicht glauben und suchte die Bestätigung für das eben Gesagte in Jennas Blick. Deren Miene blieb starr. Brittany flüsterte: »Erzähl.«

»Warum gerade jetzt? Ihr habt nie zuvor nach ihr gefragt.«

»Großvater sagt, sie war schwach, egoistisch und frivol.« Brittany schlug die Augen nicht nieder. »Ist das wahr?«

Jenna legte das Kleid aufs Bett, ging zu Brittany und nahm sie in den Arm. »Ich weiß nicht, wie Eure Mama in England war, wohl aber, wie sie sich in Schottland verhalten hat. Und ich glaube nicht, daß ein Mensch sich so schnell verändert. Sie war eine Dame.«

In der Erinnerung an jenen Hochzeitsabend lächelte Jenna. Ein Blick auf Brittany riet ihr jedoch, nicht in die Details zu gehen. »Elizabeth hat Mactavish in ihrer Hochzeitsnacht angegriffen.«

Brittany löste sich aus Jennas tröstenden Armen. »Sie war eine Dame, sagst du? Eine Dame, die ihren Gatten zu erstechen versuchte, noch dazu in ihrer Hochzeitsnacht?«

Jenna lachte warmherzig. »Aye. Sie war eine Dame, keine Frage, noch dazu eine sehr schöne. Voller Mut und Witz und Liebe.«

»Ich verstehe nicht.«

»Kind, was glaubt denn Ihr, was eine Dame ausmacht?«

Brittany hob die Hand und suchte nach den richtigen Worten. »Eine Dame ist so, wie die Frauen am Hof – vorzügliche Haltung, perfekt gekleidet, immer das rechte Wort auf den Lippen, niemals verlegen oder von Gefühlen hingerissen.«

»Woher wollt Ihr wissen, wie die Damen bei Hofe sind? Ihr wart nie im Königsschloß.«

»Ich muß nicht im Schloß gewesen sein, um zu wissen, woran es mir mangelt.«

»Wißt Ihr es denn nicht, Kind? Eine Dame ist eine Frau voller Sanftmut und Gefühl, die geben kann, lieben kann und in erster Linie sie selbst ist.«

»Jenna, so sind doch alle Frauen.«

»Aye. Jedes Mädchen, ob reich oder arm, kann eine Dame sein, wenn sie einen aufrechten Charakter hat.«

Brittany sah, wie Jenna das Kleid wieder an sich nahm. »Ich habe mir eine Strategie ausgedacht, eine, die verhindern wird, daß mein Gatte mich umbringt oder ich ihn.«

Brittanys Worte ließen Jenna wie vom Donner gerührt stehenbleiben. »Und wie wollt Ihr das erreichen?«

»Ich werde sanft und demütig sein. Dann kann er nichts an mir auszusetzen haben und wird mir nichts antun.«

Jenna vergaß, den Mund zu schließen. »Ihr? Sanft und demütig?«
Brittany holte tief Luft. »Ich kann es. Ich habe in den vergangenen zwei Wochen viel darüber nachgedacht.« Brittany zog ihr Schwert aus der Scheide und hielt es hoch. Mit geübten Bewegungen schwang sie die Waffe, die speziell für sie gefertigt worden war. »Ich bin geschickt, aber selbst meine Geschicklichkeit kann mich nicht vor einem Krieger schützen. So dumm zu glauben, die Ritter hätten ihre ganzen Kräfte bei unserem Training eingesetzt, bin ich nicht.« Brittany steckte das Schwert zurück und blickte Jenna an. »Nur durch Unterwerfung kann ich überleben. Nur diese Strategie wird den Sieg gewährleisten.«
»Und was ist mit der Fleischeslust, Mädchen?«
Brittanys Wangen röteten sich. »Ich werde spröde sein.«
»Spröde? Ihr? Aber wird nicht Euer wildes Temperament durchbrechen, wenn der Blick Eures Gatten hungrig ist und Ihr seine Lust auf Fleisch erkennt?«
»Dann bin ich gleichgültig. Ich werde mir etwas überlegen, wenn es soweit ist.«
Jenna konnte ein Lächeln nicht unterdrücken, als sie sah, daß es dem Mädchen ernst war. »Von Krieg und Sieg verstehe ich nicht viel, wohl aber von Liebe und Lust. Besser wäre es, Ihr würdet Euren Gatten bezaubern. Verliebt in Euch, ist der Mann machtlos.«
»Jenna, Liebe gibt es nicht. Großvater sagt, Liebe ist Nahrung für Dummköpfe.«
»Aye, in diesem Haus gibt es keine Liebe. In der Welt draußen aber gedeiht sie. Und achte auf meine Worte: Die Liebe ist mächtiger als der Haß Eures Großvaters oder Eure närrischen Strategien.«
»Meine närrischen Strategien?« Empört fuhr Brittany zu ihrer Magd herum.

»Aye. Ihr spielt den Soldaten, seit Eure Großmutter starb und Euch in der Obhut Eures Großvaters zurückließ. Habt Ihr in den verflossenen fünf Jahren denn nichts gelernt? Mit Eurem Mut und Eurer Stärke kann Euer Großvater es nicht aufnehmen, sonst hättet Ihr seine grausame Erziehung nicht überlebt. Ihr habt die Chance, Brittany Mactavish zu sein, ein tapferes und schönes Mädchen. Nehmt sie wahr. Ihr solltet nicht planen wie ein Soldat vor der Schlacht. Es ist ein Fehler, sich für etwas auszugeben, das man nicht ist – eine sanfte Jungfrau in Eurem Fall –, um diesen Gatten zu täuschen, den Ihr noch gar nicht kennt. Bevor Ihr nach Schottland reist, Mädchen, müßt Ihr noch einige harte Wahrheiten begreifen lernen.«

»Die Wahrheit kenne ich. Dadurch wird es allerdings nicht leichter, sie hinzunehmen.«

Jenna verließ das Gemach. »Hier habe ich versagt, in Schottland aber werde ich nicht versagen. Ich werde eine Dame sein, und wenn es mein Tod ist«, flüsterte Brittany.

Zweites Kapitel

Zum ersten Mal in seinem Leben saß Brittanys Großvater mit dem Clan ihres Vaters gemeinsam in einer Kirche. Die eine Hälfte beherbergte den Clan Mactavish, die andere den Clan Campbell. Auch der König wurde erwartet. Während Jenna Brautgewand und Schleier richtete, spürte Brittany ein unwohles Gefühl im Magen. Gern wäre sie fortgelaufen, sogar gestorben, doch derartige Fluchtwege waren einer Dame versagt. Brittany wollte ihrem Großvater keine Schande machen.

Jenna reichte ihr die Bibel. »Erlaubt denn keine Eurer Strategien ein kleines Lächeln?«

»Ich lächle doch, Jenna«, stieß Brittany mühsam hervor.

Die Magd musterte das ernste Gesicht ihrer Herrin. »Dann blickt lieber finster. Eine demütige Dame zeigt ein mürrisches Gesicht.«

Brittany warf Jenna einen bösen Blick zu, doch die Spannung in ihrem Inneren löste sich.

»Aye, schon viel besser, Mädchen. So seid Ihr eine hübsche Braut.«

Es klopfte an der Tür. Der Mann, der sie gezeugt hatte, wartete darauf, sie seinem ärgsten Feind zu übergeben.

Brittany blickte ihre Magd an. Beide Frauen wußten, daß nun der Zeitpunkt gekommen war. Die Braut zeigte weder ein lächelndes noch ein mürrisches Gesicht, als sie den Schleier zurechtzupfte und auf die Tür wies.

Alle Köpfe wandten sich ihr zu, als sie die Kapelle betrat.

Laird Mactavish bot ihr seinen Arm, doch Brittany nahm ihn nicht. Ihrem Erzeuger gegenüber mußte sie nicht demütig und fügsam sein. In ihrem Herzen war zuviel Feindseligkeit, um ihm höflich begegnen zu können.

Angus Mactavish stand neben ihr; seine scharfen braunen Augen suchten die verschleierte Frau einzuschätzen. Er schien etwas sagen zu wollen, überlegte es sich jedoch und ließ den dargebotenen Arm sinken. Als sie vortrat, blieb er an ihrer Seite. Jeder Schritt brachte sie dem ihr bestimmten Mann näher. Sie spürte die Blicke der Anwesenden und bereute es, auf den stützenden Arm des Vaters verzichtet zu haben. Sie empfand den Haß, die Neugier, die Verachtung der anderen. Sie straffte kampfbereit die Schultern und hob den Kopf.

Brittany ließ den Blick den Gang entlangschweifen bis zum Altar, und sie erstarrte innerlich. Ein leises Keuchen fing sich in ihrer Kehle. Drei Stufen erhöht, vor dem Altar, stand Laird Campbell. Großer Gott! Der Heide trug in der Kirche seine volle Rüstung. Sein Helm verbarg seine Gesichtszüge. Der Mann erschien ihr wie ein Riese, und je näher sie ihm kam, desto mächtiger dräute er über ihr.

Seine barbarische Erscheinung ließ ihren Herzschlag in den Ohren dröhnen. Sein Haar war schwarz und lang, ein Vollbart rahmte sein Gesicht, dunkel und wild wie seine Mähne. Angst packte sie und steigerte sich mit jedem Schritt. Sein Blick war hart, ohne eine Spur von Willkommen oder wenigstens Bereitwilligkeit. Das Funkeln der blauen Augen begleitete ihre Schritte und beraubte sie der mühsam bewahrten damenhaften Haltung, stellte sie bloß als Frau.

Die Schritte verhallten wie eine geheimnisvolle Warnung in der bedrückend stillen Kirche. Am Ende des Mittelganges verharrten Brittany und ihr Vater. Der Priester musterte die Versammelten voller Sorge und trat vor. »Wer übergibt diese Frau in den Stand der Ehe?«

»Ich«, tönte Mactavishs Stimme. Er führte Brittany nicht weiter, und auch der ihr bestimmte Mann reichte ihr nicht seinen Arm.
Brittany kochte vor Zorn. Zuerst versuchte Campbell sie einzuschüchtern, dann versagte er ihr die grundlegendste Höflichkeitsgeste. Der Priester räusperte sich und bedeutete Brittany vorzutreten.
Wie eine heiße Welle spürte Brittany ihre Verlegenheit und war froh, daß der Schleier sie vor neugierigen Augen verbarg. Sie hob den Saum ihres Kleides und stieg die drei Stufen zum Altar empor, um gemessen ihren Platz an der linken Seite Campbells einzunehmen.
Der Bräutigam zog sein Schwert, und instinktiv schloß Brittany ihre Finger um den Dolch ihrer Mutter. Noch bevor sie ihn aus dem Gürtel ziehen konnte, rammte ihr Bräutigam sein Schwert vor dem Altar in den Holzboden.
»Laird Campbells Zeremonienschwert und sein Stellvertreter«, dröhnte die tiefe Stimme. Der harte Klang von Macht durchfuhr die Versammelten wie ein Schock.
Ärgerliches Gemurmel erfüllte die Kirche, während Brittany das Schwert anstarrte. Daß Campbell einen Stellvertreter zu seiner Trauung schickte, war eine Beleidigung für ihre Familie und vor allem für sie selbst. Zwar hatte er sich Gesetz und König unterworfen, dafür aber öffentlich seine Verachtung für seine Braut und ihren Clan bekundet. Die Schande verbrannte sie, und der Rubin im Heft des Schwertes schien spöttisch zu zwinkern.
Brittany zog den Dolch aus ihrem Gürtel und verbarg ihn unter ihrer Bibel. Der Priester wies sie an, näherzukommen und neben dem Schwert niederzuknien. Sie trat heran und hob ihren Dolch. Mit viel Anmut und Kraft trieb sie ihn neben dem Schwert des Campbell in den Boden.
Sie hörte, wie erneut ein Raunen durch die Trauungsgäste

ging, und das bereitete ihr Genugtuung. »Lady Mactavishs Stellvertreterin«, übertönte ihre klare Stimme das Gemurmel in der Kirche.

Der Priester legte die Stirn in sorgenvolle Falten. Angesichts seines Unbehagens folgte Brittany der Richtung seines Blicks. Die versammelten Schotten maßen sich mit Mordlust in den Augen. »My Lady, besinnt Euch. Nach der Trauung seid Ihr Ehefrau und dem Mann unterworfen, den Ihr jetzt beleidigt.«

Brittany trat hinter ihren Dolch zurück, dem Beispiel des Schotten folgend, der hinter sein Schwert getreten war. Da dieser Mann noch nicht ihr Gatte war, mußte sie zu diesem Zeitpunkt auch noch nicht sanft und demütig sein. Verborgen hinter dem Schleier, bedachte sie den Schotten mit einem vernichtenden Blick, bevor sie sich wieder mit brennenden Augen dem Priester zuwandte. »Was wolt Ihr damit sagen, Vater? Ich folge lediglich dem Beispiel meines Herrn.«

»Nun macht schon«, befahl der riesige Schotte.

Der Priester, solche Töne nicht gewohnt, vergaß, den Mund zu schließen. Zunächst wollte er offenbar aufbegehren, doch ein Blick auf die düstere Miene des Schotten belehrte ihn eines Besseren. Unwillig begann er mit der Zeremonie und zeigte den Brautleuten deutlich seine Mißbilligung. Beide schienen sich nicht sonderlich um die verletzten Gefühle des Kirchenmannes zu scheren.

Brittany gab ihr Jawort mit trotziger, verächtlicher Stimme, der Schotte kurz und barsch.

Während der Feier rückte der Schotte immer näher an Brittany heran. Der unerwartete Körperkontakt war ihr unangenehm. Unauffällig versuchte sie, ihn wegzudrängen, doch er ließ es nicht zu. Als der Priester den Segen über die Ringe sprach, stieß sie dem Stellvertreter kräftig den Ellbogen in die Rippen, aber auch das beeindruckte ihn nicht. Sie hielt sich trotzdem tapfer, zeigte keine Schwäche. Obwohl sie sein Bein an ihrem fühlte, trotz seiner warmen Berührung ließ sie sich nichts anmerken. Seine Nähe allerdings verwirrte sie völlig.

»My Lady, würdet Ihr den Friedenskuß gewähren?« Mit merkbarer Ungeduld wiederholte der Priester seine Aufforderung.

»Ja«, flüsterte Brittany. Sie wußte, daß sie den Kuß anbieten mußte. Aber wem? Ihr Bräutigam war nicht erschienen, und sie dachte nicht daran, diesen Mann, seinen Stellvertreter, zu küssen.

Angesichts ihres Zögerns deutete der Priester diskret auf das Schwert.

Brittany machte einen Schritt darauf zu, doch bevor sie vor dem Schwert niederknien konnte, griff der Schotte zu und riß es hoch. Er hob die Waffe vor den Versammelten in die Höhe und küßte es dann. Mit einem teuflischen Lächeln für Brittany drückte er die Lippen auf den Rubin. Nach diesem Kuß hielt er das Schwert auf den offenen Handflächen. Sein Blick verspottete Brittany, während er darauf wartete, daß sie das Heiratsversprechen mit dem obligatorischen Kuß besiegelte.

Drei Schritte trennten das Paar. Mit jedem Schritt, den sie tat, spürte Brittany, daß etwas verlorenging: ihre Unabhängigkeit, ihre Identität, ihre Individualität. Wenn sie ihren Mund zum Kuß geboten hatte, war sie nicht mehr Brittany Mactavish. Dann war sie nichts weiter als die Braut des Campbell.

Der Priester räusperte sich erneut, als die Braut vor dem Schotten stand. »Mein Sohn, Ihr habt das Schwert über das Haupt der Dame erhoben.«

Ohne den Blick von der verschleierten Dame zu wenden, erwiderte der Schotte: »Das Schwert der Campbells ist am heutigen Tag mehr als genug erniedrigt worden. Falls die Dame eine Campbell sein will, soll sie doch zugreifen.«

Brittany wußte, daß der Priester dieser Herausforderung hilflos gegenüberstand, wenn er sich nicht den Zorn des Clans zuziehen wollte. Unter den neugierigen Blicken der Anwesenden trat er abwartend zurück. Die Stille wurde unerträglich. Niemand rührte sich, niemand sprach ein Wort. Der eine Clan hoffte, Brittany würde versagen, der andere betete um das Gegenteil.

Brittany holte tief Atem und schloß die Augen. Sie war allen Blicken ausgeliefert und gedachte nicht zu versagen. Ruhig atmete sie aus und öffnete, wenn auch widerwillig, die Augen. Hier ging es um Pflicht und Ehre, doch das Lachen in den Augen des Stellvertreters machte die Aufgabe so schwer.

Sie wandte sich dem Priester zu und reichte ihm ihre Bibel. Ihre Finger waren weiß und schmerzten, weil sie das Buch so verkrampft umklammert hatte. Mit tauben Händen schob sie den zarten Schleier zurück und hatte das Gefühl, damit ihren einzigen Schutz preiszugeben. Jetzt war ihr Gesicht der allgemeinen Begutachtung ausgesetzt; jede Miene würde eingeschätzt und abgewogen. Mit der Entschlossenheit eines Soldaten und der Entschiedenheit einer Dame schwor sie sich, dem Klatsch keine Nahrung zu bieten.

Mit beherrschter Miene wandte sie sich dem Mann mit dem Schwert zu. Sie stützte sich mit den Händen an seiner Brust ab, stellte sich auf die Zehenspitzen und hob das Kinn. Ihr Gesicht reichte gerade eben bis an das rubingeschmückte Heft des Schwerts. Ihre Augen waren auf gleicher Höhe mit den seinen, als sie die Lippen auf den Edelstein drückte. In dem Moment, da ihre Lippen den kalten Stein berührten, vollführte der Mann die gleiche Mundbewegung. Ihr Gesicht brannte vor Empörung, und sie wich hastig zurück.

Der Schotte lachte leise über ihre Reaktion und trieb das Schwert wieder in den Boden vor dem Altar. Er zog den Dolch heraus und reichte ihn Brittany, damit dieser ebenfalls den Kuß erhielte.

Brittany wollte ihm um nichts nachstehen, riß ihm den Dolch aus der Hand und hob ihn hoch, wie er zuvor das Schwert. In seinen Augen stand eine Herausforderung, als sie den Dolch auf die Höhe ihres Gesichts senkte. Der Saphir war kalt an ihren Lippen, doch sie zwang sich, den Edelstein eine gestrichene Minute lang zu küssen, bevor sie den Dolch dem Schotten reichte.

Er lächelte über ihr Vorgehen und hob den Dolch, bevor er die Lippen darauf drückte. Als der Saphir mit seinem Mund in Kontakt kam, ließ er Brittany nicht aus den Augen. Die Sekunden dehnten sich zu Minuten, und ihr Gesicht wurde warm. Ein rosiger Schimmer legte sich über ihre zarten Wangenknochen und ihren Hals, doch sie wich seinem Blick nicht aus.

Er lächelte leicht und zwinkerte ihr zu, bevor er den Dolch senkte. Statt ihn wieder in den Boden zu treiben, steckte er ihn in seinen Gürtel und trat erneut an Brittanys Seite.

Der Priester beendete die Zeremonie und bedeutete dem Paar, ihm zurück in den Vorraum zu folgen, wo die Urkunde unterzeichnet werden sollte. Brittany trat an das Schwert und versuchte, es aus dem Boden zu ziehen, doch es gelang ihr trotz aller Anstrengung nicht.

Der Schotte wollte ihr helfen, sie aber schlug seine Hand fort. »Das will ich allein erledigen.« Sie versuchte es erneut, doch das Schwert rührte sich nicht.

»Der Priester wartet.« Der Schotte zog das Schwert mühelos aus dem Holzboden und reichte es Brittany mit ernstem Gesicht. »Vielleicht hilft deine Starrköpfigkeit dir, die Ehe zu überstehen, im Bett allerdings wird sie wohl von Nachteil sein.«

Brittany ging um ihn herum, zu zornig, um die Bemerkung einer Antwort zu würdigen. Mit hocherhobenem Kopf folgte sie dem Priester. Die Geräusche der aufbrechenden Hoch-

zeitsgäste hallten von den Wänden wider, als wollten sie Brittany verhöhnen.
Mit einem unwirklichen Gefühl griff Brittany zur Feder und leistete ihre Unterschrift. Jetzt war sie eine verheiratete Frau. Der Schotte nahm ihr die Feder aus der Hand, verstellte ihr die Sicht und schrieb seinen Namen unter den ihren.
Der Priester drehte das Buch um und unterzeichnete seinerseits. Seine Augen weiteten sich, als er die Namen las. Lady Brittany Mactavish und Laird Alec Campbell. Der Kirchenmann hob den Blick zu dem Schotten und las eine Warnung in dessen Augen.
Der sonderbare Blick des Priesters befremdete Brittany. »Vater, stimmt irgend etwas nicht?«
Der Priester sah den Schotten noch einen Moment an und wandte sich dann um. »Nein, alles hat seine Ordnung.« Mit schuldbewußter Miene schrieb er seinen Namen auf die Urkunde. Ohne die Braut anzusehen, streckte er die Hand aus. »Der König erwartet Euch im Nebenraum.«
Brittany drehte sich um und schritt auf die Tür zu, die der Priester gewiesen hatte. Als der Schotte an ihre Seite kam, fuhr sie voller Empörung zu ihm herum. »Der König erwartet mich. Ich benötige keinen Begleiter.«
Der Schotte lächelte über ihren Unmut. »Der König erwartet uns beide.« Er nahm ihren Arm und ging zielstrebig zur Tür, ohne ihre widerstrebenden Schritte zu beachten. Er öffnete die Tür und verneigte sich tief. »Nach Euch, Lady Brittany.«
Brittany bedachte ihn mit einem warnenden Blick und betrat den Raum. Mit einem Willkommenslächeln erhob sich der König, um sie zu begrüßen. »Eine hübsche Braut, mein Lieber.«
Sie war noch nie einem König gegenübergetreten, doch Edgar von Schottland war anders, als sie erwartet hatte. Er war jung, gutaussehend und freundlich. Um ihre Überraschung

zu verbergen, neigte Brittany den Kopf und versank in einem tiefen Knicks.

Der König ergriff ihre Hand. Er lächelte noch immer, als er sie aufrichtete. »Stelle ich eine Enttäuschung dar, Lady Brittany?«

Brittany fühlte, wie ihr bei der Bemerkung des Königs die Röte ins Gesicht stieg. Sie versuchte, ihm die Hand zu entziehen, doch er ließ nicht los.

»Sorgt Euch nicht. Ich bin nicht beleidigt«, sagte er unter leisem Lachen. »Für die Zukunft müßt Ihr lernen, diplomatischer zu sein. Euer liebliches Gesicht verrät viel zuviel. Aber der heutige Tag hielt auch einige Überraschungen für Euch bereit, nicht wahr, Lady Brittany Campbell?« Während er Betonung auf ihren vollständigen Titel legte, ließ er ihre Hand los, nicht aber ihren Blick.

Er war subtil und listig. Ein vernünftigeres Mädchen hätte geschwiegen, doch Brittany war dazu erzogen, stets ihre Meinung zu sagen. Einem Wortgefecht konnte sie ebensowenig ausweichen wie einem bewaffneten Kampf. Nicht im geringsten eingeschüchtert, lächelte sie den König an. »Ich habe tatsächlich einige Überraschungen erlebt, Sire. Wie gnädig von Euch, es zu bemerken.«

Edgar lächelte noch immer, wenn auch weniger herzlich. »Ihr fürchtet mich nicht?«

Ohne jede Vorwarnung veränderte sich seine Haltung. Sie war in der Defensive, ließ es sich jedoch nicht anmerken. »Sollte ich, Sire?«

Sein Gesicht zeigte kein Wohlwollen mehr, als er jetzt die Frau betrachtete. »Eine solche Frage an den König zu richten, kann für einen Untertanen gefährlich sein.«

»Nur, wenn der König ein Tyrann ist. Ich wiederhole: Sollte ich Euch fürchten?« fragte Brittany herausfordernd. Mit unbewegtem Gesicht sah sie ihm in die Augen.

Edgar lächelte, und diesmal erreichte sein Lächeln, wie Brittany bemerkte, auch seine Augen. »Ihr lernt schnell, Lady Campbell. Ich freue mich auf heute abend, wenn wir beim Hochzeitsfest unseren Witz messen können.«

Der Hinweis auf die abendlichen Festivitäten ließ Brittanys Lächeln erlöschen. »Darf ich offen reden, ohne Strafe fürchten zu müssen?«

Der König nickte bedächtig und musterte mit nachdenklichem Blick die Braut. »Unbedingt, Lady Brittany. Einer Frau zu begegnen, die nicht nur willens, sondern auch fähig ist, sich auszudrücken, ist ungewöhnlich.«

»Bin ich Eurem Befehl nachgekommen?« Ihr Tonfall war schärfer als beabsichtigt.

»Aye«, antwortete der König mit hochgezogener Augenbraue.

Brittany schluckte ihre Angst herunter. »Da mein Gatte nicht bei der Hochzeit anwesend war, werde ich nicht bei der Hochzeitsnacht anwesend sein.« Der verdutzte Blick, der ihren Worten folgte, ließ sie das Heft des Schwertes fester umklammern. Sie erstickte den Drang zurückzuweichen.

Edgar sah sie eindringlich an, und ihr Gesicht spiegelte seine ernste Miene. Er ließ den Blick zu dem Mann an ihrer Seite schweifen. Die unverhohlene Gleichgültigkeit im Gesicht des Kriegers ließ die Mundwinkel des Herrschers zucken, allerdings kaum merklich. Brittany hätte nicht beschwören können, es tatsächlich gesehen zu haben. Mit belustigt blitzenden Augen wandte er sich ihr wieder zu. »Seid Ihr nicht auch der Meinung, Euer Laird könnte das als feindliche Handlung auslegen?«

Brittany war sehr erleichtert, daß sie mit ihren Worten nicht den Unwillen des Königs erregt hatte, sein Humor allerdings verwirrte sie. »Mein Gatte, Sire, ist wahrscheinlich zu sehr mit Huren und Kämpfen beschäftigt, um meine Abwesenheit zu bemerken.«

Der Humor des Königs schwand so schnell, wie er aufgeflackert war. Er trat vor und legte die Hand um ihr Kinn. »Euer Gatte könnte auf Mactavish oder Wentworth marschieren.«

Brittany erblaßte. »Ich wünsche kein Blutvergießen um meinetwillen. Er hat nicht Mactavish oder England beleidigt, sondern mich. Wenn er unsere Ehe als Krieg betrachten will, dann soll er sie als Krieg zwischen einem Mann und einer Frau begreifen.«

Der König wandte sich an den Stellvertreter des Campbell. »Was haltet Ihr, Sir, von den Worten der Dame?«

Der Schotte bedachte Brittany mit einem flüchtigen Blick. Er lächelte, allerdings ohne jeglichen Humor. Es war ein kaltes, überlegenes Lächeln, das Brittanys Zorn weckte. »Campbell den Krieg erklären, heißt die eigene Niederlage besiegeln.«

Der Stellvertreter kehrte sich ihr zu und ließ seinen scharfen Blick über ihren Körper wandern. Er verweilte auf ihren Hüften, ihrer Taille und schließlich auf ihren Brüsten. Die Unverschämtheit brachte ihr Blut zum Sieden. Was für eine Demütigung vor den Augen des Königs! Sie straffte den Rücken.

»Welche Waffen wollt Ihr wählen? Euer Körper führt nicht einmal einen grünen Jungen in Versuchung, geschweige denn einen Mann. Eure Stimme ist einer Marktschreierin würdig, nicht geeignet für den Hof oder das Ohr eines Lairds. Ihr seid schlecht ausgerüstet für das Kräftemessen mit einem Mann, schon gar mit einem mächtigen Clanführer wie Eurem Gatten, dem Campbell.«

Brittany fuhr auf den Mann zu. Wie Feuer brannte es in ihr, als sie seinem verächtlichen Blick begegnete. Er wagte es, sie vor dem König zu verhöhnen. Sie hob das Zeremonienschwert und führte die Spitze an seine Kehle. »Unterschätzt mich nicht. Ich bin als Dame geboren und zum Kämpfen erzogen. Ich werde mich meinem Mann unterwerfen, wie das Gesetz es verlangt, doch Ort und Zeit bestimme ich.«

Ein Tropfen Blut zeigte sich am Hals des Stellvertreters.

»Hört mir gut zu, Schotte. Als ich von dieser Hochzeit erfuhr, war ich bereit, meinem Laird mit aller Würde und Anmut alle Rechte und Privilegien zuzugestehen, die einem Gatten gebühren, doch wenn Campbell Euch auch nur im geringsten ähnlich ist, dann wird es mir unmöglich sein.«

Kaum hatte sie das Schwert gesenkt, packte der Krieger ihr Handgelenk und hielt es fest. »Warum das, my Lady?«

Brittany wehrte sich gegen seinen festen Griff. »Liegt es nicht auf der Hand, Sir? Ich hege eine Abneigung gegen Euch.«

Der Schotte lachte über ihre Antwort. »Ich kenne Campbell besser als jeder andere Mann unter der Sonne. Ich denke, wir sind aus einem Holz geschnitzt.« Er drehte ihr den Arm auf den Rücken und zog sie an sich. »Ich beanspruche das Recht, die Braut zu küssen.«

»Das steht nur meinem Gatten zu.« Brittany wehrte sich heftig, als er sie näher an sich zog.

»Ich stehe hier als Stellvertreter Eures Gatten.« Seine Lippen bemächtigten sich ihres Mundes, kunstgerecht und erfahren, gegen ihren Widerstand. Je mehr sie sich ihm zu entwinden versuchte, desto hartnäckiger wurde sein Kuß.

Brittany war noch nie geküßt worden und auf den Aufruhr der Sinne nicht vorbereitet. Sie wollte nichts empfinden und tat es doch. Langsam stieg Wärme in ihr auf. Sie reagierte auf den Zauber und das Wundersame dieser Empfindungen.

Er hob den Kopf und musterte ihr weltentrücktes Gesicht. Er konnte den Blick nicht von ihr lösen. Doch mit dem Abklingen der durch den Kuß hervorgerufenen Hitze ließ auch die

Wärme nach, die sie ausstrahlte. Vor seinen Augen verwandelte sie sich von einer heißblütigen Geliebten in eine empörte Jungfrau. Er lächelte und trat rasch zurück.
Verwirrt drehte Brittany sich zu Edgar um und verneigte sich tief mit brennendem Gesicht. »Entschuldigt mich, Sire.«
Ohne eine Antwort abzuwarten, flüchtete sie aus dem Raum.
Der König blickte ihr nach, bevor er sich an seinen Laird wandte. »Ich hatte die Absicht, die Clans zu einen.«
Campbell lachte leise. »Heute nacht werde ich die Clans vereinen, ob meine Gattin nun willens ist oder nicht.«
Edgar schlug seinen Ritter auf den Rücken. »Ich denke, du kannst diese willensschwache englische Blume unterwerfen.« Er lachte laut über seinen Scherz, und seine Augen blitzen vor Vergnügen. Alecs Augen allerdings nicht.

Brittany hastete den Mittelgang der leeren Kirche entlang. Jenna wartete an der Tür zum Brautgemach. Als die weißgekleidete Gestalt an ihr vorbeigestürmt war, schlug Jenna die Tür zu und drehte sich um zu ihrer Herrin.
»Ich habe nie geglaubt, daß Eure Strategie der Schüchternheit die richtige wäre. Nachdem ich nun aber Zeugin Eurer Hochzeit war, muß ich daran glauben, daß die Sanftmütigen die Erde beherrschen werden.«
»Wir reisen unverzüglich ab«, keuchte Brittany atemlos. »Entlasse die Männer meines Großvaters und suche einen Führer, der mich zur Burg meines Gatten bringt.«
»Aber die Festlichkeiten«, jammerte Jenna. »Ihr müßt teilnehmen.«
»Nay. Ich wage es nicht, einen Fuß in den Bankettsaal zu setzen. Sonst hocke ich in der Falle.«
Jenna eilte an die Seite ihrer Herrin. »Was habt Ihr getan?«
Brittany hob das Kinn. »Ich habe den Krieg erklärt.«

Drittes Kapitel

»Bist du sicher, daß wir dem Mann vertrauen können?« flüsterte Brittany mit einem Blick auf den großen, breitschultrigen Schotten, der ihnen vorausritt.
Lächelnd betrachtete Jenna den Rücken Brian Mactavishs. »Aye. In ganz Schottland findet Ihr keinen anderen, der Euch sicherer zu Eurem Gatten bringen würde.«
Brittany legte die Stirn in Falten. Obwohl sie sich auf Jennas Menschenkenntnis verlassen konnte, beunruhigte sie etwas an diesem Mann. »Vielleicht ist es der Bart. Diese verfluchte Farbe gibt ihm ein so grimmiges Aussehen.«
Jenna zog die Augenbrauen hoch. »Schande über Euch, my Lady. Sein Haar ist vom gleichen Rot wie das Eure.«
Brittany sog angesichts dieses empörenden Vergleichs scharf die Luft ein. »Kupferkesselrot« war noch die freundlichste Beschreibung ihres Großvaters, wenn er die Farbe ihres Haars bezeichnen sollte. Der Vergleich war wenig schmeichelhaft, und heimlich bevorzugte sie ein anderes Bild. Ihre Stimme wurde weicher, als sie diese Vorstellung in Worte faßte.
»Die Farbe meines Haars entspricht auf die Nuance genau einem Sonnenuntergang im Sommer.« Ihr Blick schweifte nach vorn zu dem Reiter; sie musterte aus schmalen Augen seine feurige Mähne, die in der hellen Nachmittagssonne förmlich sprühte. »Sein Haar ist rot.«
Der Ausbruch ließ den Mann herumfahren. Seine Augen waren tiefblau, voller Lachen und Schelmerei. »Aye, my Lady Campbell, ich pflichte Euch bei.«

Ungläubig, mit offenem Mund, starrte Jenna Brian Mactavish an.
Brittany war überrascht und gleichzeitig erfreut über die Bemerkung des Schotten. Das Lächeln, das sie ihm schenkte, war selbstzufrieden, als es Jenna traf. »Siehst du, Jenna, mein Haar hat nicht den gleichen Farbton.«
»Den gleichen ...« stammelte Jenna, doch Brian fiel ihr ins Wort.
Er sprach mit Brittany wie mit einem kleinen Kind. »Hast du in all den Jahren in England denn nichts gelernt? Armes Mädchen, kennst du nicht das englische Sprichwort? Geht die Sonnc rötlich untcr, rcgnct's tags darauf ganz munter; wenn sie in Grau zur Ruhe geht, nasser Tag bevor uns steht.«
Brittany wurde glühend rot. Natürlich, er machte sich über sie lustig. Daß Jenna ihr Vergnügen kaum verbergen konnte, half auch nicht viel. Deren Schultern bebten, und sie schnaufte vor unterdrücktem Lachen.
Brittany wünschte sich weit fort. Jennas Gebaren war lächerlich. Sie spürte, wie ihre Lippen zuckten und lächeln wollten. Doch sie gab sich nicht geschlagen. Mit zitternden Lippen wandte sie sich an den Schotten. »Mein Haar hat die Farbe des Sonnenuntergangs, vergeßt das nicht, Schotte.«
»Aye, my Lady, ich will's nicht vergessen. Der Sonnenuntergang ist rot.« Das lächerlich feierliche Gesicht des Mannes ließ Jenna laut auflachen, und selbst Brittany lächelte angesichts der ernsten Stimme.
Jenna wischte sich die Augen. »Aye. Schottland hat mir gefehlt.«
Schweigend ritten die drei weiter. Kurz nach Einbruch der Dunkelheit schlugen sie ihr Lager auf. Jenna und Brian Mactavish plauderten munter, während Brittany stumm beim Feuer saß. Sie fröstelte in ihrem leichten Hochzeitsgewand und wickelte sich fester in die Decke, die Mactavish

ihr über die Schultern gelegt hatte. Zeit zum Umkleiden war nicht geblieben, nicht einmal soviel, um sich noch einen Mantel zu holen.
Ohne auf das Gerede über Schottland zu achten, dachte Brittany an ihren Gatten. Sie hatte sich von ihrem Stolz beherrschen lassen und durfte diesen Fehler nicht noch einmal begehen. Wenn sie Campbell gegenübertrat, würde sie sich benehmen wie eine Dame und beten, daß dieser Mann, sein Stellvertreter, nicht zugegen war, um ihre Niederlage zu bezeugen.
»Was bedrückt Euch, my Lady?« Jennas Worte unterbrachen sie in ihren wirren Gedanken.
»Ich überlege, wie ich Campbell gegenübertreten soll.«
»Ihr hättet nicht abreisen dürfen. Es war närrisch, sich vor dem Empfang fortzustehlen«, tadelte Jenna in einem Tonfall, der keinen Zweifel daran zuließ, daß das überstürzte Handeln ihrer Herrin ihr nicht behagte.
»Ich konnte nicht bleiben«, gab Brittany niedergeschlagen zu. »Dafür werde ich teuer bezahlen. Aber es ist nun mal geschehen.«
»Aye. Vielleicht ist Campbell ja milde gestimmt und vergibt Euch«, tröstete Jenna wenig überzeugend.
Der Schotte schenkte Tee in einen Becher und reichte ihn der Dame. »Meint Ihr nicht, daß die Wahrheit der beste Weg sein könnte?« fragte er.
Brittany lächelte halbherzig und selbstironisch. Sie stand auf und trat Brian Mactavish gegenüber. Mit demütiger Miene streckte sie flehend die Arme aus. »Vergebt mir, Laird Campbell. Ich wünschte Euch das Gefühl der Demütigung in einer Hochzeitsnacht ohne Braut, so wie ich es während der Trauung ohne Gatten empfand.«
Auf Brians skeptischen Blick hin ließ sie niedergeschlagen die Schultern sinken. »Ich bin überzeugt, jeder Gatte, ob schot-

tisch oder englisch, würde einen solchen Vergeltungsschlag seiner Gattin als gerechte Sache betrachten.« Sie setzte sich zu Jenna. »Ich muß mir eine Begründung einfallen lassen, die Campbell akzeptieren kann.«

Jenna verzog das Gesicht und murmelte: »Ich denke, Brian hat recht. Diese Kränkung ist nicht mehr abzumildern.«

Brittany beugte sich vor. »Brian, Ihr seid ein Mann. Was würde Euer Herz einer Dame gegenüber erweichen, die vor der Hochzeitsnacht geflohen ist?«

Brian sah sie an, und Brittany war verwundert über das Mitgefühl und tiefe Verständnis in seinem Blick. »Vielleicht, wenn Ihr Euch auf jungfräuliche Scheu beruft und Euch seiner Gnade ausliefert. Dann könnte dem Stolz Campbells Genüge getan werden.«

Brittany starrte in sein ernstes Gesicht. »Ihr scherzt doch nicht etwa? Ein Mann würde die Angst einer Frau akzeptieren?« Der Gedanke war ihr so fremd, daß sie ihn nie in Erwägung gezogen hätte.

Bevor Brian antworten konnte, zerriß ein lauter Schlachtruf den Frieden des Tals. Auf der Lichtung standen plötzlich Campbells Krieger. Düstere Männer mit gezückten Schwertern umringten die drei. Brian sprang auf und zog sein Schwert.

Ein Mann löste sich aus der in den Farben der Campbells gekleideten Gruppe und trat in den Feuerschein. Brittany fühlte sich plötzlich schwach. Es war der Stellvertreter. »Ich komme, um die Braut Campbells zu holen.«

Brittany griff nach dem Stellvertreter-Schwert, trat an Brians Seite und legte die Hand auf seine. »Senkt Eure Waffe. Ich bewundere Euren Mut, will aber nicht, daß Ihr Euer Leben laßt. Wir sind zahlenmäßig unterlegen.«

Brian stand da mit gespreizten Beinen, kampfbereit – mit hartem Gesicht und aggressiver Haltung. Er bot einen impo-

santen Anblick, nicht weniger grimmig als sein Gegenüber. Brittany kannte die Anzeichen eines bevorstehenden Kampfes.
»Wollt Ihr an meinem Hochzeitstag Blut vergießen, Sir?« fragte Brittany. »Diese Hochzeit macht diesen Mann zu Eurem Verbündeten.«
Finster blickte Brian erst Campbell, dann die Dame an. Er senkte sein Schwert und schob es in die Scheide.
»Schweig, Weib. Eine entflohene Gattin hat kein Recht zu sprechen.« Der Stellvertreter trat vor und packte mit seiner kräftigen Faust ihren Arm. Schmerz durchzuckte sie, als er ihr die Waffe entwand und sie dem Mann an seiner Seite reichte. Dann riß er ihr die Decke in den Farben der Mactavish von den Schultern und schleuderte sie ihrem Begleiter zu. »Entfernt Euch und das Weib vom Land der Campbells.«
Jenna wand sich in Brians Griff, als Brittany fortgeführt wurde. »Mein Kind, ich muß mit meinem Kind gehen!«
Über die Schulter hinweg blickte Brittany in Jennas tränenüberströmtes Gesicht. Mit vor Angst belegter Stimme flüsterte sie: »Bitte, tut ihr kein Leid. Sie folgte nur meinem Befehl.«
Der Stellvertreter beachtete sie nicht und zerrte sie fort. Zornig über sein Schweigen, kämpfte sie vehement gegen ihn an und teilte einige gezielte kräftige Hiebe aus, bevor er sie näher an sich zog. »Campbell befiehlt Eure Heimkehr. Soll ich berichten, daß Ihr Euch gegen seine Eskorte gesträubt habt?«
Brittany wehrte sich nicht mehr. »Laßt mich los. Ich brauche Eure Hilfe nicht.«
»My Lady, ich habe meine Befehle.« Er zog sie hinter sich her. Bei den Pferden angekommen, hob er sie in den Sattel und saß gewandt hinter ihr auf.
»Wie weit ist es bis zur Burg?« wollte Brittany wissen.

»Schweigt! Campbell wird Eure Fragen beantworten – sofern ihm danach ist.«
Brittany war empört. Ein muskulöser Arm hielt sie umschlungen und drückte sie an eine harte Brust. Sie versuchte, die Fessel von sich zu schieben, doch der Mann ließ nicht locker. Auf seinen Befehl hin setzte sich der Trupp Campbells in Bewegung. Brittany versuchte, sich umzusehen, um einen letzten Blick auf Jenna zu werfen. Der starke Arm gestattete ihr nicht die geringste Bewegung.
Sie ritten schweigend. Nur einmal sprach der Schotte sie an, kurz angebunden, barsch und sachlich. »Um den Wind abzuhalten«, sagte er und hängte ihr seinen Plaid um die Schultern.
Brittany schleuderte den Plaid von sich. In der kühlen Nachtluft fröstelnd, behauptete sie: »Mir ist nicht kalt.«
Stunden vergingen. Der Mond stand hoch am Himmel, als Brittany einen schwarzen Umriß entdeckte. Das düstere Bauwerk schien bis in die Wolken zu ragen, von beiden Seiten des Wehrturmes aus erstreckten sich die Flügel weit ins Land. Es war ein bedrohlicher Anblick, und Brittany schrumpfte unwillkürlich in den Armen, die sie gefangenhielten, zusammen.
»Zu Hause«, verkündete der tiefe Bariton.
Das Wort ließ sie erschauern. Der Zeitpunkt war gekommen, da sie für ihr törichtes Verhalten einstehen mußte. Die Strategie – sie mußte sich unbedingt an ihre Strategie erinnern.
Der Stellvertreter saß ab und warf einem Diener die Zügel zu. Er riß Brittany vom Pferd, schob sie durch den Eingang und eine lange Steintreppe hinauf. Oben auf dem Turm angekommen, trat er eine schwere Tür auf und stieß sie in einen Raum.
»Ihr wartet hier, bis Ihr gerufen werdet.« Er sprach zu ihr wie ein Herr zu einer Dienstmagd.

Brittany knirschte mit den Zähnen angesichts dieser Respektlosigkeit. Ihre Augen funkelten von unterdrücktem Zorn, als er sich höhnisch vor ihr verneigte, sich umdrehte und ihr die Tür vor der Nase zuschlug.

»Du unwürdiger Rüpel«, schrie sie gegen die geschlossene Tür. Ihre Hand schloß sich um den Griff, als sie hörte, daß mit unverkennbarem metallischem Knirschen ein Riegel vorgeschoben wurde – hart und endgültig. Dennoch rüttelte sie am Türgriff, nicht willens zu glauben, was ihr geschah. So sehr sie auch zerrte und schob, die Tür, von außen gesichert, gab nicht nach. Zu Hause, hatte der Schotte bei ihrer Ankunft gesagt. Ein hysterisches Lachen entfuhr ihr, und ihre Hand glitt vom Türgriff. Ihr Zuhause war ein Gefängnis, ihr Gatte war ihr Wärter. Sie wich von der Tür zurück und wehrte sich gegen Angst und Panik, die sich ihrer bemächtigen wollten.

Betäubt schaute Brittany sich in dem seltsamen Raum um, in den man sie gestoßen hatte. Als angenehmer Aufenthalt für eine Dame war er nicht geeignet. An den Wänden hingen Waffen aller Sorten und Größen. Trotz ihrer Erfahrung als Soldat hätte sie manche davon nicht einmal beim Namen nennen können. Doch alle dienten nur einem Zweck. Brittany unterdrückte ein Schaudern. Ihr Gatte war ein Krieger. Nicht nur irgendein Krieger, sondern unbestritten Schottlands größter. Er war grimmig – ein unbesiegter Soldat, ein Heerführer –, und sie hatte es gewagt, sich ihm zu widersetzen.

Zwei Stunden später öffnete sich die Tür. Brittany hielt den Atem an, in Erwartung, dem überheblichen Schotten gegenüberzustehen. Als ein junges Mädchen eintrat und knickste, überkam sie eine Welle der Erleichterung.

»My Lady, wenn Ihr mir bitte folgen würdet.«

Brittany sah die Unsicherheit im Gesicht des Dienstmädchens, ein sicheres Zeichen, daß das Bevorstehende unangenehm sein würde. Sie nahm sich fest vor, stark zu sein. Ein Soldat war stoisch, eine Dame würdevoll. Um die Tortur durchzustehen, würde sie beides sein müssen. Das Mädchen führte sie durch Flure und an Sälen vorbei, bis sie vor einer grob gezimmerten Tür stehenblieb. Angstvoll und zögerlich klopfte sie und trat zurück, bevor die Tür aufgestoßen wurde. Brittany sah den Mann in der Tür, der den Blick auf sie geheftet hatte, und sie empfand keine Erleichterung, als sie statt des überheblichen Schotten einen Fremden erblickte. Der mißmutige Soldat bedeutete Brittany einzutreten, ließ sie dann wortlos allein und schloß die Tür hinter sich.

Der Raum war spärlich beleuchtet, ob aus bestimmten Gründen oder aus Sparsamkeit, konnte sie nicht einschätzen. Es war beunruhigend. Da nur zwei Kerzen brannten, war in dem Raum mehr Schatten als Licht.

Sie trat weiter in das Zimmer. Als ihre Augen sich an das Dämmerlicht gewöhnt hatten, bemerkte sie einen Schreibtisch an der gegenüberliegenden Seite. Rechts befand sich ein Kamin, dessen glühende Kohlen wohl für Wärme, aber kaum für bessere Beleuchtung sorgten. Dem Kamin gegenüber stand eine Tür einen Spalt offen. Brittany wagte einen Schritt nach vorn und erstarrte. Dort im Boden steckten ihr Dolch und das Schwert der Campbells, tief in den Boden getrieben, wie während der Trauungszeremonie. Vorsichtig, mit kaum hörbaren Schritten, trat sie näher heran.

»Halt!«

Brittany konnte nicht ergründen, woher die Stimme kam. Sie hielt inne, spähte in den dunklen Winkeln nach der zu der Stimme gehörenden Gestalt aus. Doch in den zahlreichen Schatten konnte sich ein Mann leicht verbergen. Ihr Blick heftete sich auf den Schreibtisch, und sie sah, daß der Stuhl von ihr abgewandt dastand. Dort mochte er sein. »My Laird?«

Der Stuhl bewegte sich leicht, doch der Schotte hielt es nicht für nötig, sich Brittany zuzuwenden.
»Ich warte auf deine Erklärung, Weib!«
Ihre Strategie war Sanftmütigkeit. Auch Angst würde sich zu ihrem Vorteil auswirken. Sie versuchte, die von ihr erwarteten Worte auszusprechen.
Als sie zögerte, dröhnte die Stimme erneut. »Eine in England aufgewachsene Mactavish.« Voller Verachtung wurden die Worte hervorgestoßen. »Du hast Schande über deinen Clan gebracht, dein Heimatland entehrt und dich deinem Gatten widersetzt.«
Brittany versuchte, an ihrem Vorsatz festzuhalten. Es war schwer, denn diese Vorwürfe kränkten ihren Stolz.
Sie sagte nichts, und erneut bellte er: »Sprich, Weib, damit ich über dein Schicksal entscheiden kann. Laß mich deine feige Entschuldigung hören.«
Brittany wich einen Schritt zurück. Sie erinnerte sich an Brian Mactavishs Worte. Aber vor diesem Rüpel mit jüngferlicher Tugend zu wimmern war mehr, als sie sich zumuten konnte. Jetzt konnten weder Entschlossenheit noch Vernunft sie noch retten.
»Dann bringt es hinter Euch und tötet mich. Ich werde niemals einen Mann um mein Leben bitten, am wenigsten einen Campbell, der zu feige ist, sich mir zu zeigen«, erwiderte sie voller Empörung und Zorn.
Der Stuhl bewegte sich leicht. »Du wirst betteln, Lady Campbell, und zwar noch vor Sonnenaufgang.« Gemächlich stand er auf und drehte sich zu ihr um.
Brittany traute ihren Augen nicht. Das konnte nicht sein. Der Mann, der vor ihr stand, war der Stellvertreter. »Ihr seid ...?«
»Alec Campbell, dein Gatte.«
Brittany blieb tapfer stehen, als er näher kam. Er berührte

leicht ihre Wange. »Willst du dich nicht auf jungfräuliche Scheu berufen, wie der Mactavish vorschlug?«
Brittany schlug seine Hand weg. Ihr Gesicht glühte in Erinnerung an die von ihm belauschte Unterhaltung. »Nay, my Laird.«
»Also bist du keine Jungfrau?« Er streichelte ihren Nacken so sanft, daß es ihr kalt den Rücken herunterrieselte.
»Doch.« Er zog eine Augenbraue hoch, und sie stieß hervor: »Nein.« Sie versuchte, seine Hand fortzuschieben, doch er hörte nicht auf, sie zu streicheln.
»Dann hast du keine Angst vor der Hochzeitsnacht?«
»Doch – das heißt, nein. Hört auf damit.« Sie löste sich von ihm, fragte sich, was seine Absicht sein mochte. Sie brauchte Abstand, um zu denken, trat zurück und versuchte, einen klaren Gedanken zu fassen. Es gelang ihr nicht.
»Komm her!« Sein Befehl war wie ein unsichtbarer Zügel. Sie war zwar zurückgewichen, ihm aber nicht entkommen.
Brittany sah den Mann an und wußte nicht, was sie tun sollte.
»Du hast doch Angst.«
Die Bemerkung ließ sie erröten. »Vor Euch? Nein.«
»Beweis es mir.« Sein Blick wich nicht von ihrem Gesicht, als sie näher kam, wenn auch nicht so nah, daß er sie hätte berühren können.
»Komm näher.«
Brittany schluckte. Sie fühlte sich in die Enge getrieben. Ihr Blick huschte zu den kaum eine Handbreit entfernten Waffen und heftete sich dann wieder auf sein Gesicht. »Ich bin Euch nah genug. Wenn Ihr beabsichtigt, mich niederzuschlagen, dann macht diesem Spiel ein Ende.«
Campbell schmunzelte über ihr trotzig vorgerecktes Kinn. »Du bist nicht stark genug, um das Schwert aus dem Boden zu ziehen, und der Dolch wird dir nicht viel nützen.«

Wütend, weil er ihre Gedanken gelesen hatte, trat Brittany dicht vor den mächtigen Krieger. Ihr erster Eindruck von seiner Kraft und Größe hatte sie nicht getäuscht. Sie wußte, mit einem Schlag würde er sie zu Boden strecken, und dennoch wollte sie ihm nicht unterwürfig begegnen.
Als er sie bei den Schultern packte, trafen sich ihre Blicke und versanken ineinander. Sie erkannte Entschlossenheit in seinen gnadenlosen blauen Augen, wußte jedoch nicht, daß er das gleiche in den ihren las. Langsam drehte er sie um, so daß sie ihm den Rücken kehrte.
Brittany schloß die Augen. So wollte er ihr also den tödlichen Schlag versetzen, mit seiner mächtigen Faust ihr das Genick brechen. Brittany straffte die Schultern. Sie dachte an niemanden und sprach kein letztes Gebet. »Macht es kurz«, fauchte sie.
Campbell lächelte über ihren unverschämten Tonfall. Etwas wie Achtung zeigte sich in seinen Augen, als er den geraden Rücken der stolzen Frau betrachtete, deren Haltung und Benehmen nichts von Unterwerfung wußte.
»Ich nehme keine Befehle entgegen, ich erteile sie.« Damit öffnete er den ersten Knopf ihres Kleides.
Kaum merklich versuchte sie, sich seiner Berührung zu entziehen. »Ist das eine mir unbekannte heidnische Sitte?« knirschte sie, um ihn zum Handeln zu zwingen, bevor sie schwach wurde und um ihr Leben flehte.
»Aye.« Er fuhr fort, die Knöpfe zu öffnen. Langsam strich er mit den Fingern an ihrer Wirbelsäule entlang und streifte ihr das Gewand von den Schultern.
Das Mieder war gelöst, als er sie zu sich umdrehte.
Die Luft war kühl auf ihrer bloßen Haut, doch sein Blick war heiß. Brittany hatte begriffen und versuchte, sich loszureißen. »Lieber würde ich sterben.«
Campbell lachte nur leise. Er zog sie fest in seine Arme. »Mag

sein, daß du stirbst, meine Liebe, aber nicht vor der Hochzeitsnacht. Hier und jetzt findet sie statt.«
Brittany wehrte sich nach Leibeskräften. Er benutzte sie, schlug sie mit ihren eigenen Worten.
Es war ein echter Kampf. Nie im Leben hatte sie solche Wut empfunden. Er wehrte ihre Schläge ab, und die, die ihn trafen, beeinträchtigten ihn in keiner Weise. Mit wildem Blick sagte sie: »Ich sprach im Zorn. Ihr habt mich vor allen beschämt, und es war notwendig, die Schande heimzuzahlen.«
»Das war dein Fehler. Wirf einem Campbell niemals eine Herausforderung ins Gesicht, um dann zu flüchten.« Seine Lippen senkten sich auf ihren Mund und erstickten ihre Erwiderung. Der Kuß war brutal – ein barbarischer Angriff, der völlige Kapitulation verlangte, und unter dessen Gewalt Brittany wie gegen jeden anderen Angriff instinktiv Widerstand leistete. Nicht bereit, sich seinem Willen und seiner Kraft zu unterwerfen, wehrte sich Brittany verzweifelt gegen die Niederlage. Der Schotte drückte sie fest an sich, preßte ihre Rundungen an seinen kampfgestählten Körper. Sie stemmte sich gegen seinen massiven Oberkörper, daß ihr die Schultern schmerzten, suchte die Umarmung zu verhindern und Abstand zwischen sich und ihn zu bringen.
Unter ihren Fingern spürte sie die harten Stränge seiner Brustmuskulatur. Sie haßte ihn für seine Kraft. Ihr Kampf bewirkte weiter nichts als ihre Schwächung. Dann lag sie schlaff und erschöpft in seinen Armen und fühlte, wie sich seine Haltung änderte. Seine Berührungen wurden weniger strafend, dafür aber leidenschaftlicher. Gemächlich, sinnlich streiften seine Lippen sie, berührten, schmeckten, lockten – und erweckten ihre Gefühle. Schutzlos ausgeliefert und entsetzt über die Verletzlichkeit, die er entdeckt hatte, entzog sie ihm ihren Mund.

Doch er ließ sich nicht abweisen, und seine Zunge drang in ihren Mund ein und löste einen Aufruhr ihrer Empfindungen aus. Der Kuß dauerte an, benebelte ihre Sinne und schuf prickelnde Wärme. Seine Hände streichelten ihren Rücken – leichte Berührungen, liebkosend, jeden Zentimeter ihrer Haut sanft massierend. Der Angriff auf ihre Sinne fachte ein Feuer in ihrem Inneren an, bis sie glaubte, von seiner Hitze verzehrt zu werden.

Überwältigt von der Hölle, in die dieser Zauberer sie stürzte, wehrte sie sich nicht mehr, als er sie Stück für Stück entkleidete. Ihr trunkenes Bewußtsein gestattete ihr keine weitere Reaktion als das Streicheln seiner warmen Haut und die Erwiderung seines Sehnens.

Ohne sein Gesicht von ihrem zu trennen, hob Alec sie auf und trug sie quer durch den Raum. Er trat die Tür auf und zog sie mit dem Stiefelabsatz hinter sich wieder zu. Brittany spürte die Bewegung und klammerte sich an ihn. Sie schwamm in einem Meer schönster Empfindungen, so neu und übermächtig, daß sie sich ihnen nicht entziehen konnte. Der Schotte legte sie aufs Bett, küßte ihre Schulter und fuhr mit zärtlichen Bissen über ihren Oberkörper, bis sein warmer Mund ihre Brust umschloß.

Brittanys Augen weiteten sich. So etwas gehörte sich ganz sicher nicht. Sie stemmte die Hände gegen seine Brust und schob vergeblich gegen seine mächtigen Muskeln. Es war, als wollte sie den größten Baum aller Wälder mit der Kraft ihrer Hände von der Stelle bewegen. Statt ihn abzuschrecken, schien ihr furchtloser Widerstand seine Macht über ihren verräterischen Körper noch zu steigern. Alecs Zunge umkreiste ihre Brustspitze. Brittany schloß die Augen, als sie spürte, wie sich die zarte Knospe unter den aufreizenden Liebkosungen aufrichtete. Offenbar nicht zufrieden mit dem Resultat, nahm er sie in den Mund und saugte sanft.

Brittany seufzte unter der Lust, die er provozierte, und bog den Rücken durch, wollte mehr von ihm, wünschte, er würde niemals aufhören. Als hätte er ihre Gedanken gelesen, schob er den Arm unter ihren Rücken und hob sie sich entgegen. Mit der freien Hand streichelte er die empfindliche Haut ihrer Hüften, bevor er langsam an ihren Rippen hinaufstrich bis zu ihrer anderen Brust.

Auf ihr leises Seufzen antwortete er mit Stöhnen, als er die sanfte Rundung mit der Hand umfaßte, sie leicht massierte und an der Spitze zupfte, während er kräftig an der anderen Brust sog. Brittany glaubte, vor Lust sterben zu müssen, die sich in ihrem Körper ausbreitete und ihren Fixpunkt zwischen ihren Schenkeln fand. Wie von selbst flochten sich ihre Finger in sein rabenschwarzes Haar und zogen seinen Kopf an ihren Körper.

Als Alec sich von ihr löste, entfuhr ihr ein leiser Schrei der Enttäuschung. Zärtlich berührte er ihr Gesicht und flüsterte beruhigende Worte, die sie nicht verstand. Brittany schlug die Augen auf. Allmählich erkannte sie Alec wieder. Während er sich entkleidete, verschlang sie ihn mit Blicken. Hatte sie seine Kraft vorher gehaßt, so bereitete sie ihr jetzt Entzücken.

Ihr hungriger Blick glitt hinauf zu seinem Gesicht. Langsam breitete sie die Arme aus, und er kam zu ihr und vergrub sein Gesicht zwischen ihren Brüsten. Seine Zunge hinterließ einen brennenden Pfad auf ihrem flachen Bauch. Sie fühlte, wie er ihre Schenkel öffnete und seine Handfläche auf jene Stelle legte, bevor seine Finger den heißen, feuchten Zugang fanden. Seine Berührungen, sein Streicheln entfachten ein Verlangen, das sie beinahe in Panik versetzte. Sie hob ihm ihre Hüften entgegen und fuhr mit den Fingern über die schweißglänzende Haut seines Rückens.

Alec hauchte einen zärtlichen Kuß beiderseits auf ihre

schmalen Hüften, bevor er sich über sie neigte. Dann hielt er inne und beschwor sie stumm, die Augen zu öffnen und ihn anzuschauen. Als sie seinem Wunsch folgte, sah sie ihr eigenes Verlangen in seinen Augen gespiegelt. Wieder bemächtigte er sich ihrer Lippen, und dann drang er langsam in sie ein. Als er das Zeichen ihrer Jungfräulichkeit spürte, hielt er inne und legte seine Hand um ihre Wange.

»Beim ersten Mal tut es immer weh. Verzeih mir.«

Sie verstand nicht, was er ihr sagen wollte. Sie zog seinen Kopf zu sich hinab. Er küßte sie tief, nahm ihr den Atem, und dann beraubte er sie mit einem kräftigen Stoß ihrer Jungfernschaft.

Brittanys Schrei blieb ihr im Halse stecken, und sie versuchte, ihn von sich zu stoßen. Indem er sie noch fester in die Arme schloß, blieb er still liegen und gab ihr Zeit, sich an seine Größe zu gewöhnen. Als sie sich schließlich in seiner Umarmung entspannte, begann er mit langsamen, rhythmischen Stößen, und die Wärme in ihr steigerte sich zu rasender Hitze.

Sie kam seinen Bewegungen entgegen, wie besessen von dem Wunsch zu erreichen, was außerhalb ihrer Reichweite lag. Ihre Küsse waren wild und sprachen von ihrem Verlangen. Kehlige Töne entschlüpften ihr, während sie die Finger in seinen Rücken grub und ihn immer wieder an sich zog, bevor sie ihn gehen ließ.

Plötzlich öffneten sich ihre hellbraunen Augen weit und füllten sich mit einem Staunen, so unkontrollierbar wie die Schauer, die durch ihren Körper fuhren. Mit einem Triumphschrei schloß Alec sich ihr an und hatte das Gefühl, als würde der Lebenssaft aus seinem Körper gesogen.

Lange danach lag er still und hielt sie im Arm. Erfüllt und erschöpft zog Brittany ihren Gatten an sich. Was sie erlebt hatte, übertraf ihre kühnsten Vorstellungen. Mit vor Verwunderung leuchtenden Augen streichelte sie sanft den Rükken des Mannes und liebkoste mit den Lippen seine Schulter. Sie spürte, wie das Glühen ihrer Vereinigung nachließ, und hätte den Moment gern noch zurückgehalten. Sie hob sich ihrem Gatten entgegen und küßte ihn mit eben der Glut, die sie gerade erst kennengelernt hatte.

Alecs tiefes, sinnliches Lachen war körperlich zu spüren. Er stützte sich auf einen Ellbogen und strich mit einem Finger an ihrem Gesicht entlang. »Ich wollte, ich könnte all meine Schlachten so leicht gewinnen.«

Kälte ergriff sie. »Was soll das bedeuten, my Laird?«

»Du bist unterlegen, Weib. Du bist nichts als meine Frau, und wenn der Zeitpunkt gekommen ist, werde ich dich von mir weisen.«

Ihre Kehle schnürte sich zusammen. Sie war als Kämpferin erzogen, fähig, sich in jeder Lage zu wehren. Doch in diesem Bereich war sie eine Novizin, wehrlos und verletzlich. Sie wußte, daß alles, was er sagte, der Wahrheit entsprach. Dennoch schlug das Gehörte ihr jetzt, nach allem, was sie miteinander erlebt hatten, böse Wunden.

Mit Tränen in den Augen sah sie ihn an. »War dies die Strafe? Mich diese wundersamen Empfindungen zu lehren und dann zu sagen, daß ich nicht gebraucht werde? Bin ich denn nichts?«

»Du hast den Krieg begonnen. Hast du geglaubt, ich würde ihn nicht zu Ende führen?«

»Sieger ist der, der gewinnt«, sagte Brittany. »Du hast nicht gewonnen, my Laird. Du hast mehr verloren, als du dir träumen lassen würdest.«

»Du willst mich immer noch bekämpfen?« fragte er und zog ungläubig eine Augenbraue hoch.

»In jeder Minute, jeder Stunde, an jedem Tag, bis Jahr und Tag vergangen sind.« Brittany wandte sich von ihm ab und rollte sich auf die andere Seite des Bettes. Tränen tropften unhörbar aus ihren geschlossenen Augen aufs Kissen. Einen solchen Schmerz hatte sie noch nie erlebt. Und sie wollte ihn nie wieder fühlen.

Viertes Kapitel

Die Morgendämmerung drang in das Schlafgemach, ein weiches Schimmern, das den Raum mit Wärme füllte. Die prächtigen Wandteppiche, die St. Andrew in all seiner Herrlichkeit darstellten, erwachten in lebhaften Rot- und Goldtönen zum Leben. Die blankpolierte Kleidertruhe spiegelte das Morgenlicht.

Alec Campbell gürtete seinen Schulterplaid und griff nach den Stiefeln. Er hatte seine Frau nicht zum Frühstück geweckt. Erwogen hatte er es, dann allerdings abgetan. Er benötigte keine Frau, um ein Mahl genießen zu können. Auf dem Bett sitzend, streifte er einen Stiefel an und stampfte dröhnend auf den Boden, um die rechte Paßform zu erlangen. Pech, daß seine Lady Campbell an ihrem ersten Tag als Ehefrau nicht ausschlafen konnte. Als ihr Atmen unverändert ruhig blieb, zog er den zweiten Stiefel an und stampfte erneut heftig auf den Boden. Langsam wandte er sich um; ein harmloser Blick verbarg seine Vorfreude und Befriedigung. Was er sah, überraschte ihn allerdings. Sie schlief! War die Frau taub?

Verdutzt betrachtete er seine Gattin. Sie lag auf dem Rücken, die zarten Glieder in behaglicher Entspannung von sich gestreckt. Das Gesicht war ihm abgewandt; er sah nur ihr Profil. Eingehend musterte er sie, nicht willens oder auch nicht fähig, sich einzugestehen, was er vorfand. Als sie wach war, hatte er zugeben müssen, daß sie schön war, im Schlaf jedoch war sie unwiderstehlich. Ihre vom Schlaf besänftigten Züge, ohne Angst und Vorbehalt, waren perfekt. Mit Flügeln und einem Heiligenschein wäre sie ein Engel. Abgesehen von ihrem Haar. Diese feurige Mähne gehörte keineswegs einem Engel, sondern einer Versucherin. Wilde Locken ergossen sich über das Kissen wie lodernde Flammen – wie ein Meer, in dem ein Mann verbrennen konnte.

Wie widersprüchlich sie doch war, und es war an ihm, das Rätsel um sie zu lösen. Er fühlte sich angezogen von der Frau, als hätte ihr herrliches Haar ihn gefesselt. Ohne zu bedenken, daß er von seinen Männern erwartet wurde, beugte er sich vor und ergriff die Bettdecke. Er wollte diese weiche Haut berühren. Sanft zog er die Decke von ihren Schultern. Dann hielt er mitten in der Bewegung inne und verkrampfte die Hand in der wollenen Decke. Das aufflackernde Verlangen erlosch wie ausgebrannte Kohlen im Kamin.

Ihre Schultern und Rippen waren von Blutergüssen gezeichnet. Tiefe Falten traten auf seine Stirn. Er war nicht übermäßig grob mit dem Mädchen verfahren. Bei näherer Betrachtung waren die Male auch nicht blau, sondern gelblich – es waren alte, verbleichende Verletzungen. Er empfand Abscheu vor der Hand, die derartiger Mißhandlungen fähig sein konnte. Noch nie hatte er selbst eine Frau geschlagen, und auch diese würde er nicht schlagen. Zwar haßte er die Mactavishs, doch seine Braut sollte es nicht ausbaden. Auch wenn er nie vergessen würde, daß in ihren Adern das Blut ihres Vaters floß und daß Angus Mactavish es war, der dem Leben seines Vaters ein Ende gesetzt hatte.

Das Mädchen fröstelte, dem kalten Morgenhauch ausgesetzt. Alec zog die Decke wieder hinauf und bedeckte ihren geschundenen Körper. Leise verließ er das Schlafgemach.

Brittany öffnete die Augen, als sie die Tür zuschlagen hörte. Seit ein paar Augenblicken war sie schon wach, voller Angst

– nein, nicht willens, sich ihrem Gatten zu stellen. Sie fühlte sich verwirrt und orientierungslos und brauchte Zeit, um Kräfte zu sammeln. Es war nicht klug, dem Feind Paroli zu bieten, wenn man nackt unter der Bettdecke lag.
Der Gedanke ließ sie auffahren. Jetzt dachte sie wieder wie ein Kämpfer, und dabei durfte sie doch nicht vergessen, eine Dame zu sein. Langsam schlüpfte sie aus dem Bett und sammelte ihre Kleidung zusammen. Das Gewand war fleckig und zerrissen, es war jedoch alles, was sie besaß, solange ihre Truhe nicht eingetroffen war.
So gern sie sich auch in diesem Gelaß verborgen hätte, sie mußte sich dem Tag stellen und den Grundstein für ihren Aufenthalt legen. Brittany schöpfte tief Atem und wusch sich den Schlaf aus den Augen. Alle würden auf sie warten, und bei der Vorstellung wollte sich ihr der Magen umdrehen. Der heutige Tag würde noch schlimmer werden als der vergangene, doch jetzt stand ihr nur noch ein Jahr bevor. Sie straffte die Schultern und reckte das Kinn vor. Sie konnte und wollte diese Zeit ertragen.
Den Regeln für verheiratete Frauen zuwiderhandelnd, ließ sie ihr Haar offen und unbedeckt und betrachtete sich in dem blanken Spiegel. Ihr Kleid war schmutzig, ihr Haar floß in ungebändigten Locken und Wellen über ihre Schultern. Wenn es diese Barbaren nach einem Spektakel gelüstete, würde sie sie nicht enttäuschen.

Der große Raum war voller Schotten, die beim Frühstück saßen. Vom Kopf der geschwungenen Treppe aus sah Brittany in U-Form auf Böcken aufgestellte Tische. Der Laird nahm den Ehrenplatz ein; zu beiden Seiten saßen seine Männer. Zwei Frauen hatten am Tisch Campbells Platz nehmen dürfen. Unter seinen Männern erfreuten sie sich ihrer achtunggebietenden Bevorzugung. Voller Bitterkeit stellte

Brittany fest, daß für sie kein Platz am Haupttisch vorgesehen war.
Es wurde still im Raum, als sie die Treppe hinunterstieg. Sie spürte die Blicke aller Anwesenden. Auf der letzten Stufe angelangt, hob sie den Kopf und erwiderte die allgemeine Musterung mit Stolz und Würde. Langsam und festen Schritts ging sie auf Campbell zu und versank in einem tiefen Knicks.
»My Laird«, begrüßte sie ihren Gatten. Gemessen erhob sie sich und wartete darauf, daß dieser arrogante Teufel ihr den einer Ehefrau gebührenden Respekt entgegenbrachte und ihr protokollgemäß den Platz an seiner Seite anbot.
Sekunden verstrichen, während scharfe blaue und zornige hellbraune Blicke einander maßen. Ein schiefes Lächeln trat auf die Lippen des Laird, und Brittany hatte das unangenehme Gefühl, daß er ihre Gedanken lesen konnte.
Links des Lairds beugte sich ein Mann vor und stützte die Hände auf den Tisch, um sich mitsamt seinem Stuhl zurückzuschieben. Campbell legte ihm die Hand auf die Schulter und hielt ihn so zurück. Brittanys Hoffnung starb, als der Mann sich daraufhin nicht erhob.
Campbell sah erneut auf seine Gattin. Ein wissender Blick voller Autorität und Herausforderung lag in seinen Augen, als er lässig auf die unteren Tische wies. »Es wird spät, das Mahl wird kalt. Such dir einen Platz und stille deinen Hunger.«
Brittany unterdrückte den unwillkürlichen Drang, in dieses selbstzufriedene Gesicht zu schlagen. Er wies ihr die Stellung einer Hure zu. Sein Bett sollte sie teilen, sonst nichts. Doch sie konnte ihm mit gleicher Münze zurückzahlen. Unter den abschätzenden Blicken der Leute knickste sie noch einmal anmutig und tief.
»My Laird ist zu gütig. Ich muß noch viel über Eure Sitten

lernen. Schon jetzt aber erfreut mich Eure großzügige Höflichkeit.« Sie richtete sich auf und sah dem Laird offen in die Augen. »Zu meinem Leidwesen muß ich gestehen, daß die Engländer nicht so feine Manieren zeigen. Wäre die Situation umgekehrt, wärt Ihr im Hause meines Großvaters zu Gast, wärt Ihr, nur weil Ihr ein Schotte seid, nicht so höflich an seinen Tisch geladen worden.«
Schon sprangen Krieger auf, als sie sich dem ersten Tisch zur Rechten des Laird näherte. Sie wählte den ersten angebotenen Platz und lächelte dem grauhaarigen Kämpen, der für sie aufgestanden war, zurückhaltend an. Soldaten rückten für ihren Kameraden ihre Stühle zur Seite, als er sich neben die Dame zwängte.
Alec schüttelte amüsiert den Kopf, als er beobachtete, wie bereitwillig seine Männer seiner Frau entgegenkamen. Während des Mahls beugte er sich mehrmals vor, um die Aufmerksamkeit seiner Gattin auf sich zu ziehen. Obwohl es ihr durchaus nicht entging, gab sie vor, zu vertieft in Gespräche zu sein – zum Beispiel mit seinem Gefolgsmann Andrew –, um die Bemühungen ihres Gatten zu bemerken. Die Männer an ihrem Tisch schienen an ihren Lippen zu hängen, so fasziniert, daß sie vergaßen zu essen.
Alec wandte sich wieder den Speisen zu, und Brittany verbarg ein Lächeln. Er griff nach seinem Pokal und hielt inne, horchte offenbar auf das, was sie auf eine von Andrews Fragen antwortete. Indem sie ein Gähnen unterdrückte, sagte sie: »Um der Wahrheit die Ehre zu geben, Sir Andrew – ich habe in dieser Nacht kaum ein Auge zugetan.«
Die Männer stießen einander an und grinsten lüstern, während sie ihren Laird mit wissenden Blicken bedachten.
Lady Campbell erstickte ein neuerliches Gähnen und fügte deutlich hörbar hinzu: »Immer wieder hat Laird Campbell mich in meiner Ruhe gestört.« Sir Andrews wohlwollende Miene

gab ihr Zuversicht, und beruhigt widmete sie sich ihrer Mahlzeit. Den Löffel beinahe an den Lippen, fügte sie beiläufig hinzu: »Es war nur eine Nichtigkeit, die mich aus dem Schlaf riß. Mit der Zeit werde ich mich gewiß an so etwas gewöhnen.«

Der Laird verschluckte sich; eine Fontäne Ale sprühte aus seinem Mund, während eine große Hand ihm den Rücken klopfte. Wütend wandte er sich seiner Frau zu.

Brittany erwiderte seinen Blick und fragte völlig ernst: »Fehlt Euch etwas, my Laird?«

»Eine Nichtigkeit, Weib?« brüllte er in den mäuschenstillen Saal.

»Mein Gatte, es ist ganz und gar bedeutungslos. Vermutlich haben andere Ehefrauen die gleichen Beschwerden.« Brittany stand auf und stieß dabei ihren Stuhl um, als ihr Mann auf sie zukam.

»Bedeutungslos? Beschwerden?« dröhnte er und stellte sich zornbebend vor ihr auf.

Brittany hob leicht die Schultern. »Es ist kein Verbrechen, my Laird, und nichts, dessen ein Mann sich schämen müßte. Viele Männer schnarchen.«

Verdutzt starrte er sie an. Mancher Gefolgsmann drehte sich um und verbarg sein Gesicht. Keiner der Krieger wagte es zu lachen, obwohl es zahlreiche von ihnen kaum noch auf ihren Stühlen hielt.

»Du meintest mein Schnarchen?«

»Was denn sonst, my Laird?« Brittany sah ihn offen an.

»Es gibt andere Gründe für Mangel an Schlaf, wie du in der letzten Nacht erfahren hast, und nicht zum letzten Mal.« Er zog sie an seine Brust, und sie erbebte unter seinem sprechenden Blick.

Langsam senkte er den Kopf. Seine Lippen berührten die ihren, seine Zunge schlüpfte ungehindert zwischen ihre Lippen und fühlte sich an wie Satin auf Seide. Ein Feuer loderte

zwischen ihnen auf. Sobald sie sich berührten, waren alle anderen vergessen. Brittany fragte sich verschwommen, wie ihr Körper sich gefangennehmen lassen konnte, während ihr Geist nach einem Fluchtweg schrie. Morgen werde ich einen Heilkünstler aufsuchen und eine Medizin gegen diese Krankheit verlangen, war ihr letzter bewußter Gedanke, bevor der Kuß sie benebelte.
Als Alec den Kopf wieder hob, bemerkte sie, daß sein Gesicht weicher wirkte, und die Zärtlichkeit und Wärme in seinen Augen rührten an eine Saite tief in ihrem Inneren. Sie dachte an die vergangene Nacht und spürte die Röte in ihre Wangen steigen, als Alec sie wissend anlächelte. Er flüsterte: »Wenn dich die Leidenschaft überkommt, sind deine Augen von einem sanften, warmen Braun, doch leider bleibt keine Zeit, um deine Lust zu stillen.« Er lachte leise, als ihr sanfter Blick zornsprühend wurde. »Bist du ungehalten, werden diese wunderschönen Augen grün.«
Sie wollte sich losreißen, doch er hielt sie fest. »My Laird, mein Essen wird kalt.«
»Aye, und meine Geduld verläßt mich.« Seine Stimme verriet keinen Zorn, und er zog sie mit sich an seinen Tisch. Auf einen Blick hin erhob sich der Mann zu seiner Linken und machte Platz für Lady Campbell an der Seite des Lairds.
»Setz dich hierher, damit ich deiner vorwitzigen Zunge Zügel anlegen kann.«
Angesichts dieser Zurechtweisung hätte Brittany ihm am liebsten die besagte vorwitzige Zunge gezeigt. Sie nahm jedoch Abstand von so einer kindischen Reaktion, schließlich hatte sie bekommen, was sie wollte – den Platz, der ihr zustand, an der Seite ihres Gatten.
Es hatte Vorteile, sich wie eine Dame zu benehmen, und insgeheim sonnte sie sich in dem Gefühl der Befriedigung, ihren Mann überlistet zu haben. Das Wortgefecht hatte ihr

Auftrieb gegeben. Um ihre innere Erregung zu verbergen, senkte sie züchtig den Kopf.
»Wie Ihr wünscht, my Laird.«
Alec lachte leise über ihre zweideutige Antwort. Er rückte ihr den Stuhl zurecht und neigte sich zu ihr, um ihr ins Ohr zu flüstern: »Weib, ich bat lediglich darum, daß du diese Mahlzeit mit mir einnimmst. Zum Abend mag dein Platz schon anderweitig belegt sein.«
Oh, der Mann war hassenswert. Seine grobe Bemerkung senkte sich in ihre Freude wie ein Schwert in das Herz des Feindes. Die Wunde schmerzte, doch niemand sollte ihre Pein erkennen.
Brittany lächelte den Diener an, der ihr eine Schale mit Porridge servierte. Er bewahrte sie vor einer Antwort. Im Grunde hatten inzwischen sowohl das dampfende Gericht wie auch die verbalen Spitzen ihre Würze eingebüßt. Doch Brittany hatte den Angriff gelernt, nicht den Rückzug. Kampfeslust in den Augen, sah sie ihren Gatten an und erwiderte keineswegs vertraulich: »In England ist der Platz einer Frau an der Seite ihres Mannes. Ist es hier anders?« Auf sein zustimmendes, keinen Widerspruch duldendes Nicken hin fuhr sie fort: »Mein Gatte, wenn Ihr mir meine Rechte öffentlich streitig macht, versage ich Euch die Euren privat.«
Im selben Augenblick, da sie die Worte ausgesprochen hatte, wußte Brittany, daß sie zu weit gegangen war. Nicht die Gespräche, die mitten im Satz abbrachen, nicht das Klappern des Geschirrs, das entsetzten Dienern aus den Händen glitt, nein, allein der Ausdruck auf dem Gesicht ihres Gatten sagte ihr deutlich, wie töricht sie gewesen war.
Inmitten der plötzlichen Stille zog Alec Campbell eine Braue hoch und hielt sie mit seinen blauen Augen gefangen. Gemächlich verschränkte er die muskulösen Arme vor der Brust. »Weib, du wagst es erneut, mich herauszufordern?«

Seine Worte jagten ihr einen kalten Schauer über den Rükken, und sie dachte an die letzte Herausforderung, die sie ihm ins Gesicht geschleudert hatte. Die Vernunft verlangte nach Unterwerfung, doch als sie in sein kantiges Gesicht blickte, verspürte sie ein bisher nie erlebtes Bedürfnis, das Verlangen nach Selbstbestätigung.

»Aye. Nehmt Ihr die Herausforderung an?«

Ein kollektives Raunen ging durch den Saal. Schock und Empörung stand auf den Gesichtern der Clansmen. Niemand rührte sich, niemand sprach ein Wort. Sie warteten ab.

Der Laird lehnte sich in seinem Stuhl zurück. Seine Mundwinkel hoben sich, doch das Lächeln ließ Brittany schaudern. Sie erkannte diesen Gesichtsausdruck, sie hatte ihn schon einmal gesehen. Eine innere Stimme schrie ihr eine Warnung zu – Vorsicht, Falle. Er war durch und durch der mit allen Wassern gewaschene Kämpfer, der den Augenblick direkt vor dem Sieg auskostet.

»Nenn deine Bedingungen und dein Pfand, Weib.«

Brittany schluckte ihre Angst herunter. »Ich verlange nicht mehr als das, was ich bereits gegeben habe – die Einhaltung Eures Eheschwurs. Dafür halte ich den meinen.« Sein Lächeln wurde breiter, und Brittany spürte, wie die Falle zuschnappte.

»Du hast geschworen zu gehorchen.« Die leise gesprochenen Worte hallten in ihrem Kopf wider wie das Zuschlagen einer Kerkertür. Er umspannte ihre Hand und betastete den Ring, den er ihr angesteckt hatte. »Bist du etwa nicht mit Leib und Seele verpflichtet, dich meinem Willen zu fügen?«

Sie versuchte, ihre Hand zu befreien, doch er griff nur noch fester zu und versagte ihr die Freiheit mit dieser Geste genauso wie mit seinen Worten.

Sie senkte die Augen, um den Blick seiner blauen Augen nicht ertragen zu müssen. »Aye, Barbar. Ich habe mein Wort gegeben und werde den Schwur in Ehren halten.« Die Demütigung schmeckte bitter, und unfähig, ihren Stolz vollends zu unterdrücken, fügte Brittany hinzu: »Werdet Ihr den Euren halten?«

»Wie ich meinen Schwur halte, ist allein meine Angelegenheit, nicht deine. Ein weniger geduldiger Mann wäre schon längst wegen deines Benehmens mit dir ins Gericht gegangen. Dieser Fehler meinerseits wird sich nicht wiederholen.«

Angesichts der Drohung entriß ihm Brittany ihre Hand und barg sie sicher in ihrem Schoß.

Die Clansmen nickten; ihr zustimmendes Raunen durchbrach die Stille. Die wenigen anwesenden Frauen, die hochgeborenen wie auch die dienenden, schwiegen. Sie starrten die junge Frau mit einer Mischung aus Mitleid und Verständnis in den Blicken an.

Brittany wußte, daß ihr Schicksal besiegelt war. Trotzig hob sie das Kinn. »Ganz gleich, was Ihr tut, ich werde mich Eurem Willen nicht beugen. Ich verlange lediglich, was mir zusteht, und ich werde mich mit nichts weniger zufriedengeben.«

Der Laird warf den Kopf in den Nacken und lachte lauthals. »Dir steht zu, was ich dir gebe, sonst nichts. Du hast selbst zugegeben, daß es deine Pflicht ist, mir zu gehorchen.« Er stützte sich auf den Tisch und erhob sich. Dräuend über ihr aufgerichtet, fügte er hinzu: »Deine Herausforderung wurde angenommen und niedergeschlagen. Heute nacht bezahlst du den Preis.«

Brittany sah ihm nach, als er mit langen Schritten, gefolgt von seinen Mannen, den Saal verließ. Abgesehen von den Dienstmägden blieben nur drei Personen zurück.

»Ist es das Blut der Mactavish oder die englische Erziehung, die Euch im Umgang mit meinem Bruder einen so rauhen Ton anschlagen lassen?« fragte eine weibliche Stimme so höhnisch, daß es an Brittanys strapazierten Nerven zerrte.

Das Verhalten des Lairds hatte augenscheinlich ihre Stellung festgelegt. Ohne seine Achtung war sie Freiwild für den gesamten Clan.

Brittany zog die Augenbrauen angesichts dieser unverschämten Frage unwillig zusammen und wandte sich der etwas weiter entfernt sitzenden Dame zu. Auf Feindseligkeit eingestellt, war sie verdutzt über die blitzenden Augen und das freche Lächeln der anderen. Würdevoll entgegnete Brittany: »Wahrscheinlich beides.«

Die junge Frau lachte leise über diese Antwort, und Brittany fühlte sich nahezu angenommen. Die dunkelhaarige Dame wandte sich einer Frau zu ihrer Rechten zu. »Das ist meine Mutter, Lady Brenna, und ich bin Lady Jenifer.«

Die ältere Dame lächelte nicht, sah Brittany aber auch nicht finster an. Statt dessen musterte sie sie mit undurchdringlicher Miene. »Ihr seid anders, als wir erwartet hatten.«

Brittany fand die Bemerkung nahezu lustig. »Gewiß bin ich eine Überraschung für jeden hier, manchmal sogar für mich selbst.« Brittany blickte die ältere Dame eindringlich an. »Dieser menschlichen Schwäche, so sagt man, machen wir uns alle schuldig: Wir glauben, etwas zu sein, was wir nicht sind.« Sie stand auf und wollte gehen.

»Setzt Euch. Ich bin nicht so ungezogen wie der Laird. Wenn es Euch beruhigt, so sollt Ihr wissen, daß ich eine geborene Douglas bin, nicht eine Campbell. Ich habe nichts gegen Euch und will Euch auch nichts Böses.«

»Im Gegensatz zu Eurem Sohn, Madam.«

Die alte Dame lächelte verstehend. »Mein Stiefsohn kann manchmal recht schwierig sein.«

»Seid Ihr wirklich mitten aus der Trauungszeremonie geflüchtet?« Mit unverhohlener Bewunderung im Blick lehnte Lady Jenifer sich vor. »Ach, ich finde Euch so mutig.«

»Unsinn«, unterbrach die alte Dame ihre Tochter. »Es ist

keineswegs mutig, dem Gatten öffentlich zu trotzen. Es ist dumm.«
Die Worte ihrer Mutter ließen Lady Jenifer erblassen, und sie fragte Brittany: »Warum habt Ihr das getan?«
Ja, warum? Würden sie verstehen, wie erniedrigt sie sich an ihrem Hochzeitstag gefühlt hatte? Wohl kaum. »Es war unumgänglich.« Brittany straffte die Schultern und blickte Alecs Stiefmutter in die listigen Augen.
Lady Brennas Miene wurde weich. »Habt Ihr dadurch mehr gewonnen als verloren?«
Brittany überdachte die Frage. »Ich denke, ich habe ein Unentschieden erreicht. Wir haben erkannt, daß wir etwas gemeinsam haben.« Auf Lady Jenifers fragenden Blick hin fuhr sie fort: »Euch ist vielleicht schon aufgefallen, wie starrsinnig Euer Bruder ist. Zu meiner Schande muß ich gestehen, daß auch ich häufig auf meinem eigenen Willen bestehe.«
»Tatsächlich?« Lady Brenna gab sich überrascht, um dann hinzuzufügen: »Leidet Ihr schon länger unter diesem Makel, oder habt Ihr ihn Euch erst bei Eurer Hochzeit zugezogen?«
Brittany verbiß sich ein Lächeln und stieß lieber einen gequälten Seufzer aus. »Ich fürchte, ich leide schon von Geburt an daran.«
»Schade. Gibt es in England eine Medizin gegen diese Krankheit?«
Brittany lachte leise. »Nicht, daß ich wüßte.«
»Es gibt eine Medizin, doch ich vermute, die Behandlung würde der Dame nicht zusagen«, ertönte Alecs dunkle Stimme von der Tür her, eindeutig höhnisch und beißend.
Seine Rückkehr traf Brittany unerwartet; seine Bemerkung ließ sie erstarren. Langsam drehte sie sich zu ihm um. »Ich wußte nicht, daß auch die Heilkunst zu Euren Fähigkeiten zählt, my Laird.«
»Wenn du von deiner Krankheit genesen bist – übrigens eine

Krankheit, die unpassend und nachteilig für eine Ehefrau ist –, wirst du mir danken.«
Seine Worte weckten erneut den Zorn in ihr. Dennoch duckte sie sich nicht unter seinem Blick und seiner Verurteilung.
»Ich dachte, deine Unterweisung sollte am besten gleich heute abend beginnen. Nach dem, was ich eben hörte, verstehe ich, daß die Angelegenheit sofortiger Aufmerksamkeit bedarf.« Er wandte sich an die anderen. »Ladys, ich fürchte, der Zustand meiner Gattin könnte ansteckend sein. Wenn Ihr uns bitte entschuldigen wollt.«
Die beiden Frauen erhoben sich. Lady Brenna verneigte sich steif vor dem Laird, um zu zeigen, was sie von dieser unhöflichen Entlassung hielt. Lady Jenifer ging zu ihrem Bruder hinüber und versank in einem tiefen Knicks. Als sie sich wieder erhob, setzte sie zum Sprechen an, doch ihre Mutter ergriff ihren Arm und zog sie sanft mit sich fort. Beide warfen Brittany noch einen Blick zu, bevor sie eilends den Raum verließen.
Als ihre Schritte verklungen waren, näherte der Laird sich Brittany, und plötzlich überkam sie große Angst.
Um dem Streit nicht sitzend zu begegnen, stand Brittany auf und stellte sich ihrem Gatten nicht als unterwürfige Dame, sondern als mutige Kämpferin entgegen. Ihre Strategie, sich wie eine Dame zu benehmen, war unsinnig. Ihr Instinkt riet ihr, ihn zu bekämpfen.
Selbst wenn sie stand, überragte er sie bedrohlich. Zwar mußte sie zu ihm aufblicken, doch sie tat es voller Trotz. Er griff nach ihrer Hand und umklammerte ihre Finger, als fürchtete er, sie könnte flüchten. Brittany verzog keine Miene und versuchte auch nicht, sich aus seinem Griff zu befreien. Sie stand still und erwartete ihr Schicksal mit der Würde eines besiegten, aber nicht geschlagenen Soldaten.
»Deine Unterweisung beginnt am heutigen Tag und wird andauern, bis ich mit dem Ergebnis zufrieden bin. Wie lange

das sein wird, hängt davon ab, ob du willens bist, eine gute Schülerin zu sein.«
»My Laird, ich heiße Brittany, nicht Galatea. Ihr seid nicht Pygmalion. Es ist nicht möglich, mich in eine Frau umzumodeln, die Ihr ...«, sie wollte sagen: begehrenswert, ersetzte das Wort aber rasch, »... die Ihr annehmbar findet.«
Er lächelte über ihr Zögern, schien das beinahe ausgesprochene Wort zu erraten. »Jenifer!« brüllte er, wohl wissend, daß seine Stiefschwester hinter irgendeiner Wand lauschte.
Sofort erschien sie unter der Tür zur Waffenkammer. »Ja bitte, Alec?«
»Euch kann ich Brittany nicht zur Unterweisung in Benehmen anvertrauen.« Die Betonung lag auf »Benehmen«.
Jenifer sah ihren Bruder empört an. »Ach, Alec, Ihr seid so schrecklich mißtrauisch.« Doch die schuldbewußte Röte ihrer Wangen verriet sie.
Ein höhnisches Lachen war seine Antwort. »Tatsächlich, Schwester? Warum nur?« Er fixierte sie, bis sie den Blick abwandte. »Besorge ein passendes Reitkostüm für Brittany. Sie wird mich heute begleiten.«
Er ließ Brittanys Hand los und lächelte über ihr erschrecktes Gesicht. »Ich habe Pflichten zu erfüllen, doch deine Lektion darf trotzdem nicht verschoben werden.«
Die Damen verließen den Saal, und Alec hörte die Stimme seiner Schwester. »Es tut mir leid, Brittany. Wie ich meinen Bruder kenne, wird es kein angenehmer Tag für Euch, und auch kein munterer Ausritt.«
Er schüttelte den Kopf. Dann waren die Stimmen nicht mehr zu hören. Er befürchtete, daß diese Freundschaft für beide Teile von Nachteil war. Brittany mußte lernen, wo ihr Platz war, und Jenifer benötigte schon lange eine festere Hand als die seiner Stiefmutter. Weiber, so dachte er angewidert, würden noch der Ruin seines friedlichen Lebens sein.

Fünftes Kapitel

Jenifers Vorhersage erwies sich als richtig. Weder der Tag noch der Ritt waren einfach. Das anstrengende Reiten bereitete Brittany kaum Probleme – daran war sie gewöhnt –, doch die unablässige Aufmerksamkeit des Laird, der sie erziehen wollte, war schwer zu ertragen.

Ihr Unterricht begann in dem Augenblick, als sie, mit Rock und Bluse in den Farben des Clans gekleidet, den Hof betrat. Der Laird und seine Mannen saßen bereits zu Pferde. Sie näherte sich ihrem Gatten, der ihr Reittier am Zügel hielt.

»Beeilt Euch, my Lady. Der Tag ist nicht mehr jung.«

»Und Eure Geduld ist begrenzt.« Brittany ergriff die Zügel, nicht wissend, daß ihre Bemerkung auch von anderen gehört worden war.

Bevor sie den Fuß in den Steigbügel setzen konnte, fühlte sie sich von hinten gepackt. Alecs mächtige Hände umspannten schmerzhaft ihre Taille. Mühelos hob er sie hoch und setzte sie unsanft in den Sattel.

»Aye, Weib, ich bin mit meiner Geduld am Ende.«

Er behandelte sie wie ein Kind, und das ließ Brittany heiß erröten, doch sie hielt den Kopf stolz erhoben und wartete, bis der Laird wieder aufgesessen war.

Er drehte sich halb im Sattel um. »Auf dich wird keine Rücksicht genommen. Entweder hältst du Schritt, oder du bleibst zurück.«

Die Reiter stürmten aus dem Burghof. Brittany folgte, sicher, Schritt halten zu können, allerdings im Zweifel, ob sie nicht

die Beherrschung verlieren würde. Es nützte nichts, sich wie eine Dame zu verhalten, solange sie mit diesem grauenhaften Mann zu tun hatte.
Stundenlang ritten sie ohne Pause. Brittany nahm an, daß der Laird die Grenzen seines Besitzes abritt und nach Zeichen von Übergriffen oder Unruhen Ausschau hielt, doch da er es nicht für nötig gehalten hatte, sie darüber in Kenntnis zu setzen, war sie nicht sicher. Zwar hielt er in keinem der Dörfer an, die sie passierten, doch jedesmal schickte er einen Kundschafter aus, der ihm Bericht erstatten mußte.
Brittany ritt ganz am Schluß und fühlte sich wie immer: als Außenseiterin. Ihr Pferd schien zu ermüden, und sie nahm das Tempo etwas zurück. Wenn diese verdammten Schotten ihre Pferde umbringen wollten ... sollten sie doch. Die Männer ritten unbeirrt weiter. Die Entfernung zwischen ihr und dem Trupp vergrößerte sich, als sie anhielt und aus dem Sattel glitt, um ihr Pferd zu untersuchen. Mit geübten Händen betastete sie die Beine des Tiers.
»Armes Ding, kein Wunder, daß du nicht Schritt halten konntest.« Sie tätschelte ihr Pferd und seufzte, die Zügel in der Hand. Die Männer waren schon in weiter Ferne, und keiner nahm Notiz von ihrem Fehlen. Wie dem auch sei, dachte sie. Ich werde mein Pferd nicht lahm reiten, um mich zu beweisen. Am Zügel führte sie das verletzte Tier hinter sich her.
Sie folgte dem Weg und ließ den Blick nach vorn schweifen. Die Männer verschwanden gerade hinter einem Hügel in der Ferne. »Wir sind allein.« Brittany lächelte ihrem Pferd bekümmert zu. »Im Grunde ist mir deine Gesellschaft auch viel lieber.« Doch dann zog sie die Mundwinkel herab. Kein Wasser, kein Proviant und keine Waffe. Perfekt, dachte sie und fragte sich, wie lange es dauern würde, bis ihr Gatte ihr Fehlen bemerkte und zu ihrer »Rettung« zurückkam.

Der Tag schritt fort, und ihr kam in den Sinn, daß dem Laird ihr Zurückbleiben vielleicht durchaus bewußt war, daß dies zu ihrer Lektion gehörte. Die Vorstellung war so deprimierend, daß sie sie schnell verdrängte. Doch die nagende Angst ließ sie nicht los, und mit der Angst wuchs ihr Zorn. Wie konnte er es wagen! Wahrscheinlich wartete er ein Stück weiter auf sie. Sie war schon halb entschlossen, ihn der Freude zu berauben, sie in sein Lager humpeln zu sehen, und dachte daran, einfach umzukehren. Doch die Gegend war ihr fremd; sie konnte nicht das Risiko eingehen, sich zu verirren. Die Sonne schickte sich an unterzugehen, und ihre Füße und Beine schmerzten von dem beschwerlichen Marsch. Sie verließ den Weg und führte ihr Pferd in den Wald hinein. Wenn sie ein Feuer anzündete, fand der große Krieger vielleicht zu ihr zurück. Der Gedanke freute sie keineswegs. Wenn sie wenigstens eine Waffe besessen hätte! Es war unverzeihlich, sie wehrlos zurückzulassen. Je mehr die Zeit verging, desto heftiger wurden Brittanys Vorwürfe. Als das Feuer brannte und das Pferd versorgt war, hatte sie den Laird bereits an einen Ort gewünscht, wo er mit Sicherheit für die unglaubliche Behandlung, die er ihr angedeihen ließ, würde schmoren müssen.
Der Mond ging auf, und Brittany wickelte sich fester in ihren Plaid. Sie hatte die zusammengelegten Stoffbahnen entrollt und um sich geschlungen. So lag sie dicht beim Feuer, einen Stock in Reichweite, um sich notfalls verteidigen zu können. Die Geräusche im dunklen Wald ließen sie vor Angst schaudern. Was für Tiere lebten in diesem Landstrich? Streiften Raubtiere durch den Wald? Schottland war als rauhes, barbarisches Land bekannt. Das mußte es wohl auch sein, wenn es solch gefühllose Männer wie ihren Gatten hervorbrachte. Ein Tierschrei ließ sie nach ihrem Stock greifen. Hätte sie doch nur ihr Schwert! Fest umklammerte sie den groben Prügel, als sie einen Zweig knacken hörte. Mit angehaltenem Atem

lauschte sie auf weitere Geräusche, um die Richtung bestimmen zu können. Wieder knackte es kaum hörbar. Alles Blut wich aus ihrem Gesicht. Es war direkt hinter ihr.

Bevor Angst die Oberhand gewinnen konnte, wälzte sie sich herum und schwang den Stock mit aller Macht. Ihre Waffe traf ihr Ziel, splitterte, dann folgte ein Schmerzensschrei. Brittany sprang auf die Füße, behindert durch die langen Stoffbahnen, die sich um ihre Knöchel wickelten. So stolperte sie vorwärts und schwang den abgebrochenen Ast gegen den zurückweichenden Feind. Ihr Fuß verfing sich in ihrem Plaid, sie taumelte und fiel gegen ihren Gegner.

Die Waffe wurde ihr aus der Hand gerissen, sie selbst zur Seite gestoßen. Sie versuchte, sich zu erheben, doch starke Hände hielten ihre Arme fest, während ein Bein ihre Gliedmaßen zu Boden drückte.

Sie wehrte sich vergeblich. Schwer atmend blickte sie den Mann an, der sie festhielt. Zum ersten Mal sah sie seine Züge jetzt im Feuerschein, und die Verwünschungen, die ihr auf der Zunge lagen, blieben unausgesprochen. »Ihr!«

»Zu Euren Diensten, Lady Brittany.« Brian Mactavish half ihr auf und sagte: »Offenbar habt Ihr Euren Gatten verloren. Schon wieder.«

Brittany sah den gutaussehenden jungen Mann an und bemerkte weitere Männer, die jetzt vortraten. »Ihr auf dem Grund und Boden der Campbell?«

Brian lächelte. »Nein. Dieses Landstück beanspruchen beide Clans für sich.«

Das Tal war Teil des Heiratsabkommens gewesen. Doch Brittany stellte seine Behauptung nicht in Frage. Es wäre dumm gewesen. »Ich verstehe.« Brittany musterte die umstehenden Männer. »Seid Ihr auf der Jagd?« Es war eine diplomatische Frage. Da das Land jetzt dem Clan Campbell gehörte, waren die Mactavish Marodeure.

Einige Männer belächelten die Frage, während der Anführer mit zurückgeworfenem Kopf lauthals grölte. »Aye, wir sind auf der Jagd.«
Brittany sah die kleinen Beutestücke an den Gürteln der Männer. »Da das Glück Euch hold war, solltet Ihr weiterziehen, bevor Ihr selbst zur Beute werdet.«
Brian nahm ihren Arm und führte sie ein Stück fort von seinen Männern. »Ist Euer Gatte in der Nähe?«
Nicht willens, auf die näheren Umstände einzugehen, erwiderte sie: »Aye. Wir ritten zusammen, bis ich zurückblieb.«
Brian sah sie befremdet an. »Dem Campbell kann man manches vorwerfen, doch er ist und bleibt ein Schotte. Wir verlieren unsere Frauen nicht unterwegs. Seid Ihr etwa davongelaufen, my Lady?«
Brittany wurde heiß angesichts dieser Unterstellung. »Ganz sicher nicht.« Sie wollte sich losreißen, doch er hielt sie fest.
»Warum seid Ihr allein?« Seine Stimme klang rauh; die Wut kam überraschend.
Sie blickte ihn abschätzig an. »Das geht Euch nichts an.«
»Ihr seid eine Mactavish. Wenn Campbell Euch keinen Schutz gewährt, ist das meine Ehrenpflicht. Ihr kehrt mit uns zurück.«
»Ihr könnt mich nicht in Euer Schloß bringen. Das würde Krieg bedeuten.«
»Mir bleibt keine Wahl.«
Brittany biß die Zähne zusammen. Sie mußte sich geschlagen geben. »Ich stehe unter dem Schutz meines Gatten. Unsere Trennung ist Teil einer Lektion für mich.«
Brian hob eine Augenbraue und forderte sie mit Blicken auf fortzufahren.
Brittany konnte seinem Blick nicht standhalten und senkte die Lider, während sie erklärte, wie und warum sie hinter ihrem Gatten und seinen Männern zurückgeblieben war.

»Er muß in der Nähe sein.« Brian spähte in den Wald hinein. »Wahrscheinlich beobachtet er uns.« Seine Stimme war hart, seine Haltung angespannt.

»Ihr müßt gehen.« Brittany folgte seinem Blick und hoffte, daß dieses Abenteuer kein Nachspiel hatte.

»Wir lassen Euch Proviant und eine Waffe zurück.« Brian lächelte in ihr besorgtes Gesicht. »Fürchtet Euch nicht, Lady Brittany. Falls wir auf dem Heimweg auf einen Campbell stoßen, bringen wir ihm Benehmen bei.«

Brittany sah zu, wie die Männer Nahrungsmittel für sie bereitlegten und sich dann still in den Wald zurückzogen, aus dem sie gekommen waren. Sie blickte den dunklen Gestalten nach und hätte gern gewußt, ob ihr Gatte tatsächlich in der Nähe war. Wenn ja, warum hatte er sich beim Auftauchen der Mactavish nicht gezeigt? Wahrscheinlich würde er dann der Liste ihrer Verfehlungen auch noch Spionage hinzufügen. Der Gedanke machte sie wütend. Sie stapfte zum Feuer und durchwühlte den bereitgelegten Proviant.

Lächelnd hob sie das Schwert, das man ihr überlassen hatte. Jetzt kannst du kommen, mein Gatte, dann werden wir eine Lektion lernen. Sie erbaute sich eine Weile an dieser Vorstellung, bevor ihr Blick auf die Nahrungsmittel fiel. Ihr Hunger war stärker als ihr Rachedurst, und sie aß herzhaft. Es schmeckte ihr so gut wie nie zuvor. Jetzt besaß sie Proviant, Wasser und eine Waffe. Plötzlich erschien ihr die Nacht wunderbar friedlich. Sollte der Campbell sich nur um ihr Wohlergehen sorgen!

Satt und warm rollte sie sich am Feuer zusammen. Wozu brauchten Frauen überhaupt Männer? Deren Verdienste wurden schändlich überbewertet. Wenn Alec morgen kam, würde er kein zitterndes Weib vorfinden, sondern eine selbstbewußte Frau. Soviel zum Erfolg der Lektion dieses Schotten.

Alec merkte sofort, daß Brittany zurückblieb. Er beschloß, sie im Glauben zu lassen, sie wäre allein, kommandierte jedoch Andrew ab, sie im Auge zu behalten. Auch wenn sie sich auf dem Grund und Boden der Campbells befand, war eine schutzlose Frau doch Freiwild.

Später dann wollte er sie überraschen. Der Schreck würde mehr in ihr bewirken als eine Bestrafung. Sie hatte ihren festen Platz, und solange ihr das klar war, würde alles seinen geregelten Lauf nehmen. Sein Leben hatte eine gewisse Ordnung, und, bei Gott, diese Ordnung würde er sich erhalten. Brittany war eine Belastung, die ihn irgendwann nicht mehr verärgern würde.

Der Plan war klug und logisch; das Problem bestand nur im Unvorhergesehenen. Bei Einbruch der Nacht wurden seine Männer angegriffen – weit genug entfernt von Brittany, so daß er nicht um sie fürchten mußte. Doch der Clan Dougall war ein lästiger Nachbar, der es mit den Mactavish hielt. Sie schlugen zu, als er es am wenigsten erwartete, und flohen dann. Alec mußte ihnen bis weit in die Nacht hinein folgen und sie von seinem Land vertreiben.

Gegen Morgen kehrte Alec müde, verschmutzt und übellaunig ins Lager zurück.

Seine Laune wurde noch unerträglicher, als er erfuhr, daß der Mann, der seine Frau beschützen sollte, vermißt wurde. Besorgt befahl er seinen Männern, auszuschwärmen und die Gegend abzusuchen, während er ins Tal hinabritt. Angst überkam ihn. Er trug die Verantwortung für Brittany. Bevor Alec ihre Lagerstatt erreichte, wurde Andrew gefesselt und geknebelt aufgefunden.

Alec hörte sich seinen Bericht an und schickte dann seine Männer zum Rand des Tales, wo sie auf ihn warten sollten. Er plante, seine Frau allein zu treffen. In der Erwartung, daß sie seinen Mannen Gefühlsausbrüche präsentieren würde,

gedachte er, ihr noch mehr Peinlichkeiten zu ersparen. Noch immer wünschte er sich ein privates Zusammentreffen, allerdings keineswegs aus Rücksicht auf ihre Gefühle.
Leise näherte er sich ihrem Lager, sah den Proviant, die Waffe und die Plaids. Die Farben der Mactavish! Seine Wut kochte über angesichts der Unverschämtheit des Clans Mactavish und der mangelnden Loyalität seiner Frau.
Behutsam, auf Zehenspitzen, schlich er zu seiner schlafenden Gattin. Unbemerkt entfernte er das Schwert aus ihrer Reichweite. Behutsam griff er nach den verhaßten Plaids und zog sie ihr vom Leibe.
Zu seiner Zufriedenheit schreckte Brittany entsetzt in die Höhe und tastete nach der Waffe. Dabei fiel ihr Blick auf seine dunklen Stiefel und wanderte langsam höher.
Mit unverhohlener Wut funkelte er sie an. Das Plaid des Feindes hielt er noch immer in der Hand.
Mit wachsamem Blick tastete Brittany noch immer nach dem Schwert, bis sie es in einiger Entfernung entdeckte. Alec lächelte, aber ohne jegliche Wärme. »Deine Waffe wird dir nicht viel nützen.«
Sie hob den Kopf, und er sah, daß ihre unglaublichen braunen Augen plötzlich grün schillerten. »Ist Euer Wunsch zu siegen so übermächtig, my Laird, daß Ihr von mir erwartet, mich Eurer Größe und Kraft unbewaffnet entgegenzuwerfen?« Sie erhob sich und stand stolz vor ihm.
Unglaublich, dachte er, daß sie es wagt, mir zu trotzen. Seine Wut verrauchte angesichts der Kühnheit dieser Frau. Er konnte nicht abstreiten, daß sie unsagbar schön war in ihrem Wagemut. Dinge fielen ihm auf, an die er lieber nicht denken wollte, und schnell verbannte er seine beunruhigenden Gedanken.
Er hob die Faust mit dem Plaid der Mactavish vor ihre Augen. »Wenn du dich jemals wieder in die Farben meines Feindes

hüllst, werde ich dir alle Kleider vom Leibe reißen.« Er warf das Plaid in die ersterbende Glut des Feuers, wo es aufflackerte. Der scharfe Geruch versengter Wolle erfüllte die Luft.
Der beißende Rauch trieb Brittany die Tränen in die Augen, doch sie wandte sich nicht ab. »Die Schuld liegt bei Euch, mein Gatte. Ihr habt nicht für mein Wohlergehen gesorgt, also ist ein anderer eingesprungen.«
Alec blickte in ihr empörtes Gesicht und konnte nicht fassen, daß sie ihn zur Rechenschaft zog. Er wollte ihre Unterwerfung nicht durch Schläge erzwingen, doch er war mit seiner Geduld am Ende. Jede andere Dame, ob schottisch oder englisch, hätte sich vor ihm geduckt. Aber nicht Brittany. Sie reagierte völlig falsch für eine Frau. Ihr Verhalten verwirrte ihn. Plötzlich fielen ihm ihre Worte wieder ein: »Ich wurde als Dame geboren und als Soldat erzogen.«
Er lachte laut auf, als er erkannte, wie er sie treffen konnte und wieviel Vergnügen ihm dies bereiten würde. »Du solltest lernen, wo dein Platz ist, und du hast die Lektion nicht begriffen und entsprechend auch nicht gelernt.«
Ihre Wangen färbten sich vor Kampfeslust. »Ich weiß, wo mein Platz ist: sicher nicht unter Eurem Stiefelabsatz.« Sie wirbelte herum, doch seine Hand schoß vor und packte sie beim Haar, zerrte sie zurück und hielt sie fest.
»Dein Platz ist dort, wo ich es befehle. Letzte Nacht hat deine Lektion dir gezeigt, daß du ohne mich überhaupt nichts hast. Deine Existenz hängt voll und ganz von mir ab.« Er spürte, wie sie sich versteifte und sich gegen seinen Griff wehrte, um sich umdrehen und ihn ansehen zu können. Sie war prachtvoll – ihre Augen blitzten wie von einem inneren Feuer.
»Es gibt eine Lektion zu lernen, mein Gatte, aber nicht für mich.« Sie stemmte die Hände gegen seine Brust und ließ sich zurückfallen, so daß sie den Hünen mit sich zog. Jahrelanges Training hatte sie gelehrt, ihre Füße dabei mit Kraft in

seinen Bauch zu stoßen, sobald sie auf den Boden auftraf. Der Laird flog in hohem Bogen durch die Luft. Sie sprang auf die Füße und stürzte zu ihrem Schwert.

»Ich bin eine Ehefrau, nicht eine Sklavin.«

Daß sie ihn überlistet hatte, verletzte seinen Stolz, und entsprechend barsch klang seine Stimme. »Das ist ein und dasselbe.«

Er richtete sich auf und hielt schon sein Schwert in der Hand, bevor er noch festen Boden unter den Füßen hatte. Sein Plan funktionierte, doch er mußte sie noch schlimmer reizen. Die Vorstellung war ihm nach der erlittenen Demütigung nicht eben unangenehm.

»Die Geduld, die ich für dich aufgebracht habe, war verschwendete Mühe. Hätte man mir eine Hure von den Straßen Londons als Braut gebracht, hätte ihr Benehmen nicht empörender sein können als das deine.«

Das schmerzte. Die Kränkung zeigte sich flüchtig in ihrer Miene, sie hatte sich jedoch sofort wieder unter Kontrolle. Ihre Reaktion war überraschend für ihn. Er hatte gedacht, sie wäre immun gegen solche Spitzen.

»Ich habe geirrt, my Laird. Ich gebe vor, etwas zu sein, was ich nicht bin. Es ist an der Zeit, daß Ihr die Frau kennenlernt, die ihr geheiratet habt.« Sie hob das Schwert und wickelte sich langsam aus dem Plaid, der ihr als Rock gedient hatte.

Alec vergaß, den Mund zu schließen, als er das sah. Ihr Hemd reichte bis zur Hälfte ihrer Oberschenkel. Mit bloßen Beinen, Hemd und Haar im Wind flatternd, bot sie einen verlockenden Anblick.

»Du wagst es, mich herauszufordern, als seist du ebenbürtig?«

»Aye, my Laird. So ist es. Dennoch werden wir niemals ebenbürtig sein. Selbst jetzt kann ich nicht auf Euer Niveau herabsteigen.«

Brüllendes Gelächter zerriß die Stille des Tals. »Dann komm und laß uns unsere Kräfte messen, Weib.« Er hatte sie dort, wo er sie haben wollte. Einem geschlagenen Kämpfer drohte entweder der Tod oder die Knechtschaft.
Brittany vollführte einen wohlgeübten Hieb. Im selben Augenblick, da Stahl auf Stahl traf, erkannte Alec, daß sie im Kampf ausgebildet war. Ihr Stil, ihre Bewegungen verrieten ihr Geschick. Dennoch war sie ihm aufgrund ihrer zarten Gestalt nicht gewachsen. Er kämpfte, wehrte ihre Hiebe ab, ohne jedoch seinen Vorteil wahrzunehmen. Jedesmal, wenn er den Schwung seines Schlages bremste, durchbrach sie seine Deckung und schlug zu. Wäre er nicht so geübt und beweglich gewesen, hätte er durchaus Schaden nehmen können.
Wer immer sie ausgebildet haben mochte, verstand etwas von seiner Kunst. Derartige Geschicklichkeit erwarb niemand innerhalb von Monaten; dazu bedurfte es jahrelangen Trainings. Alec lächelte bei jedem abgewehrten Hieb, um sie wissen zu lassen, daß er mit ihr spielte. Ihre Konzentration auf die beabsichtigten Finten ließ nicht ein einziges Mal nach, was bewies, daß ihre Ausbildung entschieden gründlicher war, als er zunächst angenommen hatte. Sie hatte sich nicht nur gebrüstet. Sie war tatsächlich als Soldat erzogen worden. Plötzlich ergab ihr Verhalten für seinen kriegerischen Verstand einen Sinn.
»Sind Englands Ritter so schwach, daß sie jetzt Frauen ausbilden, um sich verteidigen zu können?« fragte er, während er ihren Hieb parierte.
»Ist Selbstüberschätzung eine Eigenschaft der Schotten oder nur ein Charakterzug der Campbells, my Laird?« entgegnete sie und zielte mit dem Schwert nach seiner Kehle.
Alec wehrte den Angriff ab und lächelte über ihre Antwort. »War dein Großvater so enttäuscht über dein Geschlecht, daß

er einen Jungen aus dir machen wollte?« Verräterische Röte trat auf ihre Wangen, und er wußte, daß der Hieb gesessen hatte. »Ist das der Grund, warum du diese männliche Kunst beherrschst?«
»Wenn Ihr Euch gepflegt unterhalten wollt, Barbar, sucht Euch eine hochwohlgeborene Dame zum Plaudern.« Sie stieß vor, in der Hoffnung, ihn zu treffen.
Wieder wehrte er den Schlag ab. Er war noch nicht einmal außer Atem, während ihre Kräfte rapide schwanden.
»Gönnt mir die Freude, my Lady. Es gibt ansonsten wenig, was mich interessieren könnte. Vielleicht betrachtest du das hier als Kampf, doch es ist kaum mehr als ein Spielchen.«
Stahl stieß auf Stahl, aber sie blieb stumm. Der Kampf zog sich endlos in die Länge. Wenn sie zur Soldatin ausgebildet worden war, mußte sie wissen, daß ihre Chancen auf einen Sieg geringer wurden, je länger der Kampf dauerte. Alec beobachtete sie, bewunderte ihre Ausdauer. »Gib zu, daß du unterlegen bist, Brittany, und mach deiner Pein ein Ende«, riet er, da er plötzlich ahnte, daß ihre Niederlage kein Sieg für ihn sein würde.
Sie sprang vor und schwang ihr Schwert. Er begegnete dem Schlag mit aller Macht. Sein Schwung lähmte ihren Arm, das Schwert fiel ihr aus der Hand, und er konnte seinen Hieb nicht früh genug bremsen, um ihr Gesicht zu schonen. Als er sein Schwert geistesgegenwärtig senkte, um das Schlimmste zu vermeiden, traf seine Faust doch noch gewaltig auf ihren Kiefer. Fassungslos starrte sie ihn an, dann senkten sich ihre Lider, und sie brach zusammen.
Alec ließ sein Schwert fallen und fing Brittanys Sturz auf. Bestürzt sah er den wachsenden Bluterguß an ihrem Kinn. »Brittany!« brüllte er, und seine Hand strich unendlich sanft über die verletzte Stelle.
Auf seinen Ausruf folgte ein Kriegsschrei. Als Alec sich

danach umwandte, traf ihn ein Keulenhieb an der Schläfe, und er stürzte zu Boden wie eine gefällte Eiche. Er lag neben seiner Frau.

Brian Mactavish nahm das bewußtlose Mädchen in seine Arme und trug sie in den Wald zu seinem Pferd.

Sechstes Kapitel

»Sie kann nicht bleiben«, sagte Angus Mactavish. Resignation und Bedauern schwangen in seiner Stimme mit, als er die bewußtlose Frau in dem mächtigen Bett betrachtete. Der Laird und Brian Mactavish standen etwas abseits von den Frauen, die sich um Lady Campbell bemühten. Die Heilkundige tastete gekonnt Brittanys angeschwollenen Kiefer nach Brüchen ab, wobei Jenna ihr händeringend assistierte.

Der Laird wandte sich von dem verunstalteten, verfärbten Gesicht seiner Tochter ab und sah ihren Retter an.

»Wollt Ihr sie dem Mann ausliefern, der sie so zugerichtet hat?« Brian zeigte deutlich seinen Abscheu, ohne sich um etwaige Folgen zu scheren.

»Ich werde sie nicht ausliefern. Du wirst es tun.« Es war keine Bitte, sondern ein Befehl.

Brian sah in das entschlossene Gesicht seines Lairds, drehte sich um und stampfte türenschlagend hinaus.

Ein erstickter Laut ließ Angus herumfahren. Die Heilkundige hatte begonnen, ihre Patientin zu entkleiden, fuhr nun zurück und bekreuzigte sich beim Anblick von Brittanys Rükken. Angus trat vor, doch als er die Blutergüsse sah, blieb er wie vom Donner gerührt stehen. Endlose Minuten lang starrte er auf die blauen Flecken, konnte nicht glauben, was er da sah. Ohne eine Gefühlsregung zu zeigen, wandte er sich an die Heilkundige: »Wenn Ihr Eure Untersuchungen abgeschlossen habt, erstattet mir Bericht.« Sie nickte zustimmend, und sein Blick schweifte zu Jenna hinüber. Mit einer

Kopfbewegung bedeutete er ihr, daß er unter vier Augen mit ihr zu reden wünschte.
Stolz erhob sich Jenna und ließ die Heilkundige mit Brittany allein zurück. Sie folgte dem Laird zu einem der gegenüberliegenden Fenster und stellte sich ihm ohne jede Unterwürfigkeit.
»Wißt Ihr, wie es geschehen konnte, daß meine Tochter so mißhandelt wurde?«
Jenna straffte die Schultern. »Ich habe Euch fünf Jahre lang allmonatlich geschrieben, ich habe Euch angefleht, Eure Tochter aus den Händen dieses Wahnsinnigen zu befreien.«
Laird Mactavish starrte die Frau an, als wäre sie eine Geisteskranke. »Eure Briefe waren erfüllt von glückvollen Berichten über ihr Leben und ihre Anpassung an englische Sitten«, verteidigte er sich, doch sie schüttelte den Kopf.
»Nach dem Tod der Großmutter übernahm Brittanys Großvater die Erziehung. In jedem Brief beschwor ich Euch, ihm Einhalt zu gebieten.«
Dem Laird wurde allmählich die grausame Wahrheit bewußt. »Wir sind getäuscht worden.«
Jenna starrte ihn an, nicht fähig, seinen Gedankengängen zu folgen. »Wie hätten denn meine Briefe abgefangen werden sollen?«
»Für Wentworth – für einen Mann, der diese Burg schleifen lassen könnte – wäre es ein leichtes gewesen, Eure Briefe abzufangen und zu fälschen.« Angus überließ die entsetzte Frau sich selbst, drehte sich um und begegnete dem verwirrten, schmerzerfüllten Blick seiner Tochter.
Erschreckt sah er, daß sie wach war, und er zögerte ein paar Sekunden, bis er zu ihr ging. Während dieser kurzen Zeitspanne dachte er an Elizabeth. Seiner Frau die Schmerzen zu ersparen war nicht in seiner Macht gelegen, doch in dieser Nacht war es anders. Das Wohlergehen seiner Tochter lag in seiner Hand.

Traurigkeit und Schuldgefühle drückten auf sein Herz, als er sich dem Bett näherte. Die bittere Ironie wog schwer auf seinen Schultern: eine neuerliche Verpflichtung seinem Clan gegenüber. Als Vater konnte er seine Tochter schützen. Als Mann konnte er ihre Peiniger schlagen, bis sie es nie wieder wagten, die Hand gegen eine Frau zu erheben. Als Laird des Clans der Mactavish konnte er nichts dergleichen tun. Seiner Frau hatte er nicht helfen können. Seiner Tochter würde er nicht helfen.

Sanft berührte er Brittanys unverletzte Wange. Jennas leiser Seufzer angesichts dieser Gefühlsbezeugung erinnerte ihn ..., mit der gleichen Geste hatte er das Baby verabschiedet, als er es ziehen lassen mußte.

Brittanys Augen waren nicht mehr braun, sondern grün, als sie die Orientierung wiederfand und den Mann erkannte, der ihre Wange gestreichelt hatte.

»Du kannst nicht bleiben.« Seine Worte waren barsch. Doch auf die Reaktion des Mädchens war er nicht vorbereitet.

Mit vor Wut erhitzten Wangen stieß Brittany seine Hand weg. Kränkung war in ihrem Blick. »Ich habe nicht um Asyl gebeten.« Sie griff sich an den Kopf und schaute sich verwirrt um. »Ich weiß nicht, wie ich hierher gekommen bin.«

Seine Tochter schloß die Augen, ihre Stirn legte sich in Falten, als sie versuchte, sich zu erinnern. Als das Vergangene plötzlich wieder präsent war, erkannte Angus es auf Anhieb. Sie riß die Augen auf und verengte sie dann zu schmalen Schlitzen, als sie den Vater ansah. »Wo ist Laird Campbell?«

Ihr anklagender Tonfall verunsicherte Angus. »Campbells gehen mich nichts an.«

Die Beleidigung tat weh. »Ich will jetzt gehen.« Mühsam schob sie die Bettdecken zurück. Als sie barfuß, in bodenlangem Nachtgewand dort stand, begann sie vor den Augen des

Lairds zu schwanken. Mit wildentschlossenem Gesicht machte sie zwei Schritte und brach dann zusammen.
Der Laird fing sie auf und bettete sie behutsam wieder auf die Lagerstatt, während Jenna mit der Heilkundigen herbeigeeilt kam.
»Sie ist unverkennbar eine Mactavish.« Lächelnd löste sich der Laird vom Bett der Verletzten. »Sorgt dafür, daß sie Ruhe findet«, befahl er, bevor er mit langen Schritten das Gemach verließ.

Alec hatte das Gefühl, daß sein Kopf zu groß wäre. Seine Mannen hatten ihn auf der Lichtung gefunden, und bevor er noch einen klaren Gedanken fassen konnte, galoppierte der Clan schon in Richtung der Grenze zum Land der Mactavish. Ein einziger Gedanke trieb Alec an. Er hatte seinen Angreifer gesehen. Brian Mactavish. Seine Frau war bei seinem Feind.
Der wilde Ritt steigerte den pochenden Schmerz in seinem Schädel. Dennoch zügelte er sein Pferd nicht und legte keine Pause ein. Er war entschlossen, seine Braut zurückzuholen und Rache zu nehmen für seinen verletzten Stolz.
Ihr Kommen war schon bemerkt worden, lange bevor sie sich dem Schloß der Mactavish näherten. Da er sich so offen auf Feindesland zeigte, wußte Alec durchaus, daß ihre Ankunft nicht als Überraschung kommen würde. Der Feind sollte wissen, daß er kam. Ihn verlangte nach einer Konfrontation.
Die Tore zum inneren Hof des Schlosses standen offen. Alec bemerkte die Bewaffneten auf den Mauern, als er in die Festung einritt. Seine Männer folgten ihm, schwärmten im Hof aus. Vor den massiven Toren zur Halle der Mactavish hielten die Campbells hoch zu Roß.
Das riesige Portal öffnete sich und gab den Blick frei auf Laird Mactavish. Kein Ton durchbrach die Stille, als er aus dem

Schutz seiner Burg hervortrat und sich den Eindringlingen unbewaffnet stellte.
Alecs Magen krampfte sich zusammen, als er den Mörder seines Vaters vor sich sah. »Ihr habt etwas, das mir gehört. Minderwertig, wie es ist, ist es trotzdem mein Besitz. Ich bin gekommen, um diesen Besitz einzufordern.«
Nichts regte sich in Laird Mactavishs Miene. »Aye, das verfluchte englische Blut ist verantwortlich für die Schwäche.«
Die ruhige Antwort schürte Alecs Zorn. Er musterte das starre Gesicht seines Gegenübers und fragte sich, wie er den Mann am besten treffen könnte.
»Der Mann, der meinen Besitz raubte, trägt die Schuld. Holt ihn her, damit ich meine Forderungen stellen kann.«
»Das ist nicht möglich; der besagte Mann sah sich verpflichtet, eine Zugehörige unseres Clans zu schützen.«
»Vor ihrem Gatten?«
»Er wußte nicht, daß Ihr der Gatte der Frau seid. Er sah lediglich, daß ein Campbell eine Frau vom Clan der Mactavish mißhandelte.«
»So holt ihn her, damit er seinen Fehler nicht wiederholt.«
Der Laird lächelte. »Hier ist er schon.«
Brian Mactavish trat vor, und seine Haltung drückte Zoll für Zoll Feindseligkeit gegen Campbell aus. »Hättet Ihr Euch bei unserem ersten Zusammentreffen vorgestellt, wäre es nicht dazu gekommen, daß ich Euch mit einem feigen Hund verwechselte.«
»Falls Ihr mein Handeln feige nennen wollt, seid Ihr herzlich eingeladen, Euch im Schwertkampf mit mir zu messen.«

Vom Bett aus hörte Brittany den Streit und verlangte nach Kleidern. Jenna reichte ihr den Plaid der Mactavish.
»Bist du närrisch?« fragte Brittany und hob einen Zipfel des Stoffes. Das vorwiegend rote Plaid der Mactavish konnte

wohl schwerlich mit dem lebhaften Blau der Campbells verwechselt werden. »Damit würde ich nun wirklich einen Aufruhr auslösen.«
»Ansonsten stehen nur Eure Beinkleider und die Tunika zur Verfügung, die ich in meinen Koffer gepackt habe«, sagte Jenna.
»Dann müssen sie halt reichen. Die Engländer verachtet mein Gatte nur; die Mactavish aber haßt er.« Mit der Hilfe der Heilkundigen erhob sie sich vom Bett, während Jenna eilends ihre Kleider holte.
Wie ein feindlicher Soldat gekleidet, stieg Brittany, schwer auf Jenna gestützt, die Treppe hinunter.
»Bitte, my Lady, geht nicht hinaus. Ihr seid viel zu schwach«, beschwor Jenna sie.
An der Tür straffte Brittany sich und ließ den stützenden Arm ihrer Zofe los.
»Wenn ich nicht in Erscheinung trete, wird es ein Blutbad geben.« Sie holte tief Luft und trat durch die Tür.
Die Mactavishs waren vergessen, als die Campbells diese Erscheinung sahen. Vor ihnen stand eine Frau in den enganliegenden Kleidern eines englischen Soldaten. Schweigen senkte sich über die Reiter, und in der plötzlichen Stille richteten sich alle Augen auf sie.
Brittany taumelte wie betrunken unter der Tür. Mit den Händen stützte sie sich am steinernen Torbogen ab und sammelte Kraft, bevor sie vortrat. Vor den Augen aller Anwesenden suchte sie Alecs Blick und hielt ihn fest. Die Sekunden verstrichen lautlos, und sie erwiderte seinen feindseligen Blick.
»Euer Besitz, wenn auch minderwertig, ist nach wie vor unbeschädigt und wird zurückerstattet.« Sie wandte sich an ihren Vater. »Laird Mactavish, Eure Gastfreundschaft entsprach meinen Vorstellungen.«

Alec saß ab und trat an ihre Seite. Kaum hatte er den Arm um sie gelegt, verließen sie ihre Kräfte. Sie lehnte sich an ihn, immer noch im Kampf gegen die Schwäche ihrer Glieder. Funken tanzten vor ihren Augen, während sie zu verstehen versuchte, was ihr Mann seinen Feinden ins Gesicht schleuderte; dann umfing sie gnädige Dunkelheit.

Sie kam nur kurz wieder zu Bewußtsein – Hufschlag auf unebenem Boden, ein übelkeiterregendes Schaukeln, ein fester Arm, der sie an einen harten Körper preßte – die Eindrücke waren zu flüchtig und zu schwer, um sie zurückzuhalten, als die Dunkelheit sie erneut umfing.

Alec wiegte sie sanft an seiner Brust. Ihr Anblick erfüllte ihn mit Selbstverachtung und Bedauern. Er war zu weit gegangen. Sein Gewissen war ein lästiger Begleiter. Er hatte sich benommen wie der Barbar, für den sie ihn hielt. Schlimmer noch: Zum ersten Mal in seinem Leben hatte er seinen Clan wegen einer Frau gefährdet. Die Kontrolle über sein Leben entglitt seinen Händen. Es wäre so leicht gewesen, Brittany die Schuld für seine Verfehlungen zuzuschieben. Sie war tatsächlich verantwortlich, allerdings nur insofern, als sie sein Urteilsvermögen beeinträchtigt hatte. Er würde sich mit ihr einigen und dadurch wieder zu Verstand kommen.

Brittany rührte sich und wachte auf. Alecs Gesicht war im Licht des Vollmonds deutlich zu sehen. Seine angespannte Miene und die häßliche Wunde standen klar vor ihren Augen. Sie hob den Arm und berührte sanft sein Gesicht. »Alec, Ihr seid verletzt.«

Viele Frauen hatten Alec berührt, manche aus gierigem Interesse an seinen Siegen, andere mit wilder Leidenschaft, doch niemals hatte er solch eine Zartheit und Besorgnis empfangen.

Als hätte sie sich zu viel abverlangt, sank ihre Hand herab. Sie lehnte den Kopf an seine Brust und stöhnte leise, als ihre verletzte Wange sein Hemd streifte. Der jämmerliche Ton machte ihn alle seine ausgeklügelten Pläne vergessen. »Brittany, sei ruhig. Wir sind bald zu Hause.« Seine Stimme klang sanft, war nicht mehr als ein besorgtes Flüstern.

Die Lider fielen ihr zu. »Ich habe mich nicht ergeben, Barbar.« So schwach ihre Stimme war, hörte er doch die Entschlossenheit heraus und drückte ihren Kopf zärtlich an seine Brust.

»Nay, Mädchen. Du hast dich nicht ergeben.« Still für sich fügte er hinzu: Du hast verloren, mein kleiner Soldat.

Malcolm, der meisterhafte Waffenschmied, sein stellvertretender Kommandeur, drängte sein Pferd neben das des Lairds. Er musterte das Mädchen, bevor er sprach. »Sie hätte einen Krieg auslösen können.«

Alec zog Brittany noch näher an sich. »Wenn das ihre Absicht gewesen wäre, hätte sie sich niemals bereit erklärt, mit uns zu kommen.«

»Wohl wahr.« Malcolm nickte. »Trotzdem fürchte ich, sie bringt Ärger.«

Alec lachte leise. »Das wußte ich sofort, als ich sie zum ersten Mal sah.«

Wieder nickte Malcolm. Seine trockene Stimme enthielt weder Belustigung noch Mitleid, als er sagte: »Das wird ein langes Jahr.«

Alec pflichtete ihm bei. Er war Laird der Campbells. Seine Frau war eine Tochter des Hauses Mactavish. Die Ehe war nur vorübergehend. Malcolms Hinweis kam zur rechten Zeit. Dieser Frau gegenüber wollte und konnte er nicht weich werden.

»Alecs Befehle werden ihr nicht zusagen.« Jenifers Stimme drang in Brittanys weichenden Schlaf ein.

»Dann sprich nicht von seinen Befehlen«, mahnte Brenna. »Soll der Laird ihr die Nachricht bringen.«

»Wenn nur der Clan nicht so gegen sie eingestellt wäre,

Mutter. Sie hat einen Krieg verhindert.« Brittany lächelte, erfreut über Jenifers Parteinahme, doch das änderte sich rasch, als sie Brennas Entgegnung vernahm.
»Die Männer betrachten es anders. Sie denken, sie hätte um ein Haar einen Krieg angezettelt.«
»Mutter! Du weißt doch, daß Brittany bewußtlos war, als sie in die Burg der Mactavish verschleppt wurde.«
»Aye. Sie trifft keine Schuld, und trotzdem wird man sie verantwortlich machen.«
Brittany regte sich, konnte sich nicht länger schlafend stellen. Zwar schmerzte ihr Kopf, doch ihr war zum Glück nicht mehr so schwindlig. »Soll ich ausgepeitscht oder geprügelt werden?« Brittanys Stimme ließ die beiden Damen aufschrecken und an ihr Bett eilen.
»Ruht Euch aus, Brittany. Ihr seid noch nicht recht bei Euch«, riet Jenifer und hielt Brittany an der Schulter zurück, als diese aufstehen wollte.
»Was habe ich zu erwarten, Jenifer?« verlangte Brittany zu wissen. Obwohl sie leise sprach, war der ihr gewohnte Befehlston nicht zu überhören.
Jenifers besorgter Blickwechsel mit ihrer Mutter entging Brittany nicht.
»Brittany, Euer Gatte wird es Euch erklären. Uns steht es nicht zu«, antwortete Lady Brenna.
Brittany sah die Sorge in den Augen der Älteren und legte sich zurück in die Kissen. »Dann schickt ihn zu mir, damit ich es hinter mich bringe. Ich will wissen, was mein Schicksal ist.« Sie schloß die Augen, um ihre wirren Gedanken zu ordnen und sich eine Strategie zu überlegen.
»Meint Ihr nicht, Ihr solltet erst wieder zu Kräften kommen, bevor Ihr meinem Stiefsohn entgegentretet?« schnitt Brennas Stimme in ihre Gedanken, und Brittany schlug die Augen wieder auf.

»Solange ich mich wegen meiner Bestrafung sorge, werde ich nicht zu Kräften kommen.«

»Wenn doch Eure Klugheit genauso groß wäre wie Euer Mut«, erwiderte Lady Brenna, indem sie ihre Tochter mit sich zur Tür zog.

»Das wünsche ich mir auch«, seufzte Brittany. Die Tür schloß sich, und Brittany blieb allein mit ihren angstvollen Vorstellungen. Sie war erst seit drei Tagen verheiratet.

Laird Alec trat auf seine gewohnte Art in das Gemach: Die Tür flog auf und wurde wieder zugeschlagen.

»Du bist in der Lage zu reden?« fragte er, als hätte er Zweifel daran, daß sie dem Gespräch gewachsen wäre. Unter dem durchdringenden Blick des Kämpfers fühlte sie sich ausgeliefert und verletzlich.

Brittany nickte zustimmend.

Sein Lächeln wirkte geheimnisvoll, als er zum Bett ging und sich auf die Kante setzte. Mit einem Finger hob er Brittanys Gesicht dem seinen entgegen. Brittany fühlte sich entschieden im Nachteil, wenn er ihr so nahe war. Sie wollte von ihm abrücken, wurde jedoch durch die Laken daran gehindert.

»Erstens, Weib, müssen wir ein paar Regeln klären, falls in diesem Schloß jemals Ordnung herrschen soll.« Als sie ihm nicht ins Wort fiel, fuhr er fort, ohne auch nur eine Sekunde lang den Blick von ihrem Gesicht zu lösen: »Es wird schwierig für dich sein. Doch es muß und wird geschehen.« Unter seinem Befehlston wich ihre Angst ein wenig, und sie sah ihn rebellisch an.

»Durch wessen Macht? Durch Eure oder Gottes?« Brittany senkte den Blick nicht vor ihm, und voller Überraschung las sie Bewunderung in seinen Augen.

»Für dich sind beide ein und dasselbe.« Er ergriff ihre Hand und hielt sie fest. »Siehst du diesen Ring? Es ist der meine. Und du bist mein.«

»Die Besitzverhältnisse haben wir bereits besprochen, my Laird.« Brittany wollte ihre Hand befreien, doch er hielt sie fest und führte sie ihr dicht vor die Augen.
»Ja, das haben wir, aber du scheinst nicht ganz zu begreifen.« Er deutete auf den Ring. »Was hat der Ehering zu bedeuten?«
Brittany riß ihre Hand los und blitzte ihn wütend an. »Ist Euch denn gar nichts heilig? Unsere Ehe ist keine richtige Ehe. Wir sind nicht für immer aneinander gebunden.«
»Dem Himmel sei Dank dafür. Doch solange du meine Frau bist, wirst du mir gehorchen. Ist das klar?«
Brittany zuckte mit den Schultern. »Wann hätte ich Euch nicht gehorcht, my Laird?«
Alec sah ungläubig in ihr ernstes Gesicht. »Wann hättest du mir je gehorcht?«
»My Laird, ich bin bereit, Euch in jeder Hinsicht zu folgen, wenn Ihr Euch nur genauer erklären wolltet. Ich wünsche nicht, daß Verwirrung und Mißverständnisse unsere Beziehung stören – meine Pflichten als Eure Gattin und Eure als mein Mann.«
Alec schüttelte verdutzt den Kopf. »Das reicht, Weib! Wollte ich versuchen, deine Logik zu begreifen, liefe ich Gefahr, den Verstand zu verlieren.« Brittany war mehr als unzufrieden mit dieser Entgegnung, hütete sich aber, ihre Meinung kundzutun.
»Zunächst die Regeln. Ohne Begleitung wirst du dich nicht vom Land der Campbells entfernen.«
Brittanys Stolz bäumte sich auf. Sie hatte das Land der Campbells nicht aus freien Stücken verlassen. Mühsam versuchte sie, sich aufzurichten, was ihr jedoch wegen der Decke, in die sie gewickelt war, nicht gelingen wollte.
»Zweitens wirst du dich wie eine Ehefrau benehmen. Falls du nicht begreifst, was damit gemeint ist: Es bedeutet, daß du mir bedingungslos gehorchst.«

Sie wollte etwas einwenden, doch er ließ sie nicht zu Worte kommen.
»Einfach ausgedrückt, so daß auch du es verstehst, heißt das: Ich bin der Laird. Du bist nur mein rangniedrigster Rekrut.«
Brittany ließ sich ins Kissen zurücksinken. Wie konnte er es wagen, sie als Rekruten zu bezeichnen! »Muß ich Euch daran erinnern, daß dieser rangniedrige Rekrut Euch beinahe im Kampf besiegt hätte?«
»Du hast verloren. Beinahe beinhaltet für einen Soldaten den Unterschied zwischen Leben und Tod.« Seine Miene war streng, seine Stimme enthielt kein Mitleid. »Hätten wir ernsthaft gekämpft, würdest du jetzt da draußen auf dem Feld liegen.«
Das konnte Brittany nicht abstreiten. Dennoch war es schwer, sich einzugestehen, daß sie verloren hatte. »Ich war ein würdiger Gegner; Ihr wart der Bessere.«
»Du warst unterlegen und hättest dich ergeben sollen, um deinen Stolz zu retten. Jetzt stehst du in meiner Schuld.«
»Niemals! Ich werde mich Euch niemals ergeben.«
»Willst du schon wieder die Wahrheit verleugnen? Der Kampf diente nur dazu, die Fronten zu klären. Bist du ein solcher Feigling, daß du nun den Preis nicht zahlen willst?«
Seine Worte berührten eine offene Wunde. »Ich habe verloren und zahle den Preis.«
»Ich verlange deine öffentliche bedingungslose Unterwerfung.«
Brittanys Augen blitzten auf. »Völlige Unterwerfung?« All ihr Schmerz lag in diesen Worten.
»Nicht völlige Unterwerfung. Ich will dir deinen Stolz lassen. Privat kannst du mich nach Herzenslust bekämpfen. Doch ich dulde nicht, daß du mir vor meinen Leuten den Gehorsam verweigerst.«
Brittany senkte den Blick. Er verlangte das, was sie ihm

ohnehin geben mußte. Ihr Großvater hätte sich einem geschlagenen Feind gegenüber niemals so verständnisvoll gezeigt. »Ich werde Euch nicht in Gegenwart anderer bekämpfen«, gestand sie ihm zu.

»Drittens: Du wirst nie mehr derartige Kleidung tragen.« Er warf einen Blick auf die Soldatenkleider auf ihrer Truhe, und mit einem schiefen Lächeln fügte er hinzu: »Privat kannst du tragen, was immer du willst, am besten gar nichts außer einem Lächeln.«

Brittanys Wangen erglühten unter seinem musternden Blick. Sie zog das Laken bis ans Kinn, um ihr dünnes Nachtgewand zu bedecken.

Das Lächeln erreichte nun auch seine Augen. Ihr Rückzug schien ihn zu amüsieren.

»Haben wir uns verstanden?« fragte er.

Brittany riß sich zusammen, um nicht noch tiefer unter die Laken zu kriechen. Sie wollte nicht eingeschüchtert wirken. Doch der Anblick Laird Campbells, der sie in sanfter Belustigung und unverhohlenem Begehren anlächelte, war bedrohlicher als die Begegnung mit einem schwerbewaffneten Krieger.

»Brittany, antworte mir.« Alecs Stimme klang weicher, und er sah ihr tief in die Augen. Sanft berührte er ihre verletzte Wange. »Hast du Schmerzen?«

Brittany wollte sich abwenden, seine zärtliche Geste nicht wahrhaben. »Mir geht es gut, my Laird.« Sie kam eilends auf seine vorherige Frage zurück, in der Hoffnung, ihn damit endlich zufriedenzustellen. »Ich habe Eure Regeln verstanden, und als Besiegte nehme ich Eure Bedingungen an.«

Campbell hörte nicht auf, ihre Wange zu streicheln. »Es ist leichter, mit meiner Frau zu kämpfen als mit ihr zu schlafen.« Seine Worte und seine Berührung wirkten auf Brittany wie ein Stromstoß.

»Welch eine Verschwendung, meine Gattin! Zu gegebener Zeit werden wir einander besser verstehen.« Er neigte den Kopf und berührte mit den Lippen zart ihren Mund. »Sehr viel besser.«
Brittany konnte sich nicht gegen das Verlangen wehren, das dieser Mann in ihr wachrief. Sie hob ihm leicht ihr Gesicht entgegen. Der Kuß war süß und unschuldig. Sie lächelte in flüchtigem Behagen. Was immer auch der Zauber sein mochte, der zwischen ihnen wirksam war, sie würde ihn nicht verleugnen, selbst wenn sie wünschte, daß es anders wäre.
Er schob den Arm unter ihre Schultern und zog sie näher zu sich heran. Sein Atem streifte ihre Wange. »Küß mich, mein Weib, aber diesmal bitte mit der Wärme und Leidenschaft, die zweifellos in dir sind.«
Unter seinem Mund öffneten sich ihre Lippen, und Brittany genoß seinen Kuß wie süßen Nektar. Als ihre Zunge die seine berührte, war der Kuß nicht mehr süß und unschuldig, sondern wurde wild und wollüstig. Tief in ihrem Inneren zog sich etwas zusammen. Alec ließ die Hände über ihren Rücken wandern und schob sie schließlich unter ihr Nachtgewand – schwielig und rauh auf ihrer weichen Haut.
Brittany seufzte leise, als er zart ihre Brust streifte. Sie hob sich ihm entgegen, suchte seine Berührung, wünschte sich, daß er das Verlangen stillte, das er in ihr geweckt hatte. Seine Hand glitt tiefer herab, über ihren flachen Bauch hinweg und zwischen ihre Schenkel.
Er entfachte ein Feuer der Leidenschaft, steigerte ihr Verlangen, ohne ihr Erfüllung zu geben. Mit den Lippen liebkoste er ihren Mund im Rhythmus seiner Hände. Seine Zunge zeichnete die Konturen ihres Mundes nach, und sobald sie versuchte, den Kuß zu vertiefen, zog er sich zurück und küßte ihre Schulter oder ihre Brust. Ihr Stöhnen klang inzwischen nahezu verzweifelt, ihre Hände fuhren wild über seinen

Rücken, versuchten, sein Hemd zu lösen. Als er den Kopf tiefer neigte, versuchte Brittany, ihn zurückzuschieben. Doch die Lust, die er sie spüren ließ, nahm ihr die Selbstkontrolle. Jedesmal, wenn sie sich einem Höhepunkt näherte, zog er sich zurück. Sie öffnete die Augen und erkannte die Zielstrebigkeit in seinem heißen Blick.

»Sag, daß du mich willst. Sprich es aus, Brittany.« Sie seufzte und wollte ihn küssen, er wich ihr aus. »Sag, daß du mich brauchst.«

»Alec, liebe mich«, flehte sie, und er streifte hastig seine Kleider ab.

Sein Mund bedeckte den ihren; er drückte sie tiefer ins Bett, sein Verlangen nun genauso groß wie das ihre. Mit den Händen entfachte er von neuem ihre Begierde, und sie sehnte sich brennend nach ihm. Es war, als müßte er ihr wie unter Zwang eine Antwort entreißen. Am ganzen Körper prickelte ihre Haut von seiner heißen Berührung und seinen sengenden Küssen. Innerlich loderte das Feuer der Leidenschaft weißglühend außerhalb jeglicher Kontrolle.

Brittany gab freizügig, schürte seine Glut so, wie er die ihre manipuliert hatte. Ihre Hände erforschten die muskulöse Brust und die starken Schultern. Sie knabberte an seiner Haut und umkreiste mit der Zunge seine Brustwarzen. Als er harsch den Atem einsog, überkam sie ein Gefühl der Macht, und sie lernte schnell, was ihn erregte. Seine Haut war so heiß, sein Körper so prachtvoll, daß sie nicht aufhören konnte, ihn zu streicheln. Als ihre Hand sich um seine Männlichkeit schloß und sie sich mit dem Mund näherte, hörte sie Alecs lustvolles Stöhnen und fuhr fort, ihn zu foltern, wie er sie gefoltert hatte.

»Brittany, das ist mehr, als ich ertragen kann.« Die rauhe Stimme war kaum hörbar. Zärtlich umfaßte Alec ihre Schultern und hob sie an, zog Brittany sanft über seine Brust. Er küßte sie verzehrend, ließ beider Mund und Zunge zu eins verschmelzen. Dann lagen seine Hände auf ihren Hüften; er hob sie über sich und seine Männlichkeit. Tief drang er in sie ein; sein Drängen ebenso gewaltig wie das ihre. Beide waren wild vor Begierde, und ihr Rhythmus war schnell und nahezu wütend, baute eine Spannung auf, die einem Fieber gleichkam. Immer höher, schneller, weiter fort trieb es sie, bis zu einem ekstatischen Gipfel, auf dem in ihrem Inneren etwas zu bersten schien. Ihre Schreie der Erfüllung hallten wider von Ehrfurcht und Erstaunen vor der Macht ihres Höhepunktes.

Gemächlich trieb Brittany ins Bewußtsein zurück und spürte die Arme ihres Gatten, die sie umschlangen, als wäre sie sein Rettungsanker. Mit leuchtenden Augen betrachtete sie den Mann, der ihr so unglaubliche Lust beschert hatte. Sie streichelte sein Gesicht, glättete die Fältchen um seine lächelnden Augen. »Du bist wahrhaftig ein Wunder, Barbar.«

Er deckte seine Hand über ihre. »Weib, du bist eine Hexe. Wenn ich mit dir zusammen bin, vergesse ich meinen Clan, meine Freiheit, meine Ehre.« Seine Züge wurden hart, und abrupt löste er sich von ihr.

Verwirrt streckte Brittany die Hand nach ihm aus. »Alec?«

Sein Blick war wutentbrannt, und sie verstand nicht, was diesen Stimmungswechsel heraufbeschworen hatte. Er suchte seine Kleider zusammen und zog sich hastig an, ohne auf ihr Flehen zu achten.

»My Laird, was ist geschehen? Was habe ich getan?« Zum ersten Mal in ihrem Leben verriet ihre Stimme Angst, ja Panik.

»Wenn der Zeitpunkt gekommen ist, werde ich dich von mir weisen.«

Sie waren wieder an diesem Punkt angelangt. Sie konnten einander Lust bereiten, doch sie konnten sie nicht genießen.

»Wenn der Zeitpunkt gekommen ist, Krieger, werde ich dich verlassen und keinen Gedanken mehr an dich verschwenden«, fauchte Brittany, um ihrem Stolz Genüge zu tun. Wenn sie ihm nichts bedeutete, sollte er begreifen, daß er ihr noch viel weniger war. »Danach werde ich richtig heiraten.«
Alec, der gerade seinen Plaid gürtete, hielt in der Bewegung inne. Er drehte sich um, ging langsam auf das Bett zu. Seine ruhigen, kontrollierten Bewegungen versetzten Brittany in Angst, und um ihm zu entkommen, wich sie bis ans Ende des Bettes zurück.
Ihr sinnloser Fluchtversuch war vergeblich. Brittany sprang vom Bett und zog das Laken mit sich, um sich notdürftig damit zu verhüllen.
»Komm her, Weib.«
Ihr rotes Haar flog, als sie wild den Kopf schüttelte.
»Komm her, sagte ich.« Alec blieb ruhig stehen und deutete mit starrer Miene direkt vor sich auf den Boden.
Brittany ließ sich von seinem ruhigen Ton nicht täuschen. Unter seiner starren Maske erkannte sie den Barbaren, als den sie ihn bezeichnet hatte. »Ich habe nur die Wahrheit gesagt, Alec.« Sie hob abwehrend eine Hand, als er auf sie zuschritt.
»Aye, Mädchen. Aber es ist Dummheit, einen Liebhaber wissen zu lassen, daß er zu ersetzen ist.« Er trat vor, und sie wich zurück und überlegte verzweifelt, wie sie seine Wut beschwichtigen könnte.
Sie sah sich hastig nach einem Fluchtweg um, suchte verzweifelt nach einer neuen Strategie. Sie stand mit dem Rükken zur Wand. »Brenna«, hauchte sie erleichtert.
Als Alec sich umwandte, stürzte Brittany zur Tür. Blitzschnell packte er sie beim Haar und riß sie zurück.
»Dein Ablenkungsmanöver ist fehlgeschlagen.«
Brittany wand sich unter seinem erbarmungslosen Griff. In

ihren braunen Augen blitzte Wut, und die grünen Flecken darin zeugten von ihrer Angst. »Du sagtest, privat könne ich dich bekämpfen. Ich habe dir nur deine eigenen Beleidigungen zurückgegeben.«

»Im Gegensatz zu dir kann ich mir eine Geliebte nehmen, jede beliebige Geliebte, und zwar jetzt gleich. Als meine Frau steht dir dieses Recht nicht zu. Ich habe dich schon einmal davor gewarnt, einen Campbell herauszufordern.« Seine Augen sprühten; ein grausamer Zug lag um seinen Mund.

Brittany wehrte sich gegen seinen festen Griff. Ihr Kopf begann zu schmerzen, und Tränen brannten in ihren Augen. »Für die verbleibende Zeit unserer Ehe bin ich eine Campbell, und ich spreche eine Herausforderung aus, wann immer mir danach ist. Wenn du dir eine andere Frau suchst, dann, das schwöre ich dir, nehme ich mir einen Geliebten.«

Sie drehte und wand sich unter seinem Griff, denn seine Miene war finsterer, als sie es je erlebt hatte.

Er zog sie zum Bett und warf sie nieder. Brittany starrte ihn an und fürchtete, hier und jetzt ein jähes Ende zu finden. Er packte das Laken und riß es ihr vom Leibe.

»Du würdest es wagen, dir einen Geliebten zu nehmen, während du meinen Namen trägst?« Er beugte sich über sie und drückte ihre Schultern auf das Lager.

Voller Panik angesichts des Zorns, den sie in ihm entfacht hatte, versuchte sie, sich ihm zu entziehen. »Nur, wenn du eine Geliebte nimmst.« Tränen rannen über ihre Wangen. »Ich könnte es nicht ertragen, daß du mit einer anderen schläfst.«

Die Antwort traf ihn unvorbereitet, und er ließ sie zögernd los.

Brittany rollte sich ganz klein zusammen und schlang die Arme um ihren Oberkörper, um sich vor der Kälte und dem trostlosen Gefühl zu schützen.

Einen Augenblick später spürte sie eine Bewegung. Sie verkrampfte sich, als Alec sich neben sie aufs Bett legte.
»Auch ich könnte es nicht ertragen, wenn ein anderer meinen Besitz anrührt.« Seine Stimme war ganz nah, und Brittany fühlte, wie er mit den Fingerspitzen ihre Tränen fortwischte. »Du bist anders als alle Frauen, die ich bisher kannte. Ich darf nicht vergessen, daß du nicht weißt, wie Männer und Frauen streiten. Halte mir nie, niemals wieder einen anderen Mann vor, sei er nun wirklich oder nur Vorstellung, wenn du dich vor meinem Zorn schützen willst.«
Brittany strich über seinen Arm. »Du stellst so viele Regeln auf, Schotte. Was richtig für dich ist, ist falsch für mich. Ich verstehe den Unterschied nicht.«
»Du bist ein merkwürdiges Wesen«, sagte Alec. »Für Männer gelten nun mal nicht die gleichen Gesetze wie für Frauen.«
»Ihr dürft tun und lassen, was euch gefällt.« Nachdenklich tippte sich Brittany an die Schläfe. »Ich habe den Eindruck, die schottischen Gesetze müssen geändert werden.«
Alec lachte über die unglaubliche Äußerung. »Du tätest gut daran, die bestehenden schottischen Gesetze zu erlernen, bevor du daran denkst, sie zu ändern.«
»Privat?« fragte sie.
»Privat«, antwortete er.
»Das bringt viele Unstimmigkeiten mit sich, Alec«, warnte sie ihn leise.
»Dann tritt jetzt gleich zum Kampf gegen mich an.«

Siebtes Kapitel

Lord Gregory Wentworth schlug mit der Faust auf den Tisch. »Was für Nachrichten bringt Ihr, Talbert?«

Talbert duckte sich unter dem stahlharten Blick. »Wir haben einen Mann ausfindig gemacht, der unseren Zwecken dienlich sein kann, und einen Preis ausgehandelt. Ihr werdet über das Befinden Eurer Enkelin auf dem laufenden gehalten.«

»Seid Ihr Euch der Loyalität dieses Mannes sicher?« Lord Wentworth kam um den Schreibtisch herum und trat dem Mann gegenüber.

»Nicht seiner Englandtreue. Er dient einem anderen Herrn.« Der Mann wich unter Lord Gregorys drohendem Blick zurück und zögerte, bevor er hinzufügte: »Habgier ist jedoch allgegenwärtig. Für Gold tut er, was Ihr verlangt.«

Lord Gregory griff nach dem Beutel voller Gold auf seinem Schreibtisch und warf ihn dem Mann zu. »Wenn Ihr gut gewählt habt, Talbert, und die Informationen nützlich sind, soll diese Summe und noch einmal soviel Euer Lohn sein. Wenn nicht, zahlt Ihr das Doppelte.«

Talbert lächelte. »My Lord, der Mann, den ich ausgesucht habe, verfügt nicht nur über Macht, Einfluß und Vertrauen, sondern hat auch kraft seines Amtes Zugang zu Informationen über die Campbell und die Mactavish.«

»Das wird sich herausstellen. Schickt mir Lady Eunice.«

Talbert verbeugte sich und verließ eilig den Raum, während Lord Gregory zurück zum Schreibtisch ging und dort ein paar Papiere überflog. Eunices Unglück würde sich zu seinem

Vorteil nutzen lassen. Ein einzelner Spion, den er nicht einmal kannte, überließ zu viel dem Zufall. Zwei Informanten dagegen würden jedes Risiko ausschalten. Eunice war bestens geeignet.

»My Lord, Eure Bitte ehrt mich. Wie kann ich Euch zu Diensten sein?« Die zierliche Blonde verneigte sich tief, doch ihr Blick war nicht annähernd so demütig wie ihre Haltung.

»Lady Eunice. Wie freundlich von Euch, einen alten Mann zu besuchen.« Er erhob sich hinter seinem Schreibtisch und wies auf zwei Sessel. »Ich habe von Euren Problemen gehört und möchte Euch zur Seite stehen.«

Lady Eunice lächelte nicht. Ihre Lippen wurden schmal; sie konnte ihren Zorn nicht verbergen. »Bis hierher ist die Neuigkeit schon vorgedrungen?«

»Und darüber hinaus, my Lady. Die Königin ist nicht gerade für ihre Toleranz bekannt.« Lord Gregory musterte die junge Schöne, die einer Liaison mit dem Bruder der Königin überführt worden war. Ihr Leben am Hofe würde von nun an unerträglich, wenn nicht gar höchst gefährlich sein.

»Das sind nur Klatschgeschichten und boshafte Gerüchte, die mit der Zeit zum Schweigen kommen.« Eunice strich ihre Robe glatt und sah den Lord offen an.

»Zweifellos, meine Liebe. Eine kleine Reise käme Euch in dieser Situation zugute. Irgendwohin, weit entfernt vom englischen Hof, bis Gras über diese häßliche Geschichte gewachsen ist.«

Lady Eunice neigte sich vor. »Wohin zielen Eure Gedanken, my Lord?«

»Nach Schottland.«

Lady Eunice ließ sich in ihren Sessel zurücksinken. »Das ist keine kleine Reise, Sir. Das ist Exil.«

»Am schottischen Hof droht Euch kein Giftpokal und kein Dolchstoß in den Rücken.«

Wentworths Worte ließen sie erblassen. »Das würde die Königin niemals wagen.«
Lord Gregory nahm ihre Hand. »Liebe junge Frau, ich habe an den Begräbnissen von Menschen teilgenommen, die genauso dachten wie Ihr.«
Ihre Hand war kalt. Er spürte ihre Angst und verlieh seinen Worten noch mehr Nachdruck. »Wollt Ihr Euer Leben wegen eines Mannes aufs Spiel setzen, der nicht den Mumm hat, sich gegen seine Schwester zu wehren?«
Damit hatte er ins Schwarze getroffen. Niedergeschlagen schüttelte sie den Kopf. »Nein. Er ist meine Liebe nicht wert, schon gar nicht mein Leben.«
»Sehr vernünftig, meine Liebe. Euer Vater wäre sehr stolz auf seine Tochter gewesen.« Lord Gregory sah mit Vergnügen, daß sie sich von ihrem Schrecken erholte und ihn nun entschlossen anblickte. Diese Frau konnte ihm sehr nützlich sein.
»Wenn Ihr meinen Vater kanntet, Lord Gregory, dann kennt Ihr auch seine Lebensphilosophie.«
Lachen hallte durch den Raum. »Vertrau aufs Wetter, aber nicht auf deine Mitmenschen. Dann erlebst du weniger Enttäuschungen«, zitierte Lord Gregory den Verstorbenen.
»Ich bin die Tochter meines Vaters. Was habt Ihr zu gewinnen, wenn Ihr meine Reise nach Schottland finanziert?«
Ein Lächeln krümmte die Lippen des alten Mannes, das erste, das eine Spur von Wärme enthielt. »Informationen, meine Liebe.«
Sie erwiderte sein Lächeln mit katzenhafter Freundlichkeit. »Wieviel seid Ihr für die Informationen und meine Dienste zu zahlen bereit?«
Lord Gregory stand auf und zog die Dame ebenfalls hoch. Er legte eine Hand um ihren Hals und drückte leicht zu. »Einen sehr hohen Preis.« Er verstärkte den Druck, schnürte

ihr die Luft ab. »Ich bin bereit – Euch das Leben zu schenken.«
Er ließ sie los, und sie schöpfte einige Male tief Atem. Zorn blitzte in ihren Augen. »Und wenn ich ablehne?«
»Halten meine Leute Euch gefangen, bis die königliche Wache eintrifft.« Der Lord füllte zwei Pokale mit Wein.
»Wenn ich zustimme?« Mit zitternder Hand nahm sie den Wein entgegen.
Er hob den Kelch. »Dann werden meine Leute Euch nach Schottland eskortieren. Eure Sachen werden bereits gepackt.«
Sie nippte an dem Wein und verzog angewidert das Gesicht. »Man nennt Euch nicht ohne Grund den Silberfuchs. Diese Lektion werde ich mir zu Herzen nehmen.« Sie reichte ihm den Pokal. »Wenn ich denn auf meine Reise trinken soll, würde ich einen gefälligeren Wein bevorzugen.«
Lachend füllte er ihr einen Kelch aus einer anderen Karaffe. Er hatte sich nicht getäuscht. Sie würde ihm gute Dienste leisten. Ausführlich unterbreitete er ihr seinen Plan und war zufrieden, als sie vor der Art und den Methoden zur Erfüllung dieser Mission nicht zurückschreckte.
In höfischer Manier küßte er ihr die Hand. »Ihr seid eine Frau, die ein Königreich wert ist. Ich zweifle nicht daran, daß Ihr eines Tages herrschen werdet.«
Lady Eunice befreite ihre Hand. »Wenn dieser Tag gekommen ist, my Lord, müßt Ihr um Euren Hals fürchten.«
Lord Wentworth setzte eine gekränkte Miene auf. »Da wir uns so ähnlich sind, dürften Drohungen nicht angebracht sein – sie verstehen sich von selbst.«

Jenna stampfte mit dem Fuß auf und blitzte den jungen Mann mit zornsprühenden Augen an. »Ihr müßt mich mitnehmen. Bitte, Brian. Ich fürchte um Brittanys Leben.«
»Bist du närrisch, Weib? Ich kann dich doch nicht mit mir ins

Schloß der Campbell nehmen.« Er wandte sich zum Gehen, hielt jedoch inne, als er Laird Mactavish unter der Tür stehen sah.

Jenna knüllte verzweifelt ihre Schürze, holte tief Atem und sagte: »Habt Ihr Angst vor Laird Campbell oder Laird Mactavish?« Der Schürzenstoff in ihren Händen war bereits feucht und zerknittert.

»Nun, vor wem hast du Angst, Brian?« dröhnte die Stimme des Mactavish.

»Vor keinem von beiden, aber die Frau begreift nicht, daß Brittanys Schicksal nicht in meinen Händen liegt.« Brian drehte sich zu Jenna um. »Ich kann nichts für Eure Lady tun, es sei denn, sie begibt sich in meinen Schutz.«

Jenna wandte sich an den Laird. »Und wenn Brittany Schutz suchen sollte? Würde er ihr gewährt?«

»Meiner Tochter Schutz zu gewähren, wäre gleichbedeutend mit einer Katastrophe für den Clan. Was denkst du denn, Weib? Ist das Leben einer einzelnen mehr wert als das Leben aller?«

Jenna senkte den Blick vor der strengen Miene des Laird. Mit hängenden Schultern und hängendem Kopf verließ sie den Raum, und ihre Tränen fielen still auf den kalten Steinboden im Schloß der Mactavish.

Als Jenna fort war, trat Mactavish in das Gemach und schloß die Tür. »Wenn Friar Michaels Ablösung eintrifft, wirst du den frommen Mann auffordern, die Dienstmagd mit dir zusammen zu ihrer Herrin zu eskortieren.«

Brian zog eine Augenbraue hoch. »Was hat Euch veranlaßt, Euren Entschluß zu ändern?«

Angus warf ihm einen verhangenen Blick zu. »Es kursieren Gerüchte von einem Vorfall an der Grenze. Ich weiß nicht, ob Männer aus dem Flachland, englische Deserteure oder englische Truppen dafür verantwortlich sind. König Edgar hat den

Clans den Marschbefehl erteilt. Ich kann Männer zum Schutz der Burg zurücklassen. Campbell als Champion des Königs kann das nicht. Im Chaos kann den Schutzlosen Ungemach zustoßen. Brittany sollte in diesen unsicheren Zeiten zum Trost ihre Magd bei sich haben – und ein starkes Schwert als Verbündeten.«

Brian ging zur Tür. »Dann bedeutet Euch das Mädchen also doch etwas.«

»Sie ist eine Mactavish und meine Tochter. Sie bedeutet mir mehr, als Rechtens ist.« Er trat ans Fenster und blickte auf seinen Grundbesitz hinaus. »Mein Handeln kann Campbell nicht kränken. In dieser Hinsicht kann ich sie schützen, in anderer kann ich es nicht.«

»Ihr Wohlergehen soll mein Anliegen sein, my Laird.«

Nach diesen Worten wandte sich Mactavish lächelnd um. »Das weiß ich, Brian.«

Der Bursche schien noch etwas sagen zu wollen, überlegte es sich aber offenbar anders und verließ den Raum mit einem kleinen, ehrerbietigen Kopfnicken.

Als die Tür sich hinter ihm schloß, war der Laird allein. Er trat ans Fenster. »Elizabeth, ich werde es versuchen, doch es wird nicht einfach sein, unsere Tochter zu beschützen.« Er seufzte. Noch einmal vor die Wahl gestellt, würde er, so helfe ihm Gott, das Kind trotz allem nach England schicken. Es hatte seinen Preis, Führer eines Clans zu sein. Sein Bedauern war wie eine Wunde, die nicht heilen wollte. Der Schmerz erinnerte ihn an Dinge, die er lieber vergessen hätte.

»Elizabeth, ich muß meine Nachfolge regeln«, sagte Mactavish. »Mag sein, daß ich dir bald folge, und diese Angelegenheit muß zuvor geregelt sein. Meine Wahl wird viele schockieren. Gebe Gott, daß ich lange genug lebe, um die Sache zu Ende zu führen.«

Brittany verfolgte die Vorbereitungen mit einem unguten Gefühl. Jeder Mann, jeder Junge über dreizehn bereitete sich auf den bevorstehenden Feldzug vor.
Kopfschüttelnd wandte sie sich vom Fenster ab. »Ist das immer so?«
Jenifer zog den Faden durch den Stoff und erwiderte, ohne von der Stickerei aufzublicken: »Keine Sorge. Komm her, ich will dir zeigen, wie so etwas gemacht wird.«
Widerwillig betrachtete Brittany das Werk ihrer Schwägerin. Sie hatte Jenifer gebeten, sie in den Beschäftigungen einer Dame zu unterweisen. »Wie kannst du an Sticken denken, wenn wir uns womöglich mitten in einem Krieg befinden?«
Jenifer lachte leise. »Es ist zwar nicht so aufregend, wie in voller Rüstung davonzureiten, aber es entspannt und lenkt ab von den Dingen, die ohnehin nicht zu ändern sind.«
»Da liegt das Problem, Jenifer. Ich bin daran gewöhnt, mitten im Geschehen zu sein, statt abwartend herumzusitzen.«
Jenifer klopfte auf den Sessel an ihrer Seite. »Das war früher so. Alec wird nicht zulassen, daß du weiterhin dieser Gewohnheit frönst.«
Bei der Erwähnung von Alecs Namen verzog Brittany das Gesicht, bevor sie sich doch, wenn auch widerwillig, zu Jenifer setzte. Sie versuchte, sich ihrer neuen Heimat, ihrem Gemahl und den Sitten des fremden Clans anzupassen. Es fiel ihr schwer.
»Nur bis zu dem Zeitpunkt, an dem ich weggeschickt werde«, seufzte Brittany und griff nach ihrer Handarbeit. »Jenifer, sag mir, nimmst du immer alles so ruhig hin?«
Jenifer lächelte. »Hältst du mich für friedfertig?«
»Du bist doch so. Wie schaffst du das?« Brittany musterte die Freundin in ihrer ruhigen Heiterkeit und spürte, daß sich hinter Jenifers Lächeln mehr verbarg, als sie bisher geahnt hätte.

»Übung, Brittany.« Jenifers Lippen wurden schmal. »Nach meiner Verheiratung habe ich gelernt, meine Gefühle zu verbergen.«
Jenifers Veränderung erschreckte Brittany so sehr, daß sie die Frau unverhohlen anstarrte. »Was ist dir geschehen?«
Als wäre es nie verschwunden, war das Lächeln wieder da. »Über jene Zeit rede ich nie.«
Brittany konzentrierte sich auf ihre Handarbeit. Tief in Jenifers Augen hatte sie einen solch überwältigenden Schmerz gesehen, daß sie begriff, ihre Neugier wäre ein zu nichtiger Grund, um ihre Schwägerin der Wiederbelebung ihrer Erinnerungen auszusetzen. Bevor sie noch länger über Jenifers Ehe nachdenken konnte, öffnete sich die Tür, und Alec trat ein. »Bei Sonnenuntergang brechen wir auf.«
Anscheinend sehr geschäftig, sammelte Jenifer ihre Utensilien ein und verabschiedete sich. »Kommt wohlbehalten und schnell zurück, Bruder«, sagte sie und bot ihm die Wange zum Kuß.
Er neigte sich vor und streifte ihr Gesicht mit den Lippen. »Danach müssen wir reden. Diese Angelegenheit bedarf einer Regelung.«
Brittany fiel auf, daß Jenifers Schultern leicht nach vorn sanken, als sie antwortete. »Ich weiß, Alec. Ich werde nachdenken, solange Ihr fort seid. Bei Eurer Rückkehr erfahrt Ihr meine Antwort.«
Er nickte zustimmend, und Brittany blickte ihr nach, als sie sich eilig, kein bißchen damenhaft, zurückzog.
Kaum hatte sich die Tür geschlossen, wandte sich Brittany an Alec. »Ich wußte nicht, daß deine Schwester verheiratet ist.«
Überrascht zog er eine Augenbraue hoch. »Sie hat dir von ihrer Heirat berichtet?«
»Das Thema ergab sich heute nachmittag«, sagte Brittany mit schlechtem Gewissen aufgrund der Halbwahrheit.

»Tatsächlich?« Sein durchdringender Blick fesselte ihren und suchte nach der Wahrheit. »Dann weißt du auch, daß ich verantwortlich war für die Hinrichtung ihres Gemahls«, bemerkte Alec so beiläufig, als würde er über das Wetter reden.
»Nein.« Brittany schluckte. »Wir haben nicht über Euch gesprochen.«
»Merkwürdig, daß meine Schwester dich bezüglich ihrer Hochzeit ins Vertrauen zieht und dabei nicht erwähnt haben sollte, daß ich sie noch am selben Tag zur Witwe machte.«
Mit geweiteten Augen flüsterte Brittany: »Warum hast du ihn umgebracht? Was war geschehen?«
»Nicht alle Bräute haben soviel Glück wie du.« Alecs Stimme klang ganz nüchtern. Er drehte sich um und schritt ins Schlafgemach hinüber, somit bekundend, daß er das Thema als abgeschlossen betrachtete.
Brittany folgte ihm. Als sie den Raum betrat, sah sie, wie Alec eine Ledertasche aus seiner Truhe zog und aufs Bett warf. »Was muß Jenifer bis zu deiner Rückkehr entschieden haben?« wollte sie mit schlecht verborgener Ungeduld wissen.
Alec packte Kleidungsstücke in die Tasche. Brittanys Gewissen regte sich, als sie angesichts seiner Abreise nach seiner Schwester fragte.
»Sie soll sich entschließen, eine neue Ehe einzugehen. Seit dem Ende ihrer ersten ist ein Jahr vergangen. Jedermann weiß um den Skandal. Findet sie einen neuen Gemahl, wird Gras über die andere Sache wachsen.« Nachlässig stopfte er ein frisches Hemd in die Tasche.
»Was ist das für ein Skandal?« fragte Brittany. Sie schob ihn zur Seite, nahm seine Kleidungsstücke aus der Tasche und legte sie säuberlich zusammen, bevor sie sie wieder einpackte.
»Redet man über die Vergangenheit, bleibt sie lebendig. Männer klatschen nicht.« Er reichte ihr ein paar weitere Sachen, die er eingepackt haben wollte.

»Unsinn.« Verärgert über seine Bemerkung, drehte sie sich zu ihm um. »Im Heer meines Großvaters habe ich reichlich Klatsch gehört, und dort war ich die einzige Frau.«

»Du bist mit seinen Mannen umhergezogen?«

Brittany ignorierte seinen schockierten Ton. »Schotte, es sieht so aus, als dürftest nur du Fragen stellen und ich nicht. Diese Regelung gefällt mir nicht.«

»Du darfst fragen, soviel du willst, aber ich bin nicht verpflichtet, dir zu antworten«, entgegnete Alec.

»Dann muß ich auch deine Fragen nicht beantworten«, sagte sie, indem sie seinen Dialekt imitierte, um ihn zu reizen.

»So geht das nicht.«

Brittany hörte die leise Warnung, während er sanft an ihren Armen auf- und abstrich. Mit den Lippen streifte er ihren Nacken, und die Berührung ließ sie erschauern.

»Denkst du, du könntest mir widerstehen?« hauchte er kaum hörbar an ihrer Wange.

Seine Worte ließen ihre Nerven vibrieren, und aus Angst vor seiner erotischen Ausstrahlung löste sie sich aus seiner Umarmung.

»Deine Erfahrung in ...«, sie suchte verzweifelt nach Worten, fand jedoch nicht die richtigen.

»In der Liebe«, half er ihr mit belustigtem Zwinkern aus.

»Deine von Dirnen erlernten Verführungskünste werden meine Zunge nicht lösen«, sagte sie drohend, als er sich ihr näherte.

»Vielleicht ja, vielleicht nein«, antwortete er. »Wir sollten dennoch herausfinden, ob unsere Leidenschaft die Lösung ist.«

Brittany wich zwei Schritte zurück, bevor ihr bewußt wurde, daß sie vor ihm flüchtete. »Wenn Leidenschaft die Lösung ist, könnte ich unter Umständen deine Taktik gegen dich anwenden.«

»Du willst mich verführen?« Er lachte unverhohlen über diese Vorstellung. »Weib, du bist völlig unerfahren, du weißt nicht das geringste darüber, wie du einen Mann befriedigen könntest. Willst du das Gegenteil beweisen, bitte schön. Ich stehe dir zur Verfügung.«

Die Art, wie er sich über sie lustig machte, traf Brittany tief im Inneren.

»Du denkst, ich könnte dich nicht verführen? Ist dieser Ritus nur den Männern vorbehalten – schottischen Männern?« Brittany lächelte hintergründig. »Du bist dir so sicher, mein Gemahl, daß ich tatsächlich versagen könnte. Doch ich nehme die Herausforderung an, Alec. Nenn mir deine Bedingungen!« Wie eine Katze, nahezu schnurrend, näherte sich Brittany ihrem Opfer. Er würde sich noch an seinem Hochmut verschlucken! Unerfahren sollte sie sein?! Wenn sie ihn in die Finger bekam, würde er um Gnade flehen.

Selbstzufrieden ruhte sein Blick auf ihr. »Die Bedingungen sind ganz einfach, Weib. Gewinnst du, gewähre ich dir eine Gunst. Verlierst du, ist es an dir, mir eine Gunst zu erweisen.«

»Ganz gleich, welche?« vergewisserte sich Brittany, während sie vor ihn trat.

»Innerhalb vernünftiger Grenzen, Weib.« Er verschränkte die mächtigen Arme vor der muskulösen Brust, abwehrbereit, wie es schien. »Das hier ist keine bedingungslose Kapitulation. Zunächst einmal mußt du gewinnen«, forderte er sie heraus. Seine unüberhörbare Erinnerung daran, was sie zu verlieren hatte, ließ sie innehalten, um die Folgen einer Niederlage zu erwägen.

Alec stand stocksteif da. Er würde ihr nicht zu Hilfe kommen. Ihn verführen! Er amüsierte sich köstlich. Einen Augenblick lang zögerte Brittany. Dann hob sie mit einem Ruck das Kinn, eine Bewegung, an die Alec sich schon langsam gewöhnte. Seine kleine Gemahlin gab nicht nach, das wußte er inzwischen, und ausgerechnet diese ärgerliche Eigenschaft bewunderte er am meisten an ihr.

Sie legte die Hände auf seine Brust, fuhr zu seinen Schultern hinauf und schlang die Arme um seinen Nacken. Indem sie sich auf die Zehenspitzen stellte, hob sie ihm ihr Gesicht entgegen und versuchte, seinen Kopf mit sanftem Druck zu sich herabzuneigen. Alec sträubte sich und hätte beinahe über ihre verärgerte Miene gelacht.

»Es gehören zwei dazu, mein Gatte«, sagte sie ärgerlich.

»Du bist die Verführerin. Scheinbarer Widerstand läßt sich durch die richtige Taktik ganz einfach überwinden.« Ihre Augen verengten sich, und er fügte unschuldsvoll hinzu: »Wenn ich dir einen Rat geben darf ...?«

»Wage es nicht, mich zu belehren, wie ich vorzugehen habe, Alec Campbell. Ich werde dieses Geheimnis auch ohne deine Hilfe lüften.«

Sie schaute sich suchend in dem Gemach um. Bevor er den Rat, der ihm so unter den Nägeln brannte, erteilen konnte, stapfte sie davon. Sie schleppte einen Schemel herbei und stellte ihn vor Alec auf. Lächelnd sah er zu, wie sie vorsichtig auf das wacklige Möbel kletterte. Sie schwankte ein bißchen, bevor sie das Gleichgewicht fand, indem sie Alec die Hände auf die Schultern legte. Jetzt befand sich ihr Gesicht auf gleicher Höhe mit dem seinen. Mit triumphierendem Blick flüsterte sie: »Siehst du, Alec, mir fällt schon etwas ein.«

»Und jetzt, Weib?« Seine Frage hing in der Luft, eine Herausforderung, die sie ganz gewiß annehmen würde.

Brittany antwortete nicht. Ihr Blick war auf seinen Mund geheftet, ihre Lippen bewegten sich nur um Haaresbreite von seinem Mund entfernt.

»Alec ...« – die Zärtlichkeit in ihrem Tonfall überraschte ihn. Zart wie ein Schmetterlingsflügel berührte ihr Kuß seinen

Mundwinkel. »Ich mag unerfahren sein, aber ich bin immerhin eine Frau.«
Ihre Lippen streichelten seine, ohne sie richtig zu küssen, liebkosten sie mit einer so unschuldigen Innigkeit, daß Alec nach mehr verlangte, doch er hielt sich zurück, kostete die Vorfreude aus auf das, was nun folgen mochte.
Langsam, federleicht zeichnete sie mit der Zunge den Schwung seiner Lippen nach, bis sie schließlich Einlaß fand. Alec spürte ihre tastende Berührung, dann ihren Rückzug, und er sehnte sich nach der Vertiefung des Kusses. Erneut drang ihre Zunge in seinen Mund ein, erforschte ihn weich, sanft, mit aufreizender Gründlichkeit, und es war eine Höllenqual, nicht reagieren zu dürfen. Es war ein sinnlicher Kuß, und unmerklich baute sich immer stärkere Spannung auf.
Unter der Anstrengung, weiterhin passiv zu bleiben, trat ihm leichter Schweiß auf die Stirn. Brittany knabberte an seinen Lippen, wurde aggressiver. Sie ließ die Hand an seinem Hemd hinuntergleiten, öffnete dabei die Knöpfe, schob dann die Finger unter den Stoff und ließ sie über seine Brust wandern. Alecs Muskeln spannten sich an.
Sie löste sich von ihm. Ihre braunen Augen blickten ihn wie im Traum entrückt an. »Alec, du hast einen wunderschönen Körper.« Sie zupfte an seinem Hemd, und er half ihr, es abzustreifen. »Prachtvoll«, hauchte sie. Sie senkte den Kopf und liebkoste mit Lippen und Zunge seine Schulter. Ihre Hand fuhr durch sein Brusthaar, bis sie auf die Brustwarzen stieß.
Sie streichelte und reizte sie genauso, wie Alec mit ihren Brüsten verfahren war, und Alec glaubte, wahnsinnig zu werden. »Brittany«, stöhnte er.
Sie bot ihm ihre Lippen, und der Kuß war jetzt nicht mehr süß und zart, sondern wild erotisch. Alec löste den Verschluß ihrer Bluse und streifte sie von ihren Schultern. Er umspannte ihre

Brüste und strich mit den Fingern über die zarten Spitzen. Als er ihr leises Seufzen hörte, zog er sie an sich. Der Schemel fiel zu Boden, und sie hing in seinen Armen und erwiderte seinen Kuß mit bodenloser Leidenschaft. Langsam ließ er ihren Körper an seinem herabgleiten. Als Hüfte auf Hüfte traf, war seine Begierde offensichtlich. Brittanys Fingernägel fanden den Weg an seiner Brust hinab zum Bund seines Plaids.

Abrupt unterbrach er den Kuß. Er wollte sie in die Arme nehmen, doch sie schob seine Hände weg. Verdutzt sah Alec zu, wie sie seinen Plaid löste, den Stoff herabstreifte und dabei seine Schenkel und Waden streichelte. Sie ließ den Plaid zu Boden fallen und strich an der Innenseite seiner Beine aufwärts. Alec sog scharf den Atem ein, als ihre Hand über seinen Bauch strich, wieder nach unten glitt und schließlich sein Glied umfaßte. Er stöhnte, als sie mit dem Mund eine Spur von Küssen auf seinem Bauch abwärts legte und dabei mit der Hand einen magischen Rhythmus fand.

»Brittany«, keuchte er und griff nach ihr, fürchtend, er könnte die Kontrolle verlieren. Sie schob seine Hand weg und trat zurück. Mit verführerischen Bewegungen löste sie ihren Rock, trat aus dem Kreis des zu Boden geglittenen Stoffes, bog ihren Rücken zurück und hob ihr Haar. Die Locken rieselten durch ihre Finger.

Alec war wie erstarrt, kämpfte um seine Selbstbeherrschung, als er diese katzenhaften Bewegungen sah. Dann glitt ihr Blick langsam an seinem Körper hinauf; der Hunger in ihren Augen entsprach seinem eigenen. Sie streckte ihm die Arme entgegen, öffnete sich für seine Umschlingung.

»Komm zu mir, Alec.« Ihre leise, atemlose Stimme ging Alec durch und durch; das Verlangen bedrängte seine Seele.

Bebend nahm Alec sie in die Arme und trug sie zum Bett. Brittany hörte nicht auf, ihn zu berühren, zu streicheln und aufzureizen, als er sie auf das Lager bettete.

Schaudernd vor Begierde, drückte er sie nieder, doch sie wich von ihm zurück. »Brittany«, knurrte er drohend und griff nach ihr.
»Willst du mich, mein Gatte?« Ihre Stimme klang genauso gehetzt wie seine.
»Herrgott, ja!« Er wollte Brittany zu sich heranziehen, doch sie stemmte sich sanft, aber nachdrücklich gegen seine Schulter und drückte ihn auf die Matratze.
Sie setzte sich rittlings auf ihn und bewegte sich auf seinem Körper in einem Rhythmus, der Alec um den Verstand bringen wollte. Er packte sie bei den Hüften und hob sie über seine Erektion. Nie zuvor hatte eine Frau solch ein Verlangen in ihm geweckt. Jede Bewegung, jede Berührung bereitete ihm Lust; nie zuvor war ihm so bereitwillig gegeben worden, und das löste in ihm den Wunsch aus, es ihr gleichzutun. Zum ersten Mal in seinem Leben gab er großzügig, und gemeinsam erreichten sie einen explosiven Gipfel. Wie ein Krampf durchzuckte es ihn, während sie gleichzeitig von Konvulsionen erfaßt wurden. Sie hielten einander und ließen sich vereint von der Woge der sinnlichen Erfüllung davontragen.
Alec war wie ausgelaugt. Er hielt seine Frau in den Armen und schwebte in eine Welt des Friedens und der Zufriedenheit hinüber. In dem Bedürfnis, sie zu spüren, küßte er ihre Schläfe.
Brittany dehnte sich seinem Kuß entgegen. Als ihre Lippen sich trafen, hauchte sie: »Alec, darf ich dich begleiten?«
Schon im Begriff, ihr jeden Wunsch zu gewähren, drang die Bedeutung ihrer Worte doch zu ihm durch. »Nein.« Verärgert, daß sie ihm eine solche Frage stellte, sah er sie an, dann erinnerte er sich an die Abmachung. »Ich sprach von einem Lohn innerhalb vernünftiger Grenzen. Außerdem hast du nicht gewonnen, Brittany.«
Oh doch, sie hatte gewonnen! Und er wußte es so gut wie sie.

»Alec Campbell, Schande über dich«, mahnte Brittany, drohte ihm mit dem Finger und gab sich gekränkt und böse.
Als Alec sah, daß ihre zuckenden Lippen mit einem Lächeln kämpften, entspannte er sich, erleichtert, daß ihr Ärger nur gespielt war, daß sie ihn lediglich hatte necken wollen. »Wieso das, meine Gemahlin?«
Seine Gemahlin lachte leise, und er bemerkte ein winziges Grübchen in ihrem Mundwinkel. »Der Lohn, den ich verlangte, war nur ein Scherz. Ich wußte, daß du niemals einverstanden sein würdest. Aber, Alec, satt und befriedigt dazuliegen und zu behaupten, du wärst nicht verführt worden – schäme dich!« Brittany zog mit dem Finger die Konturen seines Mundes nach. »Man könnte den Eindruck gewinnen, mein Gemahl, daß es dir schwerfällt, eine Niederlage einzugestehen. Vielleicht kann ich dich lehren, wie das Los des Besiegten zu ertragen ist«, scherzte sie und fiel mit einem sengenden Kuß über ihn her.
Er drückte sie fest an sich und spürte, wie in seinem Inneren Hitze aufwallte. »Mehr hast du nicht zu bieten, Weib?«
»Alec, ich bin eine Braut und habe noch zu lernen«, sagte sie mit einem verführerischen Lachen. »Ich werde fleißig üben müssen, um deine Geschicklichkeit zu erlangen.«
»Aye«, pflichtete Alec ihr bei und freute sich auf die bevorstehenden gemeinsamen Nächte. Plötzlich erschien ihm ein Jahr zu kurz, und besitzergreifend zog er Brittany in seine Arme.

Bei Einbruch der Nacht wachte Brittany auf und tastete in Erinnerung an ihr gemeinsames Liebeserlebnis nach ihrem Gatten. Ihre Hand stieß ins Leere. Plötzlich fühlte sie Einsamkeit. Er war ohne Abschied gegangen, ohne ihr zu gestatten, ihm eine schnelle und sichere Heimkehr zu wünschen. Sie zog die Decke fester um sich, doch die Kälte wollte nicht weichen.

Achtes Kapitel

»Das ist absolut nicht in Ordnung, Jenifer.« Brittany zeigte auf die Burgmauern. »Die Zinnen sind nicht bemannt.«
»Brittany, wir sind in Sicherheit. Niemand würde es wagen, dieses Schloß anzugreifen«, versicherte Jenifer.
Brittany zügelte ihr Pferd und drehte sich zu Jenifer um. »Meiner Erfahrung nach liefert man sich anderen auf Gedeih und Verderb aus, sobald man ihnen vertraut. Schau dir das Tor dort an!« Beide Flügel standen weit offen. »In der Zeit, die benötigt würde, um das Tor zu schließen, könnte ein kleiner Trupp eindringen und jede Frau und jedes Kind in seine Gewalt bringen.«
Jenifers Miene wurde nachdenklich, und Brittany ergriff die Gelegenheit.
»Ich weiß, was zu tun ist, um das Schloß zu sichern.« Sie griff nach Jenifers Arm. »Wirst du mir helfen?«
»Alec würde schäumen vor Wut.« Jenifer riß sich von Brittanys Blick los und betrachtete das Schloß. »Hast du je erlebt, was nach einer Belagerung geschieht?«
»Aye, das habe ich. Frauen und Kinder dienen dem Vergnügen der Eroberer. Das überleben die wenigsten.« Brittany erkannte Jenifers Sorge und nutzte sie für ihren Plan. »Möchtest du so etwas auf dein Gewissen laden?«
»Was kann ich denn tun?« Jenifers Stimme klang kleinlaut; ihre Angst zerrte an Brittanys Nerven.
»Sehr viel. Ich werde es dir zeigen«, antwortete Brittany.

»Zunächst müssen wir eine Versammlung einberufen und jeden einzelnen auf einen Angriff vorbereiten.«

»Das fällt in Mutters Aufgabenbereich.« Jenifer wandte sich Brittany wieder zu. Ihre Miene wurde weicher, als sie hinzufügte: »Ich weiß, daß du als Schloßherrin die Befehlsgewalt haben solltest, aber noch immer wenden sich viele an meine Mutter.«

Brittany lächelte Jenifer zu, denn sie wußte, wie schwer ihr dieses wahrheitsgemäße Eingeständnis gefallen war. Der Clan der Campbell betrachtete Brittany als Außenseiterin – als die Mactavish. Sie würde auf Brennas Unterstützung angewiesen sein. »Wird deine Mutter uns helfen?« fragte Brittany voller Hoffnung und Angst.

Jenifer senkte den Blick. »Ich schätze, meine Mutter wird dich in Erstaunen versetzen, Brittany. Sie ist nicht annähernd so feige wie ich.«

Brittany strich über Jenifers Hand. »Wenn du nur halb so feige wärst, wie du dich selbst einschätzt, hättest du dich nie bereit erklärt, mir zur Seite zu stehen.«

»Ich habe nur zuviel Angst vor dem, was den anderen widerfahren könnte, wenn ich dich nicht unterstützen würde«, erwiderte Jenifer offen und ehrlich.

Brittany war beeindruckt von diesem Eingeständnis. »Du bist kein Feigling, Jenifer Campbell«, sagte sie mit Nachdruck und wendete ihr Pferd. »Wenn wir mit den Vorbereitungen beginnen wollen, müssen wir als erstes deine Mutter überzeugen.«

Die zwei Frauen ritten zum Schloß zurück, und zum ersten Mal seit Alecs Aufbruch spürte Brittany Leben in sich.

Lady Brenna setzte ihren Becher ab. Wortlos hatte sie sich Brittanys Erklärungen angehört.

»Ich werde dir zur Seite stehen, wenn die Versammlung

einberufen wird.« Die ältere Frau hob die Hand, um Brittanys Worte abzuwehren. »Doch es muß völlig klar sein, daß es deine Idee ist, und wenn ich dir auch zur Seite stehe, wirst du doch bei Alecs Heimkehr die volle Verantwortung allein auf dich nehmen.«

»Mutter!« rief Jenifer bestürzt.

»Brittany, ich würde dir einen schlechten Dienst erweisen, wenn ich in dieser Angelegenheit Verantwortung übernehmen wollte. Willst du die Herrin sein, mußt du nicht nur die Verteidigung des Schlosses, sondern auch mögliche Folgen allein auf deine Schultern nehmen. Überlege es dir gründlich. Falls diese Vorsichtsmaßnahme zu nichts führt, kann es geschehen, daß Alec dir jegliche Befehlsgewalt entzieht. Er könnte dich sogar in den Turm verbannen.«

Brittany nickte. »Ich bete dafür, daß unsere Maßnahmen niemals zum Einsatz kommen. Und die möglichen Folgen schrecken mich nicht ab. Dieses Schloß muß verteidigungsbereit sein.«

»Dann, Lady Campbell, besteht der erste Punkt des Planes darin, den Clan zu versammeln.« Lächelnd streckte Brenna die Hand aus. »Ich freue mich, daß unsere Leute dir am Herzen liegen. Das wird viel dazu beitragen, daß sie lernen, dich zu akzeptieren.«

Jenifer legte ihrer Mutter den Arm um die Schultern. »Du bist so weise.«

»Und alt«, fügte ihre Mutter mit leisem Lachen hinzu. »Schade nur, daß meine Weisheit keine von euch beiden angesteckt hat.«

»Aber das hat sie, Mutter«, widersprach Jenifer. »Jetzt denken wir auch an die Folgen.«

Mit offener Skepsis sah Brenna erst ihre Tochter, dann auch Brittany an. »Bist du ebenfalls weise geworden?«

Brittany hielt dem forschenden Blick stand, ohne mit der

Wimper zu zucken. »Ich habe vielerlei Künste erlernt, aber ihre Aneignung und Beherrschung beruht eben nur auf Wissen. Weisheit kann man meines Erachtens nicht erlernen. Sie wächst aus der Erfahrung.«
Ob der unerwarteten Ehrlichkeit zog Brenna eine Augenbraue hoch. »Klugheit kann weiß Gott ein Fluch sein, meine Liebe«, spöttelte sie mit feierlichem Ernst und fuhr dann fort: »Wir wollen zu St. Andrew beten, damit er dir unverzüglich Weisheit schenken möge.«

Die Frauen und Kinder versammelten sich nach der Abendmahlzeit im großen Saal. Das Raunen erstarb, als Brittany sich zur Begrüßung der Anwesenden erhob. »Da die Männer fort sind, stehen wir schutzlos da. Jeder Mann, jeder Junge, der alt genug ist, um dem König zu dienen, ist einberufen worden. Ich weiß, es ist nicht eine unter euch, die sich der Gefahr nicht bewußt wäre, der wir in diesen kriegerischen Zeiten ausgesetzt sind. Ich habe einen Plan ...«
Ein wütender Zwischenruf unterbrach sie. »Was interessiert es eine Mactavish, wenn das Blut der Campbell vergossen wird?«
Brittany spürte die abschätzigen Blicke der Versammelten und wußte, sie mußte deren Haß überwinden. »Ich bin als Mactavish geboren und in England aufgewachsen. Ich verstehe wenig von der Erbitterung, die in euch schwelt. Aber ich kenne den Krieg und weiß, was den Besiegten widerfährt.«
»Was weiß denn eine Lady schon vom Krieg?« fragte dieselbe Zwischenruferin voller Hohn.
Brittany ging auf die Frau zu, die ihr die Beleidigungen entgegengeschleudert hatte. »Ich bin als Soldat im Heer meines Großvaters marschiert.« Die Erklärung hatte ein allgemeines Luftschnappen zur Folge, doch Brittany fuhr mit tödlicher Ruhe fort: »Die Unglücksfälle des Kriegs sind die

Männer, die auf dem Schlachtfeld sterben, die Opfer sind die Besiegten. Frauen werden vergewaltigt und gefoltert, Kinder ...«, Brittany hielt inne und richtete den Blick starr auf das Kind an der Hand der Frau, »... werden zum Spaß getötet.« Brittany trat dicht vor die Frau. »Ich kann euch zeigen, wie ihr euch und eure Kinder schützen könnt. Oder ihr könnt euch weiterhin untätig eurem Haß auf mich hingeben.« Brittany sah der Frau streng ins Gesicht, die ihr Kind wie beschützend an sich zog. »Ihr habt die Wahl. Ich habe nichts zu verlieren, wenn das Schloß im Sturm eingenommen wird. Ich werde gefangengenommen und ausgelöst. Soviel Glück werdet ihr nicht haben.«
Daraufhin herrschte eine Stille wie auf einem Begräbnis. Brittany kehrte an den Tisch zurück, als eine andere Frau vortrat.
»My Lady, mein Name ist Hergess. Ich würde Euren Plan gern hören.« Die Frau machte einen flüchtigen Knicks und reihte sich wieder ein.
Brittany musterte die Gesichter der Versammelten. Vorsicht und Sorge wichen der offenen Feindseligkeit, die ihr zuvor entgegengeweht hatte. »Ich bitte euch nicht um euer Vertrauen. Das habe ich mir nicht verdient. Aber ich benötige eure Mitarbeit.«
Lady Brenna und Lady Jenifer erhoben sich und traten an Brittanys Seite, um ihre Bereitschaft, sie zu unterstützen, kundzutun.
»Falls ihr euch schützen wollt, muß jeder einzelne von euch sich voll und ganz für die Sache einsetzen. Der Plan schlägt fehl, wenn wir nicht alle an einem Strang ziehen.« Brittany ließ den Blick über die Gesichter schweifen und schätzte schweigend die allgemeine Stimmung ein. »Ich möchte jetzt wissen, wer an meiner Seite steht.«
Die Frauen flüsterten untereinander, und nach kurzem Zö-

gern trat Hergess vor. »Ich stehe Euch zur Seite.« Nach ihrer Erklärung sah Brittany, wie die Frauen eine nach der anderen vortraten, bis nur die Zwischenruferin an ihrem Platz zurückblieb.
Alle Blicke hefteten sich auf die Abtrünnige. »Ich habe das Recht, anderer Meinung zu sein«, sagte sie mit streitlustiger Miene.
»Aye, das ist dein Recht«, pflichtete Brittany ihr bei und umfaßte mit einer Handbewegung die Schar der anderen. »Gemeinsam sind wir stark. Du hast beschlossen, allein zu stehen. Ich wünsche dir Glück.«
Die Frau vergaß, den Mund zu schließen, und Brittany wandte sich denen zu, die ihr ihre Unterstützung zugesichert hatten. »Ab heute abend werden alle Frauen und Kinder im Schloß schlafen. Tore und Türen werden verbarrikadiert; wir stellen Wachen auf. Morgen werden wir uns um die Verteidigungsmaßnahmen kümmern. Ihr sollt wissen, daß ich nichts von euch verlange, was ich nicht selbst erbringe.« Brittany ließ den Frauen Zeit, ihre Anweisungen zu verarbeiten. »Gibt es noch Fragen?«
Einige Hände fuhren in die Höhe, und jede Frau stellte sich namentlich vor, bevor sie ihr Anliegen zur Sprache brachte. Brittany beantwortete jede Frage mit viel Geduld und Verständnis. Als die Frauen zufrieden waren, deutete Brittany auf ihre Schwiegermutter.
»Wendet euch an Lady Brenna. Sie wird euch mit Decken und Bettzeug versorgen. Sie verfügt über die Liste unserer Vorräte und verteilt die Schlafplätze. Wenn das geregelt ist, wird Lady Jenifer euch mit euren Pflichten und Aufgaben vertraut machen. Ich werde mit zehn Frauen die erste Wache übernehmen.«
Als die Menge sich zwischen Lady Brenna und Lady Jenifer aufteilte, bemerkte Brittany die Frau, die sich gegen sie

gestellt hatte. Einsam und verlassen stand sie da und beobachtete ihre Gefährtinnen. Dann trat sie plötzlich vor Brittany hin. »Wenn es Euch recht ist, my Lady, würde ich gern die erste Wache übernehmen.« Ihre Stimme klang zögerlich, als fürchtete die Frau, abgewiesen zu werden.

Obwohl die Frauen sehr geschäftig taten, wußte Brittany, daß der gesamte weibliche Clan voller Spannung auf ihre Entscheidung wartete. Sie warf Lady Brenna einen fragenden Blick zu. »St. Andrew scheint unsere Gebete erhört zu haben.« Dann wandte sie sich wieder der Frau zu. »Ein kluger Entschluß. Jetzt sind wir eins. Deine Dienste werden mit Freuden angenommen.«

Obwohl jede Frau ihren eigenen Beschäftigungen nachging, war der kollektive Seufzer der Erleichterung doch spürbar. Jetzt lagen Hoffnung und Aufregung in der Luft anstelle von Angst und Mißtrauen. Brittany war froh über die einstimmige Unterstützung. Mit ihrem Entschluß, den Clan zu schützen, kehrte ihre Zuversicht zurück.

»My Lady«, rief Hergess und stürmte die Stufen hinauf zum Wehrgang, wo Brittany mit den Frauen trainierte.

Brittany warf Jenifer den langstieligen Mop zu. »Mach du weiter mit den Übungen«, sagte sie und ging Hergess entgegen. »Was gibt es?« erkundigte sie sich und zog Hergess fort von den Frauen, die sich darin übten, Leitern von der Mauer fortzustoßen.

Hergess keuchte vom schnellen Lauf. Brittany unterdrückte ihre Ungeduld und wartete, bis die Frau zu Atem kam. »My Lady, ich weiß einen Weg, wie Ihr alle Steine, die Ihr benötigt, an einem einzigen Tag herschaffen könnt.«

»Und wie?« Brittany zog die Augenbrauen hoch. Ihrer Meinung nach würde es noch Wochen dauern, bis sie genug Steine für die Dauer einer etwaigen Belagerung hatte. Es war

sehr zeitaufwendig, auf den Feldern und Wiesen nach Steinen zu suchen und sie in den Burghof zu transportieren.
Hergess lächelte. »Es gibt da ein altes Gebäude, das nicht mehr genutzt wird.« Sie zeigte mit dem Finger in die entsprechende Richtung. »Wir könnten es abreißen, dann hätten wir genügend Steinbrocken«, schlug Hergess vor, um dann fortzufahren: »Sofern Ihr die Erlaubnis erteilt.«
Brittany betrachtete das Gebäude am anderen Ende des Burghofs. Es war eine schwerwiegende Entscheidung, ohne Alecs Wissen und Zustimmung eines seiner Häuser abzureißen. Sie seufzte. Sie hatte ihrem Gatten gegenüber schon soviel zu verantworten. Da kam es auf einen Übergriff mehr oder weniger auch nicht mehr an.
»Reißt es ab«, befahl sie.
»Aye, my Lady. Ich werde die Steinsammlerinnen zur Hilfe heranziehen.« Hergess drehte sich um und eilte noch eifriger als zuvor die Stufen hinab. Brittany schüttelte den Kopf über soviel Begeisterung. Hergess hatte ihre Berufung entdeckt. Sie hätte problemlos als Adjutantin eines Generals fungieren können.
Brittany ließ den Blick über den Burghof schweifen, zu den Bergen von Fässern, Kisten und Säcken, wo Lady Brenna ihre Gruppe überwachte. Alecs Mutter war ein Glücksfall für sie, und sie dankte Gott dafür, daß die Frau ihr so bereitwillig half. Als Soldatin jedoch versagte Brenna kläglich, doch sie besaß eine Eigenschaft, die Brittany vorbehaltlos bewunderte und nicht entbehren wollte. Brenna war die geborene Organisatorin.
Die Aufgabe, die auf Brittanys Befehl hin aus den Häusern der Clanfrauen zusammengetragenen Lebensmittel und Besitztümer zu katalogisieren und zu lagern, hätte den erfahrensten Krieger zur Verzweiflung getrieben. Doch Brenna blühte unter dieser Anforderung auf, zerlegte die überwälti-

gende Arbeit in überschaubare Einzelbereiche und erleichterte sie so um einiges.
Brenna gegenüber stapelte eine andere Gruppe von Frauen zusammengenähte Tierfelle bei den schwarzen Kesseln. Mit Hilfe dieser Säcke sollte im Verteidigungsfall kochendes Wasser und Öl auf den Feind gegossen werden.
Mit kritischem Blick überwachte Brittany sämtliche Tätigkeiten, und ein angedeutetes Lächeln erhellte ihr finsteres Gesicht. Sie war zufrieden mit den Fortschritten der Frauen. Obwohl die alltägliche Arbeit auch erledigt sein wollte, nahmen sie alle in Schichten an der Unterweisung in den Verteidigungsmaßnahmen teil.
Sechzig Frauen waren in fünf Gruppen aufgeteilt. Jede Abteilung hatte eine Führerin ernannt, die wiederum ihre Befehle von Brittany entgegennahm. Nachdem Aufgaben und Trainingsstunden so aufgeteilt waren, lief die Operation erstaunlich gut. Natürlich hätte die Zeit niemals gereicht, um unerfahrene Frauen in allen Bereichen der Kriegskunst zu unterweisen, doch indem jeder Kleingruppe spezielle Pflichten auferlegt wurden, konnte diese Scharte ausgewetzt werden. Es mangelte lediglich an Flexibilität. Wenn eine Gruppe im Kampf ausfiel, würde die Gesamtheit darunter leiden.
Brittany trainierte täglich, zusätzlich zur Beaufsichtigung der laufenden Arbeiten und dem Ausbildungsprogramm. Brauchten die Frauen Hilfe in der Küche, so sprang sie ein; wurde auf den Feldern eine zusätzliche Kraft benötigt, war sie zur Stelle, und dennoch versäumte sie es nie, ihre Wache zu übernehmen. Die Tage waren ausgefüllt, die Arbeit erschöpfend, doch mit der Entschlossenheit und dem Stoizismus, den sie schon als Kind gelernt hatte, bewältigte Brittany ihre eigenen Aufgaben und noch einiges mehr. Den anderen zum Vorbild, stürzte sie sich in die Arbeit, stand oft genug vor ihnen auf und ging weit nach ihnen zur Ruhe.

Nach einem Monat erkannte Brittany bereits eine Veränderung, nicht nur in der Effektivität der Verteidigung, sondern in den Frauen selbst. Mit zunehmender Geschicklichkeit wuchs das Selbstvertrauen ihrer Leute. Die Wandlung, die in ihnen vorgegangen war, versetzte sie in Erstaunen. Dank ihrer erfolgreichen Arbeit waren alle hoch motiviert.
Brittany lachte leise, als Jenifer sich eines Abends beim Mahl zu ihr hinüberneigte und flüsterte: »Der Clan hat sich selbst und dir einen Spitznamen verliehen. Dich nennen sie Brittany die Unerschrockene, sich selbst bezeichnen sie als Brittanys Brigade.«
»Brittany die Unerschrockene.« Belustigt flüsterte sie zurück: »Hoffentlich erinnern sie sich daran, wenn Alec zurückkehrt.«
»Es ist ein Zeichen ihrer Hochachtung«, betonte Jenifer.
»Ich weiß. Als wir mit dem Training begannen, war ich als Brittany die Schinderin bekannt.«
Jenifer riß vor Überraschung die Augen auf. »Das wußtest du?«
»Wie hätte ich es überhören sollen? Nach einem anstrengenden Tag waren ihre geflüsterten Bemerkungen oft genug nicht zu überhören«, antwortete Brittany.
»Du versetzt mich in Erstaunen. Warst du nicht böse auf sie?«
»Jenifer, sie müssen mich nicht lieben, um zu lernen, wie sie sich verteidigen können. Ich hörte ihre Bemerkungen und spürte ihre Abneigung, wann immer ich meine Soldatentracht anlegte. Ich bin anders als sie, und sie wissen es.«
Jenifer deckte ihre Hand über Brittanys. »Aye, und dafür danke ich Gott, denn sonst hätten wir nichts zu unserem Schutz unternommen.«
Brittany wehrte die Bemerkung mit einem Kopfschütteln ab. »Das Lob gebührt den Frauen. Sie haben all die Arbeit getan.«

»Unsinn«, widersprach Jenifer. »Ohne dich hätte keine von uns gewußt, wie wir uns hätten schützen können. Man hat es uns ja nie gezeigt.«
»Ich finde es merkwürdig, Jenifer, daß wir für unsere Gatten, unsere Kinder und unser Heim sorgen sollen, doch sobald es um unsere Sicherheit geht, müssen wir uns an andere wenden, um überleben zu können.«
»So war es schon immer, Brittany.« Jenifer lachte leise. »Bis Brittany die Schinderin das Heft in die Hand nahm.«
»Euer Scherz entbehrt jeglichen Humors, Lady Jenifer. Zügelt Eure Zunge.«
»Hat Lady Brittany jetzt gesprochen oder Brittany die Unerschrockene?«
»Beide«, antwortete Brittany mit belustigt blitzenden Augen.
»Schön. Ich werde meinen Humor ein wenig zügeln, my Lady, bis Ihr den Euren wieder vom Zaum laßt.«
Brittany lachte Jenifer an. »Du bist die erste Frau meiner Bekanntschaft, die sagt, was sie denkt. Ich habe mir sagen lassen, daß so etwas gefährlich ist.«
»Aye, der arme Alec. Bei seiner Heimkehr wird er sich nicht nur mit einem, sondern mit zwei Problemen herumschlagen müssen«, spöttelte Jenifer, und Brittany amüsierte sich köstlich.
»Geschieht ihm recht. Schließlich hat er uns beide zusammen zurückgelassen.« Immer noch lächelnd erhob sich Brittany, als Hergess kam.
»My Lady, drei Reiter nähern sich der Burg.«
Unverzüglich war Brittany wieder sachlich und stieg zu den Zinnen hinauf. In der Dunkelheit war es ihr erst möglich, die Reiter zu erkennen, als sie schon beim Tor waren.
»Hier ist Brian Mactavish mit Lady Brittanys Dienstmagd Jenna und Friar John«, brüllte eine tiefe Stimme von unten herauf.

»Jenna, bist du's wirklich?« Vorsichtig spähte Brittany von der Mauer herab.
»Für ein derartig unhöfliches Benehmen sollte ich Euch übers Knie legen«, kam mit zorniger Stimme die Antwort.
Brittanys Herz öffnete sich, als sie Jennas beliebteste Drohung vernahm. »Öffnet das Tor!« Schon wollte sie die Stufen hinuntereilen, doch Jenifer hielt sie am Arm zurück.
»Ein Mactavish erhält freien Zugang zur Feste der Campbell?« Jenifer hatte Mühe, Brittany zurückzuhalten. »Bist du wahnsinnig?«
»Dieser Mactavish begleitet meine Dienstmagd und einen Geistlichen. Soll ich ihn ohne Pause und ohne Erfrischung zurückschicken?«
»Und wenn du einem Spion die Tore öffnest?«
Brittany überlegte. »Du hast recht. Ich muß auf der Hut sein. Ich überlasse dir diese Aufgabe. Laß ihn auf Schritt und Tritt überwachen!«
»Ich kann die Verantwortung nicht auf mich nehmen«, jammerte Jenifer entsetzt.
»Wem sonst kann ich vertrauen?«
»Wie wär's mit Hergess?« schlug Jenifer zögernd vor.
»Hergess! Für den Fall, daß du es noch nicht bemerkt hast: Sie hat nichts als Männer im Kopf. Sie würde ihn zu sich ins Bett holen und ihm die Schlüssel zum Tor aushändigen. Nein. Es muß schon eine sein, die sich nicht von seinem guten Aussehen und seinem Charme einwickeln läßt.«
»Dianne vielleicht?«
Brittany zog Jenifer mit sich. »Dianne wartet nur auf die Gelegenheit, mir eine Fehlentscheidung nachzuweisen. Dir allein kann ich vertrauen. Bist du der Aufgabe nicht gewachsen?«
»Doch, natürlich. Das Training hat mir nichts ausgemacht, aber jetzt verlangst du von mir ...« Sie redete nicht weiter.

»Ihn auszuspionieren«, vervollständigte Brittany ihren Satz. »Oder was glaubtest du?«

»Schon gut. Ich werde ihn im Auge behalten«, flüsterte sie, als das Tor geöffnet wurde und Mactavish in den Burghof ritt. Hinter den drei Reitern schloß sich das mächtige Tor, und Brittany schritt mit Jenifer an ihrer Seite auf die Besucher zu.

»Euer Besuch kommt unerwartet.« Brittanys Begrüßung enthielt eine Herausforderung. Zwar war Brian ihr an Größe überlegen, doch sie machte es durch eine befehlsgewohnte Miene und Haltung wett.

»Dein Vater verlangte, daß ich Euch Jenna bringe und Euch in diesen unruhigen Zeiten meine Hilfe anbiete.« Brian Mactavish saß ab und stand nun vor ihr.

»So.« Seine Erklärung dämpfte die Freude über das Wiedersehen mit Jenna. »Mein Vater schickt Euch als Soldaten?«

Brian griff an sein Schwert. »Aye. Er will sein einziges Kind beschützt wissen.«

Zorn packte Brittany. »Ich stehe nicht mehr unter seinem Schutz. Ich bin eine Campbell, keine Mactavish.«

»Ein unglückliches Schicksal.« Er richtete den Blick auf Jenifer und musterte mit unverhohlenem Abscheu ihren Plaid, bevor er sich wieder Brittany zuwandte. »Ihr seid trotz allem noch immer seine Tochter. In seiner Eigenschaft als Vater schickt er Euch einen militärischen Berater.«

Brittany ignorierte sein selbstzufriedenes Grinsen. Ihr Vater war im Recht, und sie konnte sein Angebot nicht zurückweisen.

»Gut denn. Folgt bitte Lady Jenifer, sie wird Euch zu Eurer Unterkunft führen.« Mit einem sanften Stoß schob Brittany die Schwägerin Brian entgegen und drehte sich dann dem anderen Mann zu. Der Geistliche schaute sich versonnen im Burghof um.

»Friar, wir freuen uns, Euch begrüßen zu dürfen.« Brittanys Stimme rief den Mann in die Gegenwart zurück.

»Entschuldigt, Lady Campbell, ich bin überwältigt. Dies ist meine erste Pfarrei in Schottland. Wie ich sehe, gibt es viel zu tun.« Er drückte seine Bibel an die Brust und musterte die Frauen um ihn herum. »Sehr viel zu tun, so mir Gott helfe.«

Der Mann hatte etwas an sich, das Brittany abstieß. An seinem Benehmen und seiner Kleidung war beileibe nichts auszusetzen. Sein Blick allerdings ließ in ihrem Kopf Alarmglocken läuten. Als sie ihm den Rücken zukehrte, um Jenna zu begrüßen, lief ihr ein kalter Schauer über den Rücken.

»Wie schön, daß du wieder bei mir bist. Wie lange kannst du bleiben?«

»Solange Ihr es wünscht.« Jenna schlang die Arme um ihren Zögling. »Höchstens der König mit seinen Heerscharen könnte mich jetzt noch von Euch trennen.«

Brittany lachte. »Dann sei mir herzlich willkommen.«

Die Tage vergingen und die Wochen verflogen, und schließlich war wieder ein Monat verstrichen. Brittany wunderte sich, daß Jenifer sich nicht über die ihr zugewiesene Aufgabe beklagte. Ihre Schwägerin war schwer beschäftigt, und wann immer Brittany sie sah, war Brian nicht fern. Brian nahm ihr Training wohlwollend auf. Er beteiligte sich sogar und bot Hilfe, die mit Gold nicht aufzuwiegen war. Der Geistliche sonderte sich ab und richtete eine kleine Kapelle im Schloß ein. Jenna freilich war vollauf damit beschäftigt, Brittany in der Ausübung ihrer selbstauferlegten Pflichten zu stören. Brenna hatte die Dienstmagd auf Anhieb ins Herz geschlossen, und oft genug traf man sie, in eine Unterhaltung vertieft, an.

Brittany erkannte, daß die Frauen sich nach wie vor mit allen Fragen an sie wandten. Die Anwesenheit von zwei Männern

hatte ihre Macht nicht geschmälert. Das Problem hatte sich zum Glück von selbst erledigt.
Brittany hatte Wachdienst, als sie eine Bewegung jenseits der Wiese bemerkte. Zuerst glaubte sie an eine Täuschung. Der Vollmond stand am Himmel, und die Bäume bewegten sich im Wind. Angestrengt spähte sie hinaus in die Dunkelheit. Erneut sah sie eine Bewegung, und es war kein schwankender Schatten, sondern eine dunkle Gestalt, die verstohlen übers Moor huschte.
Kostbare Augenblicke verstrichen, bevor sie die Schatten von den dazugehörigen Gestalten unterscheiden lernte – es waren Umrisse, die sich heimlich der Burg näherten. Brittany gab Alarm, und verhaltenes Chaos breitete sich aus, als das Schloß erwachte und sich kampfbereit machte.
Fackeln wurden angezündet, und lange Schatten bewegten sich an den Zinnen, als die Bewohner des Schlosses auf ihre Posten huschten. Flammen flackerten gespenstisch, Befehle wurden gerufen und Waffen wurden ergriffen. Der verhaltene Lärm dauerte nur so lange, wie es nötig war, um sich zum Kampf zu formieren. Dann war alles still, die Stille vor dem großen Sturm. Alle warteten, trauten sich nicht, ein Wort zu reden, aus Angst, dadurch die große Schlacht auszulösen.
Brittany schätzte mit einem hastigen Blick ihr Potential ein. Zufrieden wandte sie sich wieder der sich nähernden Bedrohung zu. Mit geschlossenen Augen sandte sie ein Stoßgebet zum Himmel. »Laß mich würdig sein, sie in den Kampf zu führen.«
Eine Hand legte sich auf ihre Schulter. Erschrocken riß Brittany die Augen auf. Brian zog sie aufmunternd an sich. »Alles ist bereit.«
Sie antwortete ihm lediglich mit einem Kopfnicken. »Was denkst du, Schotte? Werden wir eine Belagerung überstehen?«

Er ließ seine Hand von ihrer Schulter sinken. »Mit erfahrenen Kämpfern könnte sich die Burg eine Woche lang halten, nicht länger, bevor ihre Mauern geschleift würden.«
Er sprach ihre Gedanken aus, doch sie gestattete sich nicht, ihre Angst zu zeigen.
»Nach dem heutigen Abend, Mactavish, werden wir alle erfahrene Kämpfer sein.« Sie zog ihr Schwert aus der Scheide und deutete auf die freie Fläche vor der Burg. »Was meint Ihr, wie viele Mann zählen sie?«
»Und wenn sie nur halb so viele wären wie wir, wären sie doch doppelt so stark. Eure Brigade gerät vielleicht schon unter dem ersten Ansturm in Panik.« Er sprach alles, was sie sich schon so oft überlegt hatte, völlig nüchtern aus.
»Ihr unterschätzt sie. Mut ist nicht allein Männern vorbehalten. Diese Frauen haben entschieden mehr zu verlieren, als Ihr Euch bewußtmacht. Sie kämpfen um ihr Heim, um ihre Familien.« Wieder deutete Brittany hinaus aufs Land. »Wie viele sind es?«
»Zu viele«, erwiderte er und ließ sie stehen.
Brittany holte tief Atem. Er hatte recht. Draußen wimmelte es nur so von Kriegern; ihre Überzahl war offenkundig. Es würde ein blutiger Kampf sein, und er würde viel schneller vorüber sein, als sie sich eingestehen mochte.
Sie atmete aus und schritt zwischen den Frauen umher, spendete Trost und Mut und gab letzte Anweisungen. Sie wirkte kühl und ruhig – wie das verkörperte Selbstvertrauen wandelte sie unter ihren Leuten und stachelte sie zur Tapferkeit an. Brittany die Schinderin und Brittany die Unerschrockene hatten sie sie genannt. Wenn der Moment der Wahrheit kam, würde sie ihnen ein bißchen von beidem vor Augen führen.
Die Haken zur Abwehr der Leitern, die an die Zinnen gelegt werden würden, waren bereit, scharfe Messer warteten dar-

auf, die Seile zu zerschneiden, mit deren Hilfe die Angreifer die Burgmauern würden bezwingen wollen. Feuer loderten, auf denen das Wasser kochte, mit dem die Vorstürmenden verbrüht werden sollten. Alles war bereit. Brittany wußte, daß die Schlacht verloren war, sobald die Mauern gestürmt waren. Zwar mangelte es den Frauen nicht an Mut, aber ausgebildeten Truppen waren sie nicht gewachsen. Kam es zum offenen Kampf, würden sie alle niedergemetzelt.

Sie verdoppelte ihre Anstrengungen. Nichts entging ihrem scharfen Blick. Noch eine Stunde bis zum Morgengrauen. Brittany wußte, daß beim ersten Licht der Angriff erfolgen würde.

Sie sah Friar John mit wehender Soutane auf sich zukommen. Zwar widerstrebte es ihr, dem Kirchenmann etwas von ihrer kostbaren Zeit zu opfern, doch sie zwang sich, ihm zugänglich gegenüberzutreten. Geistliche Unterstützung würde die Kampfmoral heben.

»Lady Campbell«, begrüßte er sie mit dünner Stimme. »Laßt ab von dieser Narretei. Es ist undenkbar, daß Frauen eine Burg verteidigen.«

Brittany sah den Geistlichen befremdet an, als er eine Predigt über Sünde und Höllenglut ausspie. Seine feurige Rede lockte die anderen herbei.

»Ihr seid eine Christin. Wenn Ihr jemandem das Leben nehmt, werdet Ihr bis in alle Ewigkeit in der Hölle schmoren. Gebt auf, my Lady, bevor Ihr diese guten Frauen der Verdammnis anheimgebt. Gott schützt die Aufrechten.« Seine Stimme wurde immer lauter, je näher die Leute rückten.

Brittany ahnte, wieviel Schaden seine Predigt anrichten konnte. Sie sah es in den angstvoll besorgten Blicken, die auf sie gerichtet waren.

»Ihr habt recht, guter Mann. Gott schützt die Aufrechten. Gott hilft denen, die sich selber helfen. Mit Freuden öffne ich

das Tor, damit Ihr jene Sünder dort draußen von ihrem falschen Weg abbringen könnt«, drohte Brittany.
Der Geistliche riß die Augen auf. »Ihr würdet mich dort hinaus schicken?«
Brittany lachte angewidert. »Ich dachte, das ist es, was Ihr wollt? Anscheinend darf man Euren Glauben nicht auf die Probe stellen, Friar. Ihr würdet zulassen, daß Frauen und Kinder für Euren Glauben sterben, aber Euer eigenes Leben würdet Ihr um keinen Preis gefährden.« Sie ging um den Mann herum, musterte ihn voller Verachtung und sagte: »St. Andrew krümmt sich wahrscheinlich vor Scham, wenn er solche Worte von einem Mann seines Ordens hört.«
»Das ist Lästerung«, warf er ihr vor und wandte sich den Frauen zu, die den Streit beobachteten. »Wenn ihr dieser Frau folgt, bringt ihr eure unsterbliche Seele in Gefahr.«
Brian Mactavish löste sich aus der Schar und stach mit dem Zeigefinger nach der Brust des Pfaffen. »Wenn unsere Seelen Euch wichtig wären, Friar, würdet Ihr St. Andrew um Schutz anflehen, statt Schande über Euch selbst zu bringen. Würde Alec Campbell dort stehen, wo Ihr jetzt seine Gattin seht, würdet Ihr es nicht wagen, von Kapitulation zu reden.«
Geflüsterte Zustimmung kam unter den Frauen auf, und sie rückten näher an den beschämten Mann heran.
»Aye, wir sind Schotten. Friar Michael hätte unser Heer gesegnet. Ihr könnt nicht denken, reden oder beten wie ein Schotte«, fauchte Hergess. »Verschwindet, damit wir tun können, was zu tun ist.«
Lady Brenna trat in den Feuerschein. »Danke, Hergess. Ich hätte es nicht besser in Worte fassen können. Bitte neigt jetzt den Kopf, denn ich will ein Gebet sprechen. St. Andrew, steh uns zur Seite. Segne uns mit deinem Mut, denn wir glauben an deinen Schutz.« Lady Brenna hielt inne und schaute zu Brittany hinüber. »Hüte Brittany Mactavish Campbell und

alle, die ihr folgen, in deinem Herzen, denn sie sind wahre Töchter Schottlands.«

Der Priester verließ den Kreis, und während die Frauen das Amen sprachen, lächelten sie über seinen Rückzug. Eine nach der anderen nahm ihren Posten wieder ein. Jede, die an Brittany vorbeiging, erkannte sie mit einem Wort oder einer Geste als ihre Führerin an.

Voller Erleichterung erkannte Brittany, daß das, was ihrer Armee gefehlt hatte, nun erreicht war. Jetzt waren sich alle einig.

Das Grau des dämmernden Morgens färbte schon den Himmel, als der Schlachtruf ertönte und die feindliche Horde auf die Burg zustürmte. Von allen Seiten dröhnte das Kampfgetöse. Schreie zerrissen die Luft, Waffen klirrten, mit Leitern und Seilen sollten die Mauern gestürmt werden, während sich über die Männer dort unten siedendes Wasser ergoß. Den ganzen Vormittag über warfen die Frauen den Feind zurück, wehrten seine Angriffe durch Taktiken ab, die sie von Brittany gelernt hatten. Sechs Stunden kämpften sie ohne Unterlaß, dann zog sich der Feind zurück.

Brittany studierte die Formierung des Heeres, während ihre Truppe aß und ruhte. Der Feind hatte nicht aufgegeben, sondern sich nur zurückgezogen, um eine neue Attacke vorzubereiten.

»Brian, was denkt Ihr? Ein offener Angriff oder ein Ablenkungsmanöver?« fragte sie, bemüht, aus dem Umtrieb dort drunten eine Strategie abzulesen.

Brian trat an ihre Seite. »Ein Ablenkungsmanöver.« Er deutete auf die Vorgänge unten auf dem freien Feld. »Seht Ihr, wie sie sich formiert haben? Sie wollen uns auskundschaften, erfahren, wo unsere Schwächen liegen, und dann vorwärts stürmen, bis sie unsere Verteidigung durchbrochen haben.«

Brittany dachte gründlich über seine Worte nach. »Und wo liegt unsere Schwäche, Brian?«

»Das Tor«, sagte er.

Sie war der gleichen Meinung und lachte den vom Kampf verschmutzten rothaarigen Schotten an. »Aye. Dort müssen wir sie unbedingt in Schach halten.« Mit gefurchter Stirn stellte sie Pläne auf und verwarf sie wieder. Sie benötigten Krieger, die ein Schwert schwingen und eine Attacke abschmettern konnten, falls das Tor bezwungen werden sollte.

»Ohne versierte Kämpfer wird das Tor in wenigen Stunden fallen«, sprach Brian ihre Gedanken laut aus.

Brittany wandte sich ihm zu. »Dann müssen wir tatsächlich dankbar sein, daß Ihr hier seid. Mit Eurem Schwert und dem meinen können wir das Tor halten.«

»My Lady, ich habe geschworen, Euch zu beschützen. Ich kann nicht gleichzeitig das Tor halten und mich um Eure Sicherheit sorgen.« Brian legte ihr die Hand auf die Schulter. »Ihr müßt hier bleiben.«

»Ich habe ebenfalls einen Schwur geleistet. Ich habe diesen Frauen und dieser Burg den Treueschwur gegeben. Und deshalb werde ich an Eurer Seite kämpfen.« Sie streifte seine Hand von ihrer Schulter und spürte seinen Widerstand gegen ihr Tun und ihre Worte. »Ich werde Euch den Rücken decken, und Ihr deckt meinen. So etwas nennt man einen Kompromiß, Schotte.«

»Es wundert mich keineswegs, daß Ihr Starrsinn mit Kompromiß verwechselt, ebenso wie Ihr die Farbe Rot für eine andere haltet.« Brian ließ eine Locke ihres Haars durch seine Finger gleiten. »Das hier, my Lady, ist rot, und Ihr seid starrsinnig.«

Brittany lächelte über sein mißmutiges Gesicht. »Aye, Schotte, ich bin starrsinnig. Müßt Ihr noch mehr wissen, bevor wir uns zum Tor begeben?« Sie löste ihr Haar aus seinem Griff und strich es hinter ihr Ohr zurück.

Sie bemerkte wohl seinen Blick, als sie die Locke in ihren Zopf zu stecken suchte. Sein Schweigen beunruhigte sie.
»Sonnenuntergang«, sagte sie, fuhr herum, kehrte ihm den Rücken und stapfte zum Tor.
Brian holte sie ein und zupfte an ihrem langen roten Zopf. »Aye, Sonnenuntergang und Starrsinn – eine wilde Mischung, my Lady. Wollen wir hoffen, daß sie den Feind entsprechend beeindruckt.«
»Mit Eurer roten Mähne und meinen glänzenden Locken stellen wir beide weiß Gott ein furchterregendes Heer dar.«
»Bestehend aus zwei Kämpfern«, ergänzte er.
»Aus zwei Kämpfern«, wiederholte sie. Sie nahm ihren Posten an der anderen Seite des Tores ein und richtete das Wort an ihren Kameraden. »Für den Fall, daß es nicht so ausgeht wie vorgesehen, möchte ich Euch jetzt schon danken. Ich weiß Eure Anwesenheit und Eure Bereitschaft, auf verlorenem Posten zu kämpfen, wohl zu schätzen. Sollten wir überleben, werde ich Eure Hilfe nicht vergessen, Brian Mactavish.« Ihre leisen Worte, ernst und feierlich gesprochen wie ein heiliges Gelübde, hallten zwischen ihnen nach, bis der Schlachtruf ertönte und die Burg erneut angegriffen wurde.

Neuntes Kapitel

Brittany blickte dem anrückenden Feind entgegen. Ihr Magen krampfte sich zusammen, als der ohrenbetäubende Lärm von Tod und Zerstörung die Luft erfüllte und den Angriff der Krieger ankündigte. Gruppen von Leiterträgern, flankiert von axt- und schwertschwingenden Soldaten, stürmten über das freie Feld. Doch der Großteil des angreifenden Heeres kam direkt auf sie zu, näherte sich unaufhaltsam dem Tor.

Ein Küchenmesser im Bund ihres Rocks, einen Mop über der Schulter, trat Jenna an Brittanys Seite. »Ich werde bei Euch bleiben.«

Jennas entschlossener Blick und grimmig verbissener Mund verrieten Brittany, daß Widerspruch sinnlos sein würde, und sie entgegnete tapfer: »Aber komm mir nicht zu nahe. Ich brauche Platz, wenn ich das Schwert führe.«

Über Jennas Schulter hinweg bemerkte Brittany zu ihrer Überraschung Jenifer an Brians Seite, Haken und Dolch in den Händen. Sie verteidigte ihr Recht, dabeizusein.

Die Leitern krachten gegen die Mauern, Seile flogen durch die Luft. Chaos setzte ein, und alles konzentrierte sich darauf, den Angriff abzuwehren. Zwar sollte jede Frau vom Clan der Campbell auf ihrem Posten bleiben, doch es war nicht zu übersehen, daß der Angriff sich auf das große Tor konzentrierte.

Brittany und ihre oberhalb des Tors positionierten Mitstreiterinnen waren in arger Bedrängnis. So viele Leitern wurden

gegen das Tor gelehnt, daß Brittanys Arm jetzt schon schmerzte vom Wegstoßen und vom Schwertschwingen gegen die Feinde, die bis zur obersten Sprosse vorgedrungen waren. Ihre Kameradinnen waren genauso erschöpft, ließen in ihren Anstrengungen jedoch nicht nach.
Sie bekämpften einen nicht enden wollenden Strom von Soldaten. Ganz gleich, wie viele auch fielen, es kamen immer neue nach. Nach zwei Stunden fragte Brittany sich nicht mehr, ob, sondern wann die Burg fallen würde. Ihre Arme waren schwer wie Bleigewichte, und immer noch rückten die Feinde nach.
Vom Burghof her ertönte ein Schrei, und voller Entsetzen begriff Brittany, daß die Mauer durchbrochen war.

Der Anblick, der sich Alec Campbell bot, ließ ihm das Blut in den Adern gefrieren. Keine Gnade, schwor er sich, als er den Plaid des Clans MacDonald erkannte und auf die Angreifer zustürmte.
Edgar begleitete Alec; ihre beiden mächtigen Heere warfen sich dem angreifenden Clan entgegen. Alecs Schwert triefte von Blut, als er sich den Weg durchs Tor freikämpfte. Seine Männer durchbrachen problemlos die feindlichen Reihen und verfolgten die Weichenden. Edgar stritt an Alecs Seite, und beide Männer bemerkten den Kampf, der sich oberhalb des Tores abzeichnete.
Alecs unmißverständlicher Befehl wurde mit dem Öffnen des Tores beantwortet. Er ritt in den Burghof, sprang vom Roß und stürmte die Stufen zum Wehrgang hinauf. Edgar und Andrew folgten ihm, während ihre Männer in den Burghof einmarschierten und den Kampf über dem Tor beobachteten.
Brian Mactavish wehrte zwei Soldaten ab, Brittany Campbell einen weiteren. Jenifer und Jenna, zwischen ihnen gefangen, teilten Schläge mit Mop und Besenstielen, mit Messer und Dolch aus.

Brian sank in die Knie, erhob aber unerschrocken das Schwert, um die Frau hinter ihm zu verteidigen. Ein weiterer Hieb des Feindes schickte ihn hinab in den Burghof.

Alec und Edgar stürzten sich auf die beiden Soldaten, die Jenifer und die Dienstmagd zu durchbohren drohten. Jenifer schrie, als das Schwert sich über ihr erhob, doch Alecs Schlachtruf lenkte die Soldaten ab, und sie fuhren herum, um den Angreifer abzuwehren.

Brittany brach in die Knie, als ein mächtiger Hieb ihr das Gleichgewicht raubte. Der Soldat hob sein Schwert, und Brittany versuchte, den Schlag mit ihrer Waffe abzuwehren. An Brittany vorbei stieß Jenna ihren Mop dem Soldaten ins Gesicht. Die nassen Zotteln schlugen ihm in die Augen und nahmen ihm die Sicht. Das reichte, um ihn sein Ziel verfehlen zu lassen; sein Hieb glitt an Brittanys Schwert ab und traf ihren Arm. Blut strömte aus der Wunde, als sie sich mühsam aufrichtete.

Der Soldat entriß Jenna den Mop und schleuderte ihn von sich. Er wischte sich Schmutz und Wasser aus den Augen und hob das Schwert. Mit verzerrtem Grinsen zielte er erneut nach der Frau.

Alec, den Blick auf Brittany gerichtet, bohrte sein Schwert in seinen Gegner. Mit Entsetzen sah er, daß der Soldat zum Todesstoß ausholte.

Als die Klinge sich schon senkte, stürzte er den Wehrgang entlang. »Brittany!« Der Schrei kam tief aus Alecs Seele, während er sein Schwert nach dem Feind warf, ohne seinen Lauf zu unterbrechen. Das Schwert der Campbell zischte durch die Luft und bohrte sich in die Kehle des Kriegers. Der stürzte rücklings hinunter in den Burghof.

Brittany taumelte wie eine Trunkene und drehte sich um. Die Erleichterung und Überraschung in ihren Zügen rührten an Alecs Herz. »Eure Burg wird verteidigt, my Laird.«

Alec griff nach ihr und hob sie auf seine Arme. »Aye. Und meine Gemahlin ist verwundet.«

Der Kampf vor der Burg war beendet. Zwei Heeren war der marodierende Clan nicht gewachsen, und die, denen die Flucht nicht gelungen war, waren entweder tot oder gefangen. Die Stille drang in Brittanys Bewußtsein, und sie neigte den Kopf, um zu lauschen. Als Alec sie die Stufen hinuntertrug, ließ sie den Blick über den Burghof schweifen. »Ist es vorüber?«

»Aye, die Feiglinge haben sich aus dem Staub gemacht, als wir auftauchten«, erwiderte Alec und bemerkte die unendliche Erleichterung auf ihrem schmutzigen Gesicht.

Der König folgte Alec über den Burghof. Der Jubel der Frauen, ihre Huldigungen, galten nicht dem König oder ihrem Laird, sondern ihrer Lady.

»Sie haben tapfer gekämpft, Alec. Sie haben dein Lob und deine Dankbarkeit verdient.« Brittanys Stimme war gut vernehmbar für alle, die sich um sie drängten.

»Wir waren es nicht, my Laird, es war Lady Brittany, die die Burg und ihre Bewohner gerettet hat«, verkündete Hergess, die herbeieilte, um ihrer Herrin zu Diensten zu sein.

Alec trug Brittany in das große Gemach, wo Brian bereits versorgt wurde. Er legte sie auf einen Tisch und brüllte nach Hilfe, was im Grunde überflüssig war. Genügend Frauen warteten nur darauf, sich nützlich machen zu dürfen.

Seine Stiefmutter schob ihn zur Seite. »Wir werden deine Lady versorgen.« Dann richtete sie das Wort an Brittany: »Wir müssen leider deine wunderschöne Uniform aufschneiden, Brittany. Aber ich verspreche, dir eine neue zu fertigen«, sagte Brenna und warf Alec in Erwartung seines Protests einen trotzigen Blick zu.

Brittany griff in Brennas Rockfalten, um ihre Aufmerksamkeit auf sich zu ziehen. »Alec wird schäumen vor Wut.« Brittanys Stimme war schwach, die Augen fielen ihr zu.

»Psst«, beschwichtigte Brenna sie und schnitt behutsam den Ärmel von Brittanys Arm.
Nach einem Blickaustausch wendeten sich Alec und Edgar Brian Mactavish zu. »Was ist geschehen?« befragte Alec seinen Erzfeind. Wieso war Brian hier, und warum verteidigte er die Campbell? Es bestand tatsächlich kein Zweifel, daß er sein eigenes Leben eingesetzt hatte, um Jenifer, Jenna und Brittany zu retten.
»Im Morgengrauen wurde die Burg angegriffen. Dank Lady Brittany waren die Frauen vorbereitet und kämpften mit erstaunlichem Mut.« Während Brian sprach, neigte sich Jenifer über ihn, verband seine Wunde und legte ein kühlendes Tuch auf seine Stirn.
Der König trat vor. »Warum hätte Lady Brittany sich für einen Angriff wappnen sollen?«
Brian straffte sich, um seinem Herrscher zu antworten, und Jenifer bedachte ihn dafür mit einem tadelnden Blick. »Ich weiß es nicht, Sire. Als ich eintraf, trainierten die Frauen bereits unter Lady Brittanys Anleitung.«
Jenifer drückte Brian zurück in liegende Stellung, als Alec gerade eine weitere Frage anbringen wollte. Jenifer fuhr herum und stemmte die Hände in die Hüften. »Es reicht! Brian Mactavish ist verwundet und bedarf der Ruhe.« Einen derartigen Befehlston hatte Alec noch nie von seiner Schwester gehört, und jetzt funkelte sie ihn auch noch gereizt an. »Ich werde deine Frage beantworten, Alec.«
Der König zog angesichts dieser scharfen Entgegnung eine Augenbraue hoch.
»Jenifer!« mahnte Alec, schockiert von dem untypischen Ausbruch seiner Schwester. »Du vergißt dich.«
An Edgar gewendet, fuhr er entschuldigend fort: »Die Überreiztheit durch den Kampf.« Wieder richtete er das Wort an seine Schwester. »Jenifer, deine Unhöflichkeit ist unverzeihlich.«

»Aye, Alec, sie ist verzeihlich.« Lady Jenifer reckte das Kinn ein bißchen vor – eine Geste, die Alec oft genug an Brittany beobachtet hatte. Ob dieser zur Schau gestellten Unabhängigkeit kochte die Wut in ihm hoch, doch vor dem König wollte er es nicht zu einer Szene kommen lassen.

Edgar trat vor und griff ein. »Lady Jenifer, jener Soldat dort könnte sterben, wenn wir noch lange auf Eure Erklärung warten müssen und Ihr ihm Eure zarte Pflege vorenthaltet.«

Jenifer nickte errötend. »Lady Brittany war der Meinung, es wäre töricht, unseren Schutz in die wohlwollenden Hände anderer zu legen.«

Der König lächelte, als Brittany sich mürrisch vernehmen ließ. »Ihr redet, als wäre ich tot. Falls jemand etwas über meine Gründe erfahren will, soll er mich fragen.«

Forschend heftete der König den Blick auf die Lady, als Alec an ihre Seite trat. Bevor er noch etwas sagen konnte, zerriß eine schrille Stimme das momentane Schweigen.

»Hört nicht auf die rothaarige Hexe! Sie ist gottlos.« Der Geistliche stürzte auf den König zu und packte ihn am Arm. »Sie muß wegen Gotteslästerung zum Tode verurteilt werden.« Er wandte sich an Alec: »Ihr müßt Eure Gattin dem Kirchengericht überlassen.«

Alecs blaue Augen wurden kalt und hart; sein Blick bohrte sich in den des Kirchenmannes. Gefährlich leise fragte er: »Warum das?«

»Sie ist durch und durch schlecht und muß bestraft werden.« Der Friar zeigte mit dem Finger auf sie. »Rotes Haar ist ein Zeichen des Teufels, und ihre Taten beweisen, daß sie mit ihm im Bunde ist.«

Brian lachte leise. »Vorsicht, Friar.« Er strich über seinen eigenen roten Bart und lenkte so die Aufmerksamkeit des Mannes auf sich. »Lady Brittany ist sehr empfindlich, was die Beschreibung ihrer Haarfarbe betrifft. Ich ebenfalls.«

»Still«, warnte Brittany Brian Mactavish und berührte Alecs Arm. »Mein Gemahl, leiste deinem Gott, deinem König und deinem Land einen guten Dienst und reiche mir ein Schwert, damit ich diesen Feigling töten kann. Schon seit seiner Ankunft stellt er meine Geduld auf eine harte Probe.« Ihr Blick schweifte zu dem Friar hinüber. »Friar, Campbell ist hier. Fordert doch ihn auf, sich zu ergeben, wie Ihr es mir geraten habt.«

Der König lachte, wogegen Alec einen drohenden Schritt auf den Kirchenmann zu machte. Der erbleichte, fuhr herum und flüchtete aus dem Raum.

»Alec«, sagte Brenna eindringlich, Nadel und Faden bereit. »Der Mann kann warten, Brittanys Wunde jedoch nicht.«

Alec trat an die Seite seiner Frau und hielt ihren Arm fest. Hergess brachte einen Becher mit starkem, mit Kräutern versetzten Wein, den Jenna bereitet hatte, um die Schmerzen ihrer Herrin zu lindern. Hergess führte den Becher an Brittanys Lippen, doch nach einem kleinen Schluck winkte diese ab.

»Trink«, befahl Alec.

»Ich mag nicht.« Brittany versuchte, das abscheuliche Getränk wegzustoßen.

Jenna streichelte die Hand ihrer Herrin. »Bitte, Mädchen, es wird dir die Schmerzen erleichtern.«

Brittany schüttelte den Kopf. »Ich brauche das nicht.«

Alecs Hilflosigkeit machte Ärger Platz. Seine Miene wurde hart, und alle, die in seiner Nähe standen, wichen vorsichtshalber einen Schritt zurück.

»Schau nicht so grimmig drein, mein Gemahl. Niemand zwingt mich zu etwas, was ich nicht will«, sagte Brittany, noch bevor er ein Wort hatte äußern können.

Brian verbiß sich ein Lachen und scherzte: »Ihr habt bereits zugegeben, starrsinnig zu sein, my Lady. Aber wenn Ihr den

Wein trinkt, könnt Ihr Euch damit mein Schweigen über ein anderes Eingeständnis erkaufen – über einen Versprecher, sozusagen.« Er hielt inne und grinste verstohlen, doch als er das Unverständnis in Brittanys Zügen las, fuhr er fort: »Ein sehr farbenfroher Ausspruch über den Sonnenuntergang ...« Sie riß die Augen auf, und er lachte. »Aye, Ihr erinnert Euch also. Ich bin sicher, Euer Gatte würde sich ebenso darüber amüsieren wie ich.«

Brittany funkelte ihn wütend an. »Ich nehme alles zurück, wenn ich jemals freundlich über Euch gesprochen oder gedacht habe, Brian Mactavish. Ihr seid ein Barbar.«

Alec bemerkte, daß die Wangen seiner Frau so rot waren wie ihr Haar. Was um alles in der Welt konnte seine kleine Soldatin dermaßen in Verlegenheit bringen?

»Da meine Gattin sich weigert zu trinken, Mactavish, solltet Ihr mich vielleicht jetzt gleich aufklären«, verlangte Alec. Niemandem von den Anwesenden war seine Neugier entgangen.

Brittany holte tief Luft und sah ihren Mann an. »Das wird nicht nötig sein.«

Alec lächelte. »Du bist bereit, die Medizin zu nehmen?« Sein Lächeln wurde zu einem Grinsen, als er ihre trotzig aufgeworfenen Lippen sah. Seine Gattin ertrug keine Niederlagen, und er fragte sich, wie sie jemals seinen Wünschen würde nachkommen können.

Inzwischen hielt König Edgar den Becher mit Wein in der Hand. Mit einem herzhaften Seufzer und einem Kopfschütteln sagte Brittany: »Schande über dich, Alec. Eine Lady würde ihrem Gebieter niemals einen Wunsch abschlagen.« Brittany nahm den Becher aus den Händen des Königs entgegen. »Danke, Sire. Ich habe tatsächlich heftigen Durst.«

Edgar lachte über die Schlagfertigkeit der Dame.

»Trink«, verlangte Alec trocken. Er begriff ihr kleines Spiel-

chen. »Über dieses Geheimnis werden wir noch reden. Später.« Das letzte Wort betonte er bedeutungsschwer.
Brittany sah ihn unwillig an und leerte den Becher. »Das glaube ich nicht.« Ihre schwache Stimme verlor auch die letzte Kraft, als das starke Getränk seine Wirkung tat.
Brenna säuberte die Wunde und fing an, die Ränder zusammenzunähen. Alec hielt den Arm seiner Frau. Brittany fühlte keinen Schmerz, wogegen ihr Gatte jeden einzelnen Stich am eigenen Leibe zu verspüren glaubte.
»Ein feines Mädchen.« Der König blickte Campbell an. »Offenbar habe ich mich in Eurer englisch erzogenen Braut getäuscht. Sie ist keine willensschwache, zerbrechliche Blume.«
Campbell betrachtete seine Frau. Ihr Gesicht wirkte sehr blaß, aber friedlich. »Aye. Sie ist anders als alle Frauen, die ich bisher gekannt habe. Und bereitet mir mehr Schwierigkeiten, als mir lieb ist.«
Edgar seufzte. »Wollen wir in Erfahrung bringen, was sich auf Eurem Besitz zugetragen hat?«
Campbell hob seine Frau hoch und wiegte sie sanft in seinen Armen. Sie war so zierlich, so hilflos, so verdammt schwierig. »Aye. Laßt mich diesen kleinen Soldaten zu Bett bringen, dann werden wir herausfinden, was zum Teufel hier geschehen ist.«
Jenna eilte dem Laird voraus, um das Bett zu richten.
Mit Brittany in den Armen stieg Alec langsam die Steintreppe hinauf. Das Bedürfnis, sie in seinen Armen zu spüren, sie an seine Brust zu drücken, war überwältigend, doch ihrer Verletzung wegen durfte er es nicht. Heute hätte er sie fast verloren. Die Erinnerung an das gegen sie erhobene Schwert, an seine Angst, daß er ihr vielleicht nicht rechtzeitig helfen könnte, ließ ihn schaudern. In jenen Augenblicken hatte er erfahren, was Angst ist.

Er trat in sein Schlafgemach, sah das aufgeschlagene Bett und die dienstbereit wartende Magd. »Laß uns allein«, verlangte Alec, nicht willens, seine Frau der Pflege einer anderen zu überantworten.
Jennas Blick huschte zum Gesicht ihrer Herrin. Sie zögerte, machte dann einen Knicks und verließ gemächlich das Zimmer.
Kopfschüttelnd beobachtete Alec Jennas langsamen Rückzug, während er seine Gattin auf das Lager bettete. »Du, kleine Soldatin«, sagte er zu seiner schlafenden Frau, »hast einen gewaltigen Einfluß auf die Frauen in deiner Umgebung. Nicht du erlernst ihre Sanftmut, sondern sie nehmen dein Verhalten an.«
Behutsam streifte er ihr die Tunika ab, sorgfältig darauf bedacht, nicht ihren Arm zu berühren. Vernünftiger wäre es gewesen, ihre Kleider völlig aufzuschneiden, doch es widerstrebte Alec, ihre Uniform, die ihr soviel bedeutete, zu zerstören.
So oft schon hatte Alec die Kleider einer Frau gelöst, doch jetzt waren seine Hände ungeschickt, als er die Verschnürung aufknüpfen wollte. Er öffnete die Tunika und wollte seinen Augen nicht trauen. Unter der Soldatentracht trug Brittany ein überaus zartes Hemdchen, am Halsausschnitt mit kleinen Blümchen bestickt, am Saum mit Vögeln. Er lachte leise über die Widersprüchlichkeit seiner Frau. »Also hast du doch eine Schwäche, Brittany. Allerdings ändert es nichts daran, wer du bist, wenn du deine Weiblichkeit unter einem Soldatenrock verbirgst.«
Brittany regte sich nicht, als er ihr vorsichtig die Tunika auszog. Wieder staunte er über ihre zierliche Gestalt, während er die engen Beinkleider und das leichte Hemdchen abstreifte. Nachdem auch das letzte Kleidungsstück entfernt war, betrachtete er ihre schlanke Gestalt und holte schließlich

ihr Nachtgewand. Sie sollte verzärtelt und verwöhnt werden, nicht geschunden und verwundet! Der Gedanke machte ihn wütend, während er ihr das Nachtkleid über den Kopf zog und sie sacht anhob, um ihren Körper vollends zu bedecken. Behutsam befreite er ihr Haar aus dem Nackenausschnitt und glättete es, bevor er sie ins Kissen zurücksinken ließ.

Mit ihren Blutergüssen und der Verletzung, bedeckt von weißem Leinen, sah sie aus wie ein Engel, nicht wie ein kampfesmüder Soldat. Alec verspürte den Wunsch, sich neben sie zu legen, sie zärtlich in die Arme zu nehmen und sie und sich selbst in Sicherheit zu wiegen. Er beugte sich vor und berührte ihre Lippen mit den seinen. »Schlaf, kleiner Soldat«, flüsterte er, zog ihr die Bettdecke bis unters Kinn und verließ dann widerstrebend das Schlafgemach.

Der König wartete, und er hatte lange genug gezögert.

Als Alec die Tür hinter sich schloß, hörte er von unten her Männerstimmen. Er trat ans Geländer und blickte herab in die Halle. Nur Edgar und Mactavish waren noch da. Ihre leisen Stimmen hallten von den Wänden der großen Halle wider und waren leicht zu verstehen.

Edgar warf einen Blick über die Schulter und wandte sich dann wieder Brian zu. »Ich denke, es ist an der Zeit, daß Ihr den Grund Eurer Anwesenheit in dieser Burg erläutert.«

Brian lehnte sich dem König entgegen. »Brittanys Vater hat mich geschickt. Mein Auftrag lautete, das Mactavish-Mädchen zu beschützen. Ich wußte nicht, daß das die Verteidigung der Campbell-Burg bedeuten würde.«

Campbell kochte vor Wut über Brians Erklärung. Er stand in der Schuld des Mactavish, und das widerstrebte ihm.

»Aus welchem Grund mag Mactavish Euch geschickt haben?« fragte Alec von der Treppe her.

Brian fuhr erschrocken herum und sah dem Laird in die Augen. »Laird Mactavish hat mir seine Gründe nicht anvertraut. Vielleicht ist er selbst willens, Eure Neugier zu befriedigen.« Brians Worte klangen gezwungen gleichgültig. »Sire. Gibt es sonst noch etwas?«

Edgars Blick wanderte von Mactavish zu Campbell. Mit der diplomatischen Geschicklichkeit eines Königs legte er Brian die Hand auf die Schulter. »Später, wenn Ihr geruht habt, werden wir reden.«

An Brians Seite blieb Campbell kurz stehen. »Habt meinen Dank, Mactavish.« Die Worte klangen scharf, und Brians erstaunte Miene verriet, daß er niemals mit ihnen gerechnet hätte. Alec seinerseits hätte nie erwartet, daß er sie aussprechen würde. Es war weiß Gott merkwürdig.

Der König und Alec verbrachten den ganzen Tag damit, die Gefangenen zu verhören und den Geschichten der Frauen über Brittanys Unerschrockenheit zu lauschen. Bei Einbruch der Nacht kehrten sie in die Burg zurück, wo sie Brian Mactavish auf einem Strohsack beim Feuer ruhend vorfanden. Die Abendmahlzeit stand kurz bevor.

Andrew trat ein und brachte einen Gefangenen, der sich trotz seiner Fesseln noch immer heftig sträubte. »Alec, seht, wen wir auf der Flucht in den Wäldern aufgegabelt haben.« Andrew stieß den hochwohlgeborenen MacDonald zu Alec herüber.

Offenbar von den Vorgängen gelangweilt, lehnte Brian sich in sein Kissen zurück und schloß die Augen, während Alec mit dem Verhör begann.

Der Gefangene nannte denselben Grund für den Angriff wie alle anderen: Rache an Alec, der Jenifers Gatten getötet hatte. Als er das hörte, schlug Brian unvermittelt die Augen auf und hörte den Redenden aufmerksam zu.

»Wenn ein Mann eine Frau entführt und zur Ehe zwingt, verdient er nichts anderes, als durch die Hände ihres Beschützers zu sterben«, stieß Alec hervor. »Ihr, Caradoc Mac-

Donald, und Euer Clan, Ihr zeichnet Euch dadurch aus, daß Ihr Euch von Frauen und Kindern in Schach halten laßt, weil Ihr nicht willens und nicht fähig seid, den Männern des Clans der Campbell entgegenzutreten. Ganz Schottland wird Euch nicht nur für Euren feigen Angriff verurteilen, sondern Euch auch auslachen wegen Eurer schmählichen Niederlage.«

»Ihr werdet sehen, Campbell«, knurrte der Clanführer. »Es ist noch nicht ausgestanden.«

»Für Euch schon.« Alec trat vor. »Wenn Ihr die Burg des Campbell angreift und die Schlacht verliert, geht Ihr in seinen Besitz über.« Er wandte sich Andrew zu. »Bring Laird MacDonald zu den anderen.« Mit diesem Befehl ignorierte Campbell den Status wie auch die Empörung des Gefangenen.

Edgar schenkte Wein in einen Kelch und nahm einen tiefen Schluck, bevor er sagte: »Dieser Angriff zeigt mir, welch schlechten Dienst ich Schottlands Größtem erwiesen habe. Hinfort, Alec, werdet Ihr genügend Männer zur Verteidigung Eurer Burg zurücklassen. Kein Mann soll für seinen König kämpfen, um dann bei seiner Rückkehr Heim und Herd verwüstet vorzufinden. Ihr habt Eure eigenen Feinde. Ich fürchte allerdings, durch Eure Freundschaft mit mir habt Ihr Euch noch viel, viel mehr Feinde gemacht.«

»Ihr habt gesehen, wie sie sind. Lieber stehe ich an Eurer Seite, bis unser Blut den Boden tränkt, als unter solchen Männern leben zu müssen.«

»Bis dieser Tag gekommen ist, sollten wir den Überfluß Eures Landes genießen.« Edgar hob den Wein an seine Lippen und fügte dann hinzu: »Es erstaunt mich nicht wenig, daß Eure Gattin so vorausschauend war, Getreide und Lebensmittel in der Burg zu lagern. Sie hat nicht nur die Frauen in der Verteidigung der Feste ausgebildet, sondern auch dem Feind nichts zurückgelassen, wovon er sich während einer Belagerung hätte ernähren können.«

»Wie ich schon sagte, sie denkt nicht wie eine Lady, sondern wie ein Soldat.« Alec fuhr sich mit der Hand über den Nacken, wie um die Spannungen zu lösen, die dieser Tag mit sich gebracht hatte.

»Dann könnt Ihr Euch glücklich schätzen«, erklärte Edgar. Als Alec fragend eine Augenbraue hochzog, erläuterte Edgar: »Würde sie wie eine Lady denken, wären Euer Land und Euer Heim niedergebrannt worden. Euer Clan hätte Verluste erlitten. Ich glaube nicht, daß sie lediglich Jenifer und Brittany als Geiseln nehmen wollten, um Euch in eine Falle zu locken.«

»Das glaube ich auch nicht«, meldete sich Brian zu Wort, und beide Männer wandten sich ihm zu.

»Wenigstens in diesem Punkt stimmen wir überein«, gestand Alec ihm zu, füllte zwei Kelche mit Wein und reichte einen dem verwundeten Mann.

Brian hob seinen Pokal. »Auf Euer zartes kleines Weib, die Euren Clan gerettet hat.«

»Vergeßt nicht Eure eigene Beteiligung, Mactavish«, warf der König ein.

»Nay, Sire. Ob ich anwesend war oder nicht, fiel nicht ins Gewicht. Sie hat einen Treueschwur geleistet und wäre gestorben, um ihn zu halten.« Brian nahm einen Schluck Wein und fuhr fort: »Die Hingabe meiner Clanschwester für die Campbell ist ehrenwert, wenn auch fehl am Platze. Leider hat sie seltsame Vorstellungen, und ich fürchte, Schottland wird nie wieder so sein wie früher.«

Campbell starrte den Mann an. Es störte ihn, daß ein Fremder die Eigenarten seiner Frau genauso gut kannte wie er selbst.

»Ihr mißbilligt das Verhalten meiner Gemahlin?« fragte Alec drohend.

»Meine Billigung ist nichts. Ich bewundere Eure Frau. Doch es gibt auch solche unter uns, die ihr Verhalten keineswegs bewundernswert finden. Wäre sie mein Weib, würde ich ihren Unabhängigkeitsdrang zu ihrem eigenen Schutz beschneiden«, erwiderte Brian, offenbar völlig unbeeindruckt von Campbells wütendem Blick aus schmalen Augenschlitzen.

Der König schmunzelte. »So spricht nur ein eingefleischter Junggeselle.« Er richtete das Wort wieder an Alec. »Wenn dieser Mann jemals heiratet, werden wir ihn an seine Ratschläge erinnern.«

Alec fuhr den Mactavish an: »Brittany geht außer mich niemanden etwas an. Mit der Zeit wird sie sich fügen.«

»Das glaube ich nicht. Der Friar wird schon dafür sorgen, daß ihre Taten an die große Glocke gehängt werden«, warnte Brian Alec mit stahlhartem Blick.

»Weder die Campbell noch die Mactavish geben was auf sein Gerede«, brauste Alec auf. Die Vorstellung, daß sein Clan oder der der Mactavish Brittany Schwierigkeiten machen könnte, war lächerlich.

»Aye. Aber in England wäre mancher nur zu bereit dazu«, mahnte Brian. »Wenn sie heimkehrt, wird sie der Lächerlichkeit oder gar einem Gericht ausgeliefert werden.« Er sprach leise, was die Bedeutung seiner Aussage noch unterstrich.

An diese Möglichkeit hatte Alec bisher nicht gedacht. Nachdenklich trank er seinen Wein. »Das braucht Eure Sorge nicht zu sein, Mactavish. Es ist die meine.« Brians Interesse an Brittany reizte Alec bis zur Weißglut, und das wiederum reizte ihn.

»Sollten wir uns nicht um den Friar kümmern, Alec? Brian hat recht mit seiner Warnung.« Der König stellte seinen Pokal ab und wartete an der Tür auf Alec.

»Aye«, antwortete Alec. »Mit Männern, die ihre Heuchelei unter dem Mäntelchen der Frömmigkeit verbergen, kann ich nichts anfangen.«

Brian prostete dem Laird zu. »Ich habe Euch falsch einge-

schätzt, Campbell. Euch liegt wahrhaftig ihr Wohlergehen am Herzen.«
Auf halbem Wege zur Tür blieb Alec stehen. »Habt Ihr je daran gezweifelt?«
»Ich will nicht lügen. Es gab eine Zeit, da machte ich mir Sorgen. Ich bin sehr froh zu sehen, daß meine Ängste grundlos waren«, erwiderte Brian.

»Was meinst du, Alec? Bestechung oder Drohung?« fragte Edgar auf dem Weg zur Unterkunft des Kirchenmannes.
»Ich bin kein Politiker. Mein Instinkt sträubt sich gegen beides.«
»Dann ist mein Hiersein als Glücksfall zu werten«, entgegnete Edgar mit einem wissenden Blick.
»Aye. Die Stimme der Vernunft ist manchmal vonnöten, dann jedoch wieder störend. Edgar, wenn er sich weigert, die Weisheit deiner Worte zu erkennen« – Alec griff bedeutungsvoll an sein Schwert –, »dann kann er die Bedeutung von Rechtschaffenheit mit seinem Schöpfer diskutieren. Ich werde nicht zulassen, daß ein abergläubischer Narr meine Frau gefährdet.«
Edgar neigte zustimmend den Kopf. Schon waren sie vor der Tür zum Zimmer des Friars angelangt.
Alec trat die Tür auf und blieb im Durchgang stehen. Licht ergoß sich in den Raum und fiel auf zwei Gestalten im Bett. Beide waren hektisch darauf bedacht, ihre Blöße zu bedecken, was ihnen aber nicht gelang, bevor sich die Männer unter der Tür ausgiebig am nackten Hintern des Kirchenmannes und an den üppigen Reizen des Küchenmädchens hatten weiden können.
»Ihr bietet Trost und Wärme, Friar?« Alec neigte sich leicht nach rechts, um Edgar einen ungehinderten Ausblick auf die Szene zu gewähren. Dann richtete er sich straff auf und verbarg den König vor dem Blick des Friars.

»Campbell! Wie könnt Ihr es wagen, ohne anzuklopfen in mein Zimmer zu treten?« schimpfte der Geistliche, stand vom Bett auf und wickelte eine Decke um seine Hüften. Seine Bettgefährtin war vergessen, als er auf den Laird zustapfte und erst beim Erkennen eines weiteren Mannes unter der Tür stehenblieb. »Wer versteckt sich hinter Euch?« Als Campbell schwieg, hob der Friar die Hand. »Nicht wichtig. Solange es nicht der König selbst ist, steht vor dem Bischof mein Wort gegen das Eure. Euer Weib wird in irgendeinem schmutzigen Kerker verschmachten, und Euer Zeugnis über das eben Gesehene wird als Intrige zu meiner Herabwürdigung, mit dem Ziel, Euer Weib zu befreien, abgetan werden.« Der Mann lachte dem Laird frech ins Gesicht. »Ihr könnt froh sein, wenn ich nicht Anklage gegen Euch erhebe.«

»Ihr denkt, Ihr habt Macht über mich und die Meinen?« fragte Alec, und seine Hand tastete gemächlich nach seinem Schwert, um dem Kirchenmann die Bedeutung seiner Frage klarzumachen.

»Narr. Wenn Ihr mir jetzt zu nahe tretet, ist das Schicksal Eurer Gattin besiegelt. Ich habe bereits einen Boten zum Bischof geschickt.« Der Friar ging zurück zum Bett und griff nach der Frau. Er sah Campbell an. »Mir gegenüber seid Ihr machtlos. Verschwindet mitsamt Eurem Lakaien. Wenn Ihr Euch bis morgen noch einmal alles durch den Kopf habt gehen lassen, könnte ich meine Meinung über Euer Weib ändern – oder auch nicht.«

Edgar rückte näher an Alec heran, war aber für die beiden im Zimmer nach wie vor nicht sichtbar. »Campbell hat keinen Grund, Euch zu fürchten. Aber Ihr, Friar, müßt noch viel über Einschüchterung lernen.« Edgars leise Stimme klang in diesem Raum genauso mächtig wie auf einem Schlachtfeld. An diesem Abend unterwarf sich ihm aber kein Heer, nur ein einzelner Mann erzitterte.

»Sire?« Das klang so zögernd, als hoffte der Fragende, sich geirrt zu haben.
Edgar trat ins Licht, ein grausames Lächeln auf den Lippen. »Aye. Und wir werden heute nacht noch über allerlei sprechen, bevor Ihr eine Entschuldigung schreibt und Euren Bischof, Euren Gott, Euren König und Euren Laird um Vergebung bittet.«
Der Geistliche zog hastig seine Robe an und wollte sich eben das silberne Kreuz an der Kette um den Hals legen, als Edgar ihn zurückhielt.
»Laßt das Kruzifix. Ihr verdient es nicht, das Symbol Eures Amtes zu tragen.«
Der Kirchenmann preßte die Faust um das silberne Kreuz, bevor er es mit einem knappen Kopfnicken auf den Tisch legte. Als er sich zu den beiden Männern umdrehte, hielt er zwar den Kopf gesenkt, doch aus seinen Augen blitzte der Haß.
»Sire«, hub er an, »ich möchte Euch warnen, daß für diejenigen, die die Kirche bekriegen, oftmals weder in dieser noch in jener anderen Welt ein Platz ist.«
»Ihr wollt mich Demut lehren?« fragte Edgar. »Euer Amt kann Euch meinem Zugriff nicht entziehen. Mein größter Krieger würde Euch zur Hölle schicken. Ich aber habe etwas anderes mit Euch im Sinn. Ihr werdet das Unrecht ausmerzen, das Ihr meiner Untertanin Lady Brittany zugefügt habt.«
Der König erinnerte sich der geduckt dahockenden Frau. »Kleide dich an und bring mir auf der Stelle den Postsack. Der fromme Bruder möchte gern seine Botschaft an den Bischof zurücknehmen.« Eilfertig schlüpfte die Frau in ihre Kleidung und huschte aus dem Zimmer.
»Nun, Friar.« Der König trat weiter in den Raum. »Ihr werdet jetzt eine andere Botschaft schreiben.«

Alec reichte dem dürren Mann die Feder, als dieser sich setzte. Mit unverhohlener Feindseligkeit entriß er ihm das Schreibutensil und zog einen Bogen Pergament zu sich heran.

»Was genau soll ich an meinen Vorgesetzten schreiben?« fragte er mit mürrisch-trotziger Stimme.

Alecs Geduldsfaden riß nun endlich. »Schreibt die Wahrheit, Friar. Ein Mann Eures Amtes dürfte schon in der Lage sein, die Wahrheit zu erkennen und zu bezeugen, ohne dazu aufgefordert zu werden.«

Der Geistliche legte die Feder zur Seite und blickte Alec an. »Wenn Euch an der Wahrheit läge, Schotte, so würdet Ihr meine erste Depesche abschicken. Sprecht, und ich schreibe, was Ihr mir diktiert.«

»Um es später zu widerrufen«, erkannte Alec weitsichtig.

»Schreibt die Wahrheit in Euren eigenen Worten, Friar. Berichtet von der Schlacht – sagt, wer angegriffen hat, wer die Verteidiger waren«, befahl Edgar. »Dann werde ich ein Postscriptum hinzufügen, um dem Bischof darzulegen, daß wir mit dem Ausgang sehr zufrieden sind.«

Alec bewunderte Edgars Strategie und würdigte diese mit einem leichten Kopfnicken. Der Pfaffe konnte sich nicht sperren; er konnte nicht einmal die Tatsachen verfälschen.

Edgar fügte der Depesche Lobesworte über Brittanys Umsicht hinzu und drückte sein Siegel in den heißen Lack. »Ich werde dieses Schreiben persönlich dem Bischof übermitteln.«

Während der Siegellack auf dem noch offenen Schreiben abkühlte, hatte der Friar reichlich Zeit, Edgars Lobeshymnen über Lady Campbell zu lesen.

Edgar nahm das Schreiben an sich. »Ihr seid mir einmal unangenehm aufgefallen, Friar. Achtet darauf, daß es nicht ein zweites Mal geschieht.«

Als Alec und Edgar sich zum Gehen anschickten, kam das

Küchenmädchen mit dem Brief zurück, den sie aus dem Postsack hatte holen sollen. Ohne auf die ausgestreckte Hand des Geistlichen zu achten, reichte sie dem König das Dokument. Nach einem hastigen Knicks flüchtete sie aus dem Gemach.

Edgar öffnete das Schreiben, überflog die verdammenden Zeilen und reichte es Alec.

Laird Campbells Zorn steigerte sich mit jedem Wort, das er las. Gottlose Heidin, Gesandte der Hölle, Ehebrecherin. Die letztere Anklage sprang ihm besonders ins Auge und ließ sein Blut gefrieren. Unvorstellbar, daß dieser Mann glaubte, sich lebend aus seiner Nähe entfernen zu können, nachdem er einen Menschen unter der Protektion des Campbell dermaßen verleumdet hatte. Alec faltete das Schreiben zusammen und schob es in seine Tasche, bevor er den Friar mit einem Blick voller Verachtung streifte. »Falls Ihr den morgigen Tag noch erleben wollt, rate ich Euch, noch heute nacht meine Burg zu verlassen.«

Alec konnte seinen Zorn kaum bezähmen, als er sich umwandte und zurück in die Halle stürmte. Edgar blieb an seiner Seite, schwieg allerdings, da er um Alecs Stimmung wußte, ebenso um die Gründe dafür.

Als sie in die Halle traten, wurde gerade das Nachtmahl aufgetragen. Brot, Butter und Käse standen schon auf den Tischen, doch erst, wenn der Laird Platz genommen hatte, wurden Gemüse und Fleisch aufgetragen. Alec hatte keinen Blick für die Männer und Frauen, die darauf warteten, daß er das Mahl eröffnete, sondern schritt an den Tischen vorbei zum Kamin, wo Brian Mactavish lag. Ohne auf Brians fragenden Blick zu reagieren, schleuderte er ihm das verhängnisvolle Dokument entgegen.

Brian nahm das Schreiben an sich und öffnete es. Er las es und gab es dem Laird zurück. »Schade nur, Campbell, daß der Hund von Eurer Hand gestorben ist und nicht von meiner.«

Alec hob das Schreiben hoch. »Was habt Ihr zu dem Vorwurf des Ehebruchs zu sagen?«

Brian begegnete dem wütenden Blick des Laird mit Verwirrung. »Hat der Mann seine Lügen vor seinem Tod nicht widerrufen?«

Alec schüttelte den Kopf. Mit einem erstaunten Blick wandte sich Mactavish an den König. »Sire?«

Mit trockenem Ton, der nichts verriet, klärte Edgar seinen Untertan auf: »Der Friar lebt.«

»Er lebt!« empörte sich Brian und schaute den Laird verächtlich an. »Campbell, Ihr seid ein Narr.«

»Das sei dahingestellt. Ich bin ein Mann, und ich verlange eine Antwort.«

Bevor Brian das Wort ergreifen konnte, meldete sich Brittany. »Ein Antwort auf was, mein Gemahl?«

Auf ihre leise gesprochene Frage hin fuhr Alec herum. Den Arm in einer Schlinge, stand seine zierliche Gattin vor ihm und wartete auf seine Antwort. Der Gedanke an ihre Verletzung und die Umstände, unter denen sie sich diese zugezogen hatte, ließen sein Gewissen schlagen. Er wollte ihre Treue nicht in Frage stellen, mußte es aber tun. Vielleicht war es an der Zeit, sich ein Beispiel an seinem König zu nehmen und diplomatisch vorzugehen.

Er sah Brian an. »Brittany hat mich niemals hintergangen und wird es auch niemals tun.« Indem er den Blick auf Brittany richtete, suchte er ihre Bestätigung. »Es ist doch so, my Lady?« Es klang so, als würde er ihre Ehre verteidigen.

»Nay, my Laird«, erwiderte Brittany mit leisem Lachen, als hielte sie alles nur für einen Scherz. Sie ließ sich vom König zu einem Sessel geleiten. »Sollte ich mich für einen anderen entscheiden, müßte ich zunächst einmal frei sein.« In das

beschwichtigte Gesicht ihres Gatten hinein sagte sie: »Und es ist höchst unwahrscheinlich, daß ich mich dann für einen Schotten entscheiden würde.«
Brian lachte. »Ihr dürft nicht alle Schotten an Campbell messen, Mädchen. Weder der König noch ich selbst sind so mürrisch wie Euer aufbrausender Gatte.« Brian grinste jungenhaft, und der König straffte ehrfurchtgebietend die Schultern.
»Stimmt. Manche sind noch schlimmer«, seufzte Brittany in gespieltem Entsetzen, worauf ihr Gatte, Brian und der König herzhaft auflachten.
»Weib, du benötigst kein Schwert, um einen Mann niederzumachen. Deine Zunge reicht schon.«
»Wenn du beides zu spüren bekommen willst, mein Gemahl, brauchst du mich nur ungerecht zu beschuldigen. Ob es nun Spaß sein soll oder nicht, ich finde es nicht amüsant.« Lächelnd registrierte Brittany, wie ihre Worte Alec trafen.
Alec reichte ihr das Schreiben des Geistlichen. »Ich konnte diese Bezichtigung nicht ungeklärt lassen.«
Brittanys Augen weiteten sich, ihre Wangen glühten, als sie das verdammende Dokument las. »Du hattest Grund zum Zorn, mein Gemahl. Ich werde dem Narren Blumen aufs Grab legen.«
»My Lady«, Edgar nahm ihre Hand, »ich konnte nicht zulassen, daß Campbell den Friar tötete.«
Brittany riß sich los. »Warum nicht? Er hat mich verleumdet, hat meinen Namen und den der Campbell in den Schmutz gezogen.« Brittany schaute sich nach ihrem Gatten um.
Alec ahnte ihre Not und stellte sich ihrem Blick.
»Du hast ihm geglaubt«, warf sie ihm mit leiser, gepreßter Stimme vor.
Dann drehte sie sich wieder zu ihrem König um. Sie hob das Kinn und sprach mit stiller Würde: »Sire, aus welchen Gründen habt Ihr zugelassen, daß der Mann am Leben blieb?«

Der König räusperte sich. »Aus diplomatischen Gründen, my Lady. Schottland kann sich keinen Zwist mit Rom erlauben. Außerdem hätte der Tod des Friars diese Lügen bestätigt.« Edgar klopfte auf seine Tasche. »Hier habe ich einen neuen Brief an den Bischof, der Euren Namen ehren wird.«

Jetzt wandte Brittany sich Brian zu. »Und Ihr, Sir. Was hättet Ihr getan, wenn ich Euch gebeten hätte, meine Ehre zu retten?«

Brian richtete sich halb auf und stützte sich seitlich ab. »My Lady, ich leide nicht unter der Eifersucht eines Gatten, auf mir lastet auch nicht die Verantwortung für ein Königreich. Ich hätte Eure Ehre verteidigt.«

Alec bemerkte das Lächeln, das sie dem Mactavish schenkte, und er verspürte den Wunsch, Brian zu töten, weil er Brittany das geben konnte, was er nicht zu geben vermochte.

Brittany sah Alec und den König an. »Es hätte mich gefreut, Euch auf meiner Seite zu sehen, weil Ihr an mich glaubtet. Ich hätte das für Euch getan. Wie traurig, daß Ihr das Richtige aus dem falschen Grund getan habt.«

Schmerz schwang in ihrer Stimme mit; ihre Worte trafen Alec schwer. Trotz aller Bemühungen verriet sie sich durch ihren Blick. Er erkannte, wie sehr sie unter seinem Verrat litt. Schuldgefühle trafen ihn, bisher unbekannt und um so unangenehmer, und er haßte sich dafür, zumal er nur in ihrem eigenen Interesse so gehandelt hatte.

Sie erhob sich und schickte sich an zu gehen.

»Halt! Du bist noch nicht entlassen.« Alecs barsche Stimme ließ Brittany stehenbleiben.

Langsam drehte sie sich um. »Wenn Ihr erlaubt, my Laird, würde ich mich jetzt gern zurückziehen.« Hochaufgerichtet erwartete sie seine Antwort.

»Vielleicht sind wir Barbaren, aber, Weib, in Schottland ist es Brauch, denjenigen zu danken, die uns einen Dienst erweisen.« Alecs Worte bezogen sich auf Edgars Einschreiten gegen den Geistlichen zu Brittanys Gunsten. Er verschränkte die Arme vor der Brust.

»So hält man es auch in England, mein Gemahl.« Sie trat einen Schritt vor und stemmte die Hand ihres unverletzten Arms in die Hüfte.

»Nun?« drängte er.

»Es ist gern geschehen, my Laird«, erwiderte sie.

»Was?« brauste er auf. Ihre Antwort verwirrte ihn.

»Die Rettung Eurer Burg und Eures Clans«, sagte sie, und ihr zufriedenes Lächeln reizte ihn bis aufs Blut. »Ihr wolltet mir doch dafür danken?«

Lachend stand der König auf und legte ihr den Arm um die Schultern. »Lady Brittany, ich habe mich nicht in Euch getäuscht. Eure Schlagfertigkeit würde jedem Königshof Ehre machen. Ihr werdet schon sehr bald mein Schloß besuchen. Ich bestehe darauf.«

»Danke, Sire.«

»Es ist mir eine Ehre, Lady Brittany.« Er zwinkerte Alec zu. »Lady Brittanys Benehmen ist über jeden Tadel erhaben. Die Sache ist erledigt.«

Brittany funkelte den König wütend an. »Ihr habt mich hereingelegt, Sire.«

»Das nennt man landläufig Diplomatie. Etwas, das Alec und Ihr unbedingt schnellstens erlernen solltet.« Damit zog er Brittanys Stuhl an den Tisch heran und ließ sie Platz nehmen. »Bleibt, Lady Brittany. Ich verlange es. Die Nacht ist noch jung, und wenn Ihr uns verlaßt, werden uns die Stunden zu lang.«

»Wie Ihr wünscht, Sire«, antwortete Brittany, und der König setzte sich ebenfalls.

Alec beugte sich zu ihr und flüsterte in ihr Ohr: »Deine Dankbarkeit kannst du bezeugen, wenn wir allein sind.«

Mit einem strahlenden Lächeln zischelte sie zurück: »Mein gutes Benehmen wird sich erst wieder einstellen, wenn du dich für dein mangelndes Vertrauen in mich entschuldigt hast. Keinen Augenblick früher.«

»Hüte dich, Weib. Wir sind nicht allein«, warnte Alec, um sie an ihr Versprechen zu erinnern, daß sie ihm in der Öffentlichkeit Respekt zollen würde. »Es wird spät, und bald sind wir beide unter uns.«

»Ich kann es kaum erwarten, mein Gemahl.« Trotz ihrer lieblichen Stimme und ihres demütig hingebungsvollen Blicks begriff er, was sie sagen wollte. Ihre Augen sprachen eine zu deutliche Sprache – warte nur, bis wir allein sind, Barbar. Warte nur.

»Noch eine Herausforderung, my Lady?« murmelte Alec und nahm Platz.

»Du bist wohl doch nicht völlig dumm, Mann«, antwortete Brittany und schenkte ihm Wein ein. Sie neigte sich ihm noch näher zu und flüsterte: »Und diesmal bestimme ich den Preis, da es dir so schwer fällt, deine Schulden einzulösen.«

Alec verschluckte sich an seinem Wein, und plötzlich hatte er das Gefühl, die Henkersmahlzeit einzunehmen.

Zehntes Kapitel

Mit dem Versprechen, das Schloß des Königs zu besuchen, sobald sie vollständig genesen war, verließ Brittany die Tafel. Zwar erfüllte die Aussicht, am Hofe zu gastieren, sie mit Unbehagen, doch im Augenblick hatte sie andere Sorgen.

Während der Mahlzeit hatte Alec sie mit Verwirrung und Mißtrauen im Blick beobachtet. Gut. Nach seinem schlechten Benehmen ihr gegenüber war ihm nicht danach, ihr unter vier Augen gegenüberzutreten. Sie allerdings würde die Sache nicht auf sich beruhen lassen, solange sie nicht wußte, daß Alec sie voll und ganz verstand.

Wie ein General entwarf Brittany ihre Strategie für das bevorstehende Treffen. Ihre durchdachte Vorbereitung hätte jeden Strategen in Erstaunen versetzt. Ihr Badewasser duftete von bisher nie benutzten Essenzen. Öle, die die Haut weich und geschmeidig machten, wurden großzügig aufgetragen. Ihr Gewand war zart und zeigte mehr, als es verbarg. Am Ende ihrer Toilette war sie überzeugt, als Siegerin aus dem Kampf hervorzugehen.

»Ich habe noch nie erlebt, daß Ihr Euch Gedanken um Euer Aussehen macht«, bemerkte Jenna mit einem wissenden Blick.

»Ich bereite mich auf eine Schlacht vor«, erwiderte Brittany. »Und ich will sie gewinnen.«

Jenna lachte. »Dank Eures natürlichen Charmes ist Euch der Sieg ohnehin gewiß, my Lady. Ein gewisser Schotte wird Euch heute nacht zu Füßen liegen.«

»Ich will, daß er um Gnade winselt«, sagte Brittany verbissen. »So oder so, er wird sich entschuldigen. Reich mir meinen Dolch.«
»My Lady ...«, warnte Jenna.
»Den Dolch«, wiederholte Brittany. »Wie kann er mich des Betrugs verdächtigen!«
»Es war unumgänglich«, versicherte Jenna, während sie ihrer Herrin den Dolch aushändigte. »Er mußte auf den Vorwurf reagieren.«
»Er hat in Erwägung gezogen, daß ich mit einem anderen schlafen könnte«, wütete Brittany und nahm den Dolch an sich. »Heute nacht werde ich wissen, was hinter dem Mann steckt, den ich geheiratet habe, und er wird erkennen, wozu seine Frau fähig ist.«
Kopfschüttelnd sah Jenna zu, wie Brittany den Dolch sorgfältig zwischen den Laken verbarg, bevor sie sich selbst kunstvoll auf der Bettdecke drapierte.
»Laß mich allein«, befahl Brittany, schwächte ihren harschen Ton jedoch ab, als sie Jennas gekränkte Miene sah: »Sorg dich nicht, Jenna. Morgen wird alles wieder in Ordnung sein.«
»Um Euretwillen werde ich darum beten.« Mit einer für sie ganz untypischen Verneigung begab Jenna sich hinaus und überließ Brittany ihren Gedanken.
Sie hätte dieses Kräftemessen gern schon hinter sich gehabt. Zwischen ihrem Gatten und ihr kam es ständig zu Konfrontationen. Wenn sie doch nur eine Lösung für ihrer beider aufbrausendes Temperament gewußt hätte!
Alec stieß die Tür rücksichtslos wie immer auf. Der Lärm ließ Brittany auffahren, und sie verzog das Gesicht, als das Krachen das Schließen der Tür anzeigte. Von der Müdigkeit, die sie während des Mahls an Alec beobachtet hatte, war nichts mehr zu spüren. An deren Stelle war selbstherrliche Arroganz getreten, die ihren Gemahl fast immer auszeichnete.

Diese Nacht versprach, schwierig zu werden. Unter halb geschlossenen Lidern hervor verfolgte Brittany seine Bewegungen. Völlig unbefangen betrat er das Gemach. Als er sich seinem Schwert näherte, neben dem der Dolch fehlte, hielt Brittany den Atem an. Alec verhielt den Schritt, legte die Hand um das Heft des Schwertes und hob den Kopf, als witterte er Gefahr. Brittanys Herz setzte einen Schlag aus. Mit undeutbarer Miene drehte er sich abrupt um und stapfte zu ihrem Bad.

Brittany atmete erleichtert auf. Er hatte das Fehlen des Dolchs nicht registriert. Voller Verwunderung sah sie, wie er sich über ihren Badezuber beugte.

Alec lächelte kaum merklich und tunkte die Hand in ihr Badewasser. Dadurch schwebte eine Wolke des von ihr benutzten Parfüms durch den Raum.

»Wußte ich doch, daß irgend etwas in meinem Gemach anders ist als sonst«, bemerkte er ruhig.

Alec zog sein Wams aus. Brittany sah zu, wie er es sich von den Schultern streifte, und ihr Gaumen wurde trocken. Die Muskeln auf seiner breiten Brust vollführten fließende Bewegungen im Kerzenlicht, und seine Erscheinung war so schön, daß sie mit Bewunderung und Verlangen erfüllt wurde. Er war ein Bild von einem Mann.

Er ließ sein Plaid fallen und bemerkte, daß sie ihn beobachtete. Seine Augen schimmerten.

Brittany löste sich von seinem wissenden Blick. Wenn sie sich zu unverhohlen an seinem prächtigen Körper erfreute, würde es ihr Nachteil sein. Sie schloß die Augen und konzentrierte sich auf ihre Strategie. Doch die Vorstellung von dem nackten Barbaren brachte ihre Gedanken immer wieder in Aufruhr. Sie seufzte leise und gestand sich ein, daß sie an seinen körperlichen Reizen nicht das Geringste zu beanstanden hatte.

Trotzdem war er nicht ohne Fehl. Die Erinnerung an sein Verhör hinsichtlich ihrer angeblichen Untreue löschte ihr inneres Feuer. Still und steif lag sie da und griff nach dem Dolch. Er hatte sie für ein leichtfertiges Frauenzimmer gehalten. Ihre Finger schlossen sich um das Heft, während sie den Schritten ihres Mannes nachlauschte.

Sie kannte seinen Ordnungssinn und ahnte daher, womit er beschäftigt war. Das Knistern von Stoff verriet ihr, daß er säuberlich seine Kleidungsstücke zusammenlegte und in der hölzernen Kommode verstaute. Das Scharren von Metall auf Stein deutete darauf hin, daß er das Kamingitter sicherte. Und zum Schluß legte er den Holzbalken vor, um die Tür zu verriegeln. Brittany ließ den Dolch los und ballte die Faust.

Sie wartete, bis sie spürte, wie er sich auf dem Bett niederließ, dann erst wandte sie sich ihm zu. »Wir sind unter uns, mein Gatte.«

»Bist du bereit, mir jetzt zu danken, Weib?« Alecs ruhige Stimme reizte sie bis zur Weißglut. »So mancher Ehemann hätte es sich zweimal überlegt, ob er seine Gemahlin retten will.«

»Bist du bereit, meine Verzeihung dafür zu erbitten, daß du das Schlimmste von mir gedacht hast?« fragte sie mit Nachdruck, ohne einen Gedanken daran, daß sie ihre Pläne verriet. Er war zu selbstzufrieden, zu sicher, zu gefühllos, verdammt noch mal.

»Was ist mit deinem Einsatz?« wollte Alec wissen, durch ihren Tonfall und ihr Verhalten offenbar nicht im geringsten aus der Bahn geworfen.

»Zunächst einmal will ich die Regeln festlegen«, sagte sie eingedenk der Lektion, die er ihr einst erteilt hatte. »Ich habe deine Burg und deinen Clan gerettet, Alec Campbell. Ich habe mir gewisse Rechte verdient. Ich lasse mich nicht behandeln wie ein unmündiges Kind. Und nie wieder werde ich mich

solchen Vorwürfen stellen, wie du sie heute abend gegen mich erhoben hast.«
Mit der unverletzten Hand tastete sie unter dem Laken nach dem Dolch, fand ihn jedoch nicht.
Statt dessen griff Alec nach ihr. »Der Dolch ist fort.«
»Wo ist er?« verlangte sie zu wissen, ohne auch nur zu versuchen, ihr Vorhaben abzustreiten.
»Er ist vor deinem Zugriff in Sicherheit. Ich ebenfalls, möchte ich betonen.«
Brittany riß ihre Hand los. »Woher weißt du das?« schrie sie, unfähig zu glauben, daß irgend jemand aus ihrer Nähe zu einem solchen Verrat in der Lage wäre.
»Nay, my Lady. Ich benötige keine fremde Hilfe, um Euch zu verstehen. Schon beim Eintreten sah ich, daß der Dolch nicht an Ort und Stelle war. Das und dein Verhalten heute abend verrieten mir, was ich zu erwarten hatte.«
»Wenn du also weißt, wie ich mich fühle, wird es dich auch nicht überraschen, daß ich auf der Stelle deine Entschuldigung hören will. Ansonsten gehe ich fort.«
»Fort?« fragte Alec. »Und wohin?«
»Wohin ich gehe und was ich fortan tue, braucht einen Ehemann, der seiner Frau so wenig Vertrauen schenkt, nicht zu interessieren.«
»Vertrauen will verdient sein. Ich tat, was ich tun mußte, was von einem Laird verlangt wird. Willst du, daß ich dir auf Kosten meiner Stellung blind vertraue?«
»Ja!« Das eine kleine Wort enthielt eine Fülle von Bedeutungen, und Brittany sah ihn, Verstehen suchend, an. »Ich würde an dich glauben und auf deiner Seite stehen, ganz gleich, was gegen dich spräche. Ich begreife nicht, wieso es dir so schwer fällt, genauso mir gegenüber zu handeln.«
»Ich habe dir meinen Namen gegeben. Das dürfte der Ehre genug sein.«

»Ich habe deinen Namen angenommen«, konterte Brittany. »Das dürfte der Ehre genug sein.«

»Spiele nicht mit Worten, Brittany«, mahnte er.

»Dann versuche auch nicht, vom Thema abzuschweifen, Alec. Entweder habe ich dein Vertrauen oder ich habe es nicht.«

»Du hast meine Loyalität, Weib. Mehr kann ich dir nicht geben.«

»Und das ist nicht genug. Ich will alles oder nichts.«

»Dann triff deine Wahl. Ich kann mich nicht ändern. Ich bin der Mann, den du geheiratet hast«, sagte er. Er stand auf und breitete die Arme aus, zeigte sich ihr in seiner ganzen Pracht. »Wenn du etwas an mir auszusetzen hast, wirst du damit leben müssen.« Brittany wollte sich von ihrem Lager erheben, doch er packte sie am Arm.

»Wohin willst du?«

»Ich habe meine Wahl getroffen, Schotte«, sagte sie. »Nur von einer Seite aus funktioniert es nicht. Entweder gewähren wir uns gegenseitig Achtung und Vertrauen, oder es gibt gar nichts zwischen uns.«

»Du wirst hierbleiben«, befahl er, ohne jedoch seine Worte durch körperliche Kraftanwendung zu unterstützen.

»Nein, ich werde nicht bleiben«, rief Brittany. »Freilich kannst du mich festhalten.« Sie richtete einen vielsagenden Blick auf seine Hand, die ihren Arm umspannte, bevor sie ihm wieder in die Augen sah. »Trotzdem werde ich fort sein. Du kannst nicht halten, was dir nicht gehört.«

»Du gehörst mir«, knurrte Alec. Mit flammenden Blicken zog er sie zu sich heran.

»Gemäß dem Schwur, den du geleistet hast«, forderte Brittany ihn heraus und reckte das Kinn vor.

»Ja.« Die Bestätigung kam gedehnt, drohend, und hing zitternd zwischen ihnen.

»Beweis es mir!« schleuderte Brittany ihm entgegen und fügte gemäßigter hinzu: »Sag mir, aus welchem Grund.«
»Weil ich es gesagt habe.« Sie waren kaum eine Handbreit voneinander entfernt, und sein heißer Atem streifte ihre Haut.
Brittany wehrte sich gegen seinen Griff, doch er ließ nicht locker. Er senkte den Kopf; seine Lippen näherten sich ihrem Mund. Er legte die Hand um ihre Wange und streichelte sie sanft mit dem Daumen.
»Der Herr steh mir bei, ich brauche dich.« Sein Mund streifte den ihren. »Du hast recht. Niemals hätte ich diesen Lügen Gehör schenken dürfen. Vergib mir, kleine Soldatin.«
Sein Nachgeben entwaffnete Brittany. Sie hatte nicht erwartet, daß er ihr entgegenkam. Seine Demut rührte sie an, und eine besänftigende Wärme breitete sich in ihr aus. Für ihn war es genauso schwer, eine Schuld zuzugeben, wie es ihr unmöglich war, eine Beschuldigung hinzunehmen.
»Du hast meine Schuld als Tatsache betrachtet, sobald du die Anklage hörtest. Bevor ich sie abstritt, hast du nicht an ihr gezweifelt.« Tränen waren ein Zeichen der Feigheit, deshalb blinzelte sie die verräterischen Tropfen geschwind fort. »Es war grausam, mich so barsch zu verurteilen, Alec. Und ich hatte deine Verachtung keineswegs verdient.« Brittany holte tief Luft und blickte ihn dann aus klaren Augen an. »Ich habe dich niemals hintergangen und werde es auch niemals tun. Ich halte nichts von Ehebruch.«
»Und du gibst mir dein Wort darauf?« Alec sah sie fordernd an, und sie wich seinem Blick nicht aus. Zum ersten Mal war sein Blick ganz offen, ungeschützt, und sie entdeckte etwas, was sie nie erwartet hätte: Unsicherheit.
»Aye. Ich will keinen anderen.« Ihre Stimme klang rauh, sie strich sanft über seine Wange und flüsterte: »Ihr unterschätzt Eure Anziehungskraft, my Laird.«

»In deiner Gegenwart weiß ich nicht mehr, welchen Tag wir schreiben. Seltsam, welche Macht du über mich hast. Das muß ich erst begreifen.«
Brittany ging es nicht anders; sie kuschelte sich in seine Arme. Welcher Zauber auch immer sie beide ergriffen hatte, sie konnte nur beten, daß er von Dauer war. Dann spürte sie seine Lippen, und alle anderen Gedanken lösten sich in nichts auf, während sie seine Begierde spürte, die in nichts hinter der ihren zurückstand.

Brittany wachte vor ihrem Gatten auf. In der vorangegangenen Nacht war ihr keine Zeit geblieben, um auszuloten, wie wichtig sie ihm sein mochte. Während sie in seinen Armen Sicherheit und Wärme genoß, versuchte sie jetzt, ihre Gefühle für ihn zu analysieren.
War es Liebe – diese Zufriedenheit, dieses Gefühl des Zur-Ruhe-Kommens? Dieses unvorstellbare Glück? Sie streichelte den Arm, der sie locker hielt, und drückte sanft seine Hand an ihre Brust.
Dieser Aufruhr – gehörte das zu dem, was man Liebe nannte? Die Höhen und Tiefen, die sie durchkreuzten, das Geben und Nehmen, um das sie wetteiferten? War es das, was Liebe ausmachte? Würden sie unter diesen Voraussetzungen irgendwann eine Ebene erreichen, auf der sie sich ihres gegenseitigen Verstehens so sicher sein konnten, daß sie miteinander auskamen, oder würde es ein ewiger Kampf bleiben?
Die Probleme, die sich ihr jetzt stellten, konnte sie nicht einschätzen. Wenn das, was sie erlebte, Liebe war, traf sie sie unvorbereitet. Die Zukunftsaussichten machten ihr angst. Gegen die Liebe hatte sie keine Waffen und keine Strategien. In puncto Liebe wäre sie Alec ausgeliefert, sobald er ihre Schwäche erkannte.
Unerwiderte Liebe wäre gewiß der Todesstoß für sie. Aber

konnte sie ihre Gefühle gut genug verbergen? Konnte sie sich ihre Gefühle bewahren, allein in der Hoffnung, daß sie vielleicht eines Tages erwidert würden? Das war nicht wichtig. In weniger als neun Monaten lief ihr Ehevertrag aus. Dann würde man sie nach Hause schicken. Das war gewiß. Was auch immer sie hier erfahren hatte, ob es nun Liebe war oder nicht – am besten bewahrte sie alles tief in ihrem Herzen. Sie hatte kein Recht zu hoffen und noch weniger Recht zu träumen. Sie hatte den heutigen Tag, mehr nicht. Sie hatte etwas Besonderes, Wunderbares gefunden, und bis zu dem Tag, an dem sie fortmußte, wollte sie sich daran freuen und es voll auskosten.

»Brittany.« Alecs tiefe Stimme ließ sie zusammenschrecken. Sie drehte sich zu ihrem Gatten um.

»Ich bin dir noch etwas schuldig.« Er sah sie nicht an, und Brittany fragte sich, warum seine Miene, eben noch ganz entspannt, plötzlich so düster war.

»Wieso, my Laird?« fragte Brittany. »Dafür, daß ich die Burg gehalten habe?«

»Nein.« Sein Blick war hart und gnadenlos. »Am Tag meines Aufbruchs bin ich dir etwas schuldig geblieben. Ich habe es nicht vergessen.«

Brittany lächelte. »Du hast während deiner Abwesenheit daran gedacht?« vergewisserte sie sich, unsagbar glücklich, weil er in der Zeit ihrer Trennung in Gedanken bei ihr gewesen war.

»Aye. Ich habe es noch nie versäumt, einen Lohn zu gewähren, wo er verdient war. Ich möchte das Unrecht, das ich dir zugefügt habe, wiedergutmachen.«

Er blickte sie scharf an. »Mehr nicht, Brittany«, sagte er, als hätte er ihre Gedanken gelesen, und seine barschen Worte nahmen ihr jede Hoffnung, daß sie ihm vielleicht doch mehr bedeutete, als er zugab.

»Aye«, flüsterte sie, kein bißchen eingeschüchtert. »Darf ich einen Wunsch äußern?«

»Ich werde dir jeden Wunsch erfüllen. Darauf gebe ich dir mein Wort.«

Brittany konnte ein leises Lachen nicht unterdrücken, wenn sie an all die Unverschämtheiten dachte, die sie nun hätte verlangen können.

»Nun?« Offenbar verärgert über ihre Belustigung, zog er eine Augenbraue hoch.

»Wenn mir ein angemessener Lohn eingefallen ist, my Laird, werde ich dir meine Antwort geben.« Brittany legte ihm die Hand auf die Brust und spürte, wie sich unter ihrer Berührung seine Muskeln anspannten. »Ich brauche Zeit, um mir meinen Wunsch gründlich zu überlegen.«

»Brittany.« Sein Tonfall enthielt eine Warnung, und sie hob voller Unschuld den Blick, während ihre Hand tiefer glitt.

»Ja, Alec?«

»Spiel nicht mit mir«, verlangte er.

Obwohl Brittany wußte, daß er ihren Wunsch meinte, zog sie ihre Hand zurück. »Wie Ihr wünscht, my Laird.«

»Weib, du bist eine Hexe«, grollte er und zog sie an sich.

Brittany lachte leise und schmiegte sich sinnlich an seine Brust. »Danke, my Laird.«

Alec achtete sorgsam darauf, ihren verletzten Arm nicht zu berühren. Und Brittany freute sich über seine unerwartete Rücksichtnahme. Er hatte ihr nicht nur einen Wunsch gewährt, sondern war jetzt beinahe komisch bemüht, sie vor Schmerzen zu bewahren.

»Alec, ich bin nicht aus Glas.«

»Du, mein Weib, bestehst aus Träumen, und ich will nicht eine Sekunde der Verzückung versäumen.«

Tränen traten ihr in die Augen, als ihre Lippen sich berührten. Er war der unglaublichste Mann, der ihr je begegnet war.

Lady Jenifer, im Nachthemd, hüllte sich fest in einen Umhang, um sich gegen die Morgenkühle zu schützen. Sie hatte ein Geräusch gehört und fürchtete, Brian könnte Schmerzen haben. Lautlos schlich sie die steinerne Treppe hinunter zum Hauptgeschoß, wo Brian auf einem Strohsack am Feuer schlief.

Er stöhnte, als sie sich bei ihm niederließ. Hatte er Fieber oder Schmerzen? Behutsam legte sie ihm die Hand auf die Stirn. Gott sei Dank, Fieber hatte er nicht, vielleicht plagten ihn seine Verletzungen. Vorsichtig zog Jenifer die Decke zurück, um seine Verbände zu kontrollieren, fand aber keinen Fehler vor. Sachte zog sie ihm die Decke hoch bis unters Kinn. Noch einmal fühlte sie seine Stirn; sie war eindeutig kühl. Nahezu unbewußt strich sie ihm eine Haarsträhne zurück, bevor sie die Hand wieder wegzog.

Ihr Blick ruhte auf dem Gesicht, das sie inzwischen so gut kannte. Es war Wahnsinn, eine derartige Zuneigung zu einem Mactavish zu fassen. Aber dann war sie eben verrückt, sie konnte ihre Gefühle für den Feind ihres Clans nicht leugnen. Sie wandte sich zum Gehen, doch ihr Nachthemd hatte sich anscheinend irgendwo verfangen. Jenifer fuhr herum, um es zu lösen, und schnappte nach Luft. Wortlos starrte sie auf den Stoffzipfel in Brians Faust.

»Schon seit vielen Jahren hat niemand mehr nachts nach mir geschaut, my Lady«, sagte er. »Das war eine sehr angenehme Erfahrung.«

»Ich hörte ein Geräusch und fürchtete, Euer Zustand hätte sich verschlechtert«, flüsterte sie und konnte den Blick nicht von ihm lösen.

»Von einer Campbell hätte ich eine so zartfühlende Behandlung nicht erwartet.« Er zog leicht an ihrem Nachthemd, um sie näher zu sich heranzuholen. »Wenn ich als Kind zu Bett gebracht wurde, bekam ich immer einen Kuß.«

Jenifer wickelte sich fester in ihren Mantel. »Dann, Mactavish, seht zu, daß Ihr schnell gesund werdet, damit Ihr zu Eurem Clan zurückkehren könnt und die gewünschte Behandlung erhaltet.«
Brian lachte leise über ihren Unmut. »Ich beklage mich nicht, my Lady. Eure Hände sind weich und zärtlich. Ich bin sehr gern Euer Patient.« Er ließ ihr Nachthemd los und lächelte sie an, daß Jenifers Herz einen Schlag aussetzte.
»Eure Frechheit könnte Euch schaden, Brian Mactavish. Ich wünsche Euch eine gute Nacht.« Sie wandte sich zum Gehen.
»Schlaft friedlich, Lady Jenifer. Ich hoffe, ich spiele in Euren Träumen eine ebenso große Rolle wie Ihr in den meinen.«
Seine Stimme klang weich, verführerisch, und Jenifer huschte rasch aus dem Saal. Wenn er wüßte, daß er sie seit ihrem ersten Zusammentreffen in ihren Träumen heimsuchte! Auch jetzt konnte sie die Erinnerung an sein Gesicht und seine Stimme nicht abschütteln. Es war Wahnsinn. Alec würde einen Mactavish als Bewerber niemals zulassen, aber – Himmel, hilf! – einen anderen zu heiraten, wäre sie niemals bereit.
Eine Tür schloß sich leise, und Jenifer eilte lautlos zu ihrem Zimmer. Um diese Stunde durfte sie sich nicht im Nachtgewand erwischen lassen.

Der König schloß die Tür und rieb sich vergnügt die Hände. Besser hätte er es gar nicht anstellen können, die zwei Clans zu einen. Jetzt ging alles wie von selbst. Das Ergebnis stand fest, in Anbetracht des heißen Bluts der Campbell und der Starrsinnigkeit der Mactavish. Und wenn es für seinen Geschmack zu langsam gehen sollte, würde er eingreifen.
Natürlich gab es Hürden. Die fehlten nie. Alec hatte ihm seine Pläne für die Zukunft seiner Schwester anvertraut. Edgar wollte sich nicht einmischen, wenn es Alec gelingen

sollte, eine ihr angemessene Verbindung zu schließen. Doch die Chancen waren gering, nachdem Jenifer im Mittelpunkt eines Skandals gestanden hatte. Brian Mactavish war seines Wissens kein hochgeborener Clansman. Die Herkunft des jungen Schotten mußte geklärt werden.
In der Zwischenzeit würde er Alec im Glauben lassen, er interessiere sich für die Angelegenheit und wüßte vielleicht einen passenden Partner für Jenifer. Das würde Alec daran hindern, seine Schwester übereilt vor den Altar zu zerren.
Edgar kleidete sich rasch an. Ein arbeitsreicher Tag stand bevor, wenn er dem Schicksal und Amor unter die Arme greifen wollte. Und wer konnte das besser als ein Monarch, der nach Vereinigung strebte?

»Gott, was für ein unzivilisiertes Land.« Lady Eunice betrachtete die nebelbedeckten Moore. Ihre Arme überzogen sich mit Gänsehaut. Man sagte, Schottland sei ein teuflisches Land, und sie war derselben Meinung, wenn sie die nebelverhangene Landschaft überblickte. Typisch Wentworth, daß er hier seine Finger in irgendeiner Angelegenheit hatte, hier, wo kein anständiger Engländer einen Fuß hinsetzen würde, es sei denn, der Teufel wäre hinter ihm her.
Nach einem öden Monat, den sie bei ihrer Tante Edna verbracht hatte, der Witwe des verstorbenen Laird Douglas, war Eunice von Herzen froh, sich von der verschrobenen alten Dame verabschieden zu können. Nichts hatte sie jemals so gelangweilt wie diese Zeit mit ihrer merkwürdigen Verwandten. Doch das hatte einem Zweck gedient. Sie hatte Grund für ihren Besuch in Schottland, und dank der mächtigen Verbindungen ihrer Tante wurde Eunice an den Hof geladen.
Eunice sah ihre Tante nahen, in Begleitung ihres Sohnes, des Lairds der Douglas.

»Ihr werdet mir fehlen, Tante Edna.« Eunice schlang die Arme um die zierliche alte Dame.
»Na, na. Wir werden uns wiedersehen.« Die Frau wischte ihrer Nichte die Tränen ab und trat einen Schritt zurück.
Eunice vollführte einen hübschen Knicks vor dem Laird, drehte sich um, stieg auf ihr Pferd und winkte den beiden zu, als ihre Eskorte schon vorausritt.
»Hast du ihren Besuch genossen, Mutter?« fragte der Laird, sobald die Gruppe außer Hörweite war.
»Kaum, mein Sohn. Sie ist genauso wie ihr Vater, und den konnte ich nicht ausstehen. Gut, daß wir sie los sind.« Edna lachte. »Aus meiner Korrespondenz habe ich erfahren, daß sie am englischen Hof ganz hübsch für Aufruhr gesorgt hat. Der Skandal war so groß, daß sie aus, wie man so schön sagt, Gesundheitsgründen nach Schottland reisen mußte.«
»Und trotzdem schickst du sie an Edgars Hof, Mutter?« Der Gedanke schien dem Mann nicht zu behagen.
»Keine Sorge, mein Sohn. Ihr Ruf wird ihr vorauseilen. Sie ist klug, kann aber nicht vor ihrer Vergangenheit davonlaufen. Darin besteht ihr Irrtum.«

Am Arm ihres Gatten stieg Brittany die Treppe hinunter. Der Clan und der König erwarteten sie zum Frühstück. Trotz ihrer Freude über diese Ehrerweisung fürchtete sie sich vor dem Empfang, der sie im großen Saal erwarten würde. Gestern noch hatte sie die Befehlsgewalt, heute nicht mehr. Ein paar kurze Wochen lang hatte sie dazugehört, jetzt würde sie gewiß wieder die Außenseiterin sein. Wo war ihr Platz? Sie hatte nicht die geringste Ahnung.
Alec lächelte ihr zu, als spürte er ihr Unbehagen. »Es sind deine Freunde, keine Feinde. Ein Lächeln, Frau, wäre schon angebracht.«

»Du hast leicht reden. Du grinst von einem Ohr bis zum anderen«, erwiderte Brittany.

»Wenn du mich nicht so guter Laune sehen willst«, sagte Alec, »darfst du mich nicht zärtlich wecken.«

Brittany errötete bei dem Hinweis auf ihr Liebesspiel am frühen Morgen. »Still, Alec. Jemand könnte uns hören«, mahnte sie, als sie in den Saal traten.

Alec lächelte. »Sie wären schlechte Schotten, wenn sie kein Verständnis für unsere Verspätung aufbrächten.«

Seine geflüsterten Worte trieben ihr die Glut in die Wangen. Brittany wußte, daß ihr Gesicht so rot war wie ihr Haar.

Als der König sich näherte, grub Brittany die Fingernägel in Alecs Arm. »Wag es nicht, mich in Verlegenheit zu bringen, Alec«, warnte sie, als sie seine übertrieben unschuldige Miene bemerkte.

»Frau, du kränkst mich.« Zwar klang seine Stimme ernst, doch das freche Blitzen seiner Augen verriet ihn.

»Sire, vergebt unsere Verspätung, aber Brittany hatte eine unruhige Nacht«, sagte Alec.

Edgar lächelte herzlich. »Ihr scheint die unruhige Nacht aber gut verwunden zu haben, Lady Brittany.« Sein vergnügter Blick schweifte zu Alec. »Ihr dagegen wirkt erschöpft und … verzeiht mir, Alec, gealtert.«

Brittany lachte leise unter dem strafenden Blick ihres Gatten.

Edgar schlug Alec auf den Rücken. »Vielleicht würden getrennte Schlafzimmer deiner Nachtruhe förderlich sein, Alec. Immerhin bringt das Alter für einen Mann doch allerlei Beschwerden mit sich.«

Alec lächelte seinen König an, doch Brittany ahnte mehr als Belustigung hinter seinem Blick. »Aye, an uns allen gehen die Jahre nicht vorbei. Da Ihr im selben Jahr geboren seid wie ich, werdet Ihr freilich Eurem eigenen Rat zu folgen wissen.«

Alec zog eine Augenbraue hoch, als der König ihn einen

Moment lang verdutzt ansah und dann in Gelächter ausbrach.
»Genauso wenig wie Ihr, Alec.« Der König wandte sich freundlich an Brittany. »Euer Gemahl braucht keinen Ratschlag seine Ehe betreffend, aber eine andere Verbindung würde ich gern mit ihm besprechen.«
Brittany verbeugte sich tief. Zwar war sie neugierig, aber sie hatte den versteckten Hinweis wohl verstanden. »Wenn Ihr mich bitte entschuldigen wollt, Sire, ich würde gern nach Brian Mactavish sehen.«
Langsam schritt Brittany zu Brian hinüber, der von Lady Jenifer versorgt wurde. Sie konnte höchstens noch ein paar Worte von dem hören, was der König sagte, doch das reichte aus, um sie zu beunruhigen. Sie betrachtete das junge Paar. Jenifer redete leise auf Brian ein, ohne zu ahnen, daß sie das Gesprächsthema für den König und ihren Stiefbruder war.
Brittany fühlte sich unbeholfen, wie ein Mensch, der zu viele Kleider trägt. Ihr Wissen drückte sie nieder.
»Brittany, hast du Schmerzen im Arm?« Lady Jenifer stand auf und bot ihr den Hocker an, auf dem sie gesessen hatte. »Nimm bitte Platz.«
Brittany wehrte ab. »Nein, danke, Jenifer. Meinem Arm geht es gut. Meine Gedanken allerdings machen mir zu schaffen.«
»Wenn Ihr sie teilen wollt, Lady Brittany, wiegt die Last auf Euren Schultern vielleicht nicht mehr so schwer.« Brian deckte seine Hand über ihre. »Wir haben zusammen gekämpft, wir sind zusammen verwundet worden. Gewiß können wir jetzt auch ein Geheimnis teilen.«
»Ihr teilt bereits viel zu viele Geheimnisse, Schotte.« Brittany schob seine Hand weg, um dem Augenblick ein wenig von seinem Ernst zu nehmen. Sie wandte sich an Jenifer: »Hüte dich vor diesem Mann. Mit seinem Charme lockt er die Vögel vom Himmel.«

Brittany hörte Brian leise lachen, aber Jenifers nüchternes Gesicht ließ sie aufmerken.
»Aye, Brittany. Er hat eine sehr gewandte Zunge. Seine Frechheit wird eines Tages sein Ende sein«, antwortete Jenifer.
Brittany sah, daß das Lachen aus Brians Gesicht verschwunden war. Er starrte Lady Jenifer an. Zwischen diesen beiden war irgend etwas vorgefallen, aber sie hatte keine Ahnung, was es sein konnte.
Brittany setzte gerade zum Sprechen an, als die Türen aufgestoßen wurden. Wachen traten ein und geleiteten ihren Vater herein.
Sie stand auf und sah Laird Mactavish an, der nicht etwa wachsam wie ein Eindringling, sondern wie ein seiner Verehrung sicherer Besuch den Saal der Campbell durchschritt.
»Laird Campbell.« Sein Brüllen war überflüssig, da Mactavish und Campbell sich direkt gegenüberstanden. »Ich komme, um meinen Mann zu holen.«
Brittany hielt den Atem an. Der Hochmut ihres Vaters war unfaßbar.
Selbst aus der Entfernung erkannte sie, wie sich Alecs Gesicht verschloß. »Euer Mann ist verwundet. Dort liegt er.« Alec deutete zum Feuer.
Mactavish würdigte den Laird keiner Antwort, nickte nur ehrerbietig Edgar zu. »Sire.« Nach einem harten Blick auf Campbell stapfte Mactavish zu Brian hinüber. »Kannst du reiten, Junge?«
Brian versuchte mühsam, sich aufzurichten. Sein Gesicht verlor alle Farbe, die Schmerzen zeichneten sein Gesicht, als er sich aufsetzte. »Aye, es wird gehen«, keuchte er.
Jenifer legte Brian die Hand auf die Schulter. »Seid vorsichtig, Brian, Eure Wunden werden wieder aufreißen, wenn Ihr Euch zu sehr anstrengt.«

»Die Dame hat recht, Mactavish. Laßt den Jungen hier, bis er gesund ist.« Edgars Stimme klang freundlich, aber doch befehlsmäßig.
Mactavish drehte sich langsam um. »Nicht seine Wunden bringen den Burschen in Gefahr, Sire, sondern sein Name.«
Brittany spürte die Spannung, die einem Streit vorauszugehen pflegt. Alec konnte die Beleidigung ihres Vaters nicht tatenlos hinnehmen.
Als Alec auf Mactavish zuschritt, legte Edgar dem Freund die Hand auf den Arm und hielt ihn zurück.
»Angus«, sagte Edgar, »Ihr seid nicht unbedingt für Eure Höflichkeit bekannt. Doch bis zu diesem Augenblick habe ich zumindest nicht an Eurem Verstand zweifeln müssen.« Edgar trat einen Schritt vor und wies auf die Menschen, die näherdrängten.
»Schaut Euch um, Mann. Wir sind alle Schotten.«
Angus' Lippen verzogen sich zu einem höhnischen Grinsen. »Ach ja, mein Gebieter?« Er ließ den Blick über die Versammelten schweifen. »Ich sehe hier nur zwei Verwundete, und beide tragen den Namen Mactavish.«
Edgar lachte über diese Bemerkung, was ihm von den Leuten befremdete Blicke einbrachte. »Aye, sie sind Mactavishs, mutig und stur im Kampf. Wären sie nicht so unerschrocken, wären sie auch nicht verwundet.«
»Wer hat angegriffen?« Mactavish wartete mit herausforderndem Blick auf eine Antwort.
Alec gesellte sich zu seiner Frau. Brittany fand, daß Alec es bewundernswert verstand, sein Temperament zu zügeln. Ihr Großvater hätte einen Mann für ein solches Auftreten getötet.
»Mactavish, Ihr vergeßt Euch. Ihr befindet Euch auf dem Land der Campbell, nicht auf Eurem eigenen. Ihr tätet gut daran, Euch um Eure eigenen Feinde zu kümmern statt um

die meinen.« Alec sprach ruhig und gelassen. Trotzdem klangen seine Worte drohend.
Angus sah Campbell an, dann lachte er zu Brittanys Überraschung. »Ich hätte die Frage auch nicht beantwortet. Ian wäre stolz auf Euch.«
Bei der Erwähnung seines Vaters sah Brittany ihren Mann erstarren. »Ich habe beim Schwert meines Vaters einen Eid geleistet und am Tage meiner Hochzeit einen weiteren. Wenn meine Ehe beendet ist, endet auch der Waffenstillstand. Strapaziert meine Geduld nicht noch mehr!«
Mactavish wandte sich an Edgar. »Mein Mann wird heimgeschickt, sobald er genesen ist?«
»Aye, Angus. Ihr habt mein Wort«, antwortete Edgar.
Offenbar zufriedengestellt, drehte Mactavish sich wieder zu Campbell um. »Euer Vater war ein würdiger Gegner, der meinen Respekt hatte. In der Nacht unseres Zusammentreffens wußten wir beide, daß nur ein Laird den Wald lebend verlassen würde.« Angus griff vielsagend an seinen Dolch, seine Augen waren schmal auf Alec gerichtet. »Eines Tages wird es heißen: Ihr oder ich. Eines sollt Ihr wissen, Alec Campbell: Was zwischen Ian und mir geschah, hing mit dem Krieg zwischen unseren Clans zusammen. Was zwischen uns steht, ist Euer Rachedurst.«
Angesichts von Alecs Miene sträubten sich Brittanys Nackenhaare. Innerlich zuckte sie vor dem blanken Haß in seinen Augen zurück. Es war, als blickte sie dem Tod ins Angesicht, und sie wußte, daß Angus Mactavishs Tage gezählt waren.
»Noch ist die Stunde nicht gekommen, Mactavish. Wenn sie kommt, wird ein Laird den Kampfplatz verlassen, der andere wird sich zu meinem Vater gesellen.« Die unterdrückte Wut in Alecs Stimme unterstrich seine Worte.
Edgar trat zwischen die Clanführer. Das Gesicht des Königs

zeigte Sorgenfalten. »Damit keiner von Euch es vergißt: Bis Jahr und Tag vergangen sind, herrscht Waffenstillstand.«
Zwar neigte Alec leicht den Kopf, doch seine Haltung drückte Kampfbereitschaft aus. Angus nahm die Hand von seinem Dolch, während er sich ebenfalls vor seinem Herrscher verbeugte.
Edgar deutete auf Brittany. »Lady Campbell, geleitet Euren Vater zur Tür.« Brittany verstand: Das war keine Bitte, sondern ein Befehl.
»Aye, mein Gebieter.« Sie trat vor, und zu ihrer Überraschung reichte Angus Mactavish ihr seinen Arm.
Die Geste erinnerte sie an ihren Hochzeitstag, als sie diese Höflichkeit abgelehnt hatte. Wenngleich sie nach wie vor keinen Grund sah, diesen Mann als Vater zu akzeptieren, wollte sie es nicht auf einen Streit ankommen lassen. Mit stiller Würde legte sie die unverletzte Hand auf seinen Arm.
Er führte sie zunächst zu Brian und sagte: »Fasse Mut, Junge. Bald bist du wieder zu Hause.« Dann geleitete er Brittany durch den Saal, an ihrem Gatten, dem König und den Mitgliedern des Clans vorbei, die sein Weggehen mit vernichtenden Blicken verfolgten.
An der Tür zog er seinen Dolch und ließ ihn in Brittanys Armschlinge gleiten. »Für den Fall, daß dein Gatte die Ehe vor dem festgesetzten Tag beenden will«, erklärte er.
Brittany versuchte, den Dolch aus der Schlinge zu ziehen, doch er hielt ihre Hand fest. »Deine Mutter gab mir einen solchen Dolch in unserer Hochzeitsnacht.«
Er lachte über ihr wissendes Lächeln. »Aye, wie ich sehe, kennst du die Geschichte. Nimm diesen Dolch, Mädchen, für den Fall, daß du wie deine Mutter Anlaß hast, einem dickköpfigen Schotten eine Lektion zu erteilen.«
»Habt Ihr die Lektion gelernt?« Brittany sah dem Mann, der sie gezeugt hatte, ins Gesicht, und plötzlich kamen ihr Zweifel.

»Aye, Mädchen, ich habe gelernt. Ich habe gut gelernt. Doch für mich war es zu spät.« Er sah traurig aus und streichelte erstaunlich sanft und zärtlich über ihre Wange. Dann drehte er sich um, stapfte die vier Stufen herab und sprang behende auf sein Pferd. Er blickte nicht zurück, als er aus dem Burghof galoppierte.

Brittany blickte der entschwindenden Gestalt nach und flüsterte: »Es ist eine bittere Lektion, Vater. Allerdings erteile ich sie nicht, sondern empfange sie.«

Elftes Kapitel

Als Brittany zurück in den Saal kam, saßen alle an den langen Tischen und begannen mit dem Frühstück. Sie spürte das Gewicht des Dolches in der Armschlinge und wußte, daß Alec nicht begeistert sein würde von diesem Geschenk ihres Vaters. Es war jedoch unmöglich, die Waffe während der Mahlzeit verborgen zu halten.

Über die vollbesetzten Tische hinweg ließ sie den Blick zur Treppe wandern und seufzte. Sie wünschte, sie könnte unbemerkt zur Treppe gelangen und den Dolch in ihrem Schlafgemach verstecken. Mit schleppenden Schritten ging sie zu den Tischen hinüber und suchte verzweifelt nach einer Lösung. Aus den Augenwinkeln sah sie Brian Mactavish, der mit einem gefüllten Teller vorm Feuer lag.

Unverzüglich beschleunigte sie ihren Schritt. Ohne auf das mißbilligende Gesicht ihres Mannes zu achten, ging sie zu Brian, beugte sich über ihn und tat so, als würde sie seine Verbände überprüfen. Dabei schob sie den Dolch unter seine Decke. »Versteckt ihn für mich«, flüsterte sie und sagte dann lauter: »Ich bringe Euch Porridge.«

Brian lächelte, um etwaige Beobachter zu täuschen, und preßte dann zwischen unbeweglichen Lippen hervor: »Ich verabscheue Porridge.«

Lächelnd erwiderte Brittany nur für ihn hörbar: »So ein Pech.«

Bevor sie sich umgewandt hatte, war Lady Jenifer an ihrer Seite. Sie brachte eine Schüssel voll dampfendem Porridge und bedachte Brian mit einem verletzten Blick.

»Ihr hattet doch behauptet, Porridge sei nur etwas für Schweine und Engländer.« Jenifer stellte die Schüssel auf Brians Tablett und reichte ihm einen Löffel.
Brian tauchte den Löffel in den dicken Brei, und Brittany nahm Jenifers Arm. »Ich habe gehört, Porridge beschleunige den Heilungsprozeß.«
Jenifer nickte begreifend. »Dann werde ich persönlich darauf achten, daß er alles aufißt.«
»Nicht nötig, Lady Jenifer.« Brian kostete von dem Porridge und legte den Löffel aus der Hand. Auf die tadelnden Blicke der beiden Damen hin behauptete er murrend: »Zu heiß.«
Lächelnd schob Brittany Mactavish die Schüssel erneut heran. »Wir alle müssen unsere bittere Medizin schlucken.« Seinen vernichtenden Blick beachtete sie nicht. »Gestern abend war ich gezwungen, den grauenhaften Wein zu trinken, und das hatte ich Euch zu verdanken. Aus dem gleichen Grund werdet Ihr heute den Brei aufessen.«
Jenifer verstand die Stichelei nicht, füllte den Löffel und führte ihn an Brians geschlossene Lippen. »Ihr benehmt Euch wie ein Säugling, Brian.«
Brittany lachte, als Brian den Mund zu einer Entgegnung öffnete und Jenifer den Löffel voll zähen Breis hineinschob. Brian verzog angewidert das Gesicht und schluckte.
»Na also. War das denn so schlimm?« fragte Brittany, und Jenifer tunkte den Löffel erneut in die Schüssel.
»Eure Freundlichkeit soll nicht unbelohnt bleiben, Lady Brittany.« Damit wandte Brian sich wieder Jenifer zu. »Schon geht's mir besser, wenn auch wohl kaum von diesem Porridge, sondern vielmehr von der Hand, die den Löffel hält.«
Brittany gesellte sich zu Alec. Jenifers gerötete Wangen und Brians verzehrendes Lächeln waren ihr jedoch keineswegs entgangen.

Alec stand auf und rückte Brittanys Stuhl zurecht. »Was hattest du mit Brian zu tun?«
Brittany nahm Platz. »Ich habe nur meine Pflichten als Gastgeberin erfüllt.« Sie sah Alec forschend an. »Stimmt etwas nicht, my Laird?«
»Ich habe mich lediglich gewundert.« Er betrachtete das Paar vor dem Feuer. »Wann wird er reisefähig sein?«
Brittany schüttelte den Kopf. »Ich weiß es nicht, Alec.«
»Um seinetwillen hoffe ich, daß es nicht mehr lange dauert«, sagte Alec. »Mich gelüstet keineswegs nach einem weiteren Besuch deines Vaters.«
Die Bemerkung ließ Brittany schweigen. Mord, Haß und Rache. Würde es jemals Frieden geben? Sie wandte sich ab und begegnete dem scharfen Blick des Königs.
»Alles braucht seine Zeit«, sagte er, als hätte er ihre Sorgen erraten, und legte seine Hand über ihre. »Verliert nicht den Mut, Mädchen.«
»Aye, Sire«, erwiderte sie, trotz allem voller Zweifel, daß die Zeit Alecs Wunden heilen könnte – Wunden, in denen seit einem Dutzend Jahren der Haß eiterte und sein Herz, seinen Geist und seine Seele vergiftete.
»Der König hat uns an den Hof geladen.« Alec schob Brittany einen gefüllten Teller zu. »Du mußt wieder zu Kräften kommen, Weib.«
Die Erwähnung der Einladung an den Königshof verdarb Brittany den Appetit, doch um Alec nicht zu verstimmen, griff sie nach dem Löffel und stocherte auf ihrem Teller herum.
»Einen Monat, Alec, mehr Zeit lasse ich Euch nicht«, warnte Edgar. »Ich bin begierig, Lady Brittany meinem Hof zu präsentieren.«
Brittanys Kehle fühlte sich an wie ausgedörrt, und sie trank einen Schluck Milch. Der Königshof! Dort würde sich zeigen,

wer sie war, nämlich eine Soldatin, verkleidet als Dame. Sie wußte nicht, wie sie die Einladung hätte abwenden können. Dicht an Alecs Ohr flüsterte sie: »Ich passe nicht an einen königlichen Hof.«
»Du hast nichts zu befürchten, kleine Soldatin.« Alec lächelte in ihr verstörtes Gesicht. »Sollte dich jemand beleidigen, ziehst du einfach dein Schwert und bringst ihm Manieren bei.«
Edgar lachte lauthals über den Scherz. »Setzt der Dame keinen Floh ins Ohr. Allerdings laufen bei Hofe zahlreiche Gestalten herum, die nichts anderes verdient hätten.« Der König hielt, offenbar sehr nachdenklich, einen Moment inne und fuhr dann fort: »Wenn ich es mir recht überlege, könnte Lady Brittany meinen Hof von einigen höchst unangenehmen Personen befreien.«
»Hört auf damit«, flehte Brittany ärgerlich. »Ihr wart zu lange im Krieg, so daß Ihr mittlerweile eine Dame mit einer Marketenderin verwechselt, die ihr mit Eurem dürftigen Witz traktieren könnt.« Brittany hatte im Zorn völlig vergessen, mit wem sie sprach.
Ihr Ausbruch amüsierte Edgar. Über Brittanys Kopf hinweg zwinkerte er Alec zu und gab sich dann gebührend kleinlaut. »Aye, Mädchen. Wir haben zuviel Krieg gesehen. Das läßt einen Mann altern, wißt Ihr. Übt Nachsicht, Lady Brittany, wenn unser Gedächtnis nicht mehr das ist, was es einmal war, und wenn wir in edler Gesellschaft die einfachsten Regeln der Höflichkeit vergessen.«
Brittanys Lippen zuckten von verhaltenem Lachen. Der König führte etwas im Schilde.
»Sorgt Euch nicht, Sire. Ihr und Alec verfügt über etwas viel Bedeutenderes als ein funktionierendes Gedächtnis.« Das Spielchen verbesserte ihre Stimmung zusehends. »Ich schätze, Ihr seid großzügig entschädigt worden für die verschwendete Zeit und Euren nachlassenden Verstand.«

Alec hob eine Augenbraue. »Wie das, Brittany?«
»Nun, Alec, sowohl du als auch König Edgar, Ihr wart klug genug, Frauen zu heiraten, die niemals etwas vergessen.«
»Stimmt, Lady Brittany«, entgegnete Edgar lachend. »Manchmal wünsche ich mir geradezu, das Gedächtnis meiner Gemahlin würde ein einziges Mal aussetzen. Doch das geschieht nie.«
»Ist das etwa kein Grund zur Freude, Sire?« fragte Brittany frech. »Ihr seid weiß Gott ein gesegneter Mann, da Ihr eine Frau an Eurer Seite habt, die fähig und willens ist, aus der Vergangenheit zu berichten.«
Edgar seufzte. »Aye. Das ist nur zu wahr. Vergebt einem alten Mann seine Fehltritte. Ihr seid eine Dame, und die Vorstellung, daß Ihr mit Dolch und Schwert in meinem Hofstaat aufräumen würdet, ist undenkbar. Alle hier Versammelten sehen doch, daß Euer Gewand kostbar ist, daß Eure Hände zart und weich sind.« Er deutete auf ihren verwundeten Arm. »Habt Ihr Euch in der Küche verletzt, Lady Brittany, oder ist Euch beim Sticken ein Mißgeschick widerfahren?«
Brittany erkannte die Falle zu spät. »Nein, Sire.«
Sie sah, daß Alec sein Lachen mühsam hinter der vorgehaltenen Hand verbarg und so tat, als müßte er husten.
»Wie kam es dann zu diesem Unglück?« fragte Edgar.
Die gespielte Besorgnis des Königs riß Brittany hin und her zwischen würdevollem Sich-geschlagen-Geben und triumphaler Siegerpose.
»Diesen Kratzer zog ich mir zu, als ich ungewünschte Besucher aus meinem Heim geleitete.« Sicher, den König mit seinen eigenen Waffen geschlagen zu haben, hob Brittany das Kinn.
»Aye. Das Problem kenne ich. Manchmal sind es die Engländer, dann wieder die Franzosen. Seht Ihr, Mädchen, in Schott-

land zu leben ist herrlich, und deshalb überschreiten die Fremden ständig unsere Grenzen.« Der König griff nach seinem Pokal. »Und mußtet Ihr Gewalt anwenden, Lady Brittany?«

»Ich betrachte es als behutsame Überredungskunst, Sire«, antwortete Brittany und konnte sich ein Lächeln nicht mehr verbeißen.

Mit Schwung stellte Edgar seinen Kelch zurück auf den Tisch. »Alec, Ihr habt eine bezaubernde Braut. Von ihr könnt Ihr eine Menge lernen. Da kämpfen wir und führen Krieg, während wir nichts weiter anwenden müßten als behutsame Überredungskünste!«

»Das reicht, Sire!« sagte Brittany lachend. »Ich kann meinen Witz nicht länger mit dem Euren messen!«

»Gut, daß du gelernt hast, eine Niederlage einzugestehen«, sagte Alec und zog ihre Hand an seine Lippen.

»Ich habe mich lediglich meinem Herrscher unterworfen, nicht aber meinem Laird.« Ihre Stimme war ein katzenhaftes Schnurren. Mit den Fingern zeichnete sie die Konturen seiner Lippen nach, dann streichelte sie sein Gesicht.

Edgar schmunzelte über Alecs verdutzte Miene. »Ich nehme Eure Unterwerfung an, Lady Brittany, und überlasse das Schlachtfeld dem besten Mann in meinem Gefolge.«

»Der Handschuh ist geworfen, mein Gemahl«, neckte Brittany mit hintergründigem Lächeln.

»Aye«, hauchte Alec. »Es wird dich vielleicht ermüden, den Preis zahlen zu müssen.«

Brittany blickte ihren Mann eindringlich an. Die humorvolle Stimmung hatte sich in nichts aufgelöst. Sein Gesicht spiegelte ihre ernste Miene, seine Augen stellten eine stumme Frage. Plötzlich schienen sie allein zu sein. Hitzig kamen die Worte von ihren Lippen: »Der Einsatz steht längst fest. Ich gebe mich mit nichts weniger zufrieden als mit dem, was du gelobt hast. Als Gegenleistung gebe ich alles.«

Alec zog sie an sich, und sie fühlte seine Lippen auf ihrem Mund. Es war kein zärtlicher Kuß, vielmehr ein gieriger, erfüllt von ihrem gegenseitigen Versprechen. Brittanys Heißblütigkeit stand der seinen in nichts nach.

Als Alec sich von ihr löste, hörte Brittany Geräusche, und sie errötete verlegen, als die Mitglieder des Clans klatschten und ihrer Zustimmung lautstark Ausdruck gaben.

»Ich wollte, ich könnte all meine Schlachten auf diese Weise gewinnen.« Edgar prostete Alec zu. »Alec, Ihr seid mir großen Dank schuldig. Schließlich habe ich diese Ehe gestiftet.« Edgar hob seinen Kelch auch Brittany entgegen. »Ihr werdet mich bei Hofe besuchen, Lady Brittany?«

Brittany wollte etwas sagen, doch der König hob die Hand. »Die Frage lautet nicht, ob Ihr bereit seid für meinen Hof, sondern ob Schottland bereit ist für Euch«, sagte Edgar.

Brittany versuchte, sich von ihrem Gatten loszureißen, doch er hielt sie unerbittlich fest. Er neigte den Kopf, und sein Atem strich über ihre Wange. »Du hast dich einem Heer entgegengeworfen und gekämpft wie ein Soldat, aber die Vorstellung, Lairds und Ladys gegenüberzutreten, läßt dich zittern vor Angst.«

»Ich passe nicht an einen Königshof«, flüsterte Brittany und wehrte sich erneut gegen Alecs festen Griff.

»Du gehst an den Hof«, bestimmte Alec ruhig. »Nicht, weil es dir befohlen wird. Aber es wäre feige, nicht zu gehen.«

Brittany staunte, wie gut Alec sie kannte. »Aye, ich werde gehen«, sagte sie und fügte heftiger als beabsichtigt hinzu: »Wenn der Name Campbell nach unserem Besuch der Lächerlichkeit preisgegeben sein sollte, hast du es nur dir selbst zuzuschreiben.«

Voller Zufriedenheit konstatierte Brittany Alecs erschrokkenes Gesicht. Es tröstete sie allerdings wenig, wenn sie an den Besuch bei Hofe dachte. Sie rückte von ihrem Gatten ab, stand auf und versank vor dem König in einem Knicks.

»Wenn Ihr meint, daß Schottland meine Vorstellung an Eurem Hof verkraftet, dann bleibt mir weiter nichts übrig, als die Einladung anzunehmen«, sagte sie demütig.

Ihr Mut bereitete Edgar Vergnügen. »Englands Verlust ist Schottlands Gewinn.«

Alec dachte noch lange, nachdem Edgar abgereist war, über Brittanys Worte nach. Ihm war gleich, was andere dachten, doch er wußte, daß Brittany leiden würde. Unter ihrer zur Schau gestellten Unerschrockenheit schlug ein verletzliches Herz, und er wollte es nicht zulassen, daß hochwohlgeborene Schotten sie in der Seele kränkten.

Er hatte seine Frau in Andrews Begleitung zu einem fingierten Auftrag geschickt. Nur so konnte er sie fernhalten, damit er Gelegenheit fand, ein Wort mit seinen Frauen zu reden.

Alec schritt vor seiner Familie und der Dienerschaft auf und ab. »Brittany wird eure Hilfe benötigen. Es ist nicht ihre Schuld, doch aufgrund ihrer Erziehung ist sie in keiner Weise auf das Leben bei Hofe vorbereitet.«

»Alec, schämst du dich ihrer?« Mit fahlem Gesicht sah Jenifer ihrem Bruder in die Augen.

»Nay, Schwester«, erwiderte er. »Aber in Edgars Palast wird sie sich fehl am Platze fühlen.«

»Wir alle wissen wenig vom Leben bei Hofe. Du weißt selbst, wie selten unsere Besuche dort waren.« Brenna trat an die Seite ihres Stiefsohns. »Was könnten wir sie lehren?«

»Sich wie eine Dame zu benehmen«, ließ sich Brittanys Dienstmagd hören, womit sie alle Blicke auf sich zog. »Sie war sich schon immer bewußt, daß es ihr an dem vornehmen Gehabe der Damen zu Hause mangelte.«

»Wieso das?« Alec war bestürzt darüber, daß seine bezaubernde kleine Soldatin sich jemals unzulänglich vorgekommen sein sollte.

»Lord Wentworth hat Brittany erzogen wie einen Soldaten.« Alec entging nicht die Schärfe und Bitterkeit in Jennas Ton.

»Was für ein Glück«, fiel Jenifer der Dienstmagd ins Wort.

Alec gemahnte seine Schwester mit einem Blick zum Schweigen. »Fahre fort, Jenna«, verlangte er.

»Sie wurde zum Soldaten erzogen und zu sonst gar nichts. Ihr Unterricht war äußerst brutal«, erklärte Jenna.

»Brutal?« Alecs Mutter setzte sich, als könnte sie ihren Ohren nicht trauen.

»Aye, brutal.« Jenna blickte Alec scharf an. »Als Brittanys Großmutter starb, übernahm der Lord selbst die Erziehung seiner Enkelin. Zu Zeiten habe ich mich, wenn ich Brittanys Wunden badete und ihre schmerzenden Muskeln massierte, allen Ernstes gefragt, ob sie den nächsten Tag noch erleben würde.«

Alecs Magen wollte sich umdrehen. Er erinnerte sich an die Blutergüsse, die er in seiner Hochzeitsnacht gesehen hatte. Er hatte angenommen, das wären die Überbleibsel einer Prügelstrafe, die sie wegen ihrer Auflehnung gegen die Hochzeit erhalten hatte. Nie war ihm in den Sinn gekommen, daß Schläge für sie an der Tagesordnung gewesen sein mochten.

»Hatte sie den Wunsch heimzukehren?« fragte Jenifer.

»Sie hatte kein Heim«, entgegnete Jenna bitter. »Ihr Vater hat sie bei der Geburt fortgegeben, und ihr Großvater haßte sie von Anbeginn.«

»Er haßte sie?« Brennas Verwunderung machte Jenna eine Erklärung leicht.

»Aye, ihr rotes Haar erinnerte ihn an ihre Herkunft«, sagte Jenna. »Hätte Lord Wentworth eine Möglichkeit gesehen, Brittanys Haarfarbe zu ändern, dann hätte er sie wahrgenommen. Statt dessen verlangte er immerzu, sie möge ihre

wilde Mähne zu einem Zopf flechten und bedecken, und er wurde wütend, wenn sie es nicht tat.«
»Besteht sie deswegen darauf, daß ihr Haar die Farbe des Sonnenuntergangs hat und nicht rot ist?« Brian wälzte sich auf die Seite.
»Aye.« Jenna nickte.
»Hätte ich das gewußt, dann hätte ich sie niemals gehänselt.« Tiefes Bedauern sprach aus Brians Worten.
Alec verstand und kämpfte gegen seinen Zorn. Wieder einmal war dieser Fremde seiner Frau nahe. Alec wandte sich an Jenna.
»Dann ist es deine Aufgabe, sie in der Kunst, eine Dame zu sein, zu unterweisen.«
»Es wird sie nicht gerade erfreuen zu erfahren, daß sie nicht als echte Dame angesehen ist.« Jennas Tonfall enthielt eine Warnung, und sie fügte noch hinzu: »Brittany ist überaus empfindlich, was ihre einseitige Erziehung angeht.«
»Dann müssen wir sie unterweisen, ohne daß sie es merkt«, bestimmte Alec so nüchtern, als wäre das die einfachste Sache der Welt.
»Alec«, echauffierte sich Brenna. »Das ist unmöglich. Brittany merkt sofort, worauf wir hinauswollen.«
»Eine schreckliche Vorstellung, Alec«, bemerkte Jenifer und bedachte ihren Bruder mit einem vernichtenden Blick.
Ihre vorwurfsvollen Blicke trafen Alec ungeschützt und machten ihn hilflos. Er kratzte sich am Kopf und wandte sich von den wissenden Blicken der Frauen ab, die seine Klugheit verspotteten. »Mactavish, habt Ihr einen Vorschlag?«
»Nay, Laird Campbell. Soweit ich Eure kleine Frau kennengelernt habe, ist sie verflixt stur.« Brian kehrte dem Laird den Rücken zu und winkte Jenifer herbei, damit sie seine Laken glättete.
Alec nahm Brians Bemerkung mit einem Stirnrunzeln hin. »Aye, Sturheit ist das Zeichen der Mactavish.«

Brian schnaubte empört, doch Alec lachte unverblümt über dessen Empörung.
»Das soll Euch nicht kränken. Die Mactavish haben nun mal keine Vernunft in sich.« Es machte Alec Spaß, den jungen Mann zu reizen, dessen Klugheit und Schlagfertigkeit ihn so an seine Frau erinnerten.
»Nur, wenn wir es mit hirnlosen Trotteln zu tun haben.« Brian und Alec sahen sich unverwandt an. Es war klar, wen Brian gemeint hatte.
Alec ging über die Beleidigung hinweg und lächelte den Burschen an. »Danke, Mactavish.«
»Wofür, Campbell?« Brians Mißtrauen war offenkundig.
»Dafür, daß Ihr mir die Antwort auf mein Problem mit Lady Brittany präsentiert habt.« Beim Anblick von Brians verdutzter Miene wurde Alecs Lächeln nur noch breiter.
»Was für eine Antwort?« Jenifer eilte an Alecs Seite.
»Brians Hinweis auf die Eigenwilligkeit meiner Frau bringt mich auf eine Idee. Brittany stellt sich jeder Herausforderung, und sie ist immer bereit, den Preis einer Niederlage zu zahlen.«
Brian setzte sich mühsam auf. »Als Ihr sie das letzte Mal herausgefordert habt, war ich dabei. Da habt Ihr sie in einem Schwertkampf verwundet.«
»Alec!« Das Entsetzen und die Empörung in Brennas Stimme ließen Alec zu ihr herumfahren.
»Nein, Mutter. Es war nicht meine Absicht, sie zu einem Kampf herauszufordern.«
Brian ließ sich auf seinen Strohsack zurückfallen. »Wie wollt Ihr sie hinters Licht führen, Campbell?«
»Habt ein wenig Vertrauen, Mann.« Alec lachte leise. »Es dürfte nicht allzu schwierig sein. Vielleicht durch ein Spiel mit etwas Risiko.«
Jenifer versetzte ihrem Bruder einen wenig zärtlichen Schlag auf den Rücken. »Bruder, du bist hassenswert.«

»Danke, Schwester«, sagte Alec. »Jetzt bin ich ganz sicher, daß mein Plan Erfolg haben wird.«

Jenifer stemmte die Hände in die Hüften und tappte ungeduldig mit dem Fuß auf den Boden. »Und wieso?«

»Du, kleine Schwester, denkst wie eine Frau, nämlich gefühlsbetont. Würdest du mit dem Kopf statt mit dem Herzen denken, wäre mein Plan zum Scheitern verurteilt.«

»Also, Alec.« Brennas Stimme klang mißbilligend, und Jenna schnaubte höchst undamenhaft.

Alec beachtete ihren Tadel nicht und wandte sich Brian zu. »Werdet Ihr mir helfen, Mactavish?«

Mit einem unverschämten Grinsen auf den Lippen kreuzte Brian die Hände hinter dem Kopf und lehnte sich in sein Kissen zurück. »Warum nicht? Ein Mann kann eine Frau jederzeit übertölpeln.«

Alec lachte, als die Frauen empört aus dem Raum stürmten. »Es ist mir ein Rätsel, warum sie überhaupt versuchen, ihren Witz mit unserem zu messen.«

»Aye, jeder Mann mit einem Fünkchen Verstand weiß doch, wer der Überlegene ist«, pflichtete Brian ihm bei und fuhr lachend fort: »Trotzdem macht es das Leben so interessant, daß sie es immer wieder versuchen.«

Als Andrew den Kopf neigte, um Brittany verstehen zu können, glänzte die silberne Mähne des alten, grimmigen Kriegers in der Sonne wie ein Heiligenschein. Das hatte eine so bestürzende Wirkung, daß Brittany den Faden verlor.

»Entschuldigt, Andrew. Wo war ich stehengeblieben?«

»Ihr fragtet, ob der Schwerthieb mir noch zu schaffen macht.«

Brittany senkte den Blick. »Aye.«

»Nay, my Lady. Und Ihr habt Euch tapfer geschlagen, als der Laird kam, um Euch von den Mactavish fortzuholen.«

»Dann hegt Ihr keinen Groll gegen mich?« Mit angehaltenem Atem wartete Brittany auf die Antwort des alten Kämpfers.
»Ich bin nicht nachtragend.« Andrew reichte Lady Campbell die Hand, als sie einen kleinen Bach überquerten.
Brittany ließ ihm ihre Hand und zitterte bei dem Gedanken, sich ihm anzuvertrauen. »Wart Ihr jemals bei Hofe?«
Andrew warf ihr einen wachsamen Blick zu. »Aye, mit Ian sehr häufig, aber nur einmal mit Alec.«
»Dann kennt Ihr auch ...«, Brittany hielt inne; sie fand nicht die rechten Worte. »Ihr wißt, wie es bei Hofe zugeht und wie man sich dort benimmt?«
»Aye. Ihr seid in Sorge wegen Eures Besuchs auf Edgars Burg?«
Brittany ließ ein paar Minuten verstreichen, dann platzte es aus ihr heraus: »Ich will Alec nicht beschämen. Und ich habe niemanden, den ich fragen könnte, was von mir erwartet wird.«
»Und Alecs Schwester?« schlug Andrew vor.
»Sie würde mich gewiß gern unterweisen, doch in diesem Fall mag ich meine Unwissenheit nicht offenkundig machen. Von einer Dame erwartet man, daß sie weiß, wie sie sich bei Hofe zu bewegen hat. Aber ich weiß es nicht. Es wäre mir äußerst peinlich, Alecs Familie um Hilfe bitten zu müssen.«
»Aye.« Er sagte nur dieses einzige Wort, und Brittany wußte, daß sie sich würde erklären müssen.
»Ich schlage Euch einen Handel vor, Andrew. Ein Geschäft, sozusagen. Wenn Ihr mich insgeheim in höfischem Benehmen unterweist, zeige ich Euch eine Kampftechnik, die ich von meinem Lehrer übernommen habe.«
Tausend Fältchen der Belustigung zerknitterten Andrews wettergegerbtes Gesicht. »Ihr denkt, es gibt eine Kampftechnik, die ich noch nicht kenne?«

Brittany wußte, daß er sich über sie lustig machte, doch ihr war es todernst. Sie blieb vor dem alten Krieger stehen. »Wenn ich Euch mit nur einem Arm überwinde, stimmt Ihr meinen Vorschlag dann zu?«
Andrew schüttelte den Kopf. »Ihr treibt Scherze mit mir, Mädchen. Eine Dame fordert einen Krieger nicht heraus.« Er sprach mürrisch, fühlte sich von ihrem schockierenden Vorschlag offenbar in seiner Mannesehre gekränkt.
»Ihr habt recht, Andrew. Ich muß noch viel lernen. Ich habe Euch herausgefordert, weil ich nichts anderes kann. Verzeiht, wenn ich Euch dadurch gekränkt habe.« Sie ließ den Kopf hängen, wohl wissend, daß sie in puncto Etikette völlig hilflos war.
»Spielt Ihr Schach?« fragte Andrew und reichte ihr den Wasserschlauch zum Trinken. Er sah ihr in die Augen, und Brittany erkannte etwas wie Verständnis und Sorge in seinem sanften Blick.
»Aye, ich spiele schon seit Jahren mit Begeisterung«, antwortete Brittany ruhig und verbarg die Aufregung, die Andrews Frage in ihr wachgerufen hatte.
»Wenn Ihr mich in einem Spiel schlagt, bringe ich Euch bei, was Ihr verlangt. Aber laßt Euch warnen, Lady Brittany: Ich bin der beste Schachspieler im ganzen Clan. Ich habe Alec in dem Spiel unterwiesen, als er noch klein war, und ich schlage ihn noch heute.«
Brittany lächelte den alten Mann dankbar an. Er hatte ihr die Möglichkeit gelassen, ihren Stolz zu wahren. »Danke, Andrew.«
»Mag sein, daß Ihr nicht gewinnt, my Lady«, warnte er sie.
»Aye, Andrew, die Möglichkeit besteht. Was verlangt Ihr für den Fall, daß ich verliere?«
Andrew hob die Schultern. »Das ist nicht wichtig, my Lady.«
»Mir ist es aber wichtig«, widersprach Brittany, nicht bereit, sich bemitleiden zu lassen. »Stellt Eure Bedingungen.«

Andrew rieb sich den Nacken und verengte die Augen, während er leise über den Starrsinn mancher Frauen vor sich hin fluchte. Nach einigen Minuten blickte er Brittany wieder an, und sie erschrak vor seinem ernsten Gesicht. »Es ist hart für Euch, aber wenn Ihr darauf besteht, stelle ich meine Bedingung.«
Seine Miene war entschlossen. Brittany schluckte ihre Angst herunter und nickte.
»Gut, my Lady, falls Ihr verliert, verlange ich folgendes: Für die Dauer Eurer Ehe mit dem Laird haltet Ihr Euch einen Abend pro Woche zu meiner Unterhaltung frei.«
Brittany starrte den weißhaarigen Krieger ungläubig an. Er war alt, aber ganz gewiß kein Greis. Meinte er es so, wie sie es verstand? Sie achtete nicht auf die Hand, die er ihr zur Besiegelung des Abkommens bot. »Unterhaltung?« brachte sie mühsam hervor.
Sein Gesicht war ernst, er zog die Hand nicht zurück. »Aye, Unterhaltung. Zögert nicht zu lange, Mädchen. Ich wiederhole mein Angebot nicht.«
In Brittany kochte es. »Was für Unterhaltung, Schotte?«
Er packte ihre Hand und schüttelte sie kräftig. Damit war der Handel besiegelt. Ein verschmitztes Grinsen umspielte seine Lippen, und mit belustigt funkelnden Augen ließ er Brittanys Hand los. »Schach, my Lady. Was glaubtet Ihr denn?«
Brittany errötete heiß und lachte nervös.
Sie wand sich innerlich vor Verlegenheit unter seinem wissenden Grinsen. »Ich nehme die Herausforderung und Eure Bedingungen an. Aber glaubt mir, Andrew, wenn Ihr mich noch einmal derart hereinlegt, werde ich fuchsteufelswild.«
Andrew lachte. »Ich habe genauso viel Spaß an einer Herausforderung wie der Laird.«
Brittany schloß die Augen. Blieb denn nichts von dem, was sich zwischen Alec und ihr abspielte, privat? »Wo können wir spielen?« fragte sie hastig, um das Thema zu wechseln.

Andrew erkannte das Manöver, ging aber trotzdem darauf ein. »In den Stallungen gibt es einen Raum, wo wir ungestört sind.«
Brittany ging schweigend neben Andrew her, froh, daß er sie nicht mit Alecs Herausforderungen neckte. Als sie merkte, wohin er sie führte, fragte sie: »Wohin gehen wir, Andrew?«
Der Schotte hob verwundert den Kopf. »Zu den Stallungen, my Lady. Wir dürfen keine Zeit verschwenden, zumal der Einsatz so hoch ist.«
»Und die Bedingungen günstig für Euch scheinen«, fügte Brittany hinzu. Sie wußte, daß Andrew genauso versessen darauf war zu siegen wie sie.
»Allmählich fangt Ihr an, wie eine Campbell zu denken, Mädchen.«
»Danke. Das war doch gewiß ein Kompliment?« forderte Brittany seinen Stolz auf seinen Clan heraus.
»Aye, Mädel. Ihr werdet es schaffen. Wenn wir die scharfen Ecken und Kanten ein wenig abschleifen, wird kein Mensch merken, daß Ihr eine barbarische Engländerin wart, bevor Ihr nach Schottland kamt.«

Es war schon spät, als Brittany und Andrew den Saal in der Burg betraten. Bei ihrem Anblick senkte sich Schweigen über die Versammelten. Alle Augen waren auf die Spätankömmlinge gerichtet.
Alec sah den Blick, den seine Frau mit Andrew tauschte. Auf ihre stumme Frage hin hob Andrew die Schultern und führte Lady Brittany zu ihrem Platz am Tisch des Laird.
»My Laird, entschuldigt unsere Verspätung.« Brittany knickste und nahm Platz.
»Schon gut, my Lady.« Alec amüsierte sich über Brittanys Verwirrung ob seiner milden Antwort. »Sei versichert, Weib, du wirst es schon spüren, wenn mir dein Benehmen nicht gefällt. Denn dann werde ich Feuer speien.«

Brittany lachte. »Ich habe mich bereits ein paarmal versengt.« Immer noch lächelnd, fügte sie hinzu: »Du scheinst außergewöhnlich guter Stimmung heute abend, mein Gemahl. Gibt es einen Grund?«
Alec lehnte sich zurück und legte die Hand aufs Herz. »Ihr kränkt mich, my Lady. Ich bin stets guter Stimmung.«
Brittany bedeckte seine Stirn mit ihrer Hand. Flüchtig huschte ein Schatten über ihr Gesicht. »Kein Fieber, my Laird.« Sie strahlte ihn an. »Hast du dir heute vielleicht den Kopf gestoßen, mein Gemahl?«
Ihre Scherze machten ihm Spaß, doch er verbarg seine Belustigung hinter einem leeren Lächeln. »Nay, Frau. Ich habe mich weder verletzt, noch bin ich krank. Ich bin derselbe angenehme, freundliche Mann wie heute morgen.«
»Dann tun die Gerüchte dir unrecht, Alec. Du bist bekannt als der Schwarze Campbell. So ein finsterer Name läßt vermuten, daß deine Stimmungen schwärzer sind als deine Seele. Ich bin heilfroh zu erfahren, daß der Mann, den ich geheiratet habe, in Wirklichkeit sanft und umgänglich ist«, schloß Brittany mit einem Seufzer.
Zwar war ihr Gesicht ganz ernst, doch Alec sah das Blitzen in ihren Augen. Sein Mädchen neckte ihn und hatte Vergnügen daran. Oder vielleicht war es umgekehrt, und er fand Vergnügen an der guten Laune seiner Frau. Seine kleine Soldatin hatte wenig Freude im Leben gehabt. Solange sie bei ihm war, sollte das anders werden, doch zunächst einmal mußte er sie in Etikette unterweisen lassen, ohne daß sie es merkte.
Er hob prostend seinen Pokal. »Auf dein Glück, daß du einen Mann gefunden hast, der deiner Art so wundervoll entspricht, my Lady.«
Brittany hob ihr Getränk und entgegnete: »Auf dein Glück, daß du ein Mädchen gefunden hast, das bereit ist, deine Art zu verstehen und zu ertragen.«

Alec lachte dröhnend. »Edgar hat wahrhaftig recht. Ihr werdet den Hof in Entzücken versetzen, my Lady.« Die Erwähnung des Hofes erinnerte ihn wieder an seinen Plan. Nach dem Mahl wollte er sie in ein harmloses Spielchen verwickeln und die Bedingungen so stellen, daß er ihre begrenzte Erziehung erweitern konnte, ohne ihren Stolz zu verletzen.
Während des Essens kam ihm der Gedanke, daß es viel einfacher sein würde, ihr das Erlernen der nötigen Manieren schlicht zu befehlen. Doch er ahnte, wie sehr sie es verabscheute, kommandiert zu werden, schließlich hatte ihr bisheriges Leben lediglich aus Befehlen bestanden. Manchmal würde es sich zwangsläufig ergeben, daß er Befehle aussprach, um sie zu schützen, doch in diesem Fall ging es nicht um Leben und Tod. Hier war Diplomatie gefragt.
Alec geleitete seine Frau vom Tisch und achtete darauf, daß ihr verletzter Arm in dem Gedränge der Soldaten keinen Schaden nahm. Er führte sie zum Feuer und zwinkerte Brian zu, als Brittany sich niederließ.
Brian bestätigte Alecs Signal mit einem kurzen Nicken und fragte Brittany unschuldsvoll: »My Lady, spielt Ihr Schach?«
Andrew verschluckte sich an einem Bier, hustete und rang nach Luft.
»Ich habe gelegentlich mal ein Spielchen gewagt, Brian«, antwortete Brittany schmunzelnd. »Warum fragt Ihr?«
Alec klopfte Andrew den Rücken. »Ganz ruhig, Mann. Das Bier reicht für die ganze Nacht. Nicht nötig, den Becher in einem Zug zu leeren.«
Brian beachtete Andrews Hustenanfall nicht. »Nur so, my Lady. Euer Gatte bemerkte kürzlich, daß er hin und wieder recht gern spielt, sofern er einen würdigen Gegner findet.«
Andrew schien dem Ersticken nahe zu sein, womit er Brittanys Blick auf sich zog. »Alec, wenn du aufhören würdest, ihn zu prügeln, könnte der Mann vielleicht wieder zu Atem

kommen«, schlug sie vor und lenkte damit Alec von dem prustenden Andrew ab. Ihr Lächeln beunruhigte ihn. Dahinter steckte mehr als Heiterkeit. Seine kleine Frau amüsierte sich heimlich, und der Gedanke gab Anlaß zur Besorgnis.

»Möchtest du Schach spielen, Alec?« Angesichts ihres zuckersüßen Tonfalls und der Einladung in ihrem Blick hätte Alec seinen Plan beinahe aufgegeben.

Andrew packte Alecs Arm. »My Laird«, keuchte er.

»Jetzt nicht, Andrew. My Lady möchte Schach spielen.« Alec befreite seinen Arm. »Mäßige dich, Andrew, mäßige dich.« Er blickte vielsagend auf den Pokal in Andrews Hand, bevor er sich aufmachte, um das Schachbrett zu holen.

Drei Stunden später stürmte Alec aus dem großen Saal und ließ eine lächelnde Brittany am Spieltisch zurück.

Andrew erwartete seinen Laird vor der Tür. Als die Tür aufflog und krachend wieder ins Schloß fiel, trat Andrew aus dem Schatten hervor. »Wieviel habt Ihr verloren?«

Beim Klang der vertrauten Stimme fuhr Alec herum. »Mein Pferd, meinen Sattel und fünf Lektionen in der Handhabung des Dolchs.«

»Jetzt fühle ich mich schon bedeutend besser. Ich habe nur einen Einsatz verloren, bevor ich ihr Geschick erkannte«, sagte Andrew leise wie zu sich selbst.

»Du hättest mich warnen sollen«, fauchte Alec und stapfte vor seinem Mann im Burghof auf und ab.

Als Alec zu den Stallungen hinüberging, schnaubte Andrew: »Mäßigung, my Laird, Mäßigung.«

Alec blieb abrupt stehen. »Du täuschst dich, Andrew. Ihre Überheblichkeit muß gedämpft werden. Du weißt, warum ich Lady Brittany schlagen wollte.«

»Aye, das weiß der gesamte Clan.« Andrew trat zu ihm und

schlug ihm auf den Rücken. »Keine Sorge, die Kleine wird sich bei Hofe wunderbar zurechtfinden.«

»Sie ist nicht auf die spitzen Zungen der Damen vorbereitet«, wandte Alec ein. »Sie werden sie in Stücke reißen. Die Männer werden sie verfolgen und um ihre Gunst buhlen. Schließlich werde ich gegen Edgars halben Hofstaat antreten müssen, um ihre Ehre zu verteidigen.«

»Nein, Junge«, sagte Andrew. »Sie wird für sich selbst kämpfen.«

»Mir wäre wohler, wenn sie einem ganzen Heer gegenübertreten müßte statt der heuchlerischen Bagage an Edgars Hof«, sagte Alec.

»Was immer Brittany die Unerschrockene erwartet, sie wird sich mit Würde und Mut stellen. Mehr könnt Ihr nicht von ihr verlangen.«

Alec lächelte über den Spitznamen, den er nun schon oft gehört hatte. »Aye, aber um sie zu schützen, muß ich für ihre Unterweisung sorgen.«

Andrew scharrte ratlos mit den Füßen. »Ich sag's Euch, es ist nicht nötig. Lady Brittany schafft es.«

»Sie schafft es, wenn ich den rechten Lehrer für sie finde und dafür sorge, daß sie zuvor ihre Lektionen lernt.«

Traurig schüttelte Andrew den Kopf. »Ihr seid so ein starrköpfiger Bursche.«

»Aye, und ich habe ein starrköpfiges Mädchen geheiratet.« Er zuckte mit den Schultern, als Andrew ging. »Morgen werde ich sie zu ihrem Besten hereinlegen.« Nachdenklich strich er sich übers Kinn. »Und in Anbetracht meiner Verluste am heutigen Abend werde ich es mit Freuden tun.« Ein Lächeln umspielte seine Lippen. Sein Kampfgeist war erwacht.

Zwölftes Kapitel

Eunice riß hart am Zügel ihres Pferdes, so daß das Tier sich aufbäumte und stehenblieb. Das finstere Gesicht ihres Begleiters verriet ihr, daß ein neuerlicher Aufenthalt ihm nicht paßte. Er hob die Hand, um seinen Männern Halt zu gebieten, und ritt zu Lady Eunice. Ohne auf ihn zu achten, betrachtete sie die Burg, die sich ihren Blicken darbot.

»My Lady, Ihr seid beinahe da. Jetzt ist nicht der Zeitpunkt für eine weitere Pause.« Der Anführer ihrer Eskorte lenkte sein Pferd neben ihres.

»Ich war noch nie in Edgars Residenz und möchte die Pracht gern zunächst ausgiebig bewundern«, erklärte sie ruhig in einem Tonfall, den sie gegenüber Bediensteten anschlug.

»Soll ich die Leute absitzen lassen?« Der Schotte drängte sein Pferd vorwärts, umkreiste die Frau und blieb dann direkt vor ihr stehen. »Müssen wir ein Lager aufschlagen, my Lady?«

»Nay. Ich will nicht übernachten, sondern nur eine kurze Rast einlegen. Sobald ich bereit bin, brechen wir auf.« Sie löste den Blick von dem Schloß und sah den Mann an. »Muß ich Euch daran erinnern, Sir, daß ich eine englische Dame bin und nicht an Euer Tempo gewöhnt?«

Der Schotte erwiderte ihren Blick, und sie erkannte seine Abneigung. Es wäre nicht gut, wenn dieser Mensch Geschichten über ihre unvernünftigen Forderungen an Edgars Hof verbreitete.

»Sir«, sagte sie bedeutend freundlicher, »die Verzögerungen

tun mir leid. Ich kann das, was Ihr und Eure Leute gewohnt seid, einfach nicht aushalten.« Sie lächelte, erkannte aber an seiner Miene, daß er ihr Friedensangebot nicht annahm. Ihre Augen verengten sich. »Als Krieger seid Ihr wohl von Natur aus ungeduldig.«

»Ungeduldig, my Lady?« entgegnete er. »Wie kommt Ihr darauf? Nur weil eine normalerweise einwöchige Reise drei Wochen gedauert hat? Zu Hause warten Pflichten und Verantwortung auf uns. In dem Augenblick, da wir Euch durchs Tor geleiten, ist unser Auftrag erfüllt. Dann brechen wir unverzüglich nach Hause auf.«

»Das könnt Ihr nicht tun!« schrie sie. Er wußte so gut wie sie, welchen Eindruck das in den Augen der Zusehenden erwecken würde: Als wäre sie eine verhaßte Last, die man nicht schnell genug loswerden konnte. »Ihr werdet über Nacht bleiben. Ich bestehe darauf.«

»Nay, wir bleiben nicht. Unsere Verpflichtungen enden am Tor.« Er nahm ihr Pferd beim Zügel und zog es vorwärts. »Keine Sorge, my Lady. Edgar wird Euch eine Eskorte stellen, wenn Ihr wieder abreisen wollt.« Er lächelte. »Ich wollte, ich könnte einen Krug Bier mit dem Mann trinken, dem diese Ehre zuteil wird.«

Auf dem Weg zum Schloß sprach Eunice kein Wort. Zumindest wäre der Narr verschwunden, bevor er ihr Schaden zufügen konnte. Ihr würde schon eine Erklärung für seinen eiligen Aufbruch einfallen.

Am Tor schenkte sie ihrem Begleiter ein Lächeln. Sie saß ab und winkte den sich entfernenden Männern begeistert nach. »Gottes Schutz und eine gute Reise!« rief sie, doch keiner der Männer antwortete auf ihren Abschiedsgruß. Sie winkte, bis die Reiter verschwunden waren, dann drehte sie sich zu dem Diener um, der sie in den großen Saal führen sollte.

Die Residenz des schottischen Königs. Mit einem Blick bemaß sie die Ausstattung des Königssitzes. Dezenter Reichtum, keine üppige Überladenheit wie in England, aber auch keineswegs barbarisch. Farbenfrohe, lebhafte Wandbehänge, Möbel aus kostbarem Holz und bestickte Stoffe. Zwar waren die Fackelhalter aus Messing nicht so kunstvoll verziert wie in England, doch sie erzielten in ihrer Schlichtheit eine große Wirkung.

Hier taten sich Möglichkeiten auf. Eunice strich ihr vom Reiten zerknittertes Kleid glatt und ließ einen verstohlenen Blick über die Anwesenden schweifen. Die Männer sahen gut aus; ihre muskulösen Gestalten reizten sie. Die Frauen, wenngleich kostbar gekleidet, verblaßten im Vergleich zum Gefolge der englischen Königin. Eunice leckte sich die Lippen wie ein Wolf, der einer Beute ansichtig wird. Sie war die Jägerin, und ihr Opfer war arglos und ahnte nichts von ihrer Jagd.

Eine ältliche Matrone kam auf Eunice zu. »Willkommen, Lady Eunice. Ich bin Mary, eine Freundin Eurer Tante Edna. Wartet Ihr schon lange, meine Liebe?«

»Nein, ich bin eben erst eingetroffen, Lady Mary.« Eunices Stimme verriet nichts von ihrem Zorn über die unhöfliche Verspätung der Dame.

»Falls Ihr nicht zu müde seid, meine Liebe, könnte ich Euch umherführen und Euch vorstellen.«

Eunice hatte keinen dringenderen Wunsch, als den versammelten Herren präsentiert zu werden. Hier war Macht – etwas, das ihr in England entglitten war. Und die Katastrophe in England hatte sie einiges gelehrt. Jetzt wußte sie, daß eine Frau einzig und allein dadurch an Macht gelangte, indem sie sie heiratete. Und dafür mußte man eine tugendhafte Jungfrau sein, kein kühnes oder vorwitziges Dämchen. Mit einem bescheidenen Lächeln antwortete sie schüchtern: »Das ist sehr freundlich von Euch, Lady Mary, aber wenn es nicht zu viele Umstände macht, würde ich doch sehr gern zunächst ein wenig ruhen.«

»Sicher, meine Liebe. Folgt mir. Beim Abendessen ist noch Zeit genug, Euch mit den Damen bekannt zu machen.« Mary nahm Eunices Arm. »Wie schade, daß Eure Eskorte nicht bleiben konnte.«

»Ja, sehr schade«, pflichtete Eunice ihr bei. »Sie brauchten eine Rast, und ich bestand darauf, daß sie zumindest über Nacht blieben. Aber dringende Geschäfte harrten ihrer, und sie konnten sich nicht einmal die Zeit gönnen, etwas zu sich zu nehmen.«

Eunice schritt neben Lady Mary her und lauschte pflichtschuldigst auf das Geplapper der alten Dame, sehr darauf bedacht, stets die richtigen Antworten zu geben. Zwar war ihr Augenmerk auf die Matrone gerichtet, aber dennoch entgingen ihr nicht die musternden Blicke der Männer, und ihr Puls beschleunigte sich. Wenn es ihr auch nicht lag, allzu lange auf männliche Zärtlichkeit zu verzichten, mußte sie doch Opfer bringen. War sie erst einmal mit einem schottischen Edelmann verheiratet, konnte die Königin sie nicht mehr behelligen.

Während ihrer Flucht aus England war Eunice klargeworden, daß sie niemals mehr dorthin zurückkehren konnte. Ihre unglückliche Liaison mit dem Bruder der Königin würde ihr nie vergessen oder verziehen werden. Aber falls ihre Pläne hier fehlschlugen, würde Wentworth als Gegenleistung für Informationen die Reise nach Frankreich gewährleisten. Ein Lächeln huschte über ihre Lippen. Jetzt fühlte sie sich nicht mehr angreifbar.

Stimmengesumm und das Klappern von Geschirr erfüllte den Raum, als die Diener die Reste des Mittagsmahls abräumten. Der Großteil der Leute hatte sich bereits vom Tisch erhoben, doch Brittany blieb noch sitzen. Sie knabberte an einer Brotkruste und behielt ihren Gatten wachsam im Auge. Einen Krug Bier in der Hand, ging Alec mit seinen Männern zum Feuer hinüber. Kaum hatte Malcolm ihn in ein Gespräch verwickelt, legte Brittany ihren Brotkanten zur Seite und stand auf. Der mürrische Schotte war kein Mann vieler Worte. Daß er Alec ansprach, bewirkte, daß dieser ihm seine ungeteilte Aufmerksamkeit schenkte.

Brittany schlüpfte lautlos aus dem Raum und zur Tür hinaus. Es hatte sich zum Nachmittag hin erheblich abgekühlt, und die Feuchtigkeit drang ihr bis in die Knochen. Nach der Wärme im großen Saal spürte Brittany die Kälte um so empfindlicher und rieb sich fröstelnd die Arme. Ohne die Vorboten des schlechten Wetters zu beachten, durchquerte Brittany den Burghof. Traf sie jemanden, nickte sie freundlich und zwang sich, ruhig und gemessen zum Tor zu gehen. Als sie die Burg hinter sich gelassen hatte, blickte sie immer wieder über die Schulter zurück, um zu sehen, ob ihr jemand folgte. Der Weg hinter ihr war menschenleer, und sie raffte ihre Röcke und hastete weiter. »Andrew, verzeiht, daß ich so spät komme«, keuchte sie, nachdem sie die Tür des leerstehenden Pächterhäuschens, in dem sie sich trafen, hinter sich geschlossen hatte.

»Nimmt der Laird Euch immer noch so in Anspruch?« Er trat aus dem Schatten ins Licht, das durch das einzige Fenster hineinfiel.

»Ach«, schnaubte Brittany. »Er hat nichts im Sinn außer Spielen.« Weder ihre Stimme noch ihr Gesicht verrieten, daß sie Alecs Strategie durchschaut hatte. Aus mehr als nur einem Grunde sollte das ihr Geheimnis bleiben.

»Habt Ihr die Liste studiert, die ich Euch gegeben habe?«

»Ja.« Brittany schloß die Augen und rasselte die lange Reihe von Namen auswendig herunter.

»Aye. Ihr habt keine Zeit vergeudet. Wenn auch nicht von Euch erwartet wird, daß Ihr sie kennt, wird es Euch doch helfen. Besonders die mit einem Schwert gekennzeichneten Namen. Das sind Alecs Feinde.«

»Der Name meines Vaters steht auf dieser Liste.« Brittany wandte sich ab.

»Aye, Mädchen. Das läßt sich nicht ändern, selbst wenn Ihr es noch so gern möchtet. Seid froh, daß Alec Euch keine Schuld am Verhalten Eures Vaters gibt.«

Brittany ließ die Schultern hängen. »Kann diese Fehde irgendwie beendet werden?«

Andrew legte ihr den Arm um die Schultern. »Eine Fehde kann durch einen einzigen Lidschlag ausgelöst und genauso schnell beigelegt werden. Nur die Zeit, die dazwischen liegt, ist ungewiß.«

Brittany zog den inzwischen verheilten Arm mit der anderen Hand dichter an ihren Oberkörper, um sich gegen die Kälte zu schützen. Die Ungewißheiten des Lebens stellten für eine Frau, deren Zukunft und Heim nicht über ihren Ehevertrag hinaus gesichert waren, eine schreckliche Bedrohung dar.

»My Lady, Ihr seid bleich wie ein Gespenst.« Andrew führte sie zu einem Stuhl. »Ist Euch nicht gut?«

»Doch, Andrew«, widersprach sie schwach. »Ich habe zu hastig gegessen. Hammelfleisch bekommt mir ohnehin nicht.« Brittany versuchte zu lächeln, doch ihr Magen revoltierte, und sie wußte, daß ihr Schmach bevorstand, wenn sie sich nicht rasch würde zurückziehen können. Voller Panik stand sie auf, und der Raum fing an, sich um sie zu drehen.

Andrew fing sie auf, als ihre Knie nachgaben und sie das Bewußtsein verlor. Ihr Gesicht war kreideweiß, und ein feiner Schweißfilm hatte sich auf ihrer Oberlippe gebildet.

»Hammelfleisch, soso! Meiner Frau ging es so mit Fisch, als sie mit unseren Söhnen schwanger ging.«

Andrew blickte zur Tür, dann zum Bett des Pächters. Wenn er sie nach Hause trug, würde es einen Aufruhr geben. Entschlossen bettete er Brittany auf das Lager. »Armes kleines Mädchen. Eurem Gatten steht eine entzückende Überraschung bevor.« Andrew lächelte. »Ihr tragt ein Geheimnis mit Euch herum, von dem weder Ihr selbst noch Alec etwas ahnt. Höchst interessant zu beobachten, wer von Euch es als erstes entdeckt.«

Alec hatte sein Gespräch mit Malcolm beendet und schaute sich suchend nach Brittany um. Neuerdings verschwand sie immer dann auf geheimnisvolle Weise, wenn er mit ihr reden wollte. Seit dem verheerenden Schachabend vor drei Wochen war es ihm nicht wieder gelungen, sie in ein Glücksspiel zu verwickeln.

Alec verstand Brittany nicht. Die Einladung in Edgars Schloß hatte sie in Angst und Schrecken versetzt, inzwischen jedoch tat sie, als bedeutete das Zusammentreffen mit Schottlands Elite nicht mehr als ein ganz gewöhnlicher Feldzug. Für einen in der Kriegskunst und in Strategie bewanderten Mann war es unerträglich, von seinem Gegner überlistet werden zu können.

Aber er hatte noch nie eine Herausforderung abgelehnt oder sich ergeben. Er würde dafür sorgen, daß sie gut vorbereitet an den Hof ging, selbst wenn er sich eine neue Strategie überlegen mußte. Mit einem zufriedenen Lächeln auf den Lippen machte er sich auf die Suche nach seiner Frau. Wie viele Versteckmöglichkeiten mochte es in der Burg geben?

»Habt Ihr Lady Brittany gesehen, Mutter?« fragte Alec auf dem Weg zum hinteren Burghof in der Küche nach.

»Seit dem Essen nicht mehr«, antwortete Brenna, ohne den Blick von ihrer Beschäftigung zu heben. »Warum?«

»Mutter, uns bleibt nur noch wenig Zeit zur Vorbereitung

auf den Besuch bei Edgar.« Alecs Stimme verriet seine Gereiztheit.

»Ach?« erwiderte Brenna.

»Mutter.« Alec fuhr sich mit der Hand durchs Haar und zerzauste seine schwarze Mähne. »Anscheinend bin ich der einzige, der sich Sorgen wegen Brittanys Benehmen bei Hofe macht.«

»Alec, sie wird wunderbar zurechtkommen. Macht Euch keine Sorgen und geht lieber Euren Pflichten nach.« Brenna widmete sich wieder dem Teig in der Schüssel vor ihr.

Kopfschüttelnd ging Alec weiter. Keine Sorge, ha! Leichter gesagt als getan. Wieso waren eigentlich alle so überzeugt davon, daß Brittany der Situation ohne jegliche Unterweisung gewachsen sein würde?

Er trat in den Hof hinaus und ließ den Blick über die dort beschäftigten Leute schweifen. Das gesuchte Gesicht fand er nicht unter ihnen. »Zum Teufel! Dieser Frau sollte man eine Glocke um den Hals hängen«, brummte er vor sich hin.

»Hergess!« rief er einer Frau zu. »Wißt Ihr, wo Lady Brittany sich aufhält?«

»Nay, my Laird. Kurz nach dem Mittagsmahl habe ich sie zuletzt gesehen. Da ging sie durch die Felder«, erklärte Hergess.

»In welche Richtung?« wollte er wissen.

»Sie war in Eile, und ich habe sie nicht aufgehalten.« Hergess' Gesicht legte sich in besorgte Falten. »Stimmt etwas nicht, my Laird? Soll ich Eure Lady suchen?«

»Nay, Hergess, ich werde sie schon finden.« Alec stapfte davon. Die Felder? Was zum Teufel trieb sie außerhalb der schützenden Burgmauern?

Die graue Wolkendecke versprach Regen, und aufkommender Wind ließ seine schwarzen Haare flattern, als er über die abgeernteten Felder stapfte. Er hatte keine Ahnung, wohin sie sich gewandt haben mochte, war aber auch nicht bereit, in der Burg zu hocken und ihre Rückkehr abzuwarten.

Malcolms Frau hatte es eilig, vor Einsetzen des Regens ihre Wäsche abzunehmen, und wies nur kurz auf den Weg zwischen den Pächtershäusern hindurch. »Eure Gattin ist vor einiger Zeit hier entlanggegangen, my Laird. Ich glaube, sie wollte zum Haus des alten Martin.«

»Danke, Mathilda.« Alec winkte, doch die Frau war schon wieder mit der flatternden Wäsche beschäftigt.

Die paar Clansmen auf dem Weg zu ihren schützenden Häusern schüttelten auf seine Frage nach Brittany nur den Kopf und musterten ihn mit Befremden. Wieso auch nicht? Nur ein Narr trieb sich bei solchem Wetter draußen herum. Er beschleunigte seine Schritte. Ihr würde es ganz recht geschehen, wenn er auf dem Absatz kehrtmachte und die behagliche Wärme seiner Burg aufsuchte, während sie vom Wolkenbruch durchnäßt wurde. Kaum hatte er das gedacht, prasselten auch schon dicke Tropfen hernieder.

Alec rannte zum letzten Häuschen im Dorf. Das Heim des alten Martin stand schon seit Jahren leer. Dorthin würde sich eine Dame wohl kaum begeben, selbst wenn sie in arger Bedrängnis war. Seine Frau allerdings dachte wie ein Soldat, nicht wie eine Dame. Bei schlechtem Wetter bot das baufällige Häuschen Schutz.

Durch den Vorhang aus Regen spähte Alec zu dem Häuschen oben auf einem Hügel. Plötzlich tauchte beim Haus eine Gestalt auf und hastete zur Hügelkuppe hinauf. Alec wischte sich das Wasser aus den Augen und starrte auf den Fleck, wo er die Erscheinung gesehen hatte, doch der Weg blieb leer. Dennoch war er ganz sicher, gesehen zu haben, wie eine Männergestalt aus dem leerstehenden Haus lief.

Als er dort ankam, klebte ihm sein Haar naß am Kopf. Er

schob sich die schweren Strähnen aus dem Gesicht und zog seinen Dolch.

Die Waffe in der Hand, trat er die Tür auf und stürmte ins Innere des Häuschens. Flüchtige Eindrücke drangen ihm ins Bewußtsein – dunkel, feucht und schmutzig, aber nicht gefährlich. Er schob den Dolch wieder in seinen Gürtel und schloß die Tür.

In dem engen Raum klang das Trommeln des Regens auf dem Dach wie das Marschieren Tausender von winzigen Soldaten. Der Geruch von nasser Erde hing in der Luft. Als Alec an den Herd trat, grollte Donner, und ein Blitz erhellte das Innere der Hütte. In diesem Augenblick sah er seine Frau.

In der Dunkelheit tastete er sich zum Bett. »Brittany«, flüsterte er besorgt.

Er erhielt keine Antwort und tastete nach ihr. Ihre Kleider waren trocken, und er suchte ihren Körper nach einer Verletzung ab, fand aber keine. Reglos blieb sie unter seiner Berührung liegen.

»Brittany!« Sein Tonfall bezeugte das Ausmaß seiner Angst um sie.

Er spürte eine leichte Bewegung unter seinen Fingern. Brittanys Lider hoben sich flatternd; sie sah ihn voller Verwirrung an. »Andrew?« fragte sie.

Das Grollen, das die Hütte erfüllte, war beinahe genauso laut wie der Donner. Ein Blitz zuckte auf, und Alec erkannte die Verwunderung und den Schrecken in ihren Augen, als sie ihn erkannte.

»Nicht Andrew, sondern Alec.« Schweigen folgte auf seine Bemerkung, und die Spannung wuchs. »Seid Ihr so tollkühn, my Lady, daß Ihr es wagt, ein geheimes Stelldichein zu vereinbaren?«

»Alec, es ist nicht so, wie du denkst.« Sie streckte die Hand nach ihm aus, doch er stieß sie von sich.

»Du weißt nicht, was ich denke.« Er legte die Hand heftig um ihr Kinn. »Antworte mir, Brittany. Bevor ich eintrat, sah ich einen Mann aus dem Haus laufen. Wer war er, und warum triffst du dich heimlich mit ihm?«

Sie faßte nach seinem Handgelenk und legte seine Hand an ihre Wange. »Ich will's dir sagen, Alec, aber du wirst bereuen, daß du mich gefragt hast. Andrew war hier. Ich treffe mich seit drei Wochen täglich mit ihm.« Alecs Griff wurde noch fester, doch sie fuhr fort: »Er ist nicht mein Liebhaber, Alec.«

Er starrte in ihre wutsprühenden Augen. Kein Zeichen von Schuldbewußtsein in ihrem zornigen Blick. Ihm kamen Zweifel an seinem Verdacht. Seine Frau sah nicht aus wie eine, die bei einem Seitensprung überrascht wurde. Aber warum dann diese Geheimniskrämerei, wenn sie nichts zu verbergen hatte?

»Weib, dein Gemahl verlangt eine Erklärung. Warum triffst du dich seit drei Wochen mit einem anderen Mann? Was habt ihr getrieben – Schach gespielt?«

»Nein, mein Gatte, wir haben nicht Schach gespielt. Wir haben jede Minute unserer gemeinsamen Zeit damit verbracht, eine Überraschung für dich vorzubereiten ...«

»Eine Überraschung?« Ihre Antwort schnürte ihm die Kehle ab. Was ihm da im Halse steckte, war sein Stolz, das wußte er wohl. Die Wahrheit macht Euch frei, kamen ihm Friar Michaels Worte in den Sinn. In diesem Falle war es jedoch nicht so. Die Wahrheit hatte ihn in die Falle gelockt. Sein Griff lockerte sich, doch Brittany hielt seine Hand an ihrem Kinn fest, ließ sie nicht los.

»Willst du diese Überraschung nicht aus mir herausquetschen? Die Freude an meinem Geschenk hast du mir schon genommen. Wieder einmal hast du voreilige Schlüsse gezogen, mein Gemahl.« Brittany stieß seine Hand von sich und versuchte, sich aufzurichten.

Er wollte ihr behilflich sein, doch sie fauchte: »Rühr mich nicht an!«

Alec ließ sie gehen. Sein Blick folgte ihr, als sie in dem winzigen Raum erregt auf und ab schritt. Er hatte sie gekränkt und gedemütigt – schon wieder. Verdammt! Begriff sie denn nicht, wie es ihn schmerzte, sich vorzustellen, sie wäre mit einem anderen Mann zusammen?
»Brittany, was würdest du empfinden, wenn du glaubtest, ich wäre bei einer anderen Frau?« fragte er leise.
Brittany fuhr zu ihm herum. »Ich würde nicht gleich das Schlimmste annehmen!« zischte sie.
»Wahrscheinlich nicht«, gestand er ihr zu, obwohl er nicht eine Sekunde lang daran glaubte. »Aber was würdest du empfinden?«
Schweigen war die Antwort, und er fuhr sich durchs Haar. »Brittany ...«
Plötzlich ertönte ein lautes Krachen. Die Dachsparren barsten über Alec; Grassoden und Holz prasselten herab.
»Alec«, schrie Brittany, als sie sah, wie ein Balken ihn an der Schulter traf. Zuerst verzerrte Schock, dann der Schmerz sein Gesicht zu einer Grimasse. Mit einem erstickten Schrei brach er unter herabfallenden Balken und Soden in die Knie. Wie ein langsam sich abwickelnder Alptraum brannte sich jede Einzelheit des Unglücks in den wenigen Sekunden des Vorgangs in Brittanys Bewußtsein ein. Trümmer wirbelten umher, als sie zu dem eingestürzten Dachstuhl lief und mit den Händen in Schmutz und gesplittertem Holz wühlte. Lieber Gott, betete sie, verschone ihn!
Regen ergoß sich durch das Loch im Dach und behinderte ihre Bemühungen, die Grassoden zu fassen und fortzuziehen. Panik raste in ihren Adern, die Angst, Alec könnte ersticken, bevor sie zu ihm vorgedrungen war. Die Tränen strömten über ihre Wangen, als sie sein Gesicht freilegte und es hastig von Schmutz befreite.
»Alec«, wimmerte sie und fürchtete, ihre Mühe wäre vergeb-

lich gewesen. Das einzige, was sie hörte, waren das Heulen des Windes und das Prasseln des Regens. Entsetzt neigte sie sich über Alec und suchte nach einem Lebenszeichen. Seine Züge waren still, wie im Tod. Bildete sie es sich nur ein, oder hatte sie einen schwachen Atemhauch gespürt?

»Wage es nicht, mir wegzusterben, Alec.« Sie zerrte an den schweren Soden, die seinen Hals bedeckten. Ein Blitz erhellte zuckend den Raum, und sie sah, wie seine Lider flatterten und sich wieder schlossen.

Erleichterung durchströmte sie. Er lebte! Mit neuer Kraft zog sie an den Trümmern, die seine Brust beschwerten. Sie schob und wühlte die Soden zur Seite und stieß auf einen Balken, der Alec zu Boden drückte. So sehr sie sich auch bemühte, er war zu schwer und ließ sich nicht bewegen.

Alec stöhnte, und sie kroch zu seinem Kopf.

»Ich bin bei dir, Alec.« Zärtlich streichelte Brittany sein Gesicht.

Er schlug die Augen auf, als erneut ein Blitz den Raum mit gespenstischem Licht erfüllte. Er starrte auf das Loch im Dach über ihm. Verwirrung zeichnete sich auf seinem Gesicht ab, die jedoch schnell wich, als er die Situation erfaßte und in Brittanys Augen sah. »Raus hier, Frau.« Alecs Stimme war zwar schwach, aber dennoch zwingend. Über ihnen brüllte der Donner dermaßen, daß das Häuschen erbebte. »Tu, was ich dir sage, Brittany! Es ist zu gefährlich zu bleiben!«

Brittany war zu froh und glücklich, seine Stimme zu hören, als daß sein Befehlston sie ärgern konnte. »Ich bin sicher, Alec. Das Dach ist ja bereits eingestürzt.«

Ein ohrenbetäubendes Krachen dröhnte durch die Hütte. Die baufällige Ruine stöhnte und bebte wie etwas Lebendiges, das den letzten Atemzug tat. Brittany versteifte sich; sie begriff, was dieses Geräusch bedeutete. Es war kein Donner, sondern das Bersten von Holz, wie es Alecs Unfall vorausgegangen war. »Lieber Himmel!« schrie sie, warf sich über Alec und suchte mit ihrem Körper seinen Kopf und seine Schultern zu schützen. Knapp neben Brittany und Alec stürzte der Rest des Dachs zu Boden.

»Wirst du jemals meine Befehle befolgen?« brüllte Alec, als sie sich aufrichtete.

»Hätte ich gehorcht, mein Gatte, läge ich jetzt unter den Trümmern.« Brittany löste den Blick von Alecs finsterem Gesicht. Mit Kopfschütteln betrachtete sie den zusammengebrochenen Rest des Daches. »Danke«, flüsterte sie. Sie hatten überlebt. Dann kniete sie sich wieder neben Alec und kämpfte um seine Befreiung.

Brittany räumte so viel von den Trümmern beiseite, daß Alec die Arme bewegen und ihr helfen konnte. Mit vereinten Kräften schoben sie den Balken von seiner Brust.

»Alec, bist du verletzt?« fragte Brittany und tastete seinen Körper ab.

»Nay, kleine Soldatin, mir tut zwar alles weh, aber verletzt bin ich nicht.«

Brittany warf die Arme um seinen Nacken und preßte sich an ihn. »Solche Angst möchte ich nie wieder erleben. Du bist meinem Herzen so lieb. Gib acht, Alec, und bewahre mich vor derartigen Schrecken!«

Alec schlang die Arme um sie. »Du hast mir verziehen?«

Brittany löste sich von ihm und blickte in die Augen, die sie um ein Haar nie wieder gesehen hätte. Zärtlich berührte sie seine Wange. »Du hast Glück, Alec. Dieses Unglück hätte dein Tod sein können.« Ihre Stimme brach, doch sie schluckte den Kloß in ihrem Hals herunter. »Vergebung ist ein geringer Preis für dein Leben.«

»Ich habe dich nicht verdient, Brittany. Ich verspreche dir, ich werde nie wieder an deiner Treue zweifeln.« Alec zog seine Frau eng an sich und küßte sie.

Brittany erwiderte seinen Kuß. Sie hatte ihm vergeben, doch erst sein Versprechen löste den schmerzlichen Gedanken an sein Mißtrauen völlig auf. Alec hatte sein Wort gegeben. Er würde es niemals brechen.
Die Liebkosung seiner Lippen war unendlich zärtlich. Sie erbebte unter dem süßen Schmerz, als sein Mund ihr alles gab und nichts verlangte. Er zog sie näher heran, und sie schmiegte sich in seine Umarmung. Bei ihm erfuhr sie das wahre Wesen der Liebe. Er gab ihr nicht nur seine körperliche Liebe, er liebte sie, als wäre sie unendlich wertvoll für ihn. Dieses Erleben von Geborgenheit und nicht von Begehren berührte etwas in ihrem Inneren, das er bisher nie erreicht hatte: ihre Seele.
Ihr Kuß war völlig anders als alle vorherigen. Brittany empfing diese neue Intimität mit Freude und Wärme und genoß sie über alles. Ein neuer Anfang hatte sich geboten, mit einem neuen Verständnis. Sie liebte Alec. Von ganzem Herzen.
Als hätte er ihre Gedanken vernommen, machte Alec sich los. Sein plötzlicher Rückzug ließ sie frösteln; sie streckte die Hand nach ihrem Gatten aus.
»Du frierst, Brittany.« Er zog sie an sich und geleitete sie durch die Trümmer. »Du gehörst ins Bett.«
Brittany lachte leise. »Denkst du an meine Gesundheit oder an dein Vergnügen?«
»An beides«, grollte er. In tosendem Wind und prasselndem Regen küßte er sie lange und heftig. Brittany war schwindlig, als er sie losließ. Lächelnd wischte er das Wasser aus ihrem Gesicht. »Wir sind verrückt, hier herumzustehen, wenn uns doch ein warmer Hort erwartet.«

Friar John starrte in den Regen. »Ungastliches, gottloses Land«, murmelte er und konzentrierte sich wieder auf die

Kirchenbücher vor ihm. Mehr hatte er nicht, um sich die Zeit zu vertreiben. Seit seinem Besuch auf der Burg des Campbell hatte kein Pfarrkind seinen Gottesdienst aufgesucht. Es war schlimm genug, daß er sich die Campbells zu Feinden gemacht hatte, doch daß die Mactavishs ihn genauso behandelten, war unerträglich.
Sein Gesuch an den Bischof um Versetzung war unbeantwortet geblieben. »Ich werde als alter Mann mit hohlen Wangen und leeren Truhen sterben, bevor der Bischof sich meiner erinnert«, sagte er bitter zu sich selbst und studierte die Kirchenbücher mit einer Sorgfalt, die seine Kollegen überrascht hätte.
Er hatte das Gefühl, in ein Land ohne Herz verbannt zu sein. Die Tage waren lang. Die Einsamkeit fraß an ihm. Selbst die Frauen, die ihm vielleicht hätten Trost spenden können, verachteten ihn jetzt.
Jeden Morgen brachten ihm Boten der Campbells und der Mactavish Lebensmittel – kärglich genug, kaum zum Verzehr geeignet. Wie Campbell und Mactavish ihren Geiz rechtfertigen wollten, war ihm unbegreiflich. Er hatte lediglich die Stimme gegen Gewalttätigkeit erhoben und dagegen, daß Frauen zu den Waffen griffen. War diesen Lairds denn nicht bewußt, wie gefährlich das war? Kämpfende Frauen waren imstande, die natürliche Ordnung der Zivilisation zu zerstören. Wenn Frauen einmal Macht geschmeckt hatten, würden sie verlangen, wie Gleichgestellte behandelt zu werden. Dann würde es nicht mehr lange dauern, bis sie in der Regierung und in der Kirche vertreten sein wollten. Soweit durfte es niemals kommen. Die Schuld an dieser drohenden Anarchie lastete er Lady Brittany an, und König Edgar trug die Mitverantwortung.
Was war von Heiden auch anderes zu erwarten? Die Schotten waren ein trauriger Haufen. Gott würde sie für ihre

Vergehen bestrafen, und dann würde er, der Friar, triumphieren.
Er griff nach seinem Getränk und las die vor ihm aufgeschlagene Seite. Ja, Gott würde sie strafen. Sein Blick blieb an einem vertrauten Namen hängen, und mit wachsendem Interesse überflog er die Eintragung. Ian Campbell und Elizabeth Mactavish waren in derselben Nacht gestorben. Zufall? Das bezweifelte er. Die Aufzeichnungen waren unvollständig, und Friar John verlor sich in Spekulationen. Zweifellos wurden die beiden zusammen ertappt und ermordet. »Wie günstig für Angus Mactavish«, schnaubte er.
Sein Blick wanderte zum nächsten Namen. Am selben Tag war Brittany Mactavish geboren. Er war enttäuscht. Elizabeth war also nicht in den Armen eines Liebhabers, sondern bei der Geburt gestorben. Nachdenklich nahm er einen langen Zug von seinem Bier und wischte sich den Mund. Es wunderte ihn nicht, daß Brittany die Schuld am Tod ihrer Mutter trug, was ihn in seinem Glauben bestärkte, daß sie eine Hexe und von Geburt an verflucht sei.
Gähnend las er weiter. Der Kelch krachte auf den Tisch, Bierflecken besudelten das Kirchenbuch. Friar John rieb sich die Augen und las noch einmal. Zwillinge. Dreimal las er die Eintragung, bevor er sie richtig begriff. Elizabeth war bei der Geburt von Zwillingen gestorben.
Er starrte auf den Namen des Zwillings und fuhr mit dem Finger unter den Zeilen entlang bis zur letzten Eintragung. Der Name des Zwillings wurde lediglich im Geburtenregister genannt und tauchte dann nie wieder auf. Der Zwilling lebte. Lächelnd griff Friar John nach seinem Bier und lehnte sich zurück. »Kommt Zeit, kommt Rat«, sagte er zufrieden und nahm einen tiefen Schluck. Bald schon würde er vom allerbesten Wein trinken.
Brittany Campbell hatte ihm Leid zugefügt, und jetzt hatte er

die Mittel, es ihr heimzuzahlen. »Das würde König Edgar interessieren«, überlegte der Geistliche laut und erwog die Personen, die ihm sein Wissen gut bezahlen und ihm Schutz gewähren würden.

Er erstellte eine Liste aller Personen, mit denen er Kontakt aufnehmen wollte, und kreiste den ersten ein. Edgar hatte die Macht, Brittany Campbell zu vernichten. Welche Ironie des Schicksals, daß er mit seiner Information nicht nur Brittany, sondern auch dem König von Schottland einen empfindlichen Schlag versetzen konnte. Der Gedanke erfüllte ihn mit Jubel. Der König hatte es gewagt, ihm zu drohen. Edgar sollte lernen, daß ein Kirchenmann nicht von einem Monarchen geduckt werden durfte. Hier war Geld zu machen, hier waren Schulden einzutreiben. Seine Gebete waren erhört worden.

Friar John trat ans Fenster. Der Regen deprimierte ihn jetzt nicht mehr. Geduldig und vorsichtig mußte er sein. Eine Reise zum Schloß des Königs war voller Gefahren, doch er wollte und konnte sein Wissen nicht durch einen Boten übermitteln lassen. Nach seiner Audienz beim König wäre Friar John dann auf dem Heimweg nach England, aber nicht, bevor er diesen Heiden eine Lektion in christlicher Nächstenliebe erteilt hatte. Der Gedanke trieb ein gemeines Grinsen auf sein Gesicht.

Dreizehntes Kapitel

Ein schöner Anblick, nicht wahr?« Brittany wies auf das Chaos in dem Zimmer und das gutgelaunte Schimpfen von Jenna und Hergess hin.

»Reisen verlangen immer hektische Vorbereitungen«, klagte Lady Brenna. »Ich habe dir ein kleines Geschenk gebracht, das dich vielleicht ein wenig von dieser Packerei ablenken kann.« Brenna bedeutete Brittany, ihr zu folgen. »Komm und schau es dir an.«

»Ihr seid viel zu großzügig. Ich werde niemals alle Kleider tragen können, die Ihr mir besorgt habt.« Brittany ging auf ihre Schwiegermutter zu, blieb dann jedoch wie vom Donner gerührt stehen, als sie das Kleidungsstück sah. Es bestand aus einer Tunika und engen Beinkleidern, und Brittany traute ihren Augen nicht. Daß Alecs Mutter sie mit neuer Kampfkleidung ausstattete, versetzte sie in äußerstes Erstaunen. Dieses Geschenk sprach mehr noch als die gesamte übrige Ausstattung aus feinsten Materialien von Liebe und Verstehen.

Nicht gewohnt, Geschenke entgegenzunehmen, zögerte Brittany. »Für mich?« fragte sie, nicht begreifend, daß jemand sich eine solche Gabe für sie ausdenken könnte.

Das bestätigende Nicken der älteren Dame nahm ihr ihre Zurückhaltung. Gerührt von diesem Zeichen der Zuneigung Brennas, nahm Brittany sie in die Arme. Ein wenig verlegen ob ihrer heftigen Liebesbezeigung, ließ sie Brenna frei und fragte sachlich: »Hat Alec es gestattet?«

»Er hat es nicht verboten«, erwiderte Brenna, und ihr Zwinkern verriet Brittany, daß Alecs Meinung dazu nicht eingeholt worden war.

»Es ist wunderschön.« Brittany betastete den Stoff der Tunika und bemerkte, daß die Campbell-Farben perfekt hineingearbeitet waren. Sie war so ergriffen, daß sich ihr die Kehle zuschnürte. Niemals hatte sie ein Geschenk erhalten, das nur dazu bestimmt war, ihr Freude zu machen. »Es ist unübertrefflich schön. Wie schade, daß ich es nicht mitnehmen kann an Edgars Hof.« Sie lächelte bei dem Gedanken an die Entrüstung des schottischen Adels beim Anblick enganliegender wollener Beinbekleidung mit einer kurzen Tunika darüber.

»Stimmt, ich glaube nicht, daß sie dem gewachsen wären«, sagte Brenna, als hätte sie Brittanys Gedanken gelesen. Ein verschmitztes Funkeln trat in ihre Augen, als sie gestand, die Kleidung während des Nähens selbst ein paarmal angezogen zu haben. »Ich persönlich finde diese Mode außerordentlich bequem, dazu sehr praktisch und äußerst schmeichelhaft. Doch nicht alle sind so fortschrittlich wie ich«, seufzte Brenna bedauernd. »Schade. Meine Freundin Melvina wüßte so etwas zu schätzen und würde deinem Mut Applaus zollen.«

»Melvina?« Brittany hob den Kopf und bemerkte Brennas hintergründiges Lächeln.

»Aye, Melvina. Ich glaube, ihr zwei habt einiges gemeinsam. Sie ist eine bemerkenswerte Dame«, antwortete Brenna.

Brittany hob die Tunika an ihre Schultern und bewunderte sie noch einmal. Soviel Unterstützung durfte nicht abgewiesen werden. »Es wäre eine Schande, gäbe ich Eurer Freundin nicht Gelegenheit, das Geschenk zu bewundern, das Ihr für mich gefertigt habt.« Sorgfältig faltete sie die Tunika zusammen und legte sie zu den Beinkleidern.

»Hergess, packe bitte auch Lady Brennas Geschenk ein.«

Brittany achtete nicht auf Hergess' und Jennas mißbilligende Blicke und wandte sich wieder ihrer Schwiegermutter zu. »Mutter, offenbar sind wir die einzigen, die die Weisheit dieses Beschlusses erkennen.«
»Sie haben nur Angst, daß Alec nicht einverstanden sein könnte. Nun ja, er ist ziemlich starrköpfig und neuen Ideen gegenüber nicht sehr aufgeschlossen«, antwortete Brenna in scherzendem Ton.
»Dann pack es in einen anderen Koffer, wo Alec es nicht findet«, befahl Brittany mit unbewegter Miene und genoß den Unwillen ihrer Dienstmagd.
Jenna stapfte auf sie zu und stemmte die Hände in die Hüften. »Wollt Ihr nicht auch Euer Schwert und Euren Dolch mitnehmen, Lady Brittany?«
Jennas Hohn entging Brittany nicht. Sie legte den Finger an die Lippen, als müßte sie überlegen. »Du hast recht, wie immer, Jenna. Ohne meine Waffen würde ich mich nackt fühlen.«
»Schwert und Dolch, aye. Die perfekten Accessoires für eine gutgekleidete Dame«, spöttelte Jenna und ging, um die Waffen zu holen.
Brittany sah ihre Dienstmagd nach dem Dolch greifen, der neben dem in den Boden gerammten Schwert war. »Nay, nicht diese Waffen«, hielt sie sie zurück. Alecs Schwert und ihr Dolch gehörten zusammen. Sie waren zu einem Symbol für ihre Heirat geworden.
Auf Jennas befremdeten Blick hin erklärte Brittany hastig: »Alec würde ihr Fehlen bemerken.«
Jennas zögerndes Lächeln sprach von dem letzten Mal, als sie eben diesen Dolch hatte holen müssen. Ihr zufriedener Blick sagte deutlich: »Ich wußte es doch.« Brittany berichtigte die Fehleinschätzung ihrer Magd nicht. Dadurch hätte sie zuviel verraten.

»Mein Schwert und mein Dolch befinden sich ganz unten in der Kleidertruhe.« Brittany zeigte auf die hölzerne Kiste unter dem Fenster. Hier hatte sie den Dolch ihres Vaters verborgen.
Daß Jenna keine Einwände vorbrachte, war allein Lady Brennas Anwesenheit zu verdanken. Ein kleines Lächeln umspielte Brittanys Lippen. Vielleicht sollte sie Lady Brenna bitten, ihr den ganzen Nachmittag zur Seite zu stehen.
»Ein weiser Entschluß, deine Waffen mitzunehmen«, sagte Brenna.
Brittany glaubte, Alecs Stiefmutter spräche im Scherz, bis sie ihr ernstes Gesicht bemerkte. »Warum?« fragte sie.
»Sie sind die Symbole der dir eigenen Stärke und deines Mutes. Das sollst du an Edgars Hof niemals vergessen. Selbst wenn die Waffen deine Kiste nicht ein einziges Mal verlassen, werden sie dich doch trösten.«
»Brittany die Unerschrockene.« Brittany zog die Augenbrauen hoch. »Oder Brittany die Schinderin?«
»Am Königshof sind beide gefordert. Ich gebe dir den Rat, den Ian mir anläßlich meiner ersten Reise an den Hof gab. Tritt ein mit Stolz. Neige den Kopf vor keinem Mann, vor keiner Frau. Diese Ehre gebührt allein dem König und seiner Lady.« Brenna berührte Brittanys Arm. »Für dich ist dieser Rat noch wichtiger als damals für mich. Am Hof erwartet man eine Kriegerin. Verhalte dich, als stünde es dir zu, dort zu sein, und schüchtere jeden ein, der das in Frage stellen will.«
Brittany schüttelte langsam und abwehrend den Kopf. Das Bild, das ihre Schwiegermutter für sie zeichnete, entsprach nicht ihrer Vorstellung von einer Dame.
»Wenn du nur aus Vernunftgründen geheiratet hättest, wäre die Neugier der Lairds und Ladys angesichts einer sanften, zurückhaltenden Frau befriedigt. Aber du hast den zweit-

mächtigsten Mann von ganz Schottland geheiratet. Dein Vater ist der eingeschworene Feind deines Mannes. Und du hast zum Schwert gegriffen und Alecs Burg verteidigt. Glaubst du wirklich, in deinem Fall würde eine schüchterne, zurückhaltende Frau, und wäre sie auch ein Engel, ihrer Aufmerksamkeit entgehen?« Brenna lächelte. »Du bist, ob du es nun willst oder nicht, die aufregendste Persönlichkeit in ganz Schottland.«

»Aber ich werde mich von allen Anwesenden abheben«, wandte Brittany ein, nicht bereit, die Wahrheit hinzunehmen, aber auch nicht fähig, sie zu leugnen. Sie war nun mal anders. »Eine Dame ist still und bescheiden.«

»Du bist eine Dame, Brittany«, sagte Brenna ruhig. »Sei du selbst. Wir schämen uns deiner nicht.«

»Aber Alec.« Die Worte waren Brittany entschlüpft, bevor sie sie zurückhalten konnte.

»Nay, Brittany. Nie im Leben.« Brenna legte ihr die Hand auf den Arm. Doch Brittany ließ sich nicht beschwichtigen. Sie wußte, was Alec dachte.

»Er fürchtet, ich könnte Schande über seinen Clan bringen«, sagte Brittany mit stiller Würde.

»Er fürchtet keine Schande«, widersprach Brenna eilig. »Er macht sich Sorgen, daß deine Unerfahrenheit seinen Feinden gelegen kommen könnte. Sie warten nur darauf, dich in Stücke zu reißen, den Clan der Campbell zu demütigen und Alecs Macht zu beschneiden.«

Unter Brennas Worten wurde Brittany kalt.

»Das wird gefährlich für sie werden.« Brittany würde sich nicht von hinterlistigen Politikern benutzen lassen. Wer sie unterschätzte, würde bald merken, daß er keinem Bauern, sondern einem Springer auf seinem Schachbrett begegnete, der gefährlichsten Figur nach der Königin. Brittany betrachtete die für den Besuch am Hof vorbereiteten Kleider. »Ich war noch nie bei Hofe, aber ich habe die Etikette studiert, und dir, Brenna, habe ich es nun zu verdanken, daß ich auch die Taktiken verstehe.«

»Alec wird erleichtert sein«, sagte Brenna und lachte leise vor sich hin. »Wenn du wüßtest, was er sich alles hat einfallen lassen, um dich auf diesen Besuch vorzubereiten.«

»Ich weiß es, Brenna.« Natürlich war Brenna überrascht, und Brittany fuhr erklärend fort: »Dieses Gespräch muß unser Geheimnis bleiben.« Sie hob die Hand, um Brennas Einspruch abzuwehren. »Alec hat mich vorverurteilt und wird seine Meinung erst ändern, wenn er dazu gezwungen ist. Habe ich diese Genugtuung nicht verdient, Brenna? Auch ich habe meinen Stolz.«

Brenna sah sie bestürzt an. »Sind sich die Lady und der Laird dieser Burg noch immer nicht einig?«

»Aye«, seufzte Brittany. »Offenbar können wir nur in den seltensten Fällen einer Meinung sein. Jeder Tag bringt eine neue Herausforderung.« Brittany sah an Brennas Gesicht, daß sie vielleicht schon zuviel preisgegeben hatte. »Bis zu dem Tag, da er mich fortschickt, werden wir verschiedener Meinung sein.«

»Es besteht noch immer die Möglichkeit, daß Alec sich nicht scheiden läßt.« Brennas kühler, durchdringender Blick beunruhigte Brittany.

Die Frau war klug, viel zu klug für Brittanys Seelenfrieden. »Alec wäre lieber tot als an mich gebunden.« Brittany zwang ein Lächeln auf ihre wehen Lippen. »Er erzählt mir bei jeder möglichen und unmöglichen Gelegenheit, daß er den Tag, an dem unser Vertrag ausläuft, kaum erwarten kann.« Ein gezwungenes Lachen entrang sich ihrer Kehle. »Und ich empfinde hinsichtlich unserer Ehe nicht anders.«

»Wenn ihr denn in dem Punkt einer Meinung seid, verstehe ich nicht, warum ihr bis zum Vertragsende nicht einen

friedlichen Kompromiß einhalten könnt.« Brittany konnte Brennas wissendem Blick nicht standhalten.
»Wir leben noch. Das ist angesichts unseres jeweiligen Temperaments wohl Kompromiß genug«, entgegnete Brittany, der die Diskussion allmählich Unbehagen bereitete.
»Ja, leidenschaftliche Menschen lassen sich oft von ihren Gefühlen beherrschen, nicht wahr?« drang Brenna weiter in sie.
Brittany wurde flammend rot. Sie waren beide leidenschaftlich. Doch das reichte nicht als Grundlage für eine Ehe, wenn sie es sich auch noch so wünschte. In ihrer Beziehung fehlte es an zu vielem. Es war eine Ehe ohne Vertrauen, Glauben und Achtung.
»Leidenschaft ist nicht Liebe! Es ist falsch, diese Begriffe zu verwechseln, Brenna.« Als sie es ausgesprochen hatte, wußte Brittany, daß sie sich verraten hatte.
»Ich bezweifle nicht, daß du den Unterschied kennst. Frauen sind hellsichtiger in Dingen des Herzens.« Brenna drehte sich um und blickte aus dem Fenster. »Ich habe meinen ersten Gatten heiß geliebt. Er entdeckte erst kurz vor seinem Tod, daß er mich auch liebte.« In der Erinnerung wurde ihre Stimme weich, und Brittany war erstaunt, daß sie so viel von sich preisgab. »Manchmal ist Liebe vorhanden, wenn sie auch nicht eingestanden wird, Brittany. Wenn in deinem Herzen Liebe wohnt, ist noch nicht alles verloren.«
Brenna strich Brittanys Haar zurück. »Eines Tages, wenn du sehr alt bist – so alt wie ich vielleicht –, wird deine Tochter mit ihren Ängsten zu dir kommen. Du wirst ihr von Alec, deiner ersten Liebe, erzählen. Sie wird den Kopf schütteln und nicht glauben, daß ihre Mutter jemals einen verwegenen Geliebten hatte und den gleichen Schmerz und das gleiche Herzensleid erlebte wie sie selbst.« Brenna hielt inne, ein bittersüßes Lächeln kam auf ihre Lippen. »Die Jugend neigt

dazu zu bezweifeln, daß ihre Eltern auch nur Menschen sind und daher alle Schmerzen der Liebe kennen. Wenn du ihr sonst nichts sagen willst, rate ihr, zu glauben und den Glauben niemals zu verlieren. Denn eine Welt ohne Liebe wäre ein schrecklicher Ort.«

Brittany schloß die Augen und lehnte den Kopf an Brennas Schulter. Mutterliebe hatte sie nie erfahren. Das einsame Kind in ihrem Inneren fand Trost in Brennas Armen. Liebe, das lernte sie hier, hatte viele Gesichter – einige waren schön, andere nicht. Seufzend löste Brittany sich aus der Umarmung.

Sie brachte es nicht über sich, ihrer Schwiegermutter die Illusionen zu nehmen. Lächelnd küßte sie ihre Wange. Brenna war eine Romantikerin, Brittany dagegen Realistin. Soldaten dachten immer realistisch. Sie kannten Schmerzen und sie kannten Verluste. Alec würde sie fortschicken. Trotzdem glomm ein Fünkchen Hoffnung weiter, denn in ihrem Herzen wohnte Liebe. Tief in ihrem Inneren, wo sie ihre Träume verbarg, glaubte sie. Glaubte sie mit aller Kraft.

Der Herbst wich dem Winter, und die dürren Bäume des Hochlands standen wie nackte Soldaten unter dem bleigrauen Himmel. Alec und seine Männer ritten in leichtem Trab übers Hochland, stets wachsam, aber ohne Angst vor einem Angriff. Brittany war nicht so zuversichtlich. Sie ritt zwischen Alec und Andrew, gefolgt von acht Männern. Ein kleiner Trupp für einen Ritt über das karge Land, dank ihrer lebhaften Farben leicht zu entdecken.

»Keine Angst, Mädchen. Nur ein Narr würde Campbell angreifen«, flüsterte Andrew.

Brittany fühlte sich ertappt. Sorgenvoll hatte sie die Landschaft nach Feinden abgesucht. Das unbekannte Land ließ diese schwer abzulegende Angewohnheit noch deutlicher zutage treten.

»Selbst in Schottland gibt es Narren, Andrew.« Brittany wies zum Horizont. »Dort könnte eine Horde Männer im Hinterhalt auf uns warten. Alecs Name eilt ihm häufig voraus.« Sie hatte die Stimme erhoben, und Alec warf ihr einen verwunderten Blick zu.

»Schreckt oder freut dich die Aussicht auf einen Kampf, meine Gemahlin?« Sein scherzhafter Ton amüsierte Brittany; sie sah ihm in die Augen. Was sie dort fand, raubte ihr fast den Atem.

»Wie Ihr, my Laird, gedeihe ich am Unerwarteten«, entgegnete Brittany. Alecs Lächeln wurde zu einem frechen Grinsen.

»Dann müssen wir dafür sorgen, daß meine Lady eine interessante Reise hat und auf dem Weg nach Edinburgh reichlich Abwechslung erfährt.«

Wie machte er das nur? Alec war der einzige Mann in Brittanys Bekanntschaft, der es fertigbrachte, sie in der Gegenwart anderer erröten zu lassen. Als sie sich nach Andrew umsah, war er zu ihrer Erleichterung verschwunden. Sie hörte Alecs Lachen. Unter seinem Blick wurde ihr heiß am ganzen Körper. Doch sie wollte sich nicht unterkriegen lassen. Das Geplänkel gefiel ihr; sie wünschte sich nur, sie wäre Alecs flinker Zunge gewachsen.

»Woran dachtet Ihr denn, my Laird?« fragte sie unschuldsvoll.

»An verschiedene neue, interessante, wenn nicht gar ungewöhnliche Taktiken, die ich im Lauf der Jahre bei nächtlichen Überfällen gelernt habe. Manöver, die du ganz gewiß sehr lehrreich finden wirst.« Seine Stimme war tief und erinnerte an nächtliche, in der Glut der Leidenschaft geflüsterte Worte.

»Ich fürchte, Ihr könnt mir nur wenig beibringen, und Wiederholungen haben immer eine einschläfernde Wirkung auf mich«, wagte sich Brittany mutig vor.

»Schlaf, geliebte kleine Soldatin, wird das letzte sein, woran du dann denkst. Und wenn er kommt, dann nur, weil dich die Erschöpfung niederstreckt.« Brittany spürte plötzlich seinen muskulösen Arm an ihrer Taille. Bevor sie sich wehren konnte, hatte er sie von ihrem Pferd auf seines hinübergezogen.
Er küßte sie wild. Nichts an seiner Umarmung oder an seinem Kuß war auch nur annähernd zärtlich. Seine Zunge traf auf ihre und entfachte das Feuer. Dieser Kuß sprach von Verlangen und heiß ersehnter Erfüllung.
Brittany schmiegte sich an ihn. Ihre Finger glitten über seine Brust und zupften gierig an der Verschnürung seines Wamses. Er fing ihre Hände ein und gab abrupt ihren Mund frei.
»Du vergißt dich, Weib. Wir sind nicht allein.« Seine tiefe Stimme vermochte ihre Benommenheit kaum zu durchdringen.
Die Männer kamen ihr wieder in den Sinn, und sie riß sich los. Ein Blick über seine Schulter beruhigte sie: Die Soldaten waren weit genug entfernt, um ihre Intimität nicht zu stören.
Alec hob sie hinüber auf ihr eigenes Pferd, beugte sich vor und gab ihr die Zügel wieder, die er festgehalten hatte. Als sie nach den Lederriemen griff, bemerkte sie verwundert, daß ihre Hände zitterten.
Alecs Lächeln war selbstsicher und zufrieden. Er legte ihr den Zügel in die Hand und umschloß ihre Finger mit seinen. »Du bist sehr leidenschaftlich, Brittany, und leicht zu entflammen. Ich weiß von Frauen, die Hab und Gut für ein Feuer wie deines geben würden.«
Brittany riß ihre Hand los. Seine Worte trafen sie wie ein kalter Guß. Wie konnte er es wagen, sich mit seinen Frauenbekanntschaften zu brüsten! Wenn sie ihm wenigstens in gleicher Münze würde heimzahlen können! Es hatte auch Nachteile, als Jungfrau ins Brautbett zu gehen. Sie bemühte

sich, ihre überbrodelnden Gefühle zu zügeln. Schließlich betrachtete er seine Ehe als Episode. Natürlich hatte er vor ihr Frauen gehabt. Schmerzlich war aber, daß er nach ihr Frauen haben würde. »Vielleicht verblassen andere Frauen für dich, seit du mich kennst.«

Alec strich ihr über die Wange. »So entzückend du auch bist, kleine Soldatin, kann doch keine Frau meine Zuneigung für immer halten. Nach unserer gemeinsamen Zeit wird mich die Erinnerung an unsere Leidenschaft keineswegs plagen, wenn ich eine andere im Arm halte.«

Brittany wandte sich ab. Er sagte nur die Wahrheit, doch sie wollte sie nicht hören.

Er drehte ihr Gesicht wieder zu sich. »Brittany, ich will dir nicht weh tun. In Wahrheit achte ich dich bedeutend mehr als jede andere Frau. Wenn der Tag der Trennung kommt, zerstöre bitte nicht mein Bild von dir, indem du mich festzuhalten versuchst und jammerst um etwas, was niemals sein kann.«

Brittany zwang ihren Blick in seinen. Es fiel ihr schwer, ihren Schmerz zu verbergen. Noch schwerer wurde es ihr, trotz der Enge in ihrer Kehle etwas zu sagen. »Eines Tages, Alec Campbell, wirst du deine Worte und deinen leichtfertigen Umgang mit unserer Ehe bereuen. Die Erinnerung an unser Zusammensein wird dich heimsuchen, auch wenn du es nicht willst. Ich bin keine gewöhnliche Frau, und du bist kein gewöhnlicher Mann.« Sie sah, wie seine Augen schmal wurden, und reckte das Kinn vor. »Fürchte nichts, mein Gatte. Wenn der Tag der Scheidung da ist, werde ich ebenso würdig von dir gehen, wie ich gekommen bin.« Aber ihr Herz würde bei ihm bleiben.

Alecs Züge entspannten sich. »Gut, daß du das begriffen hast. Ich bin dem Befehl des Königs gefolgt, als ich dich zur Frau nahm.«

Sie hörte die Bitterkeit in seinem Ton, als er von den politischen Gründen der Hochzeit sprach. »Trotzdem brauchst du es nicht darzustellen, als wäre deine Ehe schlimmer als der Tod«, warf sie ihm hochmütig hin, um die Beleidigung abzuschmettern. »Ich bin nicht deine Feindin, Alec.« Sein Gesicht verhärtete sich.
»Du bist die Tochter meines Feindes.« Sein Blick gewährte ihr Einblick in die Macht, die die Vergangenheit über ihn hatte. Solange diese ihn quälte, hatten sie keine gemeinsame Zukunft.
»Am Tag meiner Geburt wurde ich eine Mactavish, am Tag meiner Hochzeit eine Campbell. Ich werde mich bei keinem Mann für einen von diesen Namen entschuldigen.« Der Stolz half ihr, ihren Kopf hoch zu tragen, doch Hoffnungslosigkeit erfüllte sie. Es würde sich niemals ändern: Sie war eine Mactavish, er ein Campbell.

Als Alec nach langer Zeit wieder sprach, klang seine Stimme barscher als beabsichtigt. »Heute abend machen wir Rast bei Castle Loch. Packe bitte die entsprechende Kleidung aus, Brittany: das Gewand der Gattin eines Lairds. Ich werde dich meinem Freund Duncan vorstellen.«
Sein Befehl ließ Brittany herumfahren. Ihre Überraschung verriet, daß sie auf dem Weg zu Edgars Schloß nicht mit einem Besuch beim Adel gerechnet hatte.
»Wie rücksichtsvoll, Alec. Du möchtest, daß ich mich kleide und benehme, als wären wir bei Hofe? Das ist der Grund für diesen Aufenthalt, nicht wahr?« Brittanys Augen waren grün vor Empörung.
»Aye. Betrachte unseren Besuch als Generalprobe, Brittany. Du bist ein Soldat: Würdest du unvorbereitet in eine Schlacht gehen?«
»Niemals.« Ihre Lippen wurden schmal; ihr Gesicht verriet

überdeutlich ihren Zorn über seine Frage. »Habt Ihr spezielle Wünsche hinsichtlich meiner Garderobe?«

»Wähle eine von den Roben, die meine Mutter für dich gefertigt hat. Ihr Geschmack ist vorbildlich.«

»Ich stimme dir zu.« Brittany lächelte. »Brenna ist eine ganz außergewöhnliche Frau. Sie hat mich mit einem Abschiedsgeschenk beehrt, einem unerhörten Kleidungsstück. Mit Eurer Erlaubnis, my Laird, werde ich es heute abend tragen.«

Er spürte, wie sich seine Nackenhaare sträubten. Mit dem Instinkt des Kriegers sondierte er das Terrain. Nichts Bedrohliches zeigte sich weit und breit. Bei Brittanys Anblick wunderte er sich über ihren unschuldigen Gesichtsausdruck. Sie führte etwas im Schilde.

»Alec, habe ich deine Erlaubnis?« wiederholte sie ihre Frage. Ihr sanfter Ton verstärkte sein Mißtrauen. Ihr Vorhaben allerdings erkannte er nicht. »Aye«, sagte er bedächtig, widerstrebend. Er hatte sich daran gewöhnt, daß Brittany sich seinen Befehlen widersetzte. Merkwürdig. Eine furchtsame, gefügige Maid entzückte ihn doch nicht so, wie er erwartet hatte. Einen Augenblick lang sah er Brittany zweifelnd an, dann gab er seinem Roß die Fersen und stob davon.

Andrew drängte sein Pferd neben Brittanys. »Mir ist, als wäre es kälter geworden.«

Brittany ging nicht auf seine Bemerkung ein. Doch plötzlich spürte sie auch den schneidenden Wind und hüllte sich fester in ihren Mantel.

»Aye. Er hat es Euch also gesagt.« Andrew versuchte erneut, ihre Aufmerksamkeit zu gewinnen.

Vor Andrews forschendem Blick barg Brittany das Gesicht in ihrem Mantel.

»Wußte ich doch, daß Euch der Besuch nicht behagen würde«, sagte Andrew. »Ich hätte aber nie erwartet, daß Ihr Euch wie ein ängstliches Kaninchen eingraben würdet.«

Mit fliegenden Haaren warf Brittany den Kopf herum und funkelte Andrew ob seiner unbedachten Worte an. Bevor sie mit Schimpftiraden über ihn herfallen konnte, redete er weiter.

»Ah!« Seine Augen blitzten wie verstehend. »Eine Eurer Strategien. Gut gemacht, Mädchen. Alec hat Euch vor Duncans Blick für schöne Frauen gewarnt.« Er tätschelte ihre Hand. »Seid vernünftig, Brittany. Versteckt Euch, Mädchen. Alecs Zorn zu reizen täte Euch nicht gut.«

Brittany schüttelte abwehrend den Kopf. »Ihr irrt Euch, Andrew. Alec ist keineswegs besorgt um meine Tugend und meine Ehre. Ihm geht es nur um seinen Clan. Außerdem würde Laird Duncan sich niemals in Anwesenheit meines Gatten an meine Röcke hängen.«

»Brittany, Ihr seid eine Erbin von hoher Geburt«, sagte Andrew. »Euer Stand als verheiratete Frau schützt Euch nicht, da ganz Schottland mit Eurer Scheidung rechnet. Die Lairds werden Schlange stehen, um Eure Hand zu gewinnen. Duncan unterscheidet sich durch nichts von den Männern an Edgars Hof.«

»Aber Laird Duncan ist Alecs Freund«, wandte Brittany ein.

»Aye. Sie sind Freunde«, gab Andrew zu. »Sie haben in manchem Kampf Seite an Seite gestanden. Aber außerdem sind sie Lairds. Ihre Clans stehen an erster Stelle. Eure Mitgift ist zu groß, kann nicht einfach übersehen werden. Wenn Eure Ehe beendet ist, wird Edgar entweder eine neue stiften oder Euch nach Hause schicken.«

Brittany blickte in das ernste Gesicht des älteren Mannes. Es war entmutigend, sich selbst als Besitztum betrachten zu müssen, das verkauft werden konnte wie ein Sack Getreide. Trotz ihrer Mitgift, um die andere Männer kämpfen würden, würde Alec sie von sich stoßen. Tief atmete sie die kalte, frische Luft ein. »Da mein Gemahl offenbar nicht die Neigung verspürt, mich vor den Avancen anderer Männer zu schützen, werde ich Duncan und andere selbst abwehren müssen. Oder etwa nicht, Andrew?«

Andrews Lächeln erwärmte ihr Herz. Er beugte sich vor und flüsterte: »Braucht Ihr Hilfe, my Lady?«

»Vielleicht, Andrew. Spielt dieser Laird Duncan Schach?«

»Aye«, antwortete Andrew lachend. »Sehr schlecht.«

»Schön.« Sie heftete den Blick auf Alecs Rücken. »Männer lassen sich nicht gern von Frauen besiegen, nicht wahr, Andrew?«

Bei Anbruch der Dämmerung ritten sie in den Schloßhof ein. Kurz vor Mittag war Alec bereits vorausgeeilt. Eine kleine, gedrungene Frau stand bei ihrer Ankunft auf der steinernen Treppe. Brittany verzog das Gesicht. Sie hatte erwartet, von Alec und seinem Freund empfangen zu werden.

»Lady Brittany, ich bin Maude.« Die Dienerin, eine Frau mittleren Alters, kam näher, als Brittany absaß. »Laird Duncan bat mich, Euch zu Diensten zu sein. Alles ist bereit für Euren Empfang.«

»Ist mein Gemahl bereits eingetroffen?« fragte Brittany, während sie Andrew die Zügel reichte.

»Schon vor Stunden, my Lady«, antwortete Maude. »Er und der Laird waren während des gesamten Nachmittags sehr beschäftigt.«

Brittany zeigte Andrew den Koffer, den sie ausgepackt wünschte. Andrew reichte diesen einem Diener, und Brittany folgte der Magd.

Im großen Saal herrschte reges Getriebe. Mägde und Diener bereiteten den Raum für das abendliche Gelage vor. Alec war nicht zu entdecken. Brittany hatte eben noch Zeit festzustellen, wie ähnlich dieser Saal dem der Campbell-Burg war, bevor sie zu ihrem Gemach geführt wurde.

Staunend sah sie sich in ihrem Schlafzimmer um. Die Größe beeindruckte sie ebenso wie die liebevollen Kleinigkeiten, die dem Wohlbefinden des Gastes dienten. Bodenlange doppelte Vorhänge verhüllten die Fenster; die vorderen aus grob gewebter Schafwolle, um die Wärme zu halten, die hinteren aus kunstvoller Weberei, um das Auge zu erfreuen. Wenn dieses Schloß ihr schon Bewunderung abrang, was würde sie dann von Edgars Residenz halten?

Brittany wandte sich zu Maude um und hielt den Atem an. Maude öffnete gerade ihren Reisekoffer, um ihre Kleider auszupacken.

»Das ist nicht nötig, Maude. Ich kümmere mich selbst darum.« Lächelnd trat Brittany zu der Dienerin und fuhr mit sanfter Stimme fort: »Ich bin es gewohnt, mich um meine eigenen Belange zu kümmern.«

Die Frau blickte sie befremdet an, widersprach jedoch nicht. »Wünscht Ihr Hilfe bei Eurem Bad, my Lady?«

Brittany haßte es, wenn jemand sie bemutterte, doch ihr blieb kaum eine Wahl, nachdem sie die angestammten Pflichten der Frau bereits beschnitten hatte. Eine Dame zu sein hatte auch Nachteile. »Danke, Maude. Diese Hilfe nehme ich gern in Anspruch.« Mit einem letzten Blick auf ihren Koffer begab sie sich zum Bad.

Ein wohliger Seufzer kam über Brittanys Lippen, als sie tief ins warme Wasser eintauchte. Völlig gelöst legte sie den Hinterkopf auf den Rand des Zubers und schloß die Augen. »Das ist herrlich.«

»Aye«, bestätigte Maude. »Die kleinsten Vergnügungen bringen die größte Freude.« Maudes Worte rührten an Brittanys Herz. Maude hatte recht. Sie, Brittany, hatte nie nach Macht und Reichtum gegiert. Doch das, was sie wollte, war unerreichbar für sie, so unerreichbar wie die Kronjuwelen.

Brittany fühlte den Kamm an ihrer Kopfhaut. Die behutsamen Striche lenkten sie von ihren Gedanken ab.
»Welches Parfüm wünscht Ihr, my Lady?«
Brittany schlug die Augen auf. »Parfüm?«
Maude präsentierte ihr diverse Fläschchen auf einem Tablett. Brittany griff sich eines heraus und hielt es sich unter die Nase. Ein blumiger Duft schlug ihr entgegen. Schnell stellte sie den Flakon zurück. Blumen paßten nicht zu ihr.
»Versucht das hier«, schlug Maude vor.
Brittany schnupperte an dem angebotenen Fläschchen. Der Duft füllte ihre Sinne, weckte angenehme Erinnerungen – die wenigen, die sie aus ihrer Kindheit mitgenommen hatte. »Meine Zofe und ich sind oftmals frühmorgens aufgestanden, um wilde Erdbeeren zu sammeln.« Sie erwähnte nicht, daß das Beerensammeln ihre einzige Ablenkung von den strengen Kampfübungen war. »Diesen Duft möchte ich.«
Danach reichte Maude Brittany ein Handtuch, und ihr Blick huschte zu dem unausgepackten Koffer hinüber. »Kann ich sonst noch etwas für Euch tun, my Lady?«
Brittany hatte den Blick der Dienerin wohl bemerkt. »Nein, alles andere überlaß nur mir.« Brittany war es nicht gewohnt, bedient zu werden, würde sich jedoch daran gewöhnen müssen, wenn sie in Edgars Schloß war. Sie lächelte. »Könntest du mir vielleicht etwas zu trinken holen?«
Kaum hatte sich die Tür geschlossen, wurde Brittany aktiv. Sie trocknete sich ab und wickelte sich in ein großes Leinentuch. Anziehen wollte sie sich erst, wenn sie wirklich allein war. Dann ging sie zum Feuer und löste das Tuch, in das sie ihre Haare gebunden hatte.
Sie kämmte ihre langen Locken am Feuer, damit sie schneller trockneten, und bei jedem Strich mit dem Kamm wurde ein feiner Erdbeerduft freigesetzt. Heute abend fühlte Brittany sich durch und durch weiblich. Ihr Blick wanderte zu ihrem

Reisekoffer. Ihr für den Abend geplanter Anzug gab ihr ein ungutes Gefühl.

Ihr Zorn hatte sich in der Zwischenzeit einigermaßen gemildert. Sie hatte Alec beeindrucken, ihn mit ihrem Benehmen und ihrer vortrefflichen Haltung blenden wollen. Diese Überraschung sollte er jedoch nicht hier, sondern an Edgars Hof erleben.

Ihr Trotz kam ihr jetzt kindisch vor. Tief im Inneren wünschte sie sich sein Wohlgefallen. Zum ersten Mal in ihrem Leben hatte sie den Wunsch, sich für einen Mann schönzumachen. An ihrem Hochzeitstag hatte ihre prachtvolle Ausstaffierung ihr nichts bedeutet. Doch heute abend wollte sie schön sein, elegant und betörend weiblich.

Alec sollte sie anstarren, als sähe er sie zum allerersten Mal in seinem Leben. Heute abend wünschte sie sich den Auftritt einer siegreichen Heldin. Doch statt eines Soldaten sollten die Staunenden eine Erscheinung wahrhaft weiblicher Eleganz erleben.

Sie stellte sich die sonnengelbe Robe vor, die Brenna für sie gefertigt hatte. Ihre weichen, fließenden Linien betonten ihre Figur – das Material lag eng an und folgte doch sanft und geschmeidig jeder Bewegung, was die sinnliche Erscheinung noch untermalte. In diesem Kleid fühlte sie sich wunderschön. Ihr Entschluß freute sie wie eine neuentdeckte Waffe. Nachdem Maude ihr Haar gerichtet hatte, sollte die Dienerin ihr das gelbe Gewand holen. Brittany hob gerade die schwere Fülle ihres Haars von ihren Schultern, als die Tür aufgestoßen wurde. Der Lärm ließ sie nicht zusammenzucken – nur ein ganz bestimmter Mensch trat auf diese Weise in einen Raum.

»Guten Abend, my Laird«, sagte sie.

»Guten Abend, Brittany.« Er schloß die Tür und drehte sich zu seiner Frau um, bemüht, sie deutlich zu erkennen. Den ganzen Nachmittag über hatte er mit seinem Freund Duncan Ale getrunken. Jetzt war es ihm wichtig, ihr noch einmal anständiges Benehmen nahezulegen.

Der Raum schwankte leicht, und Alec brauchte dringend eine Abendmahlzeit. Beinahe ohne zu stolpern, ging er zu einem Stuhl und setzte sich auf das gebrechliche Möbel.

»Brittany.« Er war entschlossen, streng und doch diplomatisch vorzugehen. »Komm zu mir, Gemahlin.«

Eine weiße Erscheinung schwebte auf ihn zu. »Ah. Du bist wunderschön in diesem Kleid.«

Brittanys Mißtrauen erwachte. »Ach ja, my Laird?«

»Gewiß doch. Meine Mutter verfügt über einen ausgezeichneten Geschmack. Du solltest dich nach ihrem Vorbild richten.« Er hob die Hand und wies zur Tür. »Heute abend mußt du dich von deiner besten Seite zeigen. Mein Freund Duncan hat sich bereit erklärt, sein Urteil über deine Erscheinung und dein Benehmen abzugeben.«

Er hörte sie nach Luft schnappen und freute sich über den zustimmenden Seufzer. »Ich will keinen Dank, Frau.« Er streckte die Hand aus. »Komm, ich geleite dich nach unten.«

Brittany blickte an dem Leintuch herab, in das sie sich gehüllt hatte. An manchen Stellen war der Stoff noch feucht. »Mein Gatte, so kann ich nicht nach unten gehen.« Mit zwei Fingern zog sie das Leinen von ihrem Körper ab.

»Warum nicht?« fragte Alec.

Brittanys Augen wurden schmal. »Weil ich mein Haar noch richten lassen muß, Alec.« Ihre Stimme klang weich und lieb, ein krasser Gegensatz zu dem Zorn in ihren Augen. Sie neigte sich zu Alec, als wollte sie ihm einen Kuß geben. Sie rümpfte die Nase, als sie die Bierfahne roch. »Geh zu deinem Freund, Alec. Ich komme sofort nach.«

Er stand auf und verbeugte sich tief, wobei ihm schwindlig

wurde. Als er sich wieder aufrichtete, trat er einen unsicheren Schritt zurück und stieß dabei den Stuhl um.
Brittany schloß angewidert die Augen.
»Wie Ihr wünscht, my Lady«, sagte Alec. »Lege heute abend bitte Ehre für mich ein.«
»Keine Angst, Alec«, sagte sie lächelnd. »Du bekommst, was dir zusteht.«

Vierzehntes Kapitel

Maude machte an der Tür einen großen Bogen um den Laird. Sie sah Brittany an und schüttelte den Kopf. »Die Trinkerei, my Lady. Sie bringt einen Mann um den Verstand.«
Brittany konnte ihr nur beipflichten. Sie verabscheute die Gesellschaft von Betrunkenen. »So habe ich meinen Gatten noch nie erlebt.«
»Heute abend ist er nicht allein, my Lady«, erklärte Maude. »Laird Duncan steht ihm in nichts nach. Die Männer haben ihr Wiedersehen begossen – aufs Glück angestoßen und auf vergangene Siege.«
»Kriegsgeschichten sind das richtige Thema für Soldaten«, seufzte Brittany und drehte sich um. Ihr Blick fiel auf den Reisekoffer. Heute abend standen Kriegsgeschichten auf der Tagesordnung. Sie trat an den Koffer heran und öffnete ihn. »Maude, ich bitte dich um deine Hilfe.«
Ohne Maudes aufgerissene Augen zu beachten, legte Brittany ihre Tunika und die Beinkleider bereit. Als Schwert und Dolch hinzukamen, vergaß Maude, den Mund wieder zu schließen.
»Die Kleider Eures Gatten, my Lady?«
Das Hoffnungsfünkchen, das in ihrer Stimme mitschwang, entging Brittany nicht.
»Nay, Maude.« Brittany lächelte über das verdutzte Gesicht der Frau. »Alec ist ein großer Krieger, doch was Mode betrifft, ist er hilflos.« Brittany hielt sich die Tunika an. »Diese Sachen gehören mir«, sagte sie. »Sie sind ein Geschenk von einer überaus mutigen Frau.«

»Dann sind die Geschichten, die wir gehört haben, wahr, my Lady? Ihr habt die Burg gegen einen Angriff verteidigt?« Maudes Augen blitzten.

»Ja.« Brittany wunderte sich über die Veränderung, die plötzlich mit Maude vor sich ging.

»Es ist mir eine Ehre, Euch zu Diensten sein zu dürfen. Ihr seid eine Legende.« Maude griff nach der Tunika. »Doch ich muß Euch warnen, my Lady. Nicht jedem dort unten wird die Wahl Eurer Kleider gefallen. Laird Duncan wurde aufgefordert, Euch ...«

»Mich zu beurteilen«, half Brittany ihr aus. Ihre Augen verengten sich bei dem Gedanken an die kleine Überraschung, die sie für ihren Gatten bereithielt. »Ich weiß«, sagte sie. »Wenn ich eingeschätzt werden soll, dann als das, was ich bin, nicht als das, was ich ihrer Meinung nach darstellen soll.«

Brittany rückte ihr Schwert zurecht. Sie straffte die Schultern und betrachtete sich in dem Spiegel aus glänzend poliertem Metall.

Maude setzte ihr den Stirnreifen aus Messing aufs Haar. Einzig von diesem schlichten Schmuck gehalten, ergossen sich weiche Wellen über ihren Rücken. »Ihr seid nicht, was sie erwarten, my Lady.«

»Nay, Maude. Ich bin, was sie erwarten. Sie rechnen mit dem Schlimmsten, und ich erfülle ihre Befürchtungen.« Sie hob das Kinn. So gern wäre sie eine Dame gewesen und hätte Alec mit der wunderschönen gelben Robe betört. Doch sie wollte sein Wohlwollen nicht auf Kosten ihrer Selbstachtung.

Unten in der Halle ging es ausgelassen zu. Am Kopf der Treppe, den Blicken der anderen noch verborgen, konnte Brittany wählen: weitergehen oder in ihr Gemach flüchten. Sie stand auf der Galerie und holte tief Atem. Vor diesem

Augenblick hatte sie sich gefürchtet. In jeder Schlacht kam vor dem Zusammenprall ein Augenblick, in dem ein Soldat Angst verspürte.

Auf der Treppe erklangen Schritte, und Brittany hielt den Atem an. Ein junges Dienstmädchen erschien, knickste vor Brittany und huschte den Flur entlang, um in dem Zimmer zu verschwinden, das Brittany eben verlassen hatte.

Von unten tönte eine tiefe Stimme herauf. »Spann mich nicht länger auf die Folter, Alec. Laß das Mädchen holen. Ich komme um vor Neugier.« Gelächter drang an Brittanys Ohr, als ein paar weitere Männer Bemerkungen zu ihrem Stand als Kämpferin machten.

Brittany stieg die Röte ins Gesicht. Sie spürte eine Hand an ihrem Arm und zuckte zusammen. Hinter ihr standen Maude und das Dienstmädchen. »Sag der Lady, was du gehört hast.« Das Mädchen war schüchtern, wiederholte aber dennoch leise die Unterhaltung zwischen Laird Duncan und Laird Campbell, die es mit angehört hatte.

Brittany fühlte sich ein wenig erleichtert. Alec hatte nicht gewollt, daß ihr Benehmen und ihre Kleidung beurteilt wurden. Zumindest schämte er sich ihrer nicht. Er fürchtete die Intrigen und Hinterlistigkeiten bei Hofe, weil sie in politischen Umtrieben nicht erfahren war. Laird Duncan sollte einen Köder auslegen, um zu sehen, ob sie in die Falle ging. Sie hob den Kopf und schritt die Treppe hinab.

Auf halbem Wege blieb sie stehen. Die Stimmen verstummten; alle Blicke hefteten sich auf Brittany. Sie suchte Alec und sah ihm in die vom Alkohol glasigen Augen.

»Seht, meine Gemahlin. Ist sie nicht eine herrliche Erscheinung?« Das genossene Bier tat seine Wirkung, er sank auf seinen Stuhl zurück, und seine Augen fielen zu.

Alecs begeisterte Vorstellung seiner Frau ließ den anderen kaum eine Wahl. Sie mußten ihm zustimmen. Ihr Gatte hatte

seinen Freund selbst ins Aus manövriert. Brittany würde dafür sorgen, daß er dort blieb.
Sie ließ den Blick über den Saal wandern und verhielt bei einem großen Mann mit Schwert und Dolch am Gürtel. Instinktiv wußte sie, daß dieser ihr Gegenspieler sein würde. Eine Führungspersönlichkeit fiel durch ihre Haltung auf. Dieser Mann erinnerte sie an Alec. Doch im Gegensatz zu Alec, so stellte sie voller Unbehagen fest, war dieser nicht betrunken.
»Wenn ein Mann schon umkommen muß, my Laird, dann soll es wenigstens nicht aus Neugier geschehen. Ich bin Brittany Mactavish Campbell.« Sie sah ein Lächeln um seine Lippen spielen, während alle anderen keine Miene verzogen. Sie hatte recht. Er war tatsächlich der Herr dieses Schlosses. Spott funkelte in seinen Augen, während er sich näherte und ihr die Hand entgegenstreckte.
Brittany verharrte auf der drittletzten Stufe, auf gleicher Augenhöhe mit Duncan. Sie sah ihm direkt in die spöttisch blitzenden Augen. In ihrer Kleidung eine Verbeugung zu machen, wäre albern gewesen. So neigte sie nur leicht den Kopf. »Mein Gemahl hat Euch in einer Angelegenheit, die Ihr perfekt beherrschen sollt, um Hilfe gebeten.«
»Aye, Lady Brittany. Mir ist es mehr ein Vergnügen als eine Pflicht«, antwortete Duncan aalglatt.
Brittany nahm seinen Arm. »Ich hoffe, Ihr denkt noch genauso, wenn dieser Abend zu Ende geht.«

»Ich schwör's. Niemals wieder«, stöhnte Alec und hielt sich den schmerzenden Kopf. Gott, was für ein Fehler. Er hätte es nicht vergessen dürfen. Duncan war ein Mann, den kaum einer unter den Tisch trank.
Seine Strafe für seine Maßlosigkeit war jetzt die Hölle für ihn. Bilder, zusammenhanglos und verschwommen, tauchten

aus einem wabernden Nebel auf. Brittany, weich, reizvoll und bescheiden in einem wunderschönen weißen Gewand, schwebte durch seine Erinnerungen. Dann verwandelte sie sich in einen wilden, aufregenden Soldaten in den blauen Farben seines Clans. Brittany in Soldatenkluft beunruhigte ihn. Nicht einmal sie würde es wagen, hier in solcher Kleidung aufzutreten.

Doch das Bild blieb, und er quälte sich mit der Frage, ob es ein Traum war oder nicht. Der Alkohol benebelte häufig den Verstand, und bis er ganz sicher sein konnte, wollte er an sich halten.

Vorsichtig erhob er sich von seinem Bett und hatte das Gefühl, unter die Hufe durchgehender Pferde geraten zu sein. Jeder Muskel schmerzte, so daß so schlichte Vorgänge wie Waschen und Ankleiden ihm zur Qual wurden.

»Gott erbarm.« Er sah völlig zerstört aus. Mit einer Hand strich er über seinen Bart und musterte sein hohlwangiges Spiegelbild mit den blutunterlaufenen Augen in dem polierten Metall. Still zu leiden wäre erträglich gewesen. Doch sein Aussehen würde nicht unbemerkt bleiben. Seine Männer würden sich köstlich über ihn amüsieren.

Das Schlafgemach war leer. Offenbar war Brittany schon früh aufgestanden. Er kämmte sich das Haar und ertrug die tausend Nadelstiche auf der Kopfhaut. Ein flüchtiger Gedanke stieg auf. Wie war er gestern nacht ins Bett gekommen? Er stöhnte und konnte nur hoffen, daß er keine Hilfe benötigt hatte. Sonst würde Brittany toben vor Wut, und ihrer scharfen Zunge wollte er an diesem Morgen nicht ausgesetzt sein. Der Gedanke an den langen Ritt zu Edgars Schloß war genauso unangenehm wie der an den Zorn seiner Gattin. Doch beides mußte er auf sich nehmen. Alec schnallte sein Schwert um und verließ das Gemach, entschlossen, diesen Tag trotz der letzten Nacht zu einem guten Ende zu führen.

Alec fand den großen Saal leer vor und stellte fest, daß es schon fast Mittag war. Verdammt. Der späte Aufbruch würde die Ankunft in Edgars Schloß mehr verzögern, als ihm lieb war. Er stürmte aus dem Saal, wütend auf sich selbst und seine Dummheit in der vergangenen Nacht.

Als er nach draußen trat, stach das helle Sonnenlicht ihm in die Augen. Er schritt auf die Stallungen zu und fluchte leise, als er Andrew bemerkte. Andrew grinste unverschämt, und Alec biß die Zähne zusammen. Flüchtig erinnerte Alec sich, dem Mann einmal zur Mäßigung geraten zu haben. Diese Mahnung und Andrews Zuneigung für Lady Brittany garantierten, daß ihm eine unangenehme Begegnung bevorstand.

Andrew gesellte sich zu ihm. Sein Schweigen ärgerte Alec, und an der Stalltür fuhr er den Mann an: »Na, los doch, spuck es aus!«

Mit ausdruckslosem Gesicht sah Andrew den Laird an. »Mäßigung, Alec, Mäßigung.«

Alec schnaubte. »Sattle die Pferde und beeil dich, damit wir schnellstens aufbrechen können.« Sein zorniger Blick warnte Andrew, mit keinem Wort auf die späte Stunde zu sprechen zu kommen.

Andrew drehte sich um und ging. Mit einem leisen Lachen machte er sich an die Arbeit.

»Schwachkopf«, brummte Alec angesichts der Heiterkeit des Mannes. Dieser Tag versprach, quälend lang zu werden. Alec machte sich auf die Suche nach Duncan, um zu erfahren, wie Brittany sich am Vorabend gehalten hatte. Vor dem Stall blieb er abrupt stehen. Duncan geleitete Brittany durchs Tor in den Schloßhof hinein. Mitten auf dem Hof, nahezu direkt vor Alecs Nase, hielt sein Freund an und unterhielt sich mit Brittany.

Nach der Probe der gestrigen Nacht hätte Alec nicht damit

gerechnet, die beiden in freundschaftlichem Gespräch anzutreffen. Anscheinend hatte Brittany sich wacker geschlagen, und seine Sorgen waren grundlos gewesen. Ihr Sieg ärgerte ihn merkwürdigerweise. Zornig über seine beunruhigenden Gedanken, schob er die Schuld an dieser Reaktion auf seine schlechte Laune.

Plötzlich blickte Brittany in seine Richtung. Er wappnete sich gegen ihren Wutausbruch.

»Alec«, rief sie und winkte ihm zu. Sie lächelte, als freute sie sich, ihn zu sehen. Ihre herzliche Begrüßung verwirrte ihn. Das war nicht die kleine Soldatin, wie er sie kannte.

Verunsichert durch ihr Verhalten, war er auf der Hut, als sie näher kam. Duncan war wie immer der beflissene Gastgeber – die Rolle, die er wie selbstverständlich übernahm, sobald eine schöne Frau in Sicht war.

»Alec, du siehst schrecklich aus«, bemerkte Duncan ernst, doch das Lachen in seinen Augen strafte seinen besorgten Tonfall Lügen. »Komm mit ins Schloß. Ich werde Maude anweisen, dir ein Gegenmittel zu brauen.«

»Nay, wir brechen unverzüglich auf«, erwiderte Alec und sah, wie Duncans Lippen zuckten. Alec erkannte dies als Zeichen, daß einer der eigenwilligen Streiche seines Freundes bevorstand.

»Ich kann deine Eile, Lady Brittany dem König zu präsentieren, nur zu gut verstehen«, behauptete er und wandte sich Brittany zu. Alec sah, wie Duncan ihre Hand an seine Lippen hob. »Ihr seid eine ungewöhnliche und schöne Frau, die alle anderen in den Schatten stellt.«

Brittany sah Alec an, als Duncans Lippen ihre Hand berührten. Alec bemerkte die Kühle in ihrem Blick und war erleichtert, daß sie sich von den Schmeicheleien seines Freundes nicht beeindrucken ließ. Zornig darüber, daß Duncans Handkuß über das Maß des Höflichen hinausging, packte er Brit-

tanys Handgelenk, zog sie zu sich heran und beendete damit sehr wirkungsvoll die ausgedehnte Ehrerbietung.
Duncan richtete sich auf, und Alec begegnete seinem forschenden Blick. »Alec, ich möchte dich noch einmal davor warnen, vor deinem Einzug am Hof eine weitere Nacht zu verbringen. Nimm dir meine Worte zu Herzen, wenn du vermeiden willst, daß Brittany dem Klatsch noch mehr Nahrung gibt.«
»Warum?« Instinktiv versteifte sich Alec angesichts der Warnung seines Freundes. Brittany hatte Duncans Test nicht bestanden.
»Wenn ich euch zusammen sehe, weiß ich, was der Hof wahrnehmen wird.« Duncan deutete auf Brittany. »Die Schöne.« Dann richtete er den Zeigefinger auf Alec. »Die Bestie.«
Duncan lachte, Alec schnaubte verächtlich. »Es ist tollkühn, über mich zu lachen, Duncan. Ich habe dich um einen Gefallen gebeten, und du bietest mir nichts als Sticheleien.« Duncans Lächeln wich.
»Ich habe dir den Gefallen erwiesen, Alec. Doch du irrst dich. Er ist mir teuer zu stehen gekommen.« Er warf einen mürrischen Blick auf Brittany.
Verwundert über den plötzlichen Stimmungswechsel des Freundes, sah Alec seine Frau an, die kaum merklich lächelte.
»Wenn Ihr erlaubt, my Laird, werde ich jetzt packen.« Brittany knickste vor Alec und wandte sich dann Duncan zu.
»Danke, Laird Duncan, daß Ihr Euch gestern abend, als mein Gemahl indisponiert war, meiner angenommen habt. Ich weiß, wie beschwerlich es für Euch war, zur Unterhaltung mit einer Frau vorliebnehmen zu müssen. Ich werde die Erinnerung an Eure Höflichkeit und Großherzigkeit mit auf den Weg nehmen.« Als sie wiederum knickste, entging Alec nicht das Funkeln in ihren Augen, und die Miene seines Freundes drückte Bewunderung aus.

Brittany entfernte sich, und Alec stürzte sich mit seiner drängenden Frage auf Duncan. »Was zum Teufel ist gestern abend passiert?«

»Deine Lady«, Duncan hielt inne, lächelte und wurde gleich wieder ernst, »ist keine Frau, die sich von einem Mann manipulieren läßt. Schau nicht so finster drein, Alec. Ich habe es mit allen Tricks versucht.« Er grinste unvermittelt. »Es hat mich drei Pferde und zwei Sättel gekostet. Die ich dir in Rechnung stelle.«

Alec starrte ihn verständnislos an, dann dämmerte es ihm, und er lachte schallend. »Du hast sie zu einer Partie Schach aufgefordert.«

»Nay, ich habe ihr angeboten, sie das Spiel zu lehren«, antwortete Duncan trocken. »Es schien mir ein gutes Mittel, um Informationen zu erschleichen.«

»Was hast du erfahren?«

»Nichts. Keine brauchbare Information vor, während oder nach dem Spiel. Nay, diese Lady ist genauso klug wie ein Mann. Du brauchst nicht zu befürchten, daß sie gegen dich benutzt werden könnte. Da wurde dir ein seltenes Juwel geschenkt, Alec. Ich beneide dich.«

Wortlos starrte Alec seinen Freund an. Es überraschte ihn zwar, es sich eingestehen zu müssen, doch Duncans Einschätzung Brittanys bereitete ihm Sorgen.

»Hohes Lob, Duncan. Für eine Frau?« Alec zog eine Augenbraue hoch und bohrte weiter. »Warst du vielleicht doch betrunkener, als du zugeben möchtest?«

»Im Gegensatz zu dir benötige ich mehr als ein paar Krüge Bier, um einzuschlafen.« Duncan schüttelte den Kopf und bedachte Alec mit einem ernsten Blick. »Ich fürchte, du wirst den Wert dieser Frau erst dann erkennen, wenn sie nicht mehr bei dir ist.«

»Begib dich lieber schnellstens wieder aufs Schlachtfeld,

mein Freund«, sagte Alec. »Die langen Stunden der Muße haben einen Philosophen aus dir gemacht. Wer weiß, womöglich trägst du eine Bibel statt eines Schwertes, wenn wir uns das nächste Mal sehen. Hast du vergessen, daß meine Frau eine Mactavish ist?«

»Du warst schon immer ein Starrkopf«, sagte Duncan und lachte. »Wenn ich mit den Jahren weicher geworden bin, haben sie dich noch härter gemacht. Dein Stolz macht dich blind für jeglichen vernünftigen Gedanken.«

»Du sprichst in Rätseln«, höhnte Alec. »Wenn mein Ehevertrag erfüllt ist, werde ich Brittany von mir weisen. So würde jeder vernünftige Mann handeln.«

»Aye. Ganz Schottland weiß, wie vernünftig der Favorit des Königs ist«, sagte Duncan. »Bist du nicht der Krieger, der die Taktik gegen seinen Gegner ändert, wenn der es am wenigsten erwartet? Oftmals mitten im Kampfgeschehen, wodurch dann der Sieg errungen wird?«

Alec brummte der Schädel. »Ich habe genug von deinem Gerede. Wenn du mir etwas zu sagen hast, Duncan, dann sprich es aus.«

»Ich wüßte gern die Wahrheit, Alec Campbell«, sagte Duncan. »Du willst die Frau nicht haben. Aber würdest du einem Mann grollen, der sie haben möchte?«

Eher sein Tonfall als seine Worte verursachte Alec bohrende Kopfschmerzen und wies ihn auf eine Gefahr hin. »Ist das eine Warnung?«

»Aye. Wenn du sie fortschickst, werde ich zu den Bewerbern um ihre Hand gehören. Wenn du nicht klug genug bist zu behalten, wonach andere Männer verlangen, dann hast du den Verlust verdient.«

Alec sah ihn bitterböse an. »Nimm dich in acht, Duncan. Wenn ein anderer als du so zu mir gesprochen hätte, steckte jetzt mein Schwert in seiner Brust. Ich sage es dir nur ein einziges Mal. Unsere Ehegelübde sind noch bindend. Sprich nie wieder so zu mir, bevor sie beendet sind.«

Alecs Warnung schien Duncan nicht sonderlich zu beeindrucken; er war sogar so kühn zu lächeln. »Augenscheinlich habe ich einen schwachen Punkt berührt, Alec. Stelle lieber Wachen auf und lege deine Rüstung an, um diesen Punkt vor anderen zu schützen.«

Duncan wandte sich zum Gehen, und Alec entdeckte Brittany hinter seinem Freund. Ihr Gesicht war glühend rot, doch mit vorgerecktem Kinn sah sie ihn an. In ihren Augen von der Farbe einer stürmischen See glitzerten Tränen. Trotzdem senkte sie den Blick nicht, und er konnte sehen, wie sehr seine Worte sie getroffen hatten.

»Seid Ihr bereit, my Laird?« fragte sie.

»Aye.« Er drehte sich um und fühlte sich noch schlechter als zuvor. Er wußte, wie sie über die Scheidung dachte, und seine Bemerkungen waren nicht für ihre Ohren bestimmt gewesen. Der gequälte Ausdruck in ihren Augen brannte sich in seine Seele ein.

»Gestern am späten Abend sind sie eingetroffen, my Lady.« Das Dienstmädchen knickste vor Lady Eunice.

»Hast du Lady Brittany gesehen?« Eunice schenkte sich den Morgentee ein und wartete auf Nachrichten über Wentworths Enkelin.

»Nay, my Lady. Ich war schon zu Bett gegangen. Doch im ganzen Schloß kursieren Gerüchte und Vermutungen, warum sie so spät gekommen sind.« Das Mädchen bot Eunice Milch für ihren Tee an. »Soll ich mich umhören, ob heute morgen schon jemand etwas Neues über Campbell zu berichten weiß?«

»Aye, geh und hör dir den Klatsch an.« Eunice hob den Becher an ihre Lippen und blickte dem davoneilenden schottischen Mädchen nach. Die Campbells waren also endlich eingetroffen. Gott sei Dank. Ihre Zurschaustellung jüngferlicher Unschuld zehrte allmählich an ihren Nerven.

Eunice brannte darauf, Lady Brittany kennenzulernen, und noch mehr reizte sie der Ruf Campbells. Gewiß würde es interessant sein, dieses Paar zu treffen.

Eunice kleidete sich sorgfältig an. Sie wollte sich auf keinen Fall eine Blöße geben. Sollte sie sich mit dieser Brittany anfreunden, oder vielleicht mit ihrem Gatten? In Anbetracht dessen, was sie von Lord Wentworth über Brittany gehört hatte, dürfte die Lady leicht zu beeindrucken sein. Wentworth' Enkelin würde, da sie wie eine Soldatin aufgezogen worden war, mit Freuden die Hand einer kultivierten Freundin wie Eunice ergreifen. Doch die Vorstellung, Schottlands Favoriten näherzukommen, sagte ihr bedeutend mehr zu.

Man nannte ihn den Schwarzen Campbell, und Eunice schauderte wohlig, wenn sie den dunklen Namen über die Zunge rollen ließ. Sie liebte tapfere Männer. Solche, die durch Männlichkeit, Macht, Hochmut und Reichtum bestachen. Alec Campbell würde ihren hohen Ansprüchen wohl genügen. Nach Eunices Meinung sprach nichts dagegen, Pflicht und Vergnügen zu kombinieren. Information und Unterhaltung würden ein netter Zeitvertreib sein.

Die Tür öffnete sich, und das Dienstmädchen huschte ins Zimmer. »My Lady, König Edgar befindet sich in einer Unterredung mit Laird Campbell. Lady Brittany dürfte in Kürze erscheinen.«

Eunice setzte lächelnd ihren Becher ab. »Um nichts in der Welt möchte ich ihr Debüt versäumen.« Sie prüfte den Sitz ihrer Frisur in dem polierten Metall und schritt zum großen Saal. Wenn sie auch einen verspäteten Auftritt sonst sehr genoß, wollte sie sich doch Lady Brittanys Eintreffen nicht entgehen lassen. Kam sie früh, mußte Eunice das endlose

Geschwätz der Damen über sich ergehen lassen, doch das ließ sich nun mal nicht ändern. Eunice würde zur Stelle sein, wenn die arme Brittany einer führenden Hand bedurfte.

Als Eunice den großen Saal betrat, vermißte sie die Aufmerksamkeit, die ihr Erscheinen ihr gewöhnlich garantierte. Erwartungsvoll richtete sich aller Augenmerk auf sie und wandte sich dann nach beiläufiger Begrüßung wieder anderen Dingen zu. Man wartete gespannt auf die andere, und die allgemeine Gleichgültigkeit traf Eunice schlimmer, als sie sich selbst eingestehen wollte. Gekränkt gesellte Eunice sich zu der ersten Gruppe von Frauen.

»Oh. Das arme, kleine Mädchen. Hoffentlich ist sie nicht geschlagen worden. Wenn sie im Schutz der Dunkelheit eintrifft, hat sie gewiß etwas zu verbergen.« Lady Alices Züge zeigten eine empfindsame Anspannung. »Es muß schrecklich sein, einem Mann anzugehören, der ihre Familie und sie selber haßt.«

Eunice lauschte aufmerksam der Unterhaltung der Frauen. Brittany war dumm, wenn sie ihrem Gatten Widerstand leistete. Wußte sie denn nicht, daß einer Frau bedeutend wirksamere Waffen als Fäuste und Dolche zur Verfügung standen?

»Wie ich hörte, hat sie zum Schwert gegriffen und die Burg ihres Gatten in einer grausamen Schlacht verteidigt«, flüsterte Lady Pegreen hinter vorgehaltener Hand, offenbar fürchtend, daß die Männer am anderen Ende des Saals mithören könnten.

Im Gegensatz zu den anderen wunderte Eunice sich keineswegs über diese Information. Sie paßte zu ihrer Vorstellung von Brittany Campbell – einer rohen Soldatin.

»Da müßt Ihr falsch informiert sein. Als Ehefrau des Schwarzen Campbell ist sie gewiß verschüchtert und demütig. Eine Frau, die Angst vor ihrem eigenen Schatten hat, stellt sich keinem Heer zum Kampf.« Lady Alice bestätigte die Bemerkung mit einem wissenden Nicken. »Was meint Ihr, Lady Eunice?«

»Ich meine, my Ladies, wir sollten mit unserem Urteil zurückhaltender sein, bis wir die Frau kennengelernt haben«, erwiderte Lady Eunice in die begierigen Gesichter hinein.

»Ich bin in der Überzeugung aufgewachsen, daß die einzige Pflicht einer Frau darin besteht, ihrem Gemahl zu gefallen.« Lady Gwens aristokratisch näselnde Stimme brachte alle anderen zum Schweigen. Mit zusammengebissenen Zähnen musterte Eunice die frömmelnde Matrone.

»Ich fürchte, Eure begrenzte Erziehung war rückständig und mangelhaft«, bemerkte Lady Melvina zu Lady Gwens Empörung und entlockte damit den anderen Damen ein verschämtes Kichern. »Ich für meine Person freue mich darauf, eine Frau kennenzulernen, die mehr sein will als bloß schmückendes Beiwerk.«

Eunice lächelte über Melvinas schneidende Zurechtweisung. Wenn sie auch grundverschieden waren, ähnelten sie sich doch hinsichtlich ihres Temperaments.

»Ihr habt gefährliche Ideen, Melvina, und Ihr solltet in Gegenwart dieser jungen Damen Eure Zunge im Zaum halten«, warnte Lady Gwen nachdrücklich, und das Kichern hörte auf. »Lady Brittany wird zweifellos als schlechtes Beispiel einer Frau dienen, die sich lächerlich macht und sich schämen sollte.«

Eunice fand die Unterhaltung äußerst interessant. Sie mußte unbedingt sehen, wie Edgar seinen Schützling empfing, bevor sie sich festlegte. Die Frauen waren in zwei Lager gespalten. Eunice war gespannt darauf, wie die Männer Lady Brittany und ihr Verhalten beurteilten.

»My Lady, König Edgar und Laird Campbell erwarten Euch im großen Saal.« Das Dienstmädchen verbeugte sich und huschte davon. Zögernd kehrte es dann jedoch noch einmal um. »Lady Brittany, vergebt mir meine Unverschämtheit, doch draußen auf dem Flur wartet eine Lady auf ihre Präsentation. Sie ist, wie Ihr, my Lady, eine vorbestimmte Braut. Aber im Gegensatz zu Euch hat sie große Angst.«

»Fragt Lady ...«, Brittany wartete, bis das Mädchen den Namen der Dame nannte. »Fragt Lady Ainsley, ob sie die Güte hätte, mich zu begleiten.« Brittany verbarg ihr Gesicht vor dem Mädchen, aus Angst, ihre bösen Vorahnungen zu verraten. Sie hatte Angst, doch in ihrer Angst erinnerte sie sich an Brennas Worte. Deren stiller Rat gab ihr große Kraft. Um Alecs willen würde sie sich heute abend wie eine Dame benehmen. Im Geiste ging sie, wie schon am frühen Morgen, noch einmal die Namen auf Andrews Liste durch, besonders die mit einem Schwert gekennzeichneten.

Da sie nicht hatte schlafen können, war sie schon vor Tagesanbruch aufgestanden und hatte sich leise aus dem Gemach geschlichen. Um sich in der fremden Umgebung etwas sicherer zu fühlen, hatte sie das Schloß besichtigt. In jedem Zimmer ging sie eine von Andrews Lektionen durch, während sie sich mit der Größe und der Pracht vertraut machte. Es war die Taktik eines Kriegers, sich das feindliche Territorium zu erschließen, und sie war froh, diese erfolgreich angewandt zu haben. Jetzt würden der Reichtum und die Umgebung des schottischen Königs sie nicht mehr überwältigen.

Falls sie bei Hofe nicht wohlwollend aufgenommen wurde, läge es bestimmt nicht an mangelnder Vorbereitung. Allein ihr Lehrer gab ihr ein wenig Anlaß zur Sorge. Hoffentlich wußte Andrew, wovon er redete. Hätte ihr Stolz ihr nicht im Wege gestanden, wäre ihre Wahl auf Lady Brenna gefallen. Doch jetzt war es zu spät für Zweifel. Der Zeitpunkt war gekommen.

Die Tür öffnete sich, und Brittany begrüßte Lady Ainsley. Vor Schreck vergaß Brittany, den Mund wieder zu schließen. Jetzt begriff sie, warum die Frau solche Angst hatte.

»Lady Ainsley, ich danke Euch für Eure Güte, mich nach unten zu begleiten.« Brittany überging den großen Bluterguß im Gesicht der Frau und trat ihr entgegen.

»Bitte, ich möchte so nicht gesehen werden.« Ainsley senkte den Kopf, um den unansehnlichen Flecken zu verbergen.

»Edna«, wandte sich Brittany an ihre Zofe, »haben wir Puder, mit dem sich dieser Fleck überdecken ließe?«

»Aye. Die Kö–, ich wollte sagen, ich weiß von einer Dame, die solchen Puder besitzt.«

»Hol ihn und bitte die Dame, uns zu helfen.« Das Stocken des Mädchens war Brittany nicht entgangen, und sie hoffte, daß tatsächlich von der Königin die Rede war.

»My Lady, Ihr werdet Euch verspäten. Bitte, nehmt nicht um meinetwillen den Zorn Eures Gatten auf Euch«, bat Lady Ainsley.

»Unsinn. Sie haben so lange gewartet, daß es auf ein paar Minuten mehr oder weniger nicht mehr ankommt«, log Brittany, um der jungen Frau die Angst zu nehmen. Sie bezweifelte, daß Lady Ainsley sich zum Frühstück nach unten getraut hatte. Auch Brittany war dem Morgenmahl ferngeblieben und hatte sich lieber in ihrem Zimmer etwas servieren lassen.

»Bitte, Lady Ainsley, nehmt von dem Brot und dem Käse«, forderte Brittany sie auf, indem sie das Tablett mit Milch und Speisen zum Tisch trug.

»Das ist sehr freundlich von Euch.« Lady Ainsley setzte sich an den Tisch und nahm mit dankbarem Nicken den Teller entgegen, den Brittany ihr reichte.

»Unsinn. Es ist reiner Egoismus. Ihr tut mir einen Gefallen. Eßt«, drängte Brittany, als die Frau sie verwirrt ansah. »Ich

speise äußerst ungern allein. Und neuerdings mag ich nicht frühstücken. Zu so früher Stunde bekommt es mir nicht.«
»Ist Euch morgens übel?« fragte Lady Ainsley nachdenklich.
»Es hat nichts zu bedeuten, Lady Ainsley. Ich vermute, die einschneidende Veränderung in meinem Leben ist schuld an diesem Unwohlsein. Wenn ich mich an meine neue Heimat und die ungewohnten Speisen gewöhnt habe, wird es wieder aufhören.«
Lady Ainsley wollte etwas sagen, überlegte es sich dann jedoch anders. Brittany füllte ihren Pokal nach. Erstaunlich, wie eine Mahlzeit die Stimmung heben konnte. Lady Ainsley wirkte jetzt unbeschwert und vergnügt.
Die Tür wurde geöffnet, und Brittany erhob sich. Wie sie gehofft hatte, trat Königin Alanna mit dem gewünschten Puder ein.
Lady Ainsley stand ebenfalls auf und knickste mit abgewandtem Gesicht.
Mit ringgeschmückten Fingern drehte die Königin Ainsleys Gesicht zu sich. Sie betrachtete den Bluterguß und trug behutsam den Puder auf. Es verdeckte die Stelle zwar nicht vollkommen, übertünchte sie aber immerhin ein wenig. »Ich kann solche Brutalität nicht ausstehen. Wie ist das passiert?« Die gestrenge Frage verlangte nach einer Antwort.
Lady Ainsley zögerte. Die Königin beugte sich leicht vor. »Seid Ihr schwerhörig, Lady Ainsley?« Jedes einzelne Wort war überdeutlich ausgesprochen und zudem so laut, daß Lady Ainsley erschrocken zurückwich.
»Nein. Der Bluterguß ist die Folge eines Unfalls«, erklärte Lady Ainsley.
»Seid Ihr versehentlich in eine Faust gelaufen, Lady Ainsley?« Die Königin zog angesichts der fadenscheinigen Entschuldigung spöttisch eine Braue hoch.

»Ja, so war es, Majestät«, erwiderte Ainsley unerwartet.
»Erklärt mir das bitte«, verlangte Alanna.
Lady Ainsley rang die Hände. »Es ist nicht so, wie Ihr denkt. Mein Bruder und mein Gatte stritten sich um ein paar Pferde. Sie wurden handgreiflich, und ich versuchte, mich einzumischen. Dabei traf mich ein Schlag ins Gesicht.« Lady Ainsley wirkte so kläglich, daß Brittany ihr den Arm um die Schultern legte.
Die Königin gab ihre starre Haltung auf. »So. Es ist nicht leicht für eine Frau, sich zwischen ihrer Familie und ihrem Laird entscheiden zu müssen.«
»Zur Strafe muß ich mich der Öffentlichkeit stellen«, erklärte Lady Ainsley. »Es ist demütigend, wenn der gesamte Hof denkt, ich wäre gezüchtigt worden.«
Brittany konnte die Frau gut verstehen. Sie wäre auch nicht gern mit einem blauen Auge vor dem klatschsüchtigen schottischen Adel erschienen.
»Ihr braucht nicht zu befürchten, daß Euer Gesicht Anlaß zu Bemerkungen gibt.« Die Königin drehte Ainsleys Gesicht dem Licht zu. »Die Stelle ist kaum zu erkennen. Außerdem wird meine Anwesenheit diejenigen, die denken, sie dürften ihre Gemahlin schlagen, daran erinnern, daß Edgar und ich nichts von dieser Gepflogenheit halten.«
»Eine fortschrittliche Einstellung, Majestät«, sagte Brittany und kümmerte sich wieder um Lady Ainsley. »Falls jemand die Kühnheit besitzt, nach dem Mal zu fragen, schaut ihm offen in die Augen und erklärt, daß es ein Unfall war.«
»Fürchtet Euch nicht, Lady Ainsley«, beschwichtigte auch die Königin. »Neben Lady Brittanys lang erwarteter Ankunft wird Euer Mal uninteressant sein.« Ihre Augen blitzten vergnügt, als sie nicht Ainsley, sondern Brittany ansah.
Brittany tätschelte der jungen Dame die Hand und wehrte sich gegen die Angst, die die Worte der Königin weckten. Sie

sah die Herrscherin an. »Wollen wir Lady Ainsley nach unten geleiten?«
Alanna lächelte. »Ich habe mich darauf gefreut, die Frau kennenzulernen, die man Brittany die Unerschrockene nennt. Soviel ich weiß, trägt sie noch einen anderen Namen.«
»Aye. Vielleicht habt Ihr Gelegenheit, die andere zu sehen, falls heute nicht alles nach Wunsch laufen sollte.« Brittany erwiderte das Lächeln der Königin und bot Ainsley ihren Arm.
»Lady Ainsley, etwas lockerer bitte«, mahnte die Königin, bevor sie Brittany ansah. »Seid Ihr bereit, meine Liebe?«
»Zweifelt Ihr daran, Majestät? Ich freue mich wie ein Soldat vor seiner ersten Schlacht.«
Alannas Lachen erhellte Ainsleys Gesicht ein wenig, doch klammerte sich die Frau an ihre Begleiterinnen, als hinge ihr Leben davon ab.

Fünfzehntes Kapitel

Alec stand neben Edgar in der Mitte des Saales. Trotz der bedrängenden Enge näherte sich niemand dem König und seinem Favoriten. Wenn Leute vorbeischlenderten, schnappte Alec immer wieder Gesprächsfetzen auf, die sein Blut in Wallung versetzten.

Diese Seite des höfischen Lebens hätte er Brittany gern erspart. Er fand es häßlich, wenn Menschen nichts anderes zu tun hatten, als sich den Mund über andere zu zerreißen – scheußliche Kreaturen in sauberer Kleidung, um darunter ihre schmutzigen Gedanken zu verbergen.

»Wie ertragt Ihr das, Edgar?« fragte Alec, wissend, daß der König die besagten Bemerkungen ebenfalls hörte.

»Feinde trifft man nicht nur auf dem Schlachtfeld an. Ich ziehe es vor zu wissen, wo die Probleme liegen, statt mich überraschen zu lassen.« Edgar hob die Schultern. »Es ist Teil meines Amtes.«

»Die Königin ist nicht anwesend?« Alec schaute sich verwundert um.

»Meine Lady ist wie die Eure ausgesprochen unabhängig.« Er lachte leise über seinen Scherz. »Eine überaus ärgerliche Eigenart. Doch meiner Erfahrung nach wäre ein starker Mann unglücklich mit einer schwachen Frau. Nur die Ruhe, Alec. Die Königin wird schon kommen, ebenso wie Brittany.«

Zwar ließ Alec sich seine Anspannung nicht anmerken, doch sein Blick schweifte immer wieder zum Eingang. Er bemerkte

auch die verstohlenen Blicke der anderen, die wie er die Tür im Auge behielten. »Sie werden sie in Stücke reißen.«
»Das dachte ich damals auch bei Alanna«, bekannte Edgar. »Doch meine Befürchtungen erwiesen sich als überflüssig, und Euch wird es genauso gehen. Gebt Brittany eine Chance, Alec, und macht Euch keine unnötigen Sorgen.«
Schweigen breitete sich im Saal aus, und Alecs Blick fuhr zum Eingang. Ihm stockte der Atem. Drei Frauen standen auf der Schwelle. Die Königin und seine Gattin flankierten eine hochgewachsene Frau mit einem häßlichen blauen Flecken im Gesicht. So merkwürdig es auch war, schien diese große Frau doch von ihren zierlichen Begleiterinnen Kraft zu bekommen. Die Königin lächelte die Dame zwingend an und bestätigte Alecs Vermutung, daß die Frau Hilfe benötigte.
Dann betrachtete er seine Frau. Herrgott, war sie schön. Ihm war, als sähe er sie zum allerersten Mal. Welch ein Anblick! Ihre Robe war hinreißend und betonte ihre liebliche Figur. Sie trug das Haar unbedeckt und nicht geflochten, wie es der Mode entsprach, sondern offen und lang, mit lediglich einem Reifen aus Messing als Schmuck. Die Wirkung war ungeheuer weiblich und doch auch typisch für Brittany.
Ihre auffallende Schönheit erregte Aufmerksamkeit; ihre Haltung noch viel mehr. Sie hob leicht das Kinn, was ihr eine gewisse Autorität verlieh. Mit den Augen eines Soldaten musterte sie die Versammelten. Sie beherrschte die Situation und ließ es jeden wissen. In ihren schönen Augen stand ein Ausdruck, der die Neugier der Anwesenden verdammte, der besagte, hier bin ich, und diese Ehre steht mir zu. Ihre Haltung forderte jeden heraus, der es wagte, anderer Meinung zu sein.
Alec lächelte, als er die Bemerkungen um sich herum vernahm. Die Narren glaubten, die Frau mit dem Bluterguß wäre seine Gattin, nicht deren bezaubernde Begleiterin! Und

die Bemerkungen über die zierliche Rothaarige weckten seinen Zorn. Diese Spatzenhirne wußten wohl wirklich nicht, daß sie die Seine war?
Die drei Frauen näherten sich dem König, gefolgt von glotzenden Höflingen. Alecs Blick ruhte fest in Brittanys. Vor dem König angelangt, neigte die Königin den Kopf vor ihrem Gatten und streckte die Hand aus. Lächelnd nahm Edgar sie in seine und zog seine Gemahlin zu sich an seine Seite. Die größere Frau versank in einem anmutigen Knicks, und Edgar bedankte sich mit einer kaum wahrnehmbaren Kopfbewegung. Brittany vollführte einen tiefen Knicks. Als sie sich wieder aufrichtete, erwiderte sie das Lächeln des Königs, bevor sie Alec ihre Hand entgegenstreckte. Ein allgemeines Raunen erfüllte den Saal, als deutlich wurde, daß diese Frau, nicht etwa die Geschlagene, Alecs Gattin war – Lady Brittany Campbell.
Alec lächelte seine Frau an, wohl wissend, daß sein Lächeln neben ihrem Strahlen verblaßte.
»Alec, das ist meine Freundin, Lady Ainsley.« Brittany zog die schüchterne Frau nach vorn.
»Mein Gemahl, Laird Alec Campbell.« Freundlich nahm Brittany die Vorstellungen vor, doch mit seltsamem Funkeln in den Augen schaute sie sich unter den Anwesenden um.
»My Lady«, grüßte Alec, während er seine Gattin fest im Arm hielt. Der Bluterguß im Gesicht der Frau gab ihm Grund genug, Brittany möglichst nahe bei sich zu halten. Die Verletzung stammte eindeutig von einer Faust. Da er die Unvorsichtigkeit seiner Frau kannte, hielt er sie fest, obwohl sie sich ihm gern entzogen hätte.
»Lady Ainsley, es ist uns eine Ehre, Euch bei Hofe begrüßen zu dürfen. Ist Euer Gatte anwesend?« König Edgar betrachtete die häßliche Verfärbung in ihrem Gesicht und zog offenbar seine eigenen Schlüsse.

Alanna neigte sich vor und flüsterte ihrem Gemahl etwas ins Ohr. Sein Gesicht entspannte sich; er lächelte seiner Frau zu.
Die verschüchterte Frau schien ihre Stimme verloren zu haben und nickte nur als Antwort auf die Frage des Königs.
Ein Mann drängte sich durch die Massen, und Ainsley errötete verlegen, als er sich ihr zur Seite stellte. »Aye, hier bin ich.«
»Laird MacPherson«, grüßte der König und sah zuerst Lady Ainsley, dann deren Gatten an. »Wir haben etwas zu besprechen, und zwar privat. Ihr und Eure Gattin werdet mich in mein Gemach begleiten.« Der König wandte sich Alec zu.
»Laird Campbell, Ihr und Lady Brittany werdet Euch uns anschließen.« Alec sah, wie Laird MacPherson sich unter dem Befehl des Königs versteifte. Ein stolzer Mann ließ sich nicht gern in Gegenwart anderer abmahnen.
Alec wußte jedoch, daß Edgar den Vorfall nicht einfach übergehen durfte. Die Eheverträge enthielten besondere Klauseln. Lady Ainsleys Verletzung mußte zur Sprache kommen. Alec konnte sich dem königlichen Befehl nicht widersetzen. »Wie Ihr wünscht, Majestät.«
»Was hat der König vor?« flüsterte Brittany, während sie dem König zu seinem Gemach folgten.
Alec wußte es nicht. Doch ihm wäre es lieber gewesen, wenn Brittany nicht hätte dabeisein müssen. Die von den Verträgen betroffenen Frauen wußten nichts von den Bestimmungen des Königs. Und obwohl er nicht plante, jemals gewalttätig gegen Brittany vorzugehen, wäre es doch besser für ihn gewesen, wenn sie ihn fürchtete.
Als sie keine Antwort erhielt, zupfte sie an seinem Ärmel. Ihre Lippen formten ein lautloses: Was?
»Keine Sorge.« Er geleitete sie durch die Türen und gesellte sich zu MacPherson. Edgar und Alanna standen ihnen gegenüber.

»Ich habe alle betroffenen Männer gewarnt, ihre Bräute vor Ungemach zu bewahren, sonst müßten sie mir Rede und Antwort stehen.«

Die Worte des Königs ließen Brittany tief Luft holen. Lady Ainsley erblaßte.

»Stammt das Mal auf der Wange Eurer Gattin von einem Fausthieb, Laird MacPherson?« fragte Edgar.

»Aye«, lautete die Antwort.

»War es Eure Faust?«

»Aye, Majestät, es war die meine.«

»Mit Euren Worten habt Ihr Euer Schicksal besiegelt«, verkündete Edgar. »Da Lady Ainsley die Geschädigte ist, soll sie beschließen.« Der König wandte sich Lady Ainsley zu, die aussah, als wollte sie ohnmächtig werden. »Welche Strafe haltet Ihr für angemessen, die Peitsche oder die Rute?«

Die Frau brachte kein Wort hervor. Auf ihrem bleichen Gesicht wirkte der blaue Fleck doppelt häßlich. Welch ein Glück, daß diese Frage nicht an Brittany gerichtet war. Sie hätte nicht unschlüssig dagestanden, sondern gefordert, daß ihr Gatte geschleift und gevierteilt würde.

»Lady Ainsley?« drängte der König.

»Majestät«, begann Ainsley zaghaft. »Es war nicht seine Schuld.«

»Schweig«, sagte MacPherson und wollte sie nicht erklären lassen. »Ich werde die Peitsche erdulden, falls du dich dafür entscheidest, aber ich ertrage es nicht, von einer Frau verteidigt zu werden.«

»Majestät, bitte hört mich an.« Lady Ainsley rang die Hände und sah flehentlich zu Edgar auf, ohne auf den Zorn ihres Gatten zu achten.

»Hat Euer Gatte Euch geschlagen?« Edgars Tonfall ließ keine Vertraulichkeiten zu.

»Ja. Aber er wollte es nicht. Ich habe mich in die Schlägerei eingemischt, um ihr ein Ende zu machen, und dabei traf mich der Hieb, der meinem Bruder zugedacht war.«

»Stimmt das?« Edgars überraschter Blick flog zu MacPherson hinüber.

»Aye«, sagte der mit einem bösen Blick auf seine Frau.

»Warum habt Ihr das nicht gesagt?« wollte Edgar wissen.

»Ich will nichts von einer Frau, die nicht weiß, wo ihr Platz ist. Ihre Treue gehört ihrer Familie.« MacPhersons Haltung war stolz; er würdigte seine Gattin keines Blickes.

»Merkwürdig, daß sie Euch verteidigt. Ich denke, sie hat gezeigt, wem ihre Treue gehört«, sagte König Edgar, schien eine Weile nachzudenken und fuhr dann fort: »Trotzdem bleibt die Frage der Bestrafung, und der Schuldige wird antworten.«

»Sire, ich unterziehe mich der Auspeitschung.« Lady Ainsley zitterte sichtlich und schien sich nicht bewußt zu sein, daß sie dem König ins Wort gefallen war.

»Was?« Ihr Gatte fuhr zu ihr herum und baute sich drohend vor dem bebenden Mädchen auf. »Bist du des Wahnsinns? Hast du eine Vorstellung, was die Peitsche aus dir machen wird?« Hilflos warf er die Hände hoch und drehte sich zum König um. »Seht Ihr nun, womit ich mich herumschlagen muß, Sire?«

Der Mann hatte Alecs tiefstes Mitgefühl. Seine Gattin war genauso starrsinnig wie Brittany. Freilich war sie so verängstigt, wie er seine kleine Soldatin nie erleben würde, doch sie zeigte das gleiche dumme Aufbegehren.

Laird MacPherson richtete das Wort wieder an seine Frau. »Für deinen Ungehorsam hast du weiß Gott Prügel verdient. Hundert Hiebe werden es zweifellos sein. Nach den ersten zehn wirst du ohnmächtig, nach zwanzig ist dein Rücken eine Masse rohen Fleisches, nach dreißig sind die Muskeln zerfetzt. Nach vierzig Streichen trifft die Peitsche auf Knochen, nach fünfzig ...«

»Seid still, Ihr macht ihr angst«, rief Brittany und eilte zu Lady Ainsley, bevor Alec sie zurückhalten konnte. Ainsleys Knie gaben nach, sie sank in Brittanys Arme und zog diese mit sich zu Boden. Hilflos unter dem Gewicht der Frau gefangen, sah Brittany zu Alec auf. »Hilf mir«, bat sie.

Es war ein komisches Bild. »Nay, Frau, ich weiß wohl, wann ich mich nicht einmischen darf.«

Alec warf MacPherson einen Blick zu und sah, daß dessen Anspannung sich ein wenig lockerte. Der Laird hatte größte Mühe, ein Lächeln zu verbergen.

»Sir«, suchte Brittany bei Ainsleys Gatten Unterstützung.

Laird MacPherson schüttelte lediglich abwehrend den Kopf.

»Unter allen ungehobelten, unhöflichen Männern sind die Schotten zweifellos die unzivilisiertesten auf der ganzen Welt«, knirschte Brittany, während sie versuchte, sich von der Last der Frau zu befreien. »So steht doch auf, Lady Ainsley. Ihr macht uns beide zu Narren.«

Alec bemerkte, daß der König und die Königin bemüht waren, seine Gattin nicht zu sehen. Laird MacPherson wollte ihr zu Hilfe kommen, doch Alec fiel ihm in den Arm. »Kostet den Augenblick aus, mein Freund. Eure Gattin wird es sich zweimal überlegen, ob sie sich noch einmal in Eure Belange einmischt, und vielleicht wird sich sogar Brittany diese Lektion zu Herzen nehmen.«

MacPhersons Augen blitzten vergnügt. »Lady Brittany, meine Gattin pflegt sehr oft in Ohnmacht zu fallen, und diese Anfälle dauern manchmal sehr lange. Ihr müßt noch eine Weile bleiben, wo Ihr seid.« Seïn Lachen trug ihm einen verächtlichen Blick Brittanys ein.

»Sire, habt Ihr Wein, damit wir uns die Zeit vertreiben können, bis meine Gattin wieder aufwacht?« Laird MacPherson zwinkerte Alec zu und kehrte Brittany den Rücken. »Vielleicht sollten wir uns etwas zu essen bringen lassen, denn bis Lady Ainsley bereit ist, sich den Folgen ihres törichten Verhaltens zu stellen, wird wohl geraume Zeit vergehen.«

»Eine großartige Idee, Laird MacPherson«, sagte der König. »Kümmert Euch bitte darum, meine Liebe.«

Die Königin ging an Brittany vorbei, ohne auch nur einen Blick für sie zu erübrigen.

»Eure Gattin wird nicht ausgepeitscht. Das lag nie in meiner Absicht. Ich sprach von einem anderen«, erklärte König Edgar. »Ihr Bruder erstattete mir Bericht über Eure Brutalität. Ich werde mit dem Burschen ein Wörtchen über Ehrlichkeit reden.«

»Er war betrunken. Am Morgen erinnerte er sich an nichts mehr. Er sah das Gesicht seiner Schwester und glaubte, ich hätte sie geschlagen. Der Narr hätte einen Krieg auslösen können«, sagte Laird MacPherson.

»Ich werde seiner Erinnerung auf die Sprünge helfen.«

Als das Mittagsmahl bereit war, erwachte Lady Ainsley endlich. Mit hochrotem Gesicht bat sie den König um Verzeihung. Brittany dachte offenbar gar nicht daran. Sie warf ihm nur einen Blick zu, der aber eine ganze Menge aussagte.

»Lady Brittany, Ihr seid ungewöhnlich still«, bemerkte der König, während er seiner Gattin den Stuhl zurechtrückte und dann selbst Platz nahm.

»Sire, warum habt Ihr die Lairds angewiesen, ihre Gattinnen nicht körperlich zu züchtigen?« Brittanys Frage ließ alle aufhorchen.

»Ich wünsche nicht, daß der Waffenstillstand wieder in einen Krieg mündet. Eine ermordete Gattin würde die Clans zu den Waffen greifen lassen.«

»Warum habt Ihr die Frauen dann nicht wissen lassen, daß sie von ihren Gatten keine Unbill zu fürchten haben?« fragte Brittany weiter.

»Weil einige dieses Wissen zu ihrem Vorteil nutzen würden«, war Edgars Antwort.
»Warum habt Ihr Lady Ainsley und mir dann dieses Wissen zugebilligt?«
»Weil Euer beider Gatten klug genug sind, Strafen zu erteilen, die lediglich Euren Stolz treffen«, erwiderte Edgar.
»Damit sind wir im Nachteil«, stellte Brittany fest. »Wir können uns nur auf unseren Verstand verlassen, wenn ungerechte oder übertriebene Strafen verhängt werden.«
»Lady Brittany, überschreitet das Eure spärlichen Mittel?« fragte Edgar trocken.
»Mein Gebieter, ich kann nichts mehr tun, als mein Bestes zu versuchen«, gab Brittany zurück.
Edgar lächelte. »Was würdet Ihr tun, wenn Ihr einem brutalen Laird ausgeliefert wäret?«
»Würde mein Gatte mich mittels seiner Körpergröße und seiner überlegenen Kraft zu überwältigen versuchen, so würde ich warten, bis ich ihn schutzlos anträfe.« Mit belustigt funkelndem Blick sah sie Ainsley an. »Hin und wieder muß er ja auch schlafen.«
Edgar richtete das Wort an seine Frau. »Was sagt Ihr dazu, meine Liebe?«
»Ich pflichte Lady Brittany bei, möchte jedoch hinzufügen, daß ein Mann hin und wieder auch einmal essen muß. Wie traurig, wenn die Speisen ihm nicht bekommen würden.«
»Meine Herren«, sagte Edgar, »das sollten wir als Warnung betrachten. Doch Euch, meine Dame, möchte ich darauf hinweisen, daß Ihr Euch völlig ohne Nahrung und Obdach wiederfinden könntet, solltet Ihr derartige Pläne jemals in die Tat umsetzen.« Dann richtete Edgar das Wort an Laird MacPherson. »Unsere Damen scheinen festgelegte Vorstellungen zu haben, was unser Verhalten ihnen gegenüber betrifft. Und sie verlangen nichts weiter als die Achtung, die der Gattin

eines Lairds gebührt. Hinzu kommt, meine Herren, daß ich es nicht leiden kann, wenn ein Mann seine Frau oder sonst einen Schwächeren mit harter Hand zur Ordnung ruft. Ich muß dazu allerdings bekennen, daß ich die Weiblichkeit nicht als das schwächere Geschlecht sehe.«

»Aye. Diese Verheiratungen haben nichts als Ärger eingebracht«, schimpfte Laird MacPherson und wandte sich Alec zu. »Findet Ihr nicht auch?«

»Doch, vom ersten Tag an.« Alec bemerkte die Aufmerksamkeit seiner Frau und fuhr fort: »Brittany strapaziert meine Geduld häufig bis zum äußersten.«

»Es ist nicht leicht, eine erfreuliche Ehe zu führen, und Lady Brittanys und Eure Ehe, Alec, ist um so schwieriger, da Ihr nicht nur mit einer Frau geschlagen seid, sondern außerdem noch mit der Feindschaft anderer Clans.« König Edgar wandte sich wieder den Frauen zu. »Euch fällt eine noch schwierigere Aufgabe zu. Ihr müßt mehr leisten, als nur Eure Pflicht als Gattin zu erfüllen. Eure Familien üben Druck aus und erwarten, daß Ihr Euren Laird beeinflußt. Ihr habt allerdings im Augenblick nur eine Verpflichtung. Die mag sich im Laufe des Jahres wandeln, doch bis zum Ende des Vertrags habt Ihr Eurem Gatten gegenüber loyal zu sein.« Edgar sprach wie ein Vater zu seinen Kindern. »Schottland muß geeint werden; wenn Eure Ehen bis zum Vertragsende andauern, ist es der Beginn der Vereinung.«

Laird MacPherson sah seine Frau an. Sie legte ihre Hand auf seine. »Meine Treue war nie in Frage gestellt.«

Alec wußte, der Weg, der vor ihm lag, war schwer. Er war froh, daß der Zwist zwischen MacPherson und seiner Gattin beigelegt werden konnte. Edgar hatte sich als klug erwiesen. Doch die Hoffnung, daß diese Ehen angesichts des Klimas zwischen den Clans Bestand haben könnten, war vergebens.

»Findest du es nicht seltsam, daß wir uns noch nicht gegen-

seitig umgebracht haben?« Mit ihrer Frage lenkte Brittany ihn von den Problemen Schottlands ab.
»Es würde dir schwerfallen«, antwortete Alec mit einem Lächeln.
»Doch unmöglich wäre es nicht«, entgegnete Brittany mit einem bescheidenen Neigen des Kopfes.
Alec lachte laut. Edgar hatte recht. Ein starker Mann brauchte eine starke Frau. Eine Frau, die sich mißhandeln ließ, würde ihm nicht gefallen. Könnte seine Frau nicht für sich selbst einstehen, wäre sie ihm und seinem Clan nicht sonderlich nützlich.
»Was geschieht nach dem Mahl?« fragte Brittany.
»Du, meine kleine Gemahlin, wirst handarbeiten.« Er überging ihr Schmollen. »Ich werde auf die Jagd gehen, die der König angekündigt hat.«
Alec bemerkte ihre Begeisterung. »Komm gar nicht erst auf die Idee«, warnte er. »Die einzige Waffe, die du heute führen wirst, ist die Nadel. – Majestät«, fuhr er an die Königin gewandt fort, »laßt Euch unter gar keinen Umständen auf ein Schachspiel mit meiner Frau ein.«
»Warum nicht, Laird Campbell?« Eifrig neigte sich die Königin vor.
»Sie mogelt.«
»Das stimmt nicht!« empörte sich Brittany.
»Es kann gar nicht anders sein«, meinte Alec. »Du hast bisher noch jeden Gegner geschlagen. Wie erklärst du dir das?«
»Vielleicht waren meine Gegner schlechte Schachspieler.« Brittanys Augen blitzten streitlustig. »Majestät, ich bin sehr ungeschickt im Handarbeiten. Habt Ihr vielleicht einen Vorschlag, wie wir den langen Nachmittag verbringen könnten?«
»Oh ja, Lady Brittany«, antwortete die Königin, »ich habe einen.«

Schach ist ein aufschlußreiches Spiel. Brittany erkannte rasch die Klugheit der Frau, die ihr gegenübersaß. Ihre Züge waren wohldurchdacht und weise. Wie sich ein so scharfer Verstand hinter der Fassade unschuldiger Schönheit verbergen konnte, blieb ihr ein Rätsel. Wären Männer zugegen gewesen, hätte Brittany die Tarnung verstanden, doch die Frauen hielten sich in den Gemächern der Königin auf, während die Männer auf der Jagd waren.

»Ich habe schon viel von Euch gehört, Lady Brittany«, sagte Lady Eunice und setzte ihren Bauern.

»Was denn?« Brittany zog nach und musterte die Frau. Sie war fraglos sehr schön mit ihrem langen blonden Haar und den leuchtendblauen Augen. Als ihre Blicke sich begegneten, hatte Brittany den Eindruck, als ginge es hier um mehr als bloß um ein Schachspiel.

»Gerüchten zufolge habt Ihr es gewagt, die Burg Eures Gatten zu verteidigen.« Lady Eunice wirkte nicht schockiert. Sie machte lediglich eine Feststellung, die sie weder empörte noch in Verlegenheit brachte.

»Es ist kein Gerücht, es entspricht der Wahrheit«, gab Brittany ruhig zur Antwort und ließ sich nichts von ihrem Unbehagen anmerken. Irgend etwas an dieser Frau ließ sie frösteln.

»Interessant, daß der letzte, den ich vor meiner Abreise aus England sah, Lord Wentworth war.« Lady Eunice setzte ihren Läufer und erwiderte unschuldsvoll Brittanys fragenden Blick.

»Geht es meinem Großvater gut?« fragte Brittany ruhig. Sie hätte gern gewußt, ob diese Frau über die Beziehung zwischen ihr und dem Großvater informiert war.

»Als ich ihn sah, fehlte ihm nichts«, sagte Eunice. »Er bat mich um einen Gefallen, als er von meiner Reise nach Schottland erfuhr.«

»Ach? Und um was ging es dabei, Lady Eunice?« Brittany tat so, als gälte ihre ungeteilte Aufmerksamkeit dem Schachbrett.

»Er wünschte, ich möge mich diskret nach Eurem Befinden erkundigen«, erklärte Lady Eunice.

»Ach ja?« Brittany zog, scheinbar verwirrt, eine Augenbraue hoch. Lady Eunice war nicht nur klug, sie war gerissen.

»Lady Brittany, Euer Großvater sorgt sich um Euer Wohlergehen«, behauptete Lady Eunice. »Es ist ein offenes Geheimnis, daß Ihr gezwungen wart, einen Mann zu ehelichen, der Euch haßt.«

»Lady Eunice«, Brittany beugte sich vor, als wollte sie der anderen etwas Vertrauliches zuflüstern. »Ihr seid am Zug.«

Brittany freute sich über den verhaltenen Zorn der Frau und wußte, daß mehr, viel, viel mehr hinter ihren Worten steckte.

»Entschuldigt mich bitte, Lady Campbell.« Eunice erhob sich. »Spiele ermüden mich rasch.«

Die Königin nahm den freigewordenen Platz ein. »Was haltet Ihr von Eurer Landsmännin?«

»Sie ist nicht das, was sie vorgibt zu sein.«

»Das trifft auf jeden von uns zu«, sagte die Königin und spielte mit einer Schachfigur. »Ihr seid eine Kämpferin, und doch sehe ich Euch als vornehme Dame vor mir.«

Brittany errötete unter dem Lob, und die Königin tätschelte ihre Hand. »Seht Ihr, wir alle tragen Masken. Aber ein aufrichtiges Wesen überstrahlt die Tarnung. Ihr müßt lernen, hinter der Fassade nach dem Eigentlichen zu suchen.«

»Ich muß wohl noch sehr viel lernen.« Brittany war verwundert und fühlte sich durch das Vertrauen und die Sorge der Königin gleichzeitig seltsam getröstet. »Danke, Majestät.«

»Ihr werdet Euch hier wohl fühlen, Brittany.« Die Königin lächelte und reichte Brittany die Schachfigur.

Brittany stellte die Figuren wieder auf und sah Alanna an. »Habt Ihr Lust zu spielen, Majestät?«

»Ich denke, die Zeit reicht noch aus, bis die Männer von der Jagd zurückkommen.« Sie schob einen weißen Bauern nach vorn. »Was hieltet Ihr heute nachmittag von den Damen?«

»Zum größten Teil fand ich sie kultiviert und anmutig.« Brittany setzte ihren Bauern.

»Was war Euer Eindruck von Lady Gwen?« Die Königin blickte Brittany direkt in die Augen. »Sie hat sich doch mit Euch unterhalten, nicht wahr?«

»Verzeiht, Majestät, ich habe heute so viele Frauen kennengelernt. Könntet Ihr sie mir beschreiben?«

»Die korpulente Dame mit den zu engen Kleidern.«

Brittany lächelte. »Ja, sie gesellte sich zu mir, als ich las. Ich hatte kaum Zeit, mir ein Urteil zu bilden, so schnell wurde sie gleich wieder fortgerufen, aber ich schätze, Lady Gwen hat sehr strenge Grundsätze. Ich hatte das Gefühl, daß sie mich ablehnt, oder vielleicht lehnt sie auch ganz allgemein das Leben ab.«

»Unterschätzt sie nicht, Brittany. Sie wird jede Gelegenheit nutzen, Euch in Verlegenheit zu bringen. – Habt Ihr Lady Eunice geschlagen?« Alannas abrupter Themenwechsel ließ Brittany aufmerken.

»Ich habe zwei Spiele gewonnen, aber geschlagen habe ich sie nicht. Sie ist bei weitem geschickter als ich. Sie spielte mit mir, und das sagte mir nicht zu«, erwiderte Brittany. »Wer ist sie, und was tut sie hier?«

»Ich halte sie für eine Frau, die nur ihr eigenes Wohl im Auge hat. Sie ist der Mensch, vor dem Ihr Euch ganz besonders hüten müßt, Brittany. Ihr möchte ich um nichts in der Welt ausgeliefert sein, denn diese Frau kennt kein Erbarmen, fürchte ich. Nehmt Euch in acht vor ihr.« Alanna führte ihren Zug aus und verlor eine Figur. »Ihr seid sehr gut, meine Liebe.«

Brittany ließ sich von dem Kompliment nicht ablenken. Der Zug der Königin erstaunte sie, und sie betrachtete das Schachbrett, versuchte, das Spiel zu verstehen. Irgend etwas stimmte nicht, aber sie wußte nicht, was es war. Langsam griff sie nach ihrem Springer und erstarrte. »Majestät, das ist ja ein hochinteressantes, sehr ungewöhnliches Spiel. Zu Beginn hatten wir beide die gleiche Anzahl von Figuren. Ich habe keine verloren, Ihr habt eine hergeben müssen, und trotzdem haben wir immer noch die gleiche Anzahl. Wie ist das möglich?«

Alanna öffnete die Hand und zeigte Brittanys verlorene Figur. »Bei Hofe ist es ratsam, immer und überall die Augen offenzuhalten und sich nicht so ablenken zu lassen, daß man nicht mehr sieht, was vor der eigenen Nase geschieht.«

Brittany griff nach der Figur. »Ich werde daran denken.«

»Du bist ein voller Erfolg, meine kleine Soldatin«, flüsterte Alec an Brittanys Ohr, damit sie ihn in dem überfüllten Saal verstehen konnte.

Sie drehte sich in seinen Armen zu ihm um. »Hast du je daran gezweifelt?«

Alec lächelte und näherte sich ihrem Mund, woraufhin Edgar bedeutungsvoll hüstelte, um ihn daran zu erinnern, wo er sich befand. Unwillig straffte Alec sich. »Später«, flüsterte er. Ihre Enttäuschung freute ihn. Er ließ sie los und bemerkte ihre geröteten Wangen.

Er stand hinter Brittany, während sie die Begrüßungen anderer Gäste mit einem leichten Neigen des Kopfes erwiderte. Alec wußte, daß er sie verstört hatte, und doch bewahrte sie Haltung, strahlte eine stille Würde aus.

Sie versteifte sich, als Lady Gwen sich näherte. Sie kannte die dicke Matrone schon gut genug, um ihre Empörung vorauszuahnen.

»Lady Brittany«, sagte Gwen, und ihr Befehlston war dem Ohr so unangenehm wie ihre kuhhafte Erscheinung dem Auge. »Stimmt es, daß Ihr Männerkleidung tragt?«

Alec konnte nicht sehen, mit welchem Ausdruck Brittany auf die unverschämte Frage reagierte, doch er bemerkte wohl die mißbilligenden Mienen Edgars und der Königin. Lady Gwen ignorierte augenscheinlich ihre Warnung. Sie verschränkte die Arme und blickte Brittany herausfordernd an.

»Aye, das ist vorgekommen«, erwiderte Brittany leise. Lachen klang in ihren Worten an.

»Ich für meine Person würde meine Gliedmaßen niemals für alle Welt sichtbar in enge Beinkleider zwängen. Lieber würde ich sterben, als meine Gestalt so schändlich zur Schau zu stellen.«

Alec betrachtete die Frau, die mindestens viermal so schwer sein mochte wie seine Gattin. Er neigte sich Brittany zu und flüsterte in ihr Ohr: »Lady Gwen hat recht. In ihrem Fall wäre der Tod tatsächlich engen Beinkleidern vorzuziehen.« Er lachte leise, und Brittanys Lippen zuckten. Sie verbiß sich zwar ein Lächeln, doch ihre Augen blitzten zustimmend zu seinem Scherz. Ihre Gedanken waren offenbar in ähnliche Richtung gegangen.

»Enge Beinkleider sind nicht jedermanns Sache. Ich bewundere Euren sicheren Geschmack.« Brittanys Stimme versagte, und Alec war stolz auf ihre taktvolle Antwort, wenngleich er vermutete, daß ihr gesenkter Kopf und ihre zuckenden Schultern über kurz oder lang ihre Heiterkeit verraten würden. Alec bemerkte, daß der König aus strategischen Gründen die Hand auf seinen Bart gelegt hatte, und die Königin schaute mit funkelnden Augen zur Decke empor, um Lady Gwen nicht ansehen zu müssen.

»Enge Beinkleider«, monierte Lady Gwen, »sind für eine Frau nicht angemessen.« Sie hielt inne und holte tief Luft.

»Euer Benehmen läßt sehr zu wünschen übrig, Lady Brittany, wenn Ihr denkt, Ausnahmen könnten gestattet sein.«
»Lady Gwen, meine Gattin wollte lediglich höflich bleiben.« Alec legte mit trügerisch leiser Stimme Betonung auf jedes einzelne Wort, damit die dumme Frau, die es wagte, seine Gattin zu ermahnen und zu beleidigen, auch recht verstand. »Ihr, Madam, könntet niemals öffentlich in Soldatenkleidung erscheinen. Ihr verfügt nicht über die dafür nötige Figur.«
»Alec, wirklich«, ermahnte Brittany ihn mit gespielter Strenge und trat zu Lady Gwen. Brittany musterte sie von Kopf bis Fuß. »Ich glaube, du täuschst dich.« Brittany wies mit der Hand auf Lady Gwen. »Lady Gwen könnte auch enge Beinkleider tragen, sofern sie schwarz wären.«
Alec grinste, während Brittany unschuldig fragte: »Ist Schwarz die Farbe Eures Clans, Lady Gwen?«
Lady Gwen wollte antworten, doch Brittany redete schon weiter. »Laßt Euch durch die Kritik meines Gatten nicht verärgern. Männer neigen zu unhöflichen Worten.«
Brittany wandte sich an die Königin. »My Lady, was sagt Ihr?«
Ihre Majestät trat näher und neigte wie überlegend den Kopf. »Nein, Schwarz ist nicht ihre Farbe, wenngleich sie zu ihrer Laune paßt.«
Brittany drehte sich um, während Lady Gwen hochrot im Gesicht und nach Luft ringend dastand. Mit den Blicken suchte sie Unterstützung, fand jedoch keine und ging schließlich weg.
Alec streckte den Arm aus, und Brittany schmiegte sich bereitwillig hinein. »Sie hat dich unterschätzt. Körperfülle ist nicht unbedingt ein Zeichen für Stärke oder Klugheit«, lachte er und zog Brittany an sich. »Ihr war nicht bewußt, wen sie da angriff, kleine Soldatin, aber sie ist nicht allein. Wenngleich ich schätze, daß ihre Truppen lieber einen Hinterhalt stellen werden, statt dir offen entgegenzutreten.«

Brittany erwiderte sein Lächeln. »Deine Sorgen waren berechtigt. Ich hätte nicht damit gerechnet, von einer Dame angegriffen zu werden. Jetzt verstehe ich, daß jeder, und wäre sein Benehmen noch so tadellos, fähig zu Boshaftigkeiten ist.«
Brittany blieb an Alecs Seite. Er staunte über ihren Umgang mit den Damen und Lairds, die sich ihr näherten. Ihm war es richtiggehend unheimlich, daß seine Feinde kühl begrüßt wurden, seine Freunde dagegen sehr herzlich.
Mit einem wissenden Grinsen versetzte Edgar ihm einen Rippenstoß, als die Königin und Lady Melvina Brittany von seiner Seite holten. »Hab' ich nicht gesagt, daß sie ein Gewinn für meinen Hof sein würde?« Edgar lachte. »Wenn du wüßtest, wie lange ich schon darauf warte, daß Lady Gwen ihren Meister findet. Schon seit Jahren ist mir diese Frau ein Dorn im Auge.«
»Du brüstest dich wie ein stolzer Vater, Edgar?« fragte Alec. »Die Königin wäre auch ohne Brittanys Hilfe mit Lady Gwen fertiggeworden.«
»Aye. Aber meine Alanna hätte Gwen niemals herausgefordert.«
Alec zog eine Augenbraue hoch, doch Edgar fuhr fort: »Du hattest Angst, sie würde sich nicht benehmen können. Sieh nur. Man macht ihr den Hof, nicht umgekehrt. Die Königin verfügt über bedeutend bessere Menschenkenntnis als du oder ich. Schau dir nur unsere beiden Damen an. Der Würfel ist gefallen. Deine Frau ist nicht nur ein Mitglied dieses Hofes, sondern auch die Freundin der Königin von Schottland. Vergiß das nicht, Alec. Deine Gattin hat eine mächtige Verbündete.«
Alec blieb nur wenig Zeit, über die Worte des Königs und die darin enthaltene Warnung nachzudenken. Die Frauen kehrten zurück, und er hörte Lady Melvinas Bemerkung.

»Brenna ist überaus klug. Nur sie konnte auf die Idee kommen, Eure Tunika durch eine in den Farben der Campbell zu ersetzen.«

Also hatte Alec sich in Duncans Schloß Brittanys Aufzug nicht nur eingebildet! Er hatte dem Alkohol die Schuld an der Vorstellung gegeben, aber nicht das Bier hatte ihm Brittany in blauer Tunika und engen Beinkleidern, wenn auch verschwommen, vorgegaukelt. Weil er sich nicht genau erinnern konnte und weil er nicht geglaubt hatte, Brittany könnte so kühn sein, in Duncans Schloß ihre Soldatenkleidung anzulegen, hatte er sie nicht zur Rede gestellt. Er lächelte in das arglose Gesicht seiner Frau.

Sie ahnte nicht, daß er Melvinas Bemerkung gehört hatte. Gut. Am Abend würde er sie dazu befragen und sich von ihrer Antwort überraschen lassen. Und der Himmel sei ihr gnädig, wenn sie versuchen sollte, ihn wie alle anderen einzuwickeln.

Die verschwommene Erinnerung stellte sich erneut ein, und Alecs Lachen verlöschte. Plötzlich ergab Duncans Interesse an Brittany einen Sinn. Er wußte, wie Brittany in diesen engen Hosen und der kurzen Tunika aussah. Das Blut rauschte ihm in den Ohren, wenn er sich vorstellte, wie sie sich in diesem reizvollen Aufzug in Duncans Schloß bewegt hatte.

Heute abend würde er Brittany auffordern, ihm Brennas Geschenk zu zeigen – am lebenden Modell. Wenn das, was er sah, mit seiner Erinnerung übereinstimmte, konnte sie sich auf einiges gefaßtmachen.

Sechzehntes Kapitel

»Was soll ich tun?« Brittanys Augen weiteten sich, sie blieb wie vom Donner gerührt stehen.

»Du hast es gehört, Frau. Ich möchte das Geschenk sehen, das meine Mutter dir mit auf den Weg gegeben hat. Kleide dich bitte um, damit ich die Bedeutung dieses Geschenks mit eigenen Augen beurteilen kann.« Unter halbgeschlossenen Lidern hervor beobachtete Alec seine Frau. Sie war überrascht und – wenn ihn seine Menschenkenntnis nicht trog – verängstigt. Verdammt, er hatte recht. Sie hatte die Tunika und die Beinkleider tatsächlich getragen.

»Aber, Alec, es ist schon so spät. Könnten wir nicht jetzt gleich zu Bett gehen? Morgen kannst du Brennas Geschenk auch noch sehen.« Brittany war schon auf dem Weg zum Bett.

Er gestattete ihr, die Bettdecke aufzuschlagen, bevor er sie zurückhielt. »Jetzt, Brittany. Es sei denn, es gibt einen Grund, warum ich das Kleidungsstück nicht sehen soll?« Alecs Augen wurden schmal, als ihr Rücken sich versteifte und sie herumfuhr.

»Wieso, Alec?« fragte sie.

»Weil ich ein Geschenk für Brenna besorgen möchte. Wenn ich weiß, was sie für dich gefertigt hat, kommt mir vielleicht eine zündende Idee für ein Geschenk für sie.«

»Aber sie hat so vieles für mich genäht.« Brittany deutete auf die gepackten Koffer. »Warum willst du ausgerechnet dieses eine Stück sehen?«

»Weil du mich um Erlaubnis gebeten hast, es zu tragen.« Er bemerkte ihr schuldbewußtes Gesicht und fuhr fort: »Wenn ich mich recht erinnere, hat es eine besondere Bedeutung für dich. Und da ich mich nicht entsinne, es in Duncans Schloß gesehen zu haben, würde ich es jetzt gern sehen.«
Brittany hob das Kinn. »Schön und gut, Alec. Zwar ist es schon spät, aber ich werde dennoch deinem unvernünftigen Wunsch nachkommen.«
Alec wußte, daß sie ein x-beliebiges Kleid würde nehmen können. An jenem Abend war er betrunken gewesen, und wenn sie wollte, konnte sie ihn täuschen.
Brittany kämpfte mit ihrer Robe. Das offene Haar behinderte sie beim Auskleiden. Spielte sie auf Zeit?
»Alec, hilf mir. Ich kann diese Verschnürung nicht erreichen.« Brittany ging zu ihrem Gatten. Ihm den Rücken kehrend, nahm sie das Haar über die Schulter nach vorn.
»Bitte, Alec.« Über die Schulter hinweg sah sie ihn an. Der flehende Ausdruck in ihren Augen reizte ihn mehr als Worte.
Er löste die Verschnürung, und sie wich vor ihm zurück, schlüpfte aus dem Kleid und stand im Hemd vor ihm. Gott, es war Folter, ihr beim Auskleiden zuzusehen! Alec konnte den Blick nicht von ihr lösen.
»Alec, du machst mich nervös«, klagte sie.
»Tatsächlich, Frau?« Der Anblick von Brittanys nahezu nacktem Körper machte ihn mehr als nervös. Doch er wehrte sich gegen das aufsteigende Verlangen. Seine Frau würde keine Lust zur Liebe mehr haben, wenn er mit ihr fertig war. »Warum nur? Hast du ein schlechtes Gewissen?«
Sie verrict sich dadurch, daß sie sich hastig abwandte. Gewöhnlich wäre sie ihm mit Trotz begegnet. Nur mit diesem verdammten Hemdchen bekleidet, ging sie zur Kleidertruhe und zog ein Gepäckstück hervor, das er bisher noch nicht zu

Gesicht bekommen hatte. Mit gesenktem Blick trug sie das Bündel zum Bett und öffnete es.

Als er die Farben seines Clans sah, wußte er, daß sie seinem Zorn gewachsen sein würde. Zum Teufel. Würde er es über sich bringen, sie zu bestrafen? Doch ihr Handeln ließ ihm kaum eine andere Wahl.

Jetzt wünschte er sich, er hätte den Vorfall nicht zur Sprache gebracht. Er ging zum Kamin und schenkte sich einen Becher Bier ein. Er sah, wie sie die Beinkleider überstreifte und die Strumpfbänder befestigte. Der leichte Wollstoff lag eng an ihren Beinen an und betonte deren schöne Form. Sie zog ihr Hemd aus und schlüpfte in ein kürzeres. Er erinnerte sich an dieses zarte Kleidungsstück. Dann folgte die Tunika. Er schöpfte tief Atem. Herrgott noch mal! Die Tunika war figurbetonend geschnitten, nicht so weit wie ihre alte.

Brittany gürtete sich mit Schwert und Dolch und drehte sich zu Alec um. Er bemerkte ihr vorgerecktes Kinn, doch ihre Miene war nicht die, an die er sich schon gewöhnt hatte. Sie zeigte keinen Trotz, sondern Stolz.

Plötzlich wußte er, wie er sie strafen würde. Er betrachtete sie in ihrem schamlosen Aufzug und erkannte, daß das, was er plante, Eindruck hinterlassen würde. »Das hast du in Duncans Schloß getragen?«

»Aye«, sagte Brittany. »Mit deiner Erlaubnis.«

»Aye, mit meiner Erlaubnis. Wie klug von dir, mich daran zu erinnern.« Alec kam langsam auf sie zu, und sie schaute sich hastig nach einer Fluchtmöglichkeit um.

»Klug?« Unsicherheit zeigte sich in ihren Augen.

»Aye, denn wenn ich es dir nicht erlaubt hätte, würde ich dich jetzt windelweich prügeln.«

»Und nun?« fragte Brittany, die Hand nervös am Heft ihres Schwerts.

Er wünschte beinahe, sie würde das Schwert ziehen. Es wäre

ihm ein höllisches Vergnügen, es ihr wegzunehmen. »Was wäre denn die gerechte Strafe für eine Ehefrau, die ihren Gatten reinlegt?« Er baute sich vor Brittany auf und sah in ihr blasses Gesicht.

»Ich weiß es nicht, Alec.« Sie wich einen Schritt zurück, als er nach ihr griff.

»Brittany«, knurrte er und zog sie näher zu sich. Er löste ihren Gürtel und schleuderte Schwert und Dolch von sich. »Du kennst unsere Gesetze so gut wie die deinen. Was ist eine angemessene Strafe für eine Frau, die sich solch hinterhältiger Methoden bedient?«

»Ich werde meine Meinung nicht ändern, wie sehr du mich auch bestrafen magst.«

Er lächelte über ihre Antwort. »Ich habe etwas Besonderes im Sinn, Weib.«

»Alec, spiel nicht mit mir«, verlangte Brittany. »Wenn du mich züchtigen willst, zögere es nicht endlos heraus.«

»Wie du willst«, antwortete er mit einer leichten Verbeugung.

Alec griff nach der Verschnürung ihrer Tunika. Langsam löste er die Bänder, ohne Brittany aus den Augen zu lassen. So erkannte er den Augenblick, in dem ihr seine Absicht klar wurde.

Sie umspannte seine Hand. »Alec, es gehört mir. Ich würde eher jede Bestrafung ertragen, als mich von meinem Geschenk zu trennen.«

Er schüttelte ihre Hand ab und zog ihr das enge Kleidungsstück über den Kopf. »Sofern in Schottland keine englische Invasion stattfindet, wirst du das hier nie wieder tragen.«

In ihrem dünnen Hemdchen stand Brittany vor ihm, den Blick auf die Tunika in seiner Hand geheftet. »Es ist ein Teil von mir. Ein Teil dessen, was meine Persönlichkeit ausmacht.« Verlangend strich sie mit den Fingern über den Stoff.

Alec sah sich bestätigt: Diese Strafe traf sie nachhaltig. Doch es brachte ihm keine Freude. Sie war gekränkt.
»Alec, nicht der Name Mactavish steht zwischen uns.« Sie ließ das Material durch die Finger gleiten und sah Alec ins Gesicht. »Sondern die, die ich nun mal bin. Wenn du mir meine Waffen und meine Tunika nimmst, änderst du doch nichts daran, daß ich eine Soldatin bin. Es gibt einen Teil in mir, den du nie erreichen wirst, weil du dich weigerst, einzugestehen oder zu akzeptieren, daß ich eben anders bin. Ich kann die Kleider tragen, die du wünschst, und sagen, was du verlangst. Doch ich werde immer die Fremde bleiben, die du nicht kennenlernen willst.«
Mit einer solchen Reaktion hatte Alec nicht gerechnet. Begriff sie denn nicht, wie es in der Welt zugeht? Was er tat, war sein Recht. Und doch verwirrten ihn ihre Worte und seine Reaktion auf sie. Er begann, seine Entscheidung in Frage zu stellen. Es machte ihn wütend, daß sie recht hatte.
»Auch die Beinkleider.« Seine Stimme war tief und leise, in dem knappen Befehl kam seine mühsame Beherrschung zum Vorschein.
Brittany streifte langsam die engen Hosen ab und reichte sie Alec mit den Worten: »Sie gehören dir, Alec. Du erinnerst mich daran, daß ich nichts besitze, es sei denn, du gewährst es. Doch wenn du mich aus dieser Ehe entläßt, verlange ich mein Geschenk zurück. Dann kann ich es hüten, bis ein weiterer Gatte es mir nimmt und meine Persönlichkeit leugnet und mir mein Recht zu träumen streitig macht.« Sie drehte sich um und ging zum Feuer.
Alec knäulte die Beinkleider in seinen Händen. »Du darfst gerne träumen, Weib. Aber Träumen und Handeln sind zweierlei.«
Sie sah ihn nicht an. Ihre Stimme klang gepreßt. »Du bist sehr großzügig, mein Gemahl. Ich darf träumen, aber nie-

mals hoffen, meine Wünsche zu verwirklichen. Sehr freundlich.«
Mit tränenblinden Augen starrte Brittany ins Feuer. Ihr fiel auf, daß sie neuerdings oft weinen mußte. Es sah ihr gar nicht ähnlich, so gefühlsbetont zu sein. Tränen waren für das, was Alec ihr zufügte, nicht angebracht.
Kein Mann hätte ihr mehr Freiheit lassen können als Alec. Dennoch wollte er sie nicht so, wie sie war. Das schmerzte unsäglich. Sein Verständnis war zum großen Teil verantwortlich für ihre Liebe zu ihm. Jetzt mußte sie feststellen, daß er ihr zwar Freiheit schenkte, dieses Geschenk jedoch Ketten trug. Er wünschte sich ein sanftes Mäuschen, das sich seinen Wünschen beugte.
Zum ersten Mal seit ihrer Hochzeit wünschte sie ihn fort. Nach dem, was er von ihr gefordert hatte, wollte sie nicht neben ihm liegen und ihn lieben. Sie hörte ihn im Raum umhergehen, doch er kam ihr nicht nahe und schwieg. Sie fürchtete den Augenblick, wenn er sie rufen würde. Doch der Befehl erfolgte nicht. Als sie hörte, daß er sich zu Bett legte, wischte sie sich die Tränen aus den Augen.
Sie ging zum Bett und schlüpfte unter die Decke. Er griff nicht nach ihr, und sie war froh darüber. Die Tränen kamen erneut, und sie konnte sie nicht zurückhalten, obwohl sie selbst den Grund für ihr Weinen nicht nennen konnte. Sie fühlte nur eine überwältigende Traurigkeit.
Sie liebte ihn. Doch wenn man jemandem sein Herz schenkte, war das keine Garantie für Gegenliebe. Alec hatte nie gesagt, daß er sie liebte. Er war aufrichtig. Er gestattete ihr vieles. Ein anderer Mann wäre ihr gegenüber gewiß nicht so nachgiebig gewesen. Im Grunde hatte er sehr weich auf ihre Tat reagiert. Sie dachte an den häßlichen Bluterguß in Lady Ainsleys Gesicht. Wäre Alec wie andere Männer gewesen, hätte Brittany so manchen Hieb für ihre Übergriffe einstecken müssen.

Sosehr sie auch Alec für ihren Schmerz verantwortlich machen wollte, sie konnte es doch nicht. Er liebte sie nicht, doch er behandelte sie respektvoller, als mancher andere es getan hätte.
Sie spürte, wie er sich umdrehte, das Gesicht ihrem Rücken zukehrte. »Ich weiß, du verstehst meine Anordnung nicht, Brittany. Wenn du dir selbst gegenüber ehrlich bist, mußt du dir eingestehen, daß ich dich bedeutend härter hätte strafen können. Ich lasse mich weder von dir noch von sonst jemandem zum Narren machen.«
Sie verstand ihn durchaus. Doch es linderte trotzdem nicht ihren Schmerz.
Alec streckte die Hand nach ihr aus, strich über ihren Bauch und zog sie an sich. »Es war nicht meine Absicht, dir die Freude an den heutigen Festivitäten zu verderben. Dafür, daß ich dich nicht gelobt habe, wie es dir zusteht, möchte ich mich entschuldigen. Verzeih, Brittany. Du warst der strahlendste Stern, den ich je im Leben gesehen habe.«
Unter seinem zärtlichen Angriff verrauchte ihr Zorn. Sie biß die Zähne zusammen, um den Schluchzer zu ersticken, der in ihr aufstieg.
Er drehte sie zu sich um. Brittany sah, wie sich seine Augen angesichts ihrer Tränen weiteten. »Du weinst, kleine Soldatin?«
Brittany versuchte, ihr Gesicht zu verbergen, doch er zwang sie, ihn anzuschauen. »Was ist der Grund für diese Tränen?«
»Alec, Frauen weinen nun mal.« Sie versuchte, den Vorfall mit einem Schulterzucken abzutun, doch immer neue Tränen rannen über ihre Wangen.
»Ja, Frauen weinen, aber du doch nicht, Brittany. Warum?«
»Alec, bitte. Ich weiß nicht, warum.« Brittany war auf seine Besorgtheit nicht vorbereitet, und so fiel ihr kein zufriedenstellender Grund für ihre Tränen ein. »Es liegt bestimmt nur

an den Anstrengungen des Tages.« Hoffentlich führte er es jetzt auf ihre strapazierten Nerven zurück.
Er drückte sie an seine Brust und streichelte ihre Schultern und ihren Rücken. »Es ist ja nicht so, daß mir Brennas Geschenk nicht gefallen hätte. Du verstehst eben nicht, wie Männer sind. Du weißt ja gar nicht, wie du in diesem Aufzug aussiehst, und es wäre gut für dich, das Schicksal und mich nicht herauszufordern.«
Durfte sie hoffen? Das klang nach Eifersucht. »Alec, warum hast du mir verboten, meine Soldatenkleider anzulegen?«
»Es ist unschicklich für dich. Männer – alle Männer – kommen auf dumme Gedanken, wenn sie eine schöne Frau in so provokanter Kleidung sehen.«
Schön! Er fand sie schön. »Wie kann die Soldatentracht als provokant empfunden werden? Bringt der Anblick von Schwert und Dolch einen Mann um seine Beherrschung?«
»Nein, Brittany, wohl aber der Anblick einer Frau, deren Rundungen so deutlich zu erkennen sind. Und tu nicht so überrascht. Du weißt, daß Lady Gwen keinen Anfall von zügelloser Lust in mir hervorrufen würde.«
Eher einen Anfall ungezügelten Gelächters, dachte sie, war aber noch nicht bereit, ihm zuzustimmen. »Dann war der Grund für deinen Befehl deine Abneigung dagegen, daß andere Männer mich so gekleidet sehen.«
»Aye. Warum sonst sollte ich es dir verbieten?«
Brittany lächelte. Er war tatsächlich eifersüchtig. »Wenn ich dir mein Wort gebe, mich niemals öffentlich in diesen Kleidern zu zeigen, gibst du mir dann mein Geschenk zurück?«
»Nein«, sagte er.
Sie war ihm wichtig, aber er traute ihr immer noch nicht. Sie hatten noch einen langen Weg vor sich, bis sie zu gegenseitigem Verständnis gelangten. Immerhin wußte sie jetzt, daß er wirklich etwas für sie empfand, selbst wenn er es sich selbst

nicht eingestand. In ihm lebte ein Gefühl. Wenn es doch nur noch vor Vertragsende wachsen und Wurzeln fassen würde.
Alec küßte ihre Tränen fort. »Du bist nicht böse auf mich?«
»Nein, ich bin nicht böse auf dich.« Brittany berührte sein Gesicht. »Aber ich bin auch nicht erfreut. Die Verhandlungen über mein Geschenk sind noch nicht abgeschlossen.«
Alec lächelte. Brittany schnappte nach Luft, als seine Hände und Finger ein Feuer in ihr entfachten.
»Du bist nicht erfreut?«
»Alec«, flüsterte sie, als sein Mund den ihren fand. Nach dem Kuß wollte sie ihr Recht, die Soldatentracht zu tragen, erneut zur Sprache bringen, doch ihre Gedanken verflüchtigten sich unter der Leidenschaft, die sein Kuß in ihr weckte.
Erfreut. Bei allen Heiligen, so beglückt wie sie war kein Mädchen je gewesen! Sie strich über seine muskulösen Arme und wölbte sich seinem Körper entgegen. Alec sollte noch einmal fragen, ob sie erfreut war. Sie würde schon dafür sorgen, daß er die volle Bedeutung dieses Wortes kennenlernte.

Kurz vor der Dämmerung betrat Friar John das ihm zugewiesene Gemach in König Edgars Schloß. Das Kirchenregister hielt er fest an die Brust gepreßt.
»Seine Majestät wird von Eurer Ankunft unterrichtet, sobald er aufwacht.« Der Diener stellte Kerzen auf den Tisch.
»Ich bestehe darauf, daß Ihr seine Majestät weckt und ihm sagt, daß es um eine überaus wichtige Angelegenheit geht.« Der Kirchenmann versperrte dem Diener den Ausgang.
»Wenn Ihr mir sagt, worum es sich handelt, will ich wohl entscheiden, ob es wichtig genug ist, um König Edgar zu wecken«, sagte der Mann.
»Schon gut. Ich will allein mit dem König darüber sprechen.« Mit einer Handbewegung entließ der Friar den Diener.

»Jetzt ist es soweit«, murmelte Friar John und setzte sich, um sein schnell pochendes Herz zur Ruhe kommen zu lassen. Die Reise quer durch Schottland war beschwerlich gewesen.
Morgenlicht drang in das Gemach, die Kerzen brannten herunter, während er von dem Reichtum träumte, der ihm winkte. Gedanken an seine Heimat kamen ihm in den Sinn. Er würde aus dem Orden austreten und als reicher und mächtiger Mann in seine Heimat zurückkehren. Das war sein Plan. Edgar sollte bezahlen für die schändliche Behandlung, die er ihm hatte angedeihen lassen; und auch diese Dirne sollte für ihren Hochmut bezahlen! Dann waren auch noch bare Münzen bei einem gewissen englischen Lord zu holen. Wie hatte sich doch sein Glück gewandelt. Seine Geduld und Sorgfalt waren belohnt worden. Aber die Frommen bekamen ja stets ihren Lohn, während die Bösen verdammt wurden.
Er blies die Kerzen aus und bemühte sich, seinen Ärger zu besänftigen. Warten machte ihn immer nervös.
Die Tür flog auf, und er zuckte zusammen.
Edgar trat ein und ging auf ihn zu. »Was ist so wichtig, daß es nicht bis nach dem Frühstück warten kann?«
Friar John stand auf und verbeugte sich. »Sire, wenn Ihr mich anhören wollt, werdet Ihr mir gewiß die frühmorgendliche Störung vergeben.« Er kehrte dem König den Rücken zu und empfand großes Vergnügen an dieser unverschämten Geste.
»Vergebung ist Euer Metier, Friar, nicht meines.« Edgars Stimme enthielt eine deutliche Warnung.
Friar John wischte rasch das Lächeln von seinem Gesicht und drehte sich um. »Pardon, Sire. In der Aufregung habe ich die Etikette vergessen.« Er lächelte und wies mit der Hand auf den Tisch. »Bitte, Sire, habt die Güte.«
Edgar erwiderte das Lächeln nicht, trat aber an den Tisch.
»Erinnert Ihr Euch an unser letztes Zusammentreffen?« Die

Augen des Königs wurden schmal, und der Friar schluckte und nickte.
»Gut«, sagte Edgar.
Der Friar wischte sich den Schweiß von der Stirn, bevor er das Kirchenregister aufschlug. Unter dem wachsamen Blick des Königs blätterte er flink die Seiten um. Als er den gesuchten Eintrag fand, nickte er dem König zu.
»Das wird Euch interessieren, Sire«, sagte Friar John. »Ich bin auf Informationen gestoßen, die auch Euch angehen.«
»Wenn nicht, werdet Ihr es bereuen.« Edgar neigte sich über das Buch und las die Zeilen, die der Friar ihm zeigte.
»Versteht Ihr, Sire?« Friar John konnte seine Aufregung nicht verbergen. »Sie ist nicht die einzige Erbin der Besitzungen Mactavishs und Wentworths. Es gibt noch einen.« Er stieß mit dem Finger nach der Eintragung unter Brittany Mactavishs Namen.
Friar John verlor ein wenig von seiner Zuversicht, als er das breite Lächeln auf dem Gesicht des Königs sah. Eine solche Reaktion hatte er nicht erwartet. Der König war hinters Licht geführt worden, hatte eine Frau in die Ehe gegeben, die kein Geburtsrecht hatte auf das Land und die Titel, die sie als Mitgift brachte.
»Sire, es erheitert Euch?« fragte John zögerlich, verstört durch die vergnügte Miene des Königs.
»Aye. Ironie dient dazu, die Menschen, die Gott spielen wollen, daran zu erinnern, daß ihre Pläne irdisch sind und göttlicher Fügung unterliegen. Das solltet Ihr wissen, Friar.« Der König schlug das Buch zu und stützte sich mit einer Hand auf dem ledernen Einband ab. »Wer außer Euch hat dieses Register gesehen?«
»Niemand, Sire. Ich hielt es für meine Pflicht, Euch davon Kenntnis zu geben. Wie Ihr seht, ändert sich dadurch so manches.« Friar John entspannte sich. Er hatte dem schotti-

schen König einen Gefallen erwiesen und würde reichen Lohn empfangen.

»Ihr habt es mir zur Kenntnis gebracht«, sagte Edgar. »Aber warum?«

»Weil, Sire«, erklärte der Kirchenmann, »Brittany Mactavish nicht die ist, für die man sie hält. Man hat Euch in eine kompromittierende Lage gebracht. Angus Mactavish hat ihren Zwilling vor Euch und ihrem Großvater geheimgehalten.«

»Und was bringt Euch dieser Umstand ein, Friar?« wollte Edgar wissen.

»Das Bewußtsein, ein Unrecht aus der Welt geschafft zu haben«, antwortete Friar John bescheiden in dem Wissen, daß dieser König von der alten Schule war und erwartete, daß sein Klerus sich um Seelen, nicht um Gold und Silber kümmerte.

»Ich meine, Ihr verdient entschieden mehr als nur Entschädigung für Zeit und Aufwand, mich zu unterrichten«, sagte Edgar.

»Euer ergebener Diener, mein Gebieter.« Die Aristokraten waren doch alle gleich. Um zu gedeihen, brauchte man nur ihrem Stolz zu schmeicheln.

»Das hier bleibt unter uns.« Der König winkte nach seinem Diener. Entsetzt sah Friar John, wie der König dem Mann das Kirchenregister überreichte.

»Ich muß es dem Bischof melden«, widersprach Friar John.

»Friar, Ihr mißversteht. Das hier bleibt geheim. Und um dieses Geheimnis nicht zu gefährden, bleibt Ihr hier. Als mein Gast.«

Edgar erhob sich und öffnete die Tür, um zwei Männer einzulassen. »Geleitet den braven Friar in den Turm. Achtet darauf, daß er mit niemandem spricht und keinen Besuch empfängt.«

»Wie könnt Ihr es wagen!« schrie Friar John in plötzlicher Angst.
»Ich bin der König von Schottland«, sagte Edgar. »Bis ich wünsche, daß diese Information an die Öffentlichkeit gelangt, bleibt sie geheim. Ihr unterschätzt mich, Friar. Ein dummer Fehler.«
»Selbst Ihr wagt es nicht, einen Geistlichen einzusperren.« Friar John wehrte sich heftig gegen die Männer, die ihn hielten.
»Ihr werdet nicht eingesperrt. Ihr bleibt auf meine Einladung hin. Ich biete Euch einen ruhigen Ort, an dem Ihr über die Sünden des Hochmuts und der Habgier meditieren könnt. Ich habe gehört, daß Beichten gut für die Seele ist. Ich bin nicht der einzige Mann, der von diesem Wissen profitiert. Wir sprechen uns noch.« Edgar nickte den Wachen zu. »Führt ihn ab.«
Folter. Der Gedanke schoß ihm durch den Kopf, als er in das strenge Gesicht des Königs blickte. Nein, nicht einmal Edgar besaß die Kühnheit, sich den Zorn der Kirche aufs Haupt zu laden. John dankte Gott für seine Voraussicht, eine Botschaft an seinen Freund in England zu schicken. Er brauchte Zeit. Edgar würde sich schwerwiegenden Anklagen stellen müssen, und wenn es soweit war, würde John sich als Zeuge für sein barbarisches Benehmen bereithalten.
Als die Wachen den Kirchenmann zur Tür hinauszerrten, schrie er: »Ich werde dafür sorgen, daß Brittany Mactavish und ihr Clan bestraft werden.«
»Aus meinen Augen!« brüllte Edgar. Der König gab dem hinteren Wachmann einen Wink. »Bestellt Laird Campbell nach dem Frühstück zu mir.«

Als die Wache einen sich wehrenden Mann durch den Flur zerrte, trat eine Dame schnell in eine Nische zurück, um

nicht gesehen zu werden. Lady Brittany und ihr gesamter Clan sollten bestraft werden? Na, so etwas! Wie interessant. Diese Information könnte sich als nützlich erweisen.
Sie lauschte den verhallenden Schritten nach, wartete, bis der Wächter mit dem Friar um die Ecke verschwunden war und verließ dann vorsichtig ihr Versteck. Im selben Moment trat der König aus dem Gemach.
Sein Gesichtsausdruck wechselte von Überraschung zu Verwunderung. Sie mußte sein Mißtrauen ausräumen.
»Sire, ich hatte nicht erwartet, Euch so früh anzutreffen.« Eunice ging auf den König zu. Unter seinen forschenden Blicken zeigte sie keine Spur von schlechtem Gewissen. Mit hocherhobenem Kopf sah sie Edgar in die Augen.
»Ich kann mir den Luxus ausgedehnten Schlafs nicht erlauben«, sagte er und fügte mit trockenem Humor hinzu: »Könige, die der Ruhe pflegen, behalten ihre Krone selten lange.«
Eunice lächelte verstehend und bewundernd. »Es ist hart, Männer zu regieren. Schottland kann sich glücklich schätzen, von Euch befehligt zu werden.«
»Was hat Euch zu derart frühem Aufstehen bewogen, Lady Eunice?« fragte Edgar, ohne auf ihr Kompliment einzugehen.
Durch die Frage des Königs kurzfristig aus der Ruhe gebracht, suchte Eunice hastig nach einer Antwort. »Ich habe heute viel zu erledigen.«
»Was könnte eine schöne junge Frau an solch einem herrlichen Morgen denn bekümmern?« Edgar lehnte sich an den Türrahmen und wartete offenbar auf eine ausführlichere Erklärung.
Um Zeit zu gewinnen, faltete Lady Eunice demütig die Hände. Von allen Ausreden, die ihr in den Sinn kamen, erschien ihr nur eine akzeptabel. Diese jedoch würde sie in eine unmögliche Situation bringen.
»Sire«, seufzte sie tief auf. »Mein Herz ist schwer. Ich muß

mich verabschieden und Euch für Eure Gastfreundschaft danken.«

»Ihr wollt abreisen, Lady Eunice?« Der König stieß sich vom Türrahmen ab. »Das kommt ziemlich unverhofft.«

»Ich habe Verpflichtungen, denen ich nachkommen muß, Sire. Bitte übermittelt auch der Königin meine Dankbarkeit.« Lady Eunice knickste tief und erhob sich langsam wieder. Edgar wirkte keineswegs mißtrauisch, aber Monarchen waren schwer zu durchschauen, und Edgar bildete keine Ausnahme.

»Dann wollen wir uns auf Eure Rückkehr freuen, Lady Eunice. Wenn Ihr gestattet, will ich mich um Eure Eskorte kümmern.«

Lady Eunice lächelte dankbar, doch im Inneren erzitterte sie vor Angst. Edgar war kein Narr.

»Danke, Sire«, sagte sie. »Ich wäre Euch sehr verbunden.«

»Wohin führt Eure Reise?« fragte Edgar. »Rufen Heimat und Familie Euch zurück nach England?«

»Mein Reiseziel, Majestät, ist das Heim meiner Tante Edna.«

Edgar lächelte. »Also verlaßt Ihr Schottland nicht.«

»Nay, Sire«, bestätigte Eunice. »Ich habe mich in Euer Land verliebt.«

Edgar ergriff ihre Hand und führte sie zum Frühstück in den großen Saal. »Ich freue mich, daß unser Land Euch zusagt. England ist zu dieser Jahreszeit nicht so rauh, doch wie ich hörte, ist das Klima für manchen doch gefährlich.«

Die Bemerkung beunruhigte Eunice zutiefst. Edgar wußte bedeutend mehr, als sie vermutet hatte.

»Stimmt, Majestät.« Für einen Augenblick erwog sie, Edgar als Verbündeten zu gewinnen. Doch erst, wenn sie wußte, was im Schwange war, würde sie ihren Kopf riskieren. Und die Antwort auf diese Frage war im Turm eingesperrt.

»England hat seine Anziehungskraft für mich verloren. Ich

spiele mit dem Gedanken, Schottland zu meiner Heimat zu machen.« Eunice konnte nicht zurück nach England, wo eine rachsüchtige Königin sie erwartete. Und Wentworth war trotz seines Versprechens, sie zu schützen, kein Mann, auf den man seine Zukunft bauen sollte. Wenn sie Edgar helfen konnte, würde es sich vielleicht zu ihrem Vorteil auswirken, wenn nicht, würde das erworbene Wissen ihre Verhandlungsposition stärken.

»Vielleicht, Sire«, sagte Eunice, »kann ich meine Reise um ein paar Tage verschieben. Tante Edna wird mich verstehen, und ich möchte so ungern fort.«

»Ein weiser Entschluß, Lady Eunice«, antwortete Edgar. »Wie schön, daß Ihr es Euch anders überlegt habt.«

Eunice bemerkte wohl, welche Betonung der König darauf legte, daß sie aus freien Stücken blieb. Sie erwiderte das Lächeln und hatte das unangenehme Gefühl, daß ihr Entschluß gut in seine Pläne paßte – sie sollte sein »Gast« sein. Die Angst griff mit kalten Fingern nach ihrem Herzen. Würde sie frei sein abzureisen, wann immer sie wollte?

Pferde galoppierten übers Land in dem kleinen Wald an der Grenze zwischen dem Land der Mactavish und der Campbell. Angus Mactavishs Ziel war das einzige Haus in diesem Wäldchen, die Wohnstatt des Friars.

Vier Männer begleiteten ihn, einschließlich des Mannes, der den Friar mit Lebensmitteln versorgt und seine Abwesenheit bemerkt hatte.

Angus saß ab und wies seine Männer an, das Gebiet der Campbell nach Neuigkeiten über den Geistlichen abzusuchen. Seine Sorge galt nicht Friar John – selbst wenn der Mann tot sein sollte, hätte es ihn nicht gekümmert. Doch andere Leben standen auf dem Spiel.

Er stieß die Tür zu dem verlassenen Häuschen auf. Die

gründliche Durchsuchung des elenden Stalls versetzte Angus in Wut. Die persönliche Habe des Friars war fort. Dem Geistlichen war kein Unglück zugestoßen, er hatte sich nicht nur kurz aus seinem Haus entfernt, nein, er war abgereist. Angus bereute es nicht, seine Männer weggeschickt zu haben. Er mußte die Kapelle durchsuchen, und das tat er lieber allein.

Er hatte nicht an das Kirchenbuch gedacht. Erst als er vom Verschwinden des Friars hörte, kam ihm das Taufregister in den Sinn. Schweiß trat ihm auf die Stirn, als er zur Kapelle eilte.

Drinnen war die Luft abgestanden. Er ließ die Tür offen und zündete eine Fackel an. Es war merkwürdig still. Seit langer Zeit hatte nichts den Frieden dieses Ortes gestört. Überall lag dicker Staub, und in den Ecken hingen Spinnennetze.

Er hob die Fackel hoch, und das Licht fiel auf das Kruzifix über dem Altar. Elizabeth war fromm gewesen. Am Abend ihres Todes hatte er ihr ein Versprechen gegeben und es auch erfüllt. Heute leistete er ein zweites. »Ich werde sie beschützen, Elizabeth. Und wenn es mich das Leben kostet, ich werde unsere Kinder zu schützen wissen. Das schwöre ich dir vor Gott«, flüsterte er.

Methodisch suchte er die gesamte Kapelle ab. Das Register befand sich nirgends. Er blickte noch einmal auf das Kruzifix und betete inbrünstiger als je zuvor in seinem Leben. Dann wandte er sich um und verließ das friedvolle Kirchlein.

Angus ging zurück zum Häuschen des Friars. Bevor er aufsitzen konnte, näherte sich ihm einer seiner Männer.

»My Laird, der Geistliche ist vor einer Woche abgereist. Eine Frau im Dorf hat gehört, daß er sich nach dem Weg nach Edinburgh erkundigte.«

Gott sei Dank. Der Narr war zu Edgar gereist. Es würde ihm, Angus, schwer zu stehen kommen, wenn Edgar die Wahrheit erfuhr. Doch er war gern bereit, den König zu beschwichtigen, jeden Preis zu zahlen. Hätte der Geistliche sich nach England, an Wentworth gewandt, hätte alles Geld der Welt nicht ausgereicht, um das Leben seiner Tochter oder die Freiheit seines Sohnes zu retten.

»Schickt einen Mann zur Burg des Campbell. Sagt Brian, er müsse heimkommen, es gehe um Leben und Tod.«

Siebzehntes Kapitel

Edgar wartete in seinem Gemach auf Alec, schritt rastlos auf und ab und erwog, wieviel er seinem Freund anvertrauen sollte. Friar Johns Neuigkeiten hatten seine Pläne weiß Gott auf den Kopf gestellt. Jetzt hatte er die Wahl zwischen zwei Möglichkeiten, aber beide bargen Gefahren. Politik war ein scheußliches Geschäft, und wenn Amateure sich darin versuchten, konnte es tödlich ausgehen. Eine vor zwanzig Jahren begangene Täuschung, die zwei Kinder dem sicheren Tod entriß, mochte jetzt noch einem oder gar beiden das Leben kosten.

Schlimmer noch, sie konnte Schottland in einen Krieg gegen England stürzen. Wentworth, der Silberfuchs, war ein wichtiger Verbündeter der englischen Krone. Wenn er von der Intrige erfuhr und beschloß, gegen Schottland zu ziehen, würden in seinem Heer auch Mitglieder des Königshauses marschieren.

Edgar nahm einen Schluck Wein. Er könnte die Ehe auflösen und Schottlands Favoriten die private wie auch öffentliche Schande ersparen, einer Frau verbunden zu sein, die kein Recht auf die im Ehevertrag aufgeführten Ländereien und die Mitgift hatte. Oder er konnte Angus Mactavish zwingen, Brittany zu seiner Erbin und Nachfolgerin zu erklären.

Eine annullierte Ehe würde an zwei Höfen zu viele Fragen aufwerfen – Fragen, die zu beantworten für die schottische Krone äußerst unangenehm wäre. Darunter würde seine Hoffnung auf eine Einigung Schottlands leiden.

Die logische Schlußfolgerung war, daß Angus Mactavish

Brittany zu seiner Erbin bestimmen mußte. Dadurch wurde der Ehevertrag erfüllt – doch Brittany geriet in Gefahr.
Nachdem er zwanzig Jahre lang die Identität des zukünftigen Lairds geschützt hatte, würde Mactavish niemals einverstanden sein, Brittany den Platz ihres Bruders zu überlassen. Wäre sie die Erbin, hätte ihr Gatte Alec das Recht, über die Mactavish zu bestimmen. Nein, ihr Clan würde sie niemals im Leben als Laird akzeptieren.
Dann war da noch Brittanys Zwilling. Menschen töten Brüder, Väter, Onkel um der Macht willen; da wäre eine Schwester kein Hindernis. Doch die größte Bedrohung ging nicht von ihrem Bruder aus, sondern von ihrem Großvater. Wenn Wentworth erfuhr, daß er einen männlichen Erben hatte, war Brittanys Leben in Gefahr.
Edgar bedauerte so manchen Entschluß, den er in seiner Eigenschaft als Herrscher gefaßt hatte, und dies war ein weiterer. Schottlands Wohl stand über Brittanys. Alec würde sich von ihr scheiden lassen müssen, das stand außer Frage. Beide Clans würden es verlangen. Und am Tag ihrer Scheidung würde Angus seinen Erben benennen. Welche Ironie des Schicksals, daß Edgar gerade die Ehe zerstören mußte, von der er sich soviel versprochen hatte.
Alec mußte die Wahrheit erfahren, durfte jedoch nicht wissen, wer Brittanys Zwilling war. Die Information wäre zu gefährlich. Und Edgar hatte Pläne – hochfliegende Pläne – mit Brian Mactavish.
Die Tür flog auf, und Alec trat ein. Der Augenblick der Wahrheit war gekommen. Was sollte er seinem Freund sagen, was nicht? Alec vertraute er mehr als jedem anderen, doch ein König regierte allein.

Brian Mactavish zog Jenifer in den Stall. Gehetzt um sich blickend, drängte er sie in die hinterste Box. In der dunklen

Ecke verborgen, schloß er sie schließlich in die Arme. Lieber würde er sterben, als diese Frau aufzugeben. Ihr Kuß war wie ihre Liebe: sinnlich, verführerisch und heimlich.
Er küßte sie lange und liebevoll, wollte den Moment ausdehnen, um später von der Erinnerung zehren zu können. Doch diese würde nur ein trauriger Ersatz sein für eine Frau – seine Frau. Widerstrebend löste er die Umarmung. Es schmerzte, in ihre vertrauensvollen Augen zu sehen, wissend, daß er ihr weh tun mußte. »Ich muß abreisen.«
»Du kannst nicht.« Tränen stiegen ihr in die Augen, sie umschlang ihn heftig. »Du bist noch nicht reisefähig.«
»Seit über einem Monat bin ich reisefähig.« Er nahm ihre Arme von seinen Hüften und hielt ihre Hände fest. »Nur deinetwegen bin ich geblieben, Jenifer.«
»Brian«, flüsterte sie mit tränenüberströmtem Gesicht.
»Warte auf mich. Ich werde kommen, um dich zu holen.« Mit einem Finger hob er ihr Gesicht an. »Ich werde einen Weg finden, damit wir zusammensein können.«
»Das wird mein Bruder niemals gestatten«, wandte sie ein.
»Überlaß Campbell nur mir.« Zart wischte er ihr die Tränen aus dem Gesicht. »Glaubst du an mich, Jenifer?« Kaum hatte er die Frage ausgesprochen, bereute er sie schon. Jenifer hatte ihm aus freien Stücken ihre Liebe geschenkt und nicht einen Moment als Gegenleistung ein Heiratsversprechen erwartet.
»Wie kannst du so etwas fragen, Brian?« Sie sah ihn an wie ein verwundetes Tier. »Ich habe mich und meinen Clan entehrt, um mit dir sein zu können.«
»Ich werde kommen«, gelobte Brian. »Warte auf mich.«
»Ich liebe dich, Brian Mactavish«, sagte Jenifer.
Er küßte sie noch einmal und ging. Der Kummer in ihrem Blick verfolgte ihn. Er hatte beschlossen, Alec Campbell bei seiner Rückkehr gegenüberzutreten. Doch jetzt riefen ihn wichtige Clan-Geschäfte nach Hause. Angus' Botschaft zu-

folge ging es um Leben und Tod, und einzig und allein ein derartiger Ruf konnte ihn dazu bringen, Jenifer zu verlassen. Wie sollte er ihre Heirat ermöglichen? Wie sollte er Mactavish und Campbell von der Richtigkeit seines Vorhabens überzeugen?

Als Brittany der Königin in ihr Gemach folgte, versuchte sie, Lady Eunice zu meiden. Das Gefolge der Königin war handverlesen, und leider gehörte Eunice dazu. Vielleicht glaubte die Königin, Eunice als Engländerin würde Brittany die Eingewöhnung erleichtern. Das Gegenteil war der Fall. Brittany mochte Eunice nicht. Wie ihr Schwertkampftrainer gern sagte, war Eunice so angenehm wie ein Tritt in den Hintern.

»Lady Brittany«, flüsterte Eunice und hielt Brittany am Arm zurück.

»Was?« fuhr Brittany herum, erzürnt über das Taktieren der Frau und nicht fähig, es zu verbergen.

»Hört mich an. Ich habe zufällig etwas Wichtiges aufgeschnappt, das Euch betrifft.« Lady Eunice blickte nach vorn, um sich zu vergewissern, daß die anderen Damen sie nicht hörten.

»Lady Eunice, die anderen sind schon gleich im Zimmer der Königin.« Brittany versuchte, sich loszureißen, doch die Frau grub die Finger um so fester in ihren Arm.

»Ihr schwebt in Lebensgefahr.« Lady Eunice drängte Brittany in eine Nische in der Wand. »Ich hörte, wie ein Geistlicher zum König sagte, er würde Euch und Euren Clan vernichten.«

»Seid Ihr wahnsinnig?« Brittany musterte die Frau und versuchte, ihre Absichten zu ergründen.

»Es geht um ein Buch. Ich sah ein großes, in Leder gebundenes Kirchenbuch. Der König ließ es in seine Gemächer bringen. Wenn wir uns den Augen der Königin entziehen, könn-

ten wir einen Blick hineinwerfen. Es enthält die Information, deretwegen der Friar im Turm sitzt.«
Brittany riß ihren Arm los.
»Wartet!« Lady Eunices Ruf klang verzweifelt. »Euer Großvater hat mich geschickt.«
Kalte Angst griff nach Brittany. »Warum?« Die Frau vor ihr veränderte ihr Verhalten grundlegend.
»Der Silberfuchs hat mir seine Gründe nicht dargelegt. Ich soll über Euer Befinden berichten und Informationen über Euch sammeln.«
Brittany hob den Kopf und sah Eunice fest in das selbstzufriedene Gesicht. Es sah ihrem Großvater ähnlich, eine Spionin auf sie anzusetzen. »Ich bin meinem Großvater keine Rechenschaft mehr schuldig.«
»Wie das Schicksal es will, hat er aber mich in der Hand«, sagte Lady Eunice.
»Das Schicksal, Lady Eunice, ist das, was wir aus unserem Leben machen. Ihr habt die Wahl.« Brittany kehrte der Frau den Rücken zu, doch die hielt sie an der Schulter zurück.
»Ich habe mein Leben riskiert, um Euch zu warnen. Wenn Ihr zu dumm seid, mich anzuhören, bitte schön«, zischte Lady Eunice ihr ins Ohr. »Doch unser Gespräch wird unter uns bleiben.«
Brittany drehte sich um und schob die Hand von ihrer Schulter. »Achtet auf meine Warnung, Lady Eunice, und mischt Euch nicht in meine Angelegenheiten.«
Lady Eunice nickte ergeben, doch Brittany bemerkte noch ihren bösen Blick, bevor sie ging.
Obwohl sie versuchte, nichts auf Eunices Worte zu geben, gingen sie ihr doch nicht aus dem Sinn. Die Drohung, einmal ausgesprochen, schwebte über ihrem Kopf. Als sie das Gemach der Königin betraten, ging sie Eunice geflissentlich aus dem Weg.

Von einer kalten Wut ohnegleichen geschüttelt, folgte Alec Edgar zum Turm. Zum ersten Mal in seinem Leben stand er der Entwicklung der Ereignisse um ihn herum machtlos gegenüber. Brittanys Leben war in Gefahr, dank der Dummheit ihres Vaters. Zum Teufel mit Angus Mactavish! Zur Hölle mit ihm!

Sie war seine Frau. Er würde sie beschützen. Die Wut, die hart an der Oberfläche brodelte, kochte über, um ihn zu verhöhnen. Sein Schutz war nur ein befristeter. Der König hatte ihm befohlen, sich nach Ablauf des Vertrags von Brittany scheiden zu lassen. Den Grund kannte er; er sah ihn ein. Nach Erfüllung des Ehevertrags würde Brittany der Titel Laird zufallen. Eine Frau konnte Laird sein, doch war sie verheiratet, ging der Titel auf ihren Gatten über. Der Clan Mactavish würde Alec in dieser Rolle nie und nimmer akzeptieren. Damit Angus einen anderen zum Laird bestimmen konnte, ohne den Vertrag zu brechen, mußte Brittany bei Vertragsende geschieden werden, und dann würde Angus sie enterben. Zum Teufel mit Angus. Alec redete sich ein, es wäre nicht die Scheidung, die ihn so aufbrachte. Er hatte Brittany sowieso nach Hause schicken wollen. Doch es paßte ihm nicht, dazu gezwungen zu werden.

Sie hatten das Turmzimmer erreicht, und Alec wurde aus seinen Gedanken gerissen. Edgar bedeutete der Wache, die Tür zu öffnen, und Alecs Aufmerksamkeit richtete sich auf den Friar, der auf seinem Bett saß. Die Augen des Geistlichen weiteten sich, als er Laird Campbell erkannte.

»Friar John, ich bringe einen Besucher.« Der König betrat den Raum. Alec folgte ihm, und die Tür wurde wieder geschlossen.

»Wie ich höre, Priester, bringt Ihr Informationen, meine Frau betreffend«, sagte Alec.

»Ich habe meine Christenpflicht erfüllt, Laird Campbell. Böswilligkeit war nicht im Spiel«, brauste der Mann auf. Alec bemerkte die Angst im Blick des Friars, als er sich ihm näherte, und das gefiel ihm. Im Verhör würde der Mann nicht lange durchhalten.

»Eure Hingabe an die Kirche ist bewundernswert. Allerdings verstehe ich nicht, was diese Information über meine Frau mit der Heiligen Schrift zu tun hat. Bitte klärt mich auf.« Alec baute sich drohend vor dem Kirchenmann auf und zog seinen Dolch, ohne den Blick von Johns Gesicht zu nehmen.

»Sire.« Der Mann fuhr zum König herum. »Ihr kennt den Grund meines Kommens. Bitte informiert Laird Campbell.«

»Ich vermute, Laird Campbell verlangt keine Erklärungen, sondern Antworten. Ich habe ihn einmal zurückgehalten, ein zweites Mal tue ich es nicht. Falls Ihr noch eine Stunde länger leben wollt, rate ich Euch, ihm Rede und Antwort zu stehen.«

Der König kehrte dem Friar den Rücken zu und schritt zur Mitte des Raumes. Alec wußte, daß Edgars Verhalten seinen Worten Nachdruck verleihen sollte. Der König würde nicht in sein Verhör eingreifen.

»Friar John«, sagte Alec und hob den Dolch vor das bleiche Gesicht des Mannes. »Wem außer König Edgar hattet Ihr das Bedürfnis, Euch anzuvertrauen?«

Der Friar starrte auf den Dolch und bekreuzigte sich.

»Wem?« Er zuckte unter Alecs dröhnender Stimme zusammen.

»Nur ... nur einem Freund, mit dem zusammen ich aufgewachsen bin«, stammelte er, als die Klinge sich ihm näherte. »Er schlug die militärische Laufbahn ein, und ich folgte meiner Berufung.«

Alec legte die Klinge an den Hals des Friars. »Wem dient Euer Freund?«

Die Augen des Geistlichen wurden schmal, und mit verkniffenen Lippen versuchte er, sich der Waffe zu entziehen.

Das bestärkte Alec nur noch in seiner Entschlossenheit. Er wußte es, wollte es aber trotzdem hören. Er drückte die Klinge gegen das weiche Fleisch, bis ein dünner Blutfaden hervortrat. »Wem?«

»Lord Wentworth«, keuchte der Friar. Als Alec den Dolch zurückzog, griff der Mann sich an den Hals und brach zusammen.

Voller Abscheu wischte Alec den blutigen Dolch an der Kutte des Friars ab.

»Wann habt Ihr den Boten abgesandt?« fragte Alec ruhig.

»Vor drei Tagen. Ich gab die Nachricht einem Kesselflicker auf dem Weg nach Süden mit.« Die Worte kamen gedämpft, denn der Friar hatte das Gesicht im Kissen vergraben.

Alec wehrte sich gegen den übermächtigen Wunsch, dem Leben des Elenden ein Ende zu machen, und wandte sich Edgar zu. »Kann der Kesselflicker noch abgefangen werden?«

»Ich werde Männer an die Grenze schicken.« Edgar schritt zur Tür. »Nur, wenn der Mann sich noch nicht auf englischem Boden befindet, haben wir eine Chance.«

»Was ist mit dem da?« Mit einem Kopfnicken in Richtung des auf dem Bett zusammengekauerten Mannes spie Alec die Worte aus.

»Er könnte uns noch von Nutzen sein.« Edgar öffnete die Tür, hielt inne und richtete das Wort noch einmal an den Friar. »Ich an Eurer Stelle, Friar, würde inbrünstig darum beten, daß wir den Kesselflicker abfangen können.« Edgar verließ den Raum und gab der Wache Anweisungen.

Der Friar war sicher im Turm eingesperrt, und Edgar und Alec schritten den Flur entlang.

»Es gibt vielleicht noch Hoffnung. Wir warten eine Woche auf Nachricht von der Grenze. Danach dürfen wir nicht mehr zögern.« Edgar sah Alec an; die Miene des Königs unterstrich den Ernst der Lage. Falls es ihnen nicht gelang, die Botschaft

abzufangen, war eine Konfrontation mit Wentworth unvermeidlich.
»Was glaubst du, wann wird er marschieren?« fragte Alec.
»Wer weiß? Vielleicht wartet er bis zum Frühling, vielleicht bricht er auch unverzüglich auf. Wir werden ein Heer aufstellen müssen. Ich bezweifle, daß er lediglich mit seinen eigenen Männern gegen uns zieht.« Bei diesem Eingeständnis verschloß sich Edgars Gesicht. »Wenn er die Grenze überschreitet, müssen wir jeden einzelnen Laird zur Verteidigung heranziehen. Dann befindet sich Schottland im Krieg.«
»Der englische König wird sich hinter Wentworth stellen?«
»Aye. Er wartet auf einen Vorwand für eine Invasion in unser Land. Hier bietet sich ihm eine ausgezeichnete Gelegenheit, die er sich ganz gewiß nicht entgehen lassen wird.« Der König bog in einen anderen Flur ab. »Komm, Alec, wir haben viel zu tun.«

Die Königin schlug vor, Verstecken zu spielen, um sich während des unfreundlichen Wetters die Zeit zu vertreiben. Das Spiel reizte Brittany nicht sonderlich, doch sie mußte es nutzen. Sie brauchte Zeit, um über Lady Eunices Worte nachzudenken. Sie brauchte Zeit für sich allein. Brittany fand ein hervorragendes Versteck, wo sie gewiß nicht so schnell gefunden werden würde. Sie kauerte sich im Alkoven zusammen und zog die Vorhänge zu. In diesem Raum würde niemand sie suchen. Er lag weit entfernt von den Hauptgemächern.
Was sollte sie tun? Nachforschen. Ihr blieb nichts anderes übrig. Zwar konnte sie Lady Eunice nicht leiden, aber es wäre dumm, ihre Worte unbeachtet zu lassen. Brittany hockte sich auf die Fensterbank. Der Zugwind war unangenehm, und als sie sich eben entschlossen hatte, ihr Versteck aufzugeben, hörte sie ein Geräusch.

Reglos lauschte sie.
Als sie den König sprechen und Alec antworten hörte, war sie vor Unentschlossenheit wie zerrissen. Sie hätte sich unverzüglich zu erkennen geben müssen. Doch eine innere Stimme hielt sie zurück, und aufgrund ihrer Unentschlossenheit verstrich der Augenblick ungenutzt, da sie noch unschuldig hätte vortreten können. Ihr Schicksal war besiegelt.
Edgars und Alecs Stimmen klangen gedämpft, und Brittany mußte die Ohren spitzen, um dem Gespräch folgen zu können. Zuerst hatte Neugier sie getrieben, doch jetzt war sie starr vor Schreck. Ein Zwilling. Sie hatte einen Zwilling! Wegen des Betrugs ihres Vaters war ihrer beider Leben in Gefahr. Wut brodelte in ihr hoch und schloß sie für einen Moment von den Stimmen ab. Sie zwang sich zur Konzentration, doch bevor sie sich wieder in die Unterhaltung hereinfinden konnte, ließ ein Klopfen diese verstummen. Brittany hätte vor Ärger schreien mögen.
»Herein«, befahl die Stimme des Königs.
Das Geräusch der sich öffnenden Tür nutzte Brittany, um näher an den Vorhang heranzurücken. »Sire, der Friar will um sein Leben feilschen. Er verlangt, Euch zu sehen. Er sagt, er hätte noch mehr Informationen.«
»Halt, Alec. Willst du ihm deine Begierde zeigen?«
»Er hat Informationen über meine Frau.«
»Aye«, sagte Edgar. »Und je länger er warten muß, desto unwichtiger wird er sich fühlen und desto freizügiger gibt er seine Informationen preis. Wir begeben uns jetzt zum Mittagsmahl, und danach planen wir unser Vorgehen. Kehrt an Euren Posten zurück, Soldat, und kein Wort zu Friar John.«
Brittany hielt den Atem an, als sie den Namen des Geistlichen vernahm.
Die Tür wurde geschlossen, und Brittany war wieder allein.

Langsam richtete sie sich auf und spähte durch den Vorhangspalt, bevor sie ihr Versteck verließ.

Was ging hier vor? Friar John war im Turm, er war der Mann, den Lady Eunice gesehen hatte. Sie hatte ein in Leder gebundenes Buch erwähnt. Darin waren zweifellos die Lösungen all dieser Rätsel enthalten. Sie mußte dieses Buch sehen. Sie kannte den Namen ihres Zwillings nicht, und sie hatte nicht die geringste Vorstellung, wie ihr Großvater auf diese Information reagieren würde. Eine Angst ohnegleichen bemächtigte sich ihrer.

Lord Wentworth war ein mächtiger Mann. Würde er gegen Schottland marschieren? Ihr Großvater besaß keine Seele. Er tat, was immer ihm paßte. Brittany wußte, daß sie sich würde einmischen müssen, um ihrer selbst und um ihres Zwillings willen. Sie mußte die Information vernichten, bevor sie in falsche Hände fiel – jetzt gleich, während der gesamte Hof beim Mittagsmahl saß.

Brittany hastete die Flure zu den Privatgemächern des Königs entlang. Lady Eunice hatte gesagt, er habe das Buch dorthin schaffen lassen. Niemand begegnete Brittany auf ihrem Weg, und sie überlegte fieberhaft, wie sie ihre Abwesenheit bei der Mahlzeit würde erklären können. Ihre Ausrede mußte überzeugen, wenn sie Alecs Mißtrauen vermeiden wollte.

Am Anfang des Flurs zu den Räumen des Königs blieb Brittany abrupt stehen. Eine Wache hatte dort Posten bezogen. Für den Rückzug war es zu spät, also schlenderte Brittany gemächlich weiter. »Hat die Königin sich schon zu Tisch begeben?«

»Aye«, antwortete der Wachtposten.

Brittany drehte sich um, ihr entging jedoch nicht der neugierige Blick des Mannes. Ihr blieb nichts anderes übrig, als sich zu entfernen. Die Anwesenheit des Postens würde zumindest auch Lady Eunice fernhalten.

Auf dem Weg zum großen Saal überlegte Brittany hin und her, wie sie an das Buch herankommen könnte. Sie mußte jedoch beim Mahl erscheinen, und je schneller sie auftauchte, desto weniger Verdacht würde man schöpfen.
Mit einem Lächeln auf den Lippen trat Brittany in den Saal und wurde von künstlich lächelnden Gesichtern begrüßt. Unbefangen ging sie auf ihren Gatten zu.
»Verzeih, Alec.« Sie nahm Platz und lächelte dem König und der Königin zu. »Vergebt meine Verspätung, Majestät.«
»Wo wart Ihr, Lady Brittany?« wollte die Königin wissen.
Brittany spürte das Interesse des Königs und Alecs Aufmerksamkeit. Der Augenblick war gekommen. Hoffentlich gelang ihr das Täuschungsmanöver. »Ich habe ein ausgezeichnetes Versteck gefunden, Majestät. Allerdings fällt es mir nicht leicht einzugestehen, daß ich eingeschlafen bin, während ich darauf wartete, gefunden zu werden.«
Die Königin lachte. »Ihr habt das Spiel gewonnen. Und wie versprochen erhaltet Ihr auch einen Preis. Ich schenke Euch das Schachspiel, das Ihr in meinem Gemach gesehen habt.«
»Das ist nicht erforderlich, Majestät. Ich habe nur aus Versehen gewonnen.« Brittany fühlte sich zu schuldig, um das Geschenk annehmen zu können.
»Unsinn. Ihr habt den Preis gewonnen.« Die Königin sah Brittany mit einem hintergründigen, wissenden Blick an. »Wo genau hattet Ihr Euch denn versteckt?«
Wenn sie jetzt die Wahrheit sagte, würden der König und Alec unverzüglich im Bilde sein. Doch sie wußte nicht, wo die anderen Mitspielerinnen gesucht hatten, und konnte daher keinen Platz angeben. »Majestät, selbst auf die Gefahr hin, daß Ihr mir den Preis entzieht, möchte ich ein so perfektes Versteck doch nicht verraten. Dazu ist es mir zu wertvoll.«
»Ich sagte bereits, daß sie mogelt.« Obwohl Alecs Behauptung von Lachen begleitet war, konnte Brittany ihm nicht in

die Augen blicken. Sie hätte soviel Neugier und Aufmerksamkeit darin gelesen, daß sie es nicht riskieren wollte, ihre Angst zu verraten.

»Das sagst du nur, weil du mich noch nie im Schachspiel geschlagen hast«, erwiderte Brittany. »Dank des Geschenks der Königin werden wir jetzt häufig genug Gelegenheit haben, deine Fertigkeit zu steigern.«

Sie hörte den König lachen und seufzte unmerklich. Sie gaben sich mit ihrer Erklärung zufrieden. Sie wagte einen Blick in Alecs Gesicht und hatte ein überaus merkwürdiges Gefühl. Er sah aus, als würde er ihr glauben; sein Lächeln war geradezu strahlend.

Er beugte sich vor und küßte sie sanft. Ihr schlechtes Gewissen ließ sie erröten. Er lachte über die verräterische Glut, und sie senkte den Kopf, um ihrer Verlegenheit Herr zu werden. Seine Zärtlichkeit vermittelte ihr Schuldgefühle. Sie war falsch. Sie hatte ihn angelogen und seine herzliche Zuneigung entgegengenommen. Tief innerlich fühlte sie sich krank. Alec hatte diesen Betrug nicht verdient. Aber blieb ihr denn eine Wahl? Wie viele Menschen würden noch zu Schaden kommen, bevor diese Sache erledigt war? Wie viele Menschen würde sie noch hintergehen müssen, bevor sie alles wieder ins rechte Lot gebracht hatte?

»Lady Brittany, wenn Ihr Eure Mahlzeit beendet habt, könnt Ihr Euer Geschenk entgegennehmen«, sagte die Königin und zog damit Brittanys Aufmerksamkeit wieder auf sich. »Wenn Laird Campbell noch der Unterweisung bedarf, so seid doch eine gute, freundliche Gattin und zeigt ihm, wie man mogelt. Wenn er sich dann noch sehr gut konzentriert, kann er vielleicht auch einmal gewinnen.«

Brittanys Wangen glühten, als der König Alec auslachte, der der Königin einen gespielt finsteren Blick sandte.

»Meine Gattin, Majestät, benötigt keinerlei Hilfe, wenn es

darum geht, mich herauszufordern. Um ihret- und um meinetwillen, ermutigt sie bitte nicht, ihren Gemahl zu reizen.«
Alec warf Brittany einen vielsagenden Blick zu, der sie an frühere Herausforderungen erinnerte. Sein Benehmen beunruhigte sie. Diese Seite an Alec erlebte sie sonst nur, wenn sie allein waren. Jetzt zeigte er sich auch vor anderen liebevoll und besorgt. Wenn sie ihm doch vertrauen und sagen könnte, was sie tun mußte. Aber sie durfte sich nicht von ihren Gefühlen beherrschen lassen.
»Entschuldige mich, mein Gemahl«, sagte Brittany. »Ich werde jetzt das Schachspiel holen.«
»Brauchst du mal wieder eine Herausforderung, mein Weib?« flüsterte Alec, während er ihr beim Aufstehen behilflich war.
»Aye«, hauchte sie, sah ihn an und wußte, daß sie beide etwas anderes meinten. Es knisterte zwischen ihnen vor Spannung, und sie genoß seinen verzehrenden Blick. Sie liebte ihn. Gott möge ihr gnädig sein, wenn er ihren Betrug entdeckte.
»Später«, flüsterte er.
Brittany wandte sich um, und die Königin reichte ihr ein Schreiben. »Zeigt dies dem Wachtposten, dann wird er Euch einlassen.« Angesichts von Brittanys verwunderter Miene erklärte die Königin: »Wir wollen uns im großen Saal die Akrobaten ansehen. Gesellt Euch zu uns, wenn Ihr das Schachspiel in Euer Gemach gebracht habt.«
Brittany nahm das Schreiben entgegen und versank lächelnd in einem tiefen Knicks. Unversehens hatte die Königin ihr den Zugang zu dem Buch geöffnet.
Mit angehaltenem Atem wartete Brittany, als der grimmige Wachtposten das Schreiben las. Sie fürchtete sich fast genauso vor seiner Erlaubnis wie vor seiner Weigerung. Ohne eine Gefühlsregung zu zeigen, hob er den Kopf, und Brittanys Herz setzte einen Schlag aus. Der Posten öffnete die Tür zum

Gemach der Königin und trat einen Schritt zur Seite. Brittany trat ein und schloß die Tür hinter sich – hoffentlich ließ er sie zu! Die Tür wurde nicht wieder geöffnet, und Brittany entschlüpfte ein Seufzer der Erleichterung.

Das Schachbrett stand auf einem Tischchen vor dem Fenster. Ohne es zu beachten, ging Brittany geradewegs zur Verbindungstür zu den Räumen des Königs.

Edgars Gemach war riesig, viel größer als das der Königin, aber nicht so üppig ausgestattet wie das ihre. Offenbar hielt der König nicht viel von Prunk und Pracht. Doch wenn seine spartanische Einrichtung sie auch überraschte, blieb Brittany doch keine Zeit, sich darüber Gedanken zu machen.

Ihr Kleid raschelte in der Stille des Raumes. Vorsichtig schaute sie sich um.

Ihr Blick blieb an dem Buch auf einem Tisch in der gegenüberliegenden Zimmerecke haften, und sie huschte hinüber. Es war ein dicker Band. Wie sollte sie in der kurzen Zeit, die ihr zur Verfügung stand, die Information ausfindig machen? Sie schlug das Buch auf und las die erste Eintragung.

Mein Gott, es war das Kirchenregister der Gemeinde der Campbells und der Mactavishs. Sie blätterte die Seiten um bis zu ihrem Geburtsdatum. Dort hielt sie inne. Von den Menschen, die an diesem Tag gestorben waren, kannte sie zwei namentlich: Alecs Vater und ihre Mutter. Ihre Geburt war eingetragen, und darunter die ihres Zwillings. Sie riß Mund und Augen auf, hatte sie doch angenommen, es würde sich um ein Mädchen handeln. Sie las die Eintragung noch einmal, nicht willens, ihren Augen zu trauen. Brittany Mactavish und Brian Mactavish. Ein männlicher Erbe! Dadurch änderte sich alles.

Sie könnte die Seite vernichten. Wollte ihr Zwilling sein Recht auf den Titel des Laird geltend machen, benötigte er Beweise. In anderen Händen als den seinen konnte diese Seite zum Todesurteil werden.

Sorgfältig trennte sie die Seite aus dem Buch und schloß es wieder. Dann faltete sie das Blatt Papier zusammen und schob es in ihr Mieder.
Brittany hastete aus dem Zimmer und schloß die Verbindungstür. Im Gemach der Königin verweilte sie kurz, um wieder zu Atem zu kommen, bevor sie zur Tür ging. Schon fast dort angelangt, fiel ihr das Schachspiel wieder ein.
Es schien eine Ewigkeit zu dauern, bis sie alle Figuren in ein Leinentuch gesammelt und dessen Zipfel verknotet hatte. Dann nahm sie das Schachbrett an sich und verließ den Raum.
Das Brett fest an die Brust gedrückt, suchte sie ihr Gemach auf. Wie ein symbolischer Schild schützte es nicht etwa die Schachfiguren, sondern das Stück Papier in ihrem Mieder. Ihre Haut brannte, wo es sie berührte. Wenn ihr der Zugang zu dem Buch gelungen war, konnten andere es ebenfalls erreichen. Es war richtig gewesen, die Seite an sich zu nehmen. Mit ihrem Leben würde sie sie verteidigen. Sie schwor sich, daß niemand das Papier zu Gesicht bekommen sollte, bevor sie es ihrem Bruder ausgehändigt hatte.
In ihrem Zimmer angelangt, schloß sie die Tür und legte den Riegel vor. Sie stellte das Schachspiel auf dem Bett ab und suchte nach einem sicheren Versteck. Einer ersten Eingebung folgend, wollte sie es bei sich behalten, doch den Gedanken verwarf sie schnell wieder. In ihrer Kleidung würde Alec es rasch gefunden haben. Es im Zimmer zurückzulassen, wäre allerdings genauso dumm. Die Gemächer des Königs waren bewacht, ihre jedoch nicht. Jeder beliebige konnte eindringen und das Zimmer durchsuchen, ohne daß sie etwas merkte. Es wäre ein leichtes, das Papier in ihrer Kleidung aufzuspüren, und Alec besaß noch weniger als sie. Wo sollte sie es verstecken? Sobald das Fehlen der Seite bemerkt wurde, war mit Sicherheit mit einer gründlichen Durchsuchung zu rechnen.

Kopfschmerzen meldeten sich an. Brittany schob den Stirnreifen zurück, um den Druck zu lindern. Mitten in der Bewegung hielt sie inne. Sie nahm das Stirnband ab und betrachtete es eingehend.
Brenna hatte auf der Innenseite einen schmalen Streifen Wollstoff angebracht, damit es nicht scheuerte. Brittany löste ihn heraus und betastete das leicht gebogene Metall. Ja, es war möglich, das Blatt Papier dort einzupassen.
Brittany faltete die Seite zu einem schmalen Streifen, legte ihn in den Stirnreifen ein und befestigte den Wollstoff wieder darüber. Danach betrachtete sie ihr Werk. War etwas zu erkennen? Sie legte den Stirnreifen an, lief zum Spiegel und lächelte nach eingehender Musterung befriedigt. So konnte sie das Papier sicher bei sich tragen, ohne daß jemand etwas bemerkte.
Rasch räumte sie ihr Zimmer auf und machte sich auf den Weg zum großen Saal. Voller Zuversicht, schon mal ein Hindernis überwunden zu haben, überlegte sie sich ihr weiteres Vorgehen.

Wutentbrannt schlug der König das Kirchenregister zu. Jemand hatte sich Zutritt zu seinen Gemächern verschafft und die wichtige Seite entwendet. Er zählte sich diejenigen auf, die am meisten durch das Wissen zu gewinnen hatten – nur drei Namen fielen ihm ein. Alec schied als erster aus. Sein Favorit würde offen gegen ihn antreten, aber niemals stehlen. Brittany konnte die meisten Vorteile aus der Information ziehen, doch sie wußte nichts von ihrer Existenz. Auch Eunice hatte einiges zu gewinnen. Derartiges Wissen verlieh ihr Macht, und wenn er sich nicht sehr täuschte, war sie besessen von Machtgier.
Nachdem eine gründliche Durchsuchung kein Ergebnis brachte, faßte der König einen Entschluß. Wenn eine Woche

verging, ohne daß Nachricht von dem Kesselflicker eintraf, sollte sein Plan in Kraft treten, allerdings mit der kleinen Änderung, daß Eunice miteinbezogen werden würde. Er traute der Engländerin nicht und hoffte, daß durch ihre Beteiligung an der Reise viel Unheil zu vermeiden wäre. Wenn Wentworth erfuhr, daß er einen männlichen Erben hatte, geriet Schottland in höchste Gefahr.

Es war Zeit zu handeln.

Achtzehntes Kapitel

Es war nicht leicht für Brittany, so zu tun, als hätte sie keinen Anteil an der sie umgebenden Intrige. Schauspielerei war ihrem Wesen fremd. Sie war gewohnt, auf Situationen zu reagieren. Und jetzt mußte sie sich verhalten, als wäre alles in bester Ordnung.

Sie gab sich hinsichtlich der Gefährlichkeit ihres Spiels keinen Illusionen hin. Die Heimreise hatte den Bedarf an listigen Kunstgriffen unter Beweis gestellt. Nie war sie allein, stets und ständig fühlte sie fragende Blicke auf sich ruhen, jede ihrer Bewegungen wurde beobachtet.

Edgar hatte das Fehlen der Seite bemerkt. Obwohl der Umstand mit keinem Wort erwähnt wurde, war die Durchsuchung ihres und Lady Eunices Gemachs Beweis genug – und Hinweis darauf, wen Edgar verdächtigte.

Am Vorabend hatte Brittany sich gewundert, daß sie nicht in Duncans Schloß, sondern in einem Kloster zur Nacht einkehrten. Am Morgen reisten sie ohne Lady Eunice weiter. Brittany glaubte nicht an die Erklärung des Königs, Lady Eunice bedürfe der Ruhe, wußte sie doch, daß das Wohlergehen der Frau Edgar herzlich gleichgültig war. Es war eine Warnung. Sie wurde von der Zivilisation abgeschnitten, bis Edgar kam, um sie zu holen.

Beinahe wünschte sich Brittany, sie wäre es gewesen, die zurückgelassen wurde. Eine Atempause in diesem Aufruhr wäre ihr sehr lieb gewesen. Doch sie konnte ihrer Verantwortung nicht den Rücken kehren. Was sie tat, geschah nicht aus

blinder Loyalität ihrer Familie gegenüber, sondern aus Achtung und Bewunderung für den Mann, der ihr Hilfe geboten hatte, als sie sie am dringendsten benötigte. Das war sie Brian schuldig, und sie würde dafür sorgen, daß die Seite in seine Hände kam.
Erst jetzt erfuhr sie, daß sie in Campbells Burg bleiben sollte, während der König und Alec zu Angus Mactavish weiterritten.
Sie stand auf der Treppe und fühlte sich elend. Die Gelegenheit, ihren Bruder zu sehen, wurde ihr verweigert. Ärger und Enttäuschung kochten in ihr hoch. Sie zwang sich, tief durchzuatmen. Gleich mußte sie die Burg betreten, als wäre nichts geschehen.

Brittany legte die Hand gegen ihre Zimmertür, erleichtert, endlich frei zu sein von den neugierigen, wenn auch wohlmeinenden Blicken, die sie bei ihrer Ankunft empfangen hatten.
»Jenifer, was um alles in der Welt ist geschehen?« Brittany durchquerte eilig das Zimmer, als sie Jenifer in Tränen aufgelöst bemerkte.
»Ach, Brittany, ich bin so froh, daß du zurück bist. Du mußt mir helfen«, jammerte Jenifer.
Ihr verzweifeltes Gesicht war zuviel für Brittany. »Aber natürlich, ich helfe dir. Beruhige dich und sag mir, was dir solchen Kummer bereitet.«
»Brittany, ich liebe ihn, und nun ist er fort.« Jenifers unverblümte Antwort machte Brittany betroffen.
»Wer?« fragte sie voller Angst vor der Antwort.
»Brian Mactavish«, antwortete Jenifer und bestätigte Brittanys schlimmste Befürchtung.
Brittany schloß die Augen, um das Flehen auf Jenifers Gesicht nicht mehr sehen zu müssen. Soldaten, die furchtlos in

den Kampf zogen, zitterten oft bei dem Gedanken an eine Heirat und flüchteten vom Altar. Sie hatte nicht gedacht, daß Brian zu dieser Sorte zählte. Doch wenn es um Frauen ging, konnten Männer äußerst unehrenhaft handeln.

»Wo ist die große Liebe deines Lebens?« fragte Brittany schwer enttäuscht, daß ihr Zwillingsbruder Jenifer so bekümmert hatte zurücklassen können. Sie war unfähig, ihre Verachtung zu verbergen.

»Es ist nicht so, wie du denkst«, sagte Jenifer. »Er wollte ja bleiben und Alec gegenübertreten, um ihn um meine Hand zu bitten, doch er wurde heimgerufen.«

»Und hat dich verlassen, damit du dich allein dem Zorn deines Bruders stellen kannst«, sagte Brittany.

»Nein. Er kommt zurück. Er liebt mich.« Jenifers Stimme war so voller ruhiger Überzeugung, daß Brittanys Entschlossenheit ins Wanken geriet. Angesichts solch zuversichtlicher Eingeständnisse konnte sie nur abwarten, ob ihr Bruder sich wirklich der Liebe Jenifers als würdig erwies.

»Was willst du von mir?« fragte Brittany. Sie ahnte, daß Jenifers Bitte in Opposition zu Alecs Wünschen stehen würde.

»Deine Hilfe«, sagte Jenifer. »Alec wird Brian nicht akzeptieren. Ich fürchte, er würde ihn eher töten, bevor er uns erlaubt zu heiraten.«

Brittany wußte nur zu gut, wie recht sie damit haben mochte. »Was kann ich also für dich tun?«

»Hilf mit bei meiner Abreise«, sagte Jenifer. »Ich habe mich entschlossen fortzugehen.«

»Willst du dein Glück auf dem Kummer anderer bauen? Wenn du ohne den Segen deines Bruders zu Brian überläufst, kommt es zum Krieg zwischen den Campbells und den Mactavishs. Viele werden sterben müssen.«

Jenifer senkte den Kopf; sie konnte Brittany offenbar nicht in

die Augen sehen. »Ich will keinen Krieg auslösen. Aber ohne Brian möchte ich nicht leben.«
Brittany wußte um den Schmerz der Frau. »Ich will versuchen, dir beizustehen. Aber ich helfe dir nicht beim Weglaufen. Dein Glück, Jenifer, findest du nur, wenn du dich deinem Problem stellst und eine Lösung findest, durch die andere nicht zu Schaden kommen.«
»Was kann ich denn tun?« klagte Jenifer. »Du kennst Alec doch.«
»Ja, ich kenne ihn«, antwortete Brittany. »Wir müssen ihn von den Vorzügen dieser Heirat überzeugen.«
»Ich bin so froh, daß du wieder zu Hause bist«, sagte Jenifer.
Brittany wäre lieber an jedem anderen Ort der Welt gewesen als ausgerechnet zu Hause.

Alec bemerkte die verstärkten Patrouillen auf dem Wehrgang, als sie sich der Burg der Mactavish näherten. Die Sonne war noch nicht untergegangen, und vor dem strahlenden Himmel war es nicht schwer, die Bewaffneten zu zählen. Die Anzahl entsprach dem Dreifachen der üblichen Besetzung.
»Er rechnet mit Schwierigkeiten«, stellte Edgar fest. »Den Grund unseres Kommens kann er nicht kennen. Auf wen hat er sich dann eingerichtet?«
»Angesichts der Begabung des Mactavish, sich Feinde zu schaffen, dürfte die Liste endlos sein.« Alecs Stimme klang rauh. »Der Mann ist nicht fähig, Freunde zu finden.«
»Aye«, pflichtete Edgar ihm bei. »Er ist ein Einzelgänger.«
»Du achtest ihn?« fragte Alec ungläubig.
»Ich verstehe ihn«, entgegnete Edgar, während sie durch die Tore ritten. »Er hatte schwierige Entscheidungen zu treffen, und immer stand sein Clan an erster Stelle. Männer, die große Führer sind, haben diese Eigenschaft gewöhnlich gemeinsam. Das solltest auch du verstehen.«

Sie ritten in den Burghof ein und warteten auf Angus' Begrüßung.

»Was führt Euch auf das Gebiet der Mactavish?« verlangte Angus zu wissen.

Eine solche Begrüßung von einem Laird an seinen König hielt Alec nicht für angemessen. Doch Edgar schien die grobe Frage nicht zu stören.

»Wir haben etwas mit Euch zu besprechen«, antwortete Edgar. »Augenscheinlich bereitet Ihr Euch auf einen Krieg vor.«

»Nay, es ist nur eine Übung«, widersprach Mactavish.

»Um so besser, daß Ihr vorbereitet seid.« Edgar saß ab und trat Angus gegenüber. »Wenn Ihr den Grund meines Kommens erfahren habt, werdet Ihr begreifen.«

»Soll Campbell an dieser Nachricht, die den Clan der Mactavish betrifft, teilhaben?« fragte Angus mit unverhohlener Feindseligkeit.

»Diese Angelegenheit betrifft nicht nur Euren und seinen Clan, sondern ganz Schottland.« Zu Alecs Überraschung stießen Edgars Worte auf keinen Widerspruch. Alec hatte erwartet, daß Angus sich mit Händen und Füßen gegen seine Anwesenheit wehren würde.

Laird Mactavish führte die Gäste in ein kleines Gelaß und brüllte nach Wein. »Brian, du wirst an der Unterredung teilnehmen«, befahl Angus, während er dem König den Vortritt ließ, selbst aber vor Alec und Brian ins Zimmer trat.

Der König wartete, bis der Diener, der den Wein brachte, sich wieder entfernt hatte. »Ihr steht vor einem schwerwiegenden Problem, Angus«, sagte er dann. »Ich bin hier, um dafür zu sorgen, daß es gelöst wird.«

»Wie?« Angus behielt den König aufmerksam im Auge. Alec sah, daß Brian entspannt und interessiert von seinem Wein trank und keine Spur von Erregung zeigte. Das war der

Mann, der Laird sein sollte. Brian war ein geborener Anführer.
»Euer wohlgehütetes Geheimnis ist offenkundig geworden. Brittany hat einen Zwilling.« Edgar hielt inne, um einen Schluck Wein zu nehmen, während Angus mit verschlossenem, müden Gesicht dasaß. »Um den Ehevertrag zu erfüllen, werdet Ihr Brittany zu Eurer Nachfolgerin erklären.«
»Was?« brüllte Angus und sprang auf. Der Wein ergoß sich auf den Boden, als Mactavish in wildem Zorn die Arme hochwarf. »Ihr wagt es, mir vorzuschreiben, wen ich ernennen soll?«
»Ich wage es.« Edgar stand ebenfalls auf. »Ihr habt Euren König getäuscht und Euer Land in Gefahr gebracht. Wenn Wentworth davon erfährt, steht Schottland womöglich vor einem Krieg.«
»Wenn ich das Mädchen zur Erbin erkläre, unterzeichne ich damit ihr Todesurteil«, schleuderte Angus dem König entgegen. »Was denkt Ihr denn, warum ich sie nach England geschickt und die Existenz ihres Zwillings geheimgehalten habe? Wentworth wird sie umbringen.«
»Es wird nur eine vorläufige Regelung sein, Angus. Sobald die Scheidung ausgesprochen ist, kannst du einen anderen Erben benennen. Ich werde meine Zustimmung geben.«
»Sie wird die Scheidung nicht mehr erleben.« Angus schüttelte niedergeschlagen den Kopf.
»Warum nicht?« mischte sich Alec lautstark ein. »Wurde ihr Zwilling vor ihr geboren?«
»Nay«, antwortete Angus. »Sie ist die Erstgeborene.«
Wo lag dann das Problem? Alec hatte geglaubt, die Geburtsfolge wäre der Anlaß zu den Unstimmigkeiten. Plötzlich wurde er still. »Ihr Zwilling ist kein Mädchen?«
»Nay.«
»Mann Gottes!« Jetzt verstand Alec den Grund für den

Betrug. Brittanys Leben war tatsächlich in höchster Gefahr. Mactavish hatte getan, was er konnte, um sein kleines Mädchen zu schützen, doch nun gab aller Schutz, den König, Vater und Gatte ihr noch gewähren konnten, wenig Anlaß zur Hoffnung. Wentworth würde seine Enkelin umbringen, um seinen Enkel an ihre Stelle zu setzen.

»Wentworth hat seine Spione überall.« Angus ließ sich in seinen Sessel fallen und sah plötzlich sehr viel älter aus, als er war. »So habt Ihr es herausgefunden. Der Friar hat Euch das Kirchenbuch gebracht.«

»Aye«, bestätigte Edgar. »Doch irgendwer hat die Seite mit den Geburtseintragungen herausgerissen. Und Friar John hat einen Boten zu Wentworth geschickt. Es ist uns nicht gelungen, ihn abzufangen.«

»Dann müssen wir meine Tochter außer Landes in Sicherheit bringen.« Angus wandte sich Alec zu. »Ihr laßt Euch von ihr scheiden. Ihre Sicherheit ist meine Sache.«

»Nay.« Alec schritt auf Laird Mactavish zu. Er stützte sich auf den Tisch und erwiderte voller Trotz den strengen Blick des älteren Mannes. »Sie ist meine Frau. Ihre Sicherheit ist allein meine Sache.«

»Ihr könnt sie nicht vor Wentworth schützen«, sagte Angus. »Er wird sie vor Euren Augen töten.«

»Das reicht. Ich habe Vorkehrungen für Lady Brittany getroffen. Ihr habt nur meinen Befehlen zu folgen.« Edgar schenkte sich mehr Wein ein. »Ihr, Angus, müßt sie zur Erbin bestimmen, um jeglichen Verdacht auszuräumen. Womöglich erhält Wentworth die Nachricht erst, wenn es schon zu spät ist. Wenn das so ist, wird er zweifellos bis zum Frühling warten, bevor er sein Heer in Marsch setzt. Bis dahin kann Alec sich von ihr geschieden haben, und wir können sie verstecken.«

»Dennoch wird ihr Leben in Gefahr sein. Sobald ich ihren

Zwilling zum Erben bestimme, wird ihr Großvater keine Ruhe geben, bis er sie aufgespürt und beseitigt hat. Wentworth hat Brittany als seine Alleinerbin eingesetzt, in der Hoffnung, daß sie ihm einen Urenkel schenkt. Jetzt wird er wissen, daß er längst einen männlichen Erben hat. Damit Brittanys Bruder Wentworths Nachfolge antreten kann, muß er zunächst Brittany ausschalten.«

»Ich verfüge über die notwendigen Dokumente, Angus. Ihr müßt mir vertrauen«, verlangte der König. »Ich will Eure Tochter schützen.«

»Aye. Ich vertraue Euch. Aber was ist mit dem da?« Angus deutete auf Alec. »Wird er sich von meinem Mädchen scheiden lassen? Wird er ihr Kind nicht beanspruchen, falls sie eines trägt?«

»Ihr vergeßt Euch, Mactavish«, warnte Alec. An ein Kind hatte er bisher nicht gedacht. Würde er es fertigbringen, ein Kind von der Mutter zu trennen? Würde er es ertragen, sich von Brittany trennen zu müssen? »Wenn sie Zwillinge bekommt, handle ich vielleicht genauso wie ihr Vater damals«, schlug er voller Zorn zurück. Er war nicht bereit, eine Entscheidung zu treffen, die ihm das Herz zerriß.

»Wenn das so ist, würde ich es als Ehre betrachten, den Enkel von Ian Campbell aufzuziehen. Eurem Vater brachte ich mehr Achtung entgegen als jedem anderen Mann. Was zwischen uns vorgefallen ist, war nichts Persönliches, sondern eine politische Angelegenheit. Ihr sollt wissen, Alec Campbell, daß Euer Sohn in meiner Obhut sehr gut aufgehoben wäre.« Angus blickte Alec offen in die Augen.

Sein Blick zeigte nichts als Aufrichtigkeit. Seine Worte erschütterten Alec. Er hatte nie glauben wollen, daß sein Vater und der Mactavish einander achteten.

»Ihr habt mein Wort, daß Alec sich zum vorgesehenen Zeitpunkt von Brittany scheiden lassen wird«, versicherte der

König. »Was ein Kind angeht, könnt Ihr keinerlei Ansprüche stellen. Ob Alec bereit ist, ein solches Kind anzuerkennen oder nicht, ist allein seine Entscheidung, wie Ihr sicherlich wißt.«

»Ihr Kind aufgeben zu müssen, wäre Lady Brittanys Tod«, gab Brian zu bedenken. »Ihre Liebe wurzelt tief.«

»Es reicht.« Alec ließ seinen Pokal auf die Tischfläche krachen. »Ich werde entscheiden, was aus meinem Kind wird.«

»Sollte Euer Kind männlichen Geschlechts sein, droht ihm die gleiche Gefahr wie dem meinen«, sagte Angus leise. »Wie wollt Ihr ihn schützen vor einem Mann, der besessen ist von dem Wunsch nach einem männlichen Erben?«

»Für den Schutz meines Sohnes würde ich mein Leben geben«, sagte Alec scharf und mit tödlichem Ernst.

»Ihr werdet Euch in der gleichen Lage befinden wie ich«, bemerkte Angus, »entweder Euer Kind oder Euer Clan. Da kämpft Ihr auf verlorenem Posten.«

»Er hat recht, Alec.« Die Worte des Königs verstärkten Alecs Ängste noch. »Aber da Eure Dame nicht schwanger ist, schlage ich vor, dieses Gespräch auf den Zeitpunkt zu verschieben, wenn das Thema zur Debatte steht. Hier haben wir die Papiere, und wir müssen unverzüglich handeln.«

Angus setzte mit wilder Grimasse seinen Namen unter das Dokument, das Brittany zu seiner Erbin bestimmte, und reichte die Feder dann an Alec weiter. Alec unterzeichnete die Zustimmung zu seiner Scheidung und hatte dabei das Gefühl, den größten Fehler seines Lebens zu begehen.

»Hütet sie wie Euren Augapfel, Campbell«, sagte Angus. »Ihr Großvater wird nicht ohne Grund der Silberfuchs genannt. Um sie in die Finger zu kriegen, wird er vor nichts zurückschrecken.«

»In meiner Hut ist sie sicher«, sagte Alec nur.

»Wenn Wentworth angreift, steht mein Clan zu Eurem«,

versicherte Angus. »Gemeinsam werden wir ihm entgegentreten. Für Campbell habe ich nicht viel übrig, aber ich sterbe noch immer lieber an seiner Seite, als mit diesem englischen Schwein in einem Atemzug genannt zu werden.«
Überrascht von Angus' Angebot, nickte Alec ihm zu. Er wußte, es war ein Schwur, nicht nur ein Versprechen. Wenn Wentworth kam, würden sie ihm Seite an Seite entgegentreten. Und Seite an Seite sterben, wenn es denn sein mußte.
»Ihr Bruder ist in Sicherheit?« Alec konnte seine Neugier nicht länger bezwingen. Er bemerkte den wachsamen Ausdruck in Angus' Augen.
»Aye«, erwiderte Angus gedehnt, als müsse er seine Worte abwägen. »Die Gefahr ist ihm bekannt.« Angus fixierte Alec abschätzend. »Und was ist mit meiner Tochter? Habt Ihr ihr von ihrem Zwilling berichtet?«
»Nay«, antwortete Alec. »Sie weiß nichts von ihm.«
»Da bin ich nicht so sicher«, fiel der König ein. »Es könnte immerhin sein, daß Brittany die fehlende Seite an sich genommen hat. Vermutlich weiß sie, daß irgendwas nicht stimmt.«
»Du hast sie beobachtet. Sie hat keine Ahnung von all diesen Vorgängen«, tat Alec seinen Hinweis ab.
»Alec, du unterschätzt deine Gattin«, wandte Edgar ein. »Sie ist eine außergewöhnliche Frau und wurde zur Soldatin erzogen.«
»Es ist an der Zeit, meine Tochter aufzuklären«, meinte Angus. »Sie hat ein Recht, es zu wissen, und ein Recht, sich selbst zu schützen.«
Alec verwarf den Gedanken. »Nay. Sie ist zu ungestüm. Gott weiß, was sie dann anrichten würde. Womöglich schnallt sie Schwert und Dolch um und verlangt, ihren Großvater auf dem Schlachtfeld zu treffen. Nein. Je weniger sie weiß, desto besser.«

»Ich stimme Laird Campbell zu.« Brian trat vor und zog aller Aufmerksamkeit auf sich. »Ich habe Lady Brittany kämpfen sehen. Sie würde tatsächlich glauben, es stünde ihr zu, mitten im Kampfgetümmel mitzumischen. Wenn es dazu kommen sollte, wäre unsere Aufgabe noch erheblich schwieriger.«
Nach Brians Worten waren sich die Männer einig.
»Sie ist ein wildes Ding, meine Kleine. Nicht wahr, Campbell?« Angus lachte kläglich.
»Aye, keine ist wie sie.« Alec zog eine Augenbraue hoch und blickte Angus in gespieltem Zweifel an. »Seid Ihr sicher, daß sie Eure Tochter ist?«
Angus lachte. »Wenn sie es nicht wäre, hättet ihr nicht so viel am Hals.«
»Stimmt«, pflichtete Alec ihm bei. »Sie ist durch und durch eine Mactavish. Macht nichts als Ärger.«
Edgar hob seinen Pokal. »Auf Schottland, auf die Unabhängigkeit und auf den Schutz eines kleinen Mädchens, das nicht weiß, welche Gefahr ihm droht.«
Alle hoben ihre Pokale, und Edgar richtete das Wort an Brian Mactavish. »Bursche, unsere Unterredung ist so gut wie beendet. Würdet Ihr unsere Pferde und Männer auf den Aufbruch vorbereiten?«
»Aye, Sire.« Brian ging.
Kaum hatte sich die Tür hinter ihm geschlossen, brachte Edgar noch einen letzten Punkt zur Sprache. »Ich werde eine Ehe zwischen Euren Clans stiften müssen, sobald die Scheidung ausgesprochen ist. Ich habe die notwendigen Erkundigungen eingezogen und bin sicher, daß eine solche Heirat für beide Clans von großem Nutzen wäre.«
Behutsam stellte Alec seinen Pokal auf den Tisch. »Von wem redest du?«
»Von Lady Jenifer und Lady Brittanys Zwilling.«

»Bist du des Wahnsinns?« brauste Alec auf, und Angus schrie: »Niemals!«
»In dieser Angelegenheit bleibe ich fest. Es ist beschlossene Sache. Wenn Alecs Ehe gelöst ist, wird diese Hochzeit stattfinden.« Der König füllte drei Pokale und erhob den seinen erneut. »Auf die nächste Verbindung.« Der König trank in tiefen Zügen, und Alec und Angus starrten sich über ihre Pokale hinweg an. Nur dem König zu Gefallen nahmen sie einen kleinen Schluck und setzten die Kelche gleich wieder ab.
»Unser Vorhaben ist hiermit ausgeführt«, sagte Edgar. »Reiten wir zurück zu Campbells Burg.«

Brittany war erschöpft, weigerte sich jedoch, zu Bett zu gehen. In eine Decke gewickelt, saß sie in einem Sessel und dachte voller Angst und Sorge an das Treffen in der Burg ihres Vaters. Wenn sie die Männer bei ihrer Rückkehr in Empfang nahm, erhielt sie vielleicht schon einen Hinweis. Ein Blick in Alecs Gesicht, bevor er Zeit hatte, seine Gefühle zu verbergen, wäre gewiß sehr aufschlußreich.
Sie hörte die Pferde im Burghof, richtete sich auf und wandte den Kopf zur Tür.
Das Portal wurde weit geöffnet, und zornige Männer mit lauten Stimmen stürmten in die Burg. »Ich werde es ihr erst sagen, wenn der Tag gekommen ist. Sie soll sich nicht schon vorher ängstigen. Von all deinen Plänen, Edgar, ist dieser der schlimmste.«
»Ich werde ihn ausführen, für Schottland«, sagte der König. »Was sorgst du dich? Du hast nicht so reagiert, als du erfuhrst, daß du heiraten sollst.«
»Das war etwas anderes. Sie ist völlig auf sich gestellt. Hilflos. Und du willst sie einem Mann geben, der nichts für sie empfindet. Ich schwöre dir, wenn er die Hand gegen sie erhebt, bringe ich ihn um.«

»Es ist beschlossen. Sobald du geschieden bist, wird sie sich vermählen.« Mit einer Handbewegung gebot der König Stille, als er Brittany gewahr wurde.
»Zum Teufel, Brittany, was tust du allein hier unten?« donnerte Alec und baute sich drohend vor ihr auf.
Ihr Gaumen war ganz trocken. Hatten die Männer über sie gesprochen? »Ich habe auf deine Rückkehr gewartet, Alec.« Sie ließ die Decke zu Boden sinken und stand auf. Plötzlich begann der Raum zu schwanken, silberne Fünkchen tanzten vor ihren Augen, und die Knie wurden ihr weich. Als sie das Bewußtsein verlor, streckte sie die Arme nach ihrem Gatten aus.

Brittany vernahm leise, besorgte Stimmen. Sie lag still und versuchte, Kräfte zu sammeln, während die Unterhaltung an ihr vorbeirauschte.
»Es geht ihr gut, Alec«, tröstete Brenna.
»Gut? Bist du nicht bei Trost, Mutter? Sie ist zusammengebrochen. Was fehlt ihr?« wollte Alec ungeduldig wissen.
»Nichts. Solche Anfälle sind nicht ungewöhnlich für eine werdende Mutter.«
Brittany hielt den Atem an. Schwanger! Das konnte nicht sein. Aber doch, natürlich. Das war die Erklärung für die seltsame Übelkeit und die Schwäche in den letzten Wochen. Ein warmes Gefühl breitete sich in ihr aus. Ein Baby. Ihr Baby.
»Schwanger?« Die Stimme ihres Mannes verriet dessen Schock. Offensichtlich teilte er ihre Freude nicht.
»Alec«, mahnte Brenna. »Sprich leise. Deine Frau braucht Ruhe.«
Brittany schlug zögernd die Augen auf. Sie mußte Alecs Gesicht sehen. Seine Stirn war gefurcht. Er schien sich wirklich nicht im geringsten über das Kind zu freuen. Die Augen

fielen ihr wieder zu. Jetzt hatte sie die Antwort. Alec wollte das Kind nicht, er wollte auch sie nicht.
Brittany gab vor zu schlafen, als die gedämpften Stimmen sich entfernten und die Tür sich hinter ihnen schloß. Sie war allein, und jetzt fielen die Tränen, die sie vorher mühsam zurückgehalten hatte. Sie wühlte das Gesicht ins Kissen. Alecs Zurückweisung tat so weh. Sie hatte so sehr gehofft, er würde sie eines Tages lieben. Jetzt wußte sie, daß es nie so sein würde. Tief im Herzen war ihr klar, daß es besser wäre, fortgeschickt zu werden, als um des Kindes willen bleiben zu dürfen. Letzteres wäre die endgültige Demütigung für sie.

»Ist sie schwanger?« fragte Edgar.
»Aye.« Alec hielt dem scharfen Blick des Königs stand.
»Was hast du mit dem Kind vor?« fragte Edgar nachdenklich.
»Dräng mich nicht, Edgar. Ich werde mich entscheiden, wenn der Tag gekommen ist.« Damit stürmte Alec aus dem Raum. Auf dem Wehrgang schritt er auf und ab und versuchte, mit sich und seinen Gedanken ins reine zu kommen.
Schließlich erfuhr ein Mann nicht jeden Tag, daß er Vater wurde. Diese neue Erfahrung hätte von Freude und Stolz begleitet sein müssen. Doch er war zerrissen zwischen seiner Pflicht und der Sorge um Brittanys Sicherheit.
Er haderte mit dem Schicksal. Warum schenkte es ihm so viel, nur um es ihm später wieder zu nehmen? Warum mußte er ausgerechnet jetzt die Liebe erleben? Und warum war von allen Frauen Schottlands gerade Brittany diejenige, für die er tiefe Zuneigung empfand? Ihre Beziehung war unmöglich, von Anfang an zum Scheitern verdammt. Jetzt war es unumgänglich, daß er sie fortschickte. Ihr Wohlergehen, ihr Leben stand auf dem Spiel. Er würde sterben, wenn ihr oder dem Kind etwas zustieße. Die Macht seiner eigenen Gefühle er-

schreckte ihn. Noch nie im Leben hatte er so stark empfunden, und es machte ihm angst.
Als Laird der Campbells würde er sich den Wünschen des Königs beugen. Eine Alternative gab es nicht. Wenn er seinen Clan regieren wollte, mußte er seine Gefühle hintanstellen. Der König hatte die Scheidung befohlen, also würde er Brittany von sich weisen.
Und dann? Dann würde sie zugunsten ihres Bruders enterbt werden. Kein Laird würde um die Hand einer Frau ohne Mitgift anhalten. Ein spärliches Lächeln kräuselte seine Lippen, als sich ein Plan herausbildete. Es war nicht nötig, sie fortzuschicken. Er würde sich um Wentworth kümmern und Brittany dann seinen Schutz anbieten. Sie würde bei ihm bleiben, nicht als seine Gattin, wohl aber als seine Geliebte.
Einigermaßen mit sich selbst zufrieden, ging er zurück in sein Zimmer. Im Schlafgemach sah er das Schwert und den Dolch im Boden stecken. Dort sollten sie bleiben, solange er Laird war. Sein Blick wanderte zu Brittany, und er bemerkte die Tränenspuren. Was bereitete ihr Kummer? Er hatte gehört, daß Schwangere häufig heftigen Gefühlsausbrüchen unterworfen sind. Vielleicht sollte er noch damit warten, ihr seine Entscheidung mitzuteilen. In ihrem derzeitigen Zustand erkannte sie die Vorteile seines Plans womöglich nicht.
Er schlüpfte ins Bett und zog Brittany an sich. Im Schlaf drehte sie sich zu ihm um. Er beglückwünschte sich selbst zu seinem listigen Plan und schmiegte sich behaglich an seine Gattin. Diese Frau ließ er sich nicht nehmen. Sie würden zusammenbleiben – für immer.

Brian Mactavish forderte seinem Pferd das Letzte ab. Er hatte mit seinem Vater gestritten und mußte seinem Zorn Luft machen. Er wußte, daß bei der Unterredung etwas Wichtiges

beschlossen worden war. Doch sein Vater weigerte sich, ihm zu sagen, was der König in seiner, Brians, Abwesenheit befohlen hatte.
Angus Mactavish hatte viele Fehler, aber Heimlichkeiten vor seinem Sohn gehörten nicht dazu. Laird Mactavish hatte sein Leben der Aufgabe gewidmet, Brian auf die Verpflichtungen der Führerschaft vorzubereiten. Seit er ein kleiner Junge war, hatte Brian an jeder Versammlung des Clans teilgenommen.
Hinter Bäumen verborgen, saß Brian ab und stapfte zu einer Lichtung. Er lehnte sich gegen einen Baumstamm und blickte hinauf zur Burg der Campbells. Jenifer war so nahe. Am liebsten wäre er hingeritten und hätte sie schon jetzt für sich gefordert. An diesem Abend wäre er Alec Campbell gegenübergetreten, wenn nicht die Sache mit seiner Schwester dazwischen gekommen wäre.
Er wandte sich um, zog seinen Dolch und stieß ihn in einen Baumstamm. Dieses Zeichen hatten sie vereinbart. Falls Jenifer sich mit ihm treffen konnte, würde sie den Dolch entfernen. Brian stieg auf sein Pferd. Es war Zeit, nach Hause zu reiten. Doch morgen abend würde er hierher zurückkommen.

Nach einer unruhig verbrachten Nacht stand Jenifer früh auf. Vor über einer Woche war Brian abgereist. Sie hatte Angst, daß er nicht zurückkommen würde, schalt sich jedoch wegen solcher Gedanken. Er kam ganz gewiß zurück.
Noch vor Morgengrauen stahl sie sich aus der Burg. Aufgrund der Wachablösung konnte sie sich ungesehen entfernen. Erstaunlich, welche Fertigkeiten sie sich in ihrer kurzen Zeit in Brittanys Brigade angeeignet hatte. Ihr Herz drohte zu zerspringen, als sie endlich, nach einer Woche vergeblichen Wartens, den Dolch fand. Sie zog ihn aus dem Holz und ließ ihn liebevoll in ihre Tasche gleiten. Es erfüllte sie mit Angst, während der Anwesenheit des Königs in der Burg ein

Treffen mit Brian zu arrangieren. Doch nichts sollte sie daran hindern, Brian zu sehen.
Vorsichtig näherte sie sich der Burg und wartete, bis die Wachen die gegenüberliegende Mauer erreicht hatten. Erst dann überquerte sie das freie Feld und trat durch das Seitentor, das sie angelehnt gelassen hatte. Im Burghof angelangt, verschloß sie es wieder und huschte ungehört in die Burg zurück.

Eine einsame Gestalt, flach auf den Boden am Hügelkamm gedrückt, nickte dem Mann zu, der auf ihn zugekrochen kam. »Wurde auch Zeit, daß Ihr Euch zeigtet. Meine Knochen schmerzen von der Kälte in diesem Land.«
»Hoffentlich habt Ihr Lord Wentworth etwas mitzuteilen. Er ist übelster Laune.« Die Ablösung schob einen Steinbrocken aus dem Weg und huschte hinauf zum Hügelkamm.
»Hab' ich.« Ohne Erklärung schlich der Mann davon. Er hatte für den Soldaten nicht viel übrig.
Er dachte an die hochinteressanten Vorfälle des Abends und war froh, daß das, was er gesehen hatte, dem Silberfuchs von Nutzen sein würde. Wentworth akzeptierte keine Entschuldigungen. Je schneller sie diese Sache erledigt hatten, desto schneller konnten sie nach England zurückkehren.
Er ging den Weg entlang zu dem Tal, in dem der Friar seinen Unterschlupf hatte. Als Friar Johns Botschaft eintraf, war Wentworth hinausgeritten, mit nur fünf Männern, die ihre blaue Tunika und die Beinkleider unter der schlichten Tracht schottischer Bauern verborgen hatten.
Der Mann, der während der Nacht die Burg der Mactavish beobachtet hatte, kam auf ihn zu. Nebeneinander gehend legten sie die langen Meilen bis zur Kirche zurück.
»Was meint Ihr, wie lange müssen wir hier noch aushalten?«
Er lächelte seinem Kameraden zu. »Nicht mehr lange. Ich habe interessante Neuigkeiten für Lord Wentworth.«

»Gott sei Dank. Hier ist es kälter als im Bett einer Jungfrau.«
Der Soldat ging nicht auf die Bemerkung ein. Er dachte an seinen Bericht und an die Anwesenheit des Königs in der Burg der Campbell, an die merkwürdigen Vorgänge zwischen den Bäumen, an die Anzahl der Soldaten innerhalb der Burg, an das offene Tor, das die Frau benutzt hatte. All das würde Lord Wentworth interessieren.
Er seufzte. Er war Soldat und befolgte Befehle. Doch die bittere Verantwortung seiner Pflicht fraß ihn manchmal auf. Er wußte, daß diese ganze Geschichte irgendwie mit Lady Brittany zu tun hatte. Er war an ihrer Ausbildung beteiligt gewesen, hatte sie praktisch aufgezogen, wenn man bedachte, wieviel Zeit sie beim Kampftraining zugebracht hatte. Daß sein Herr nichts für seine Enkelin übrig hatte, war kein Geheimnis. Wentworths Anwesenheit in Schottland konnte nur Nachteiliges für die Dame bedeuten.
Der Soldat schüttelte diese beunruhigenden Gedanken ab. Besser, er dachte daran, die eigene Haut zu retten. Er befand sich auf feindlichem Territorium. Wurde er erwischt, geriet er in die Hände von Barbaren. Er brauchte nicht viel Phantasie, um sich die Foltern vorzustellen, die ihn dann erwarteten. Der Gedanke ernüchterte den Mann, und er marschierte geradezu in das Tal ein, ohne sich weitere Sorgen wegen der zu übermittelnden Nachrichten zu machen.

Neunzehntes Kapitel

Brittany erwachte in den frühen Morgenstunden. Als sie Alecs Arm spürte, schmiegte sie sich instinktiv enger an seinen warmen Körper. Das Verlangen nach seiner tröstenden Berührung war überwältigend. Am Vorabend hatte sie geweint, bis der Schlaf sie übermannte. Ihr Weinen galt weniger dem Kind als ihr selbst. Doch die Tränen hatten ihren Geist gereinigt und den letzten Rest ihres Selbstmitleids fortgespült.

Brittany wußte, daß sie Alec nicht ändern konnte, genausowenig, wie sie ihre Liebe zu ihm ändern konnte. Ihr starrsinniger Stolz erhob wieder sein Haupt. Sie würde überleben, auch wenn der Gedanke an ein Leben ohne Alec schmerzhaft war. Nie wieder würde sie weinen über Dinge, die nicht sein konnten. Gestern abend hatte sie gedacht, ihre Welt würde einstürzen. Heute wußte sie es besser.

Sie würde ein Kind haben, und der Gedanke erfüllte sie mit Ehrfurcht. Zaghaft glitten ihre Finger über ihren flachen Bauch. Dort drinnen wuchs ein kleines Leben heran. Es erschien ihr wie ein Wunder.

Tief im Herzen hoffte sie noch immer, daß Alec das Kind genauso lieben würde wie sie. Die Zeit war gegen sie, doch sie glaubte an Wunder.

Alec regte sich, und Brittany wartete auf den Moment seines Aufwachens. Sie würde das Kind nicht erwähnen. Wenn er das Thema zur Sprache brachte, war sie bereit, darüber zu reden.

Sein Arm umschlang sie fester. Wie immer erregte seine Berührung sie. Ihr wurde wohlig warm, als er die Lippen auf ihre Schulter drückte und sie in seinen Armen umdrehte. Das träge Lächeln auf seinen Lippen ließ sein Gesicht weicher und jünger erscheinen. Der friedliche Anblick seiner Zufriedenheit rührte an ihr Herz. So sah sie ihn selten, und sie liebte es, ihn so zu sehen.

»Du bist früh wach, meine Gemahlin. Was für Sorgen stören deinen Schlaf?« Er strich zärtlich an ihren Armen auf und ab.

Die Frage verwirrte sie, und es fiel ihr schwer, an eine Antwort zu denken, während seine Zärtlichkeiten sie ablenkten.

»Sorgst du dich wegen des Babys?« Seine Offenheit erschreckte Brittany, und sie konnte lediglich zur Antwort nicken.

»Sei beruhigt.« Er berührte sanft ihre Wange. »Ich werde für dich und mein Kind sorgen.«

Brittanys Augen füllten sich mit Tränen, als sie den Ernst und die Besorgnis in seiner Miene sah. »So schienst du gestern abend nicht zu denken.«

»Gestern abend ging mir zu vieles im Kopf herum.« Lächelnd wischte er ihr die Tränen vom Gesicht. »Heute sind die Probleme, die mich quälten, nicht mehr da. Du und dein Kind, ihr werdet bei mir immer in guter Hut sein. Vertrau mir, Brittany, denn ich lasse die, die ich liebe, nicht zu Schaden kommen.«

»Ach, Alec.« Sie schlang die Arme um ihn, lachte und weinte gleichzeitig. Sie empfand so viel Freude und Glück; nichts kam diesem Augenblick gleich. »Ich liebe dich so sehr.«

»Zeig es mir!« Seine Stimme war ein rauhes Flüstern, das ihr wohlige Schauer über den Rücken sandte.

Nur einmal hatte sie bisher die Initiative zu einem Liebesspiel ergriffen. Da hatte sie etwas beweisen wollen, hatte auf Alecs Herausforderung reagiert. Doch jetzt tat sie es aus eigenem Antrieb, und selbst der kühnste Akt kam ihr natürlich und selbstverständlich vor. All die Liebe, die sie in sich fühlte, zeigte sie offen. Es war ein berauschendes Erlebnis, selbst die treibende Kraft zu sein. Sie reizte Alec mit Küssen, ohne seinen Durst je ganz zu stillen. Hemmungslos erkundete sie mit den Händen seinen prachtvollen Körper. Sie hörte sein leises, kehliges Stöhnen, als sie mit den Fingern über seinen Bauch strich.

Brittany wußte nicht, wie lange sie diese süße Not noch würde ausdehnen können, denn in ihrem Inneren steigerte sich ein ungebärdiges Verlangen. Geschmeidig bewegte sie sich auf seiner Brust, und seine Haare kitzelten ihre Brüste, während zwischen ihren Schenkeln die Hitze bis zur Weißglut stieg. Als sie ihn küßte, schoß es ihr heiß durch die Adern; sie hatte das Gefühl, innerlich in Flammen zu stehen. Der Kuß, ganz anders als die, die sie als Vorbereitung auf das Kommende geschenkt hatte, war der Inbegriff der Erfüllung – nahezu verzweifelt in seiner Intensität. Das Feuer, das sie in Alec entfacht hatte, brannte nun in ihr selbst.

Plötzlich übernahm Alec die führende Rolle und drehte sich mit Brittany in den Armen um. Er streichelte ihre Haut mit solch intimer Kenntnis, daß es ihr schier den Atem verschlug. Der Augenblick der Verschmelzung war so intensiv, daß Brittany glaubte, vor Lust sterben zu müssen. Die Empfindungen überrollten sie in Wellen sinnlicher Ekstase, die in ihrer Entladung gipfelte. Seine mächtigen Schultermuskeln spannten sich unter ihren Fingern an, und sie klammerte sich an Alec und fühlte das Erschauern seines Körpers kurz nach ihrem eigenen.

Das innerliche Beben ebbte langsam ab. Ihre Augen wurden

feucht. Sie hatten sich nicht nur geliebt. Sie hatten ihrer Liebe gehuldigt.
Alec küßte ihre nassen Augen und nahm sie fest in die Arme. »Keine Tränen mehr, Brittany. Jetzt nicht, nie mehr.«
Er streichelte ihren flachen Bauch. »Unser Kind«, sagte er, erfüllt von dem Wunder. Sie lächelte zufrieden, während er zart an ihrer Wange knabberte.
»Du wirst den ganzen Tag ruhen«, bestimmte Alec und löste sich von ihr.
»Alec«, protestierte Brittany, als er aufstand.
Offenbar mißverstand er ihr Flehen und blickte sie zwingend an. »Es ist mein Ernst, Brittany. Du wirst den ganzen Tag im Bett bleiben und ruhen. Du hast es dringend nötig.«
Brittany konnte nur voller Staunen den Kopf schütteln. Wunder geschahen, wenn man sie am wenigsten erwartete.

»Jenna, bitte«, flehte Brittany. »Ich halte es nicht eine Minute länger in diesem Bett aus.«
»Ihr bleibt im Bett. Und kein Genörgel mehr, sonst melde ich es Laird Alec.« Mit einem merkwürdig zufriedenen Lächeln schüttelte Jenna Brittanys Kissen auf. »Höchste Zeit, daß Ihr einmal verwöhnt werdet.«
Die Tür öffnete sich, und Brenna trat mit einer Schale Brühe ein.
»Das ist das dritte Mal, daß Alec mir Suppe schickt. Ich bin nicht krank«, beschwerte sich Brittany. »Ich bin nur schwanger.«
Brenna tauschte ein Lächeln mit der Dienstmagd und trat zu Brittany. »Gönn ihm die Freude. Er ist noch nie zuvor Vater geworden, und ich glaube, die Erfahrung strengt ihn an.«
Brittany seufzte angewidert. Sie hatte Brennas Lächeln wohl bemerkt. »Wenn ich schon im Bett bleiben muß, brauche ich Beschäftigung.«

»Soll ich Laird Campbell holen?« fragte Jenna hilfsbereit, aber mit verräterisch zuckenden Lippen.
»Warum, Jenna? Möchtest du gern zuschauen?« fragte Brittany zuckersüß, die Anzüglichkeit ihrer Dienstmagd bemerkend.
»Lady Brittany, Ihr solltet Euch schämen«, mahnte Jenna.
»Ich soll mich schämen? Du hast doch mit dem Thema angefangen.« Brittany wandte sich Brenna zu und sah, daß es der Frau nur schwer gelang, sich das Lachen zu verbeißen.
»Die gesamte Burg ist verrückt geworden. Könntest du nicht jemanden zu meiner Unterhaltung herschicken?« Auf die vielsagenden Blicke hin fügte sie hinzu: »Jemanden, mit dem ich Schach spielen kann.« Die Vorstellung, Alec könnte zurückkommen, ließ ihre Wangen glühen.
Die Tür öffnete sich erneut, und Lady Jenifer trat ein mit dem Geschenk der Königin. »Brittany, dein Gatte dachte, du hättest vielleicht Lust zu einem Spiel.« Ihre Bemerkung ließ Jenna und Brenna in Gelächter ausbrechen.
»Was ist los?« wollte Jenifer verwundert wissen.
»Achte nicht auf sie, Jenifer«, sagte Brittany und bedachte das belustigte Pärchen mit einem ärgerlichen Blick. »Sie haben den Verstand verloren und treiben mich in den Wahnsinn.«
»Lady Brenna«, schniefte Jenna mit gespielt beleidigter Miene, »ich glaube, wir sind meiner Herrin nicht willkommen.«
Brittany schüttelte den Kopf. »Ich liebe euch beide von Herzen, kann euren großen Humor jedoch nur in kleinen Portionen vertragen. Das ändert sich vielleicht, wenn ich endlich wieder aufstehen darf.«
Arm in Arm verließen Brittanys Schwiegermutter und ihre Dienstmagd lachend das Gemach. An der Tür drehte Brenna

sich noch einmal um und ermahnte: »Behalte sie im Auge, Jenifer. Sie darf sich nicht aus dem Bett rühren.«
Als die Tür sich hinter ihnen geschlossen hatte, nahm Jenifer Brittany in den Arm. »Ich freue mich so für dich.«
Brittany hatte nie eine Freundin gehabt; Jenifers Anteilnahme erfüllte sie mit Ehrfurcht. »Danke, Jenifer.«
Jenifer stellte die Schachfiguren auf. »Mein Bruder ist unten und schmiedet alle möglichen Pläne. Du solltest ihn hören, Brittany. Er ist außer sich vor Glück.« Jenifer stellte das Brett so auf, daß Brittany es bequem erreichen konnte. »Bei all dem Trubel dürfte es mir heute abend nicht schwerfallen, aus der Burg zu schleichen und Brian zu treffen.«
»Wie bitte?« Brittany sah ihre Schwägerin entsetzt an. »Hat die Liebe dir den Verstand geraubt? Wenn eine Feier stattfindet, hast du noch mehr Verpflichtungen als sonst und um so weniger Gelegenheit, dich heimlich davonzustehlen.«
»Nein, Brittany. Es wird ganz einfach sein.«
»Wenn es wirklich so einfach ist, komme ich mit.«
»Wer von uns hat den Verstand verloren, Brittany? Wie im Namen des heiligen Andrew willst du aus der Burg entwischen?« fragte Jenifer. »Du kannst nicht einmal diesen Raum verlassen. Mein Fehlen wird niemand bemerken, wohl aber deines.«
Brittany mußte einsehen, daß Jenifer recht hatte. »Aber ich muß meinen ...« Um ein Haar hätte sie »Bruder« gesagt, besann sich aber noch rechtzeitig –, »... meinen Verwandten sehen.« Jenifers Schweigen verriet ihr, daß sie ihr Stocken wohl bemerkt hatte. Sie hätte Jenifer ihren Stirnreif für Brian mitgeben können. Doch irgendwie hatte sie das Gefühl, das Blatt nicht aus den Händen geben zu dürfen, sondern es ihm persönlich überreichen zu müssen.
»Warum mußt du Brian sehen?« Neugier und Mißtrauen waren in ihrem Blick zu lesen.

»Bei Hofe habe ich etwas erfahren, das ihn betrifft«, sagte Brittany. »Nachdem er im Kampf an meiner Seite gestanden hat, schulde ich ihm die Information.«

»Sag mir, was es ist, dann will ich es übermitteln«, bot Jenifer an.

»Das geht nicht. Diese Information könnte dein Leben gefährden.« Brittany hob die Hand, um Jenifers Einwand abzuwehren. »Ich vertraue dir, doch Brian würde es nicht gutheißen, wenn ich dich in Gefahr brächte.«

Brittany sah Jenifer an und wußte, daß sie sie überzeugt hatte.

»Wie und wo triffst du ihn, Jenifer?«

Jenifer erklärte es ihr, und Brittany hörte aufmerksam zu.

»Könntest du ein Treffen für uns arrangieren?«

»Ich glaube schon«, antwortete Jenifer. »Aber wie willst du zum Treffpunkt gelangen?«

»Ich werde dort sein.« Brittany wußte, daß sie ein tollkühnes Spiel trieb. Wenn Alec davon erfuhr, würde er ihr nie verzeihen. Ihr kam in den Sinn, daß sie um ihrer Familie willen ihre Zukunft und das Wohlergehen ihres Kindes gefährdete. Der Gedanke machte sie schaudern.

Ihre Ehre verlangte einen hohen Preis.

Jenifer erhob sich von der Abendmahlzeit. Sie konnte ihre Vorfreude auf das Treffen mit Brian kaum verbergen. Die Liebe hatte sie verändert. Nie zuvor hätte sie es gewagt, sich ihrem Bruder zu nähern, wenn dieser mit dem König zusammen war. Jetzt aber versank sie vor Schottlands beiden mächtigsten Männern in einem tiefen Knicks und blieb ganz ruhig.

»Wenn du erlaubst, Alec, werde ich Brittany aufsuchen, bevor ich mich zur Ruhe begebe.«

»Wie fühlt sie sich?« fragte Alec.

»Als ich sie vorhin verließ, warf sie mit ihrem Dolch auf die

Tür«, berichtete Jenifer lächelnd. Ihre Schwägerin ertrug es nicht, untätig zu sein. »Wie jeder Gefangene braucht auch sie Beschäftigung, Alec. Das Eingesperrtsein in ihrem Schlafgemach hat ihre Stimmung nicht gerade gehoben.«
»Es war notwendig.«
Jenifer musterte das finstere Gesicht ihres Bruders. Gerade wollte sie eine Frage an ihn richten, als der König sich ihr zuneigte.
»Lady Jenifer, Laird Campbell wollte damit lediglich zum Ausdruck bringen, daß Lady Brittany sich ohne Zwang niemals ausgeruht hätte.«
Alec bedachte den König mit einem schrägen Blick. Jenifer hatte den Eindruck, als verständigten sie sich ohne Worte, bevor Alec sie wieder ansprach. »Richte Brittany aus, daß ich vor dem Schlafengehen einen Spaziergang mit ihr unternehmen werde.«
Jenifer verneigte sich tief, um ihre Sorge zu verbergen. Sie hatte keinen Besuch bei Brittany geplant; es war nur eine Ausrede, um aus der Burg schlüpfen zu können. Nun war er unumgänglich.
»Brittany wird sehr erfreut sein, Alec.« Jenifer drehte sich um und stieg die Treppe hinauf. Sie mußte Brittany warnen, daß sie und Alec sich vom westlichen Tor fernhielten, das sie zum ungesehenen Entkommen benutzte.

Im Schatten an der Burgmauer lagen fünf Männer flach am Boden. Dreißig Fuß entfernt wurde das Tor geöffnet und wieder geschlossen, nachdem eine kleine, in ein Cape gehüllte Gestalt hindurchgeschlüpft war. Wie Schattenwesen schlichen die Männer zum Tor und drangen ungesehen in die Burg ein.
Brittany ging mit Alec spazieren und achtete darauf, dem westlichen Tor nicht zu nahe zu kommen. »Danke, Alec. Es tut so gut, an der frischen Luft zu sein.«

»Hat die Gesellschaft meiner Schwester dir nicht zugesagt?« fragte er.
»Ich liebe Jenifer von Herzen, aber irgendwann mag ein Mensch auch nicht mehr Schach spielen.«
»Wie ich hörte, hast du mit Messern geworfen.« Alecs Augen blitzten belustigt.
»Mit ein wenig Übung könnte Jenifer es weit bringen in diesem Sport.« Brittany dachte gar nicht daran zu leugnen. »Ich weiß. Wieder eine undamenhafte Beschäftigung«, gab sie unter Selbstverleugnung zu.
»Mag sein. Aber ich wünschte, sie wäre schon vor einem Jahr in dieser Kunst bewandert gewesen.«
Brittany sah die scharfen Linien um seinen Mund. Plötzlich verstand sie, worauf er sich bezog. »Ihre Ehe?«
»Aye. Es hätte ihr beträchtlichen Kummer erspart, wenn sie sich bis zu meinem Eintreffen hätte wehren können.«
»Was ist geschehen?« Sie waren stehengeblieben, und Brittany erkannte an Alecs Miene, wie sehr die Erinnerung ihn schmerzte.
»Sagt's ihr, Campbell.« Ketten klirrten, als ein Mann mit Fußeisen sich von den Stallungen her näherte. Sein Gesicht war blutverschmiert und verschwollen, doch Brittany erkannte ihn. Er war der Laird, der den Angriff auf die Burg geleitet hatte, damals, als sie die Burg verteidigte.
»Ich habe Euren Bruder getötet. Wollt Ihr Euch ihm zugesellen?« Alecs Stimme klang hart und böse. Er schien nur auf einen Vorwand zu warten, um dem Mann seine gerechte Strafe zukommen zu lassen.
»Dieses Leben ist schlimmer als der Tod. Aber ich warte auf den Tag der Rache«, höhnte der Mann, während er näher kam. »Für den Tod meines Bruders werdet Ihr mit bisher nie gekannten Qualen zahlen.«
»Ihr seid Eurem Bruder noch ähnlicher, als ich angenommen

hatte. Ganz Schottland lacht Euch aus. Eine Burg anzugreifen, die von Frauen und Kindern verteidigt wird, ist eine feige Tat. Der Umstand, daß Ihr besiegt wurdet, macht die Schande noch größer. Ich denke, Eure Drohungen sind genauso bedeutungslos wie Ihr.«

»Drohungen! Habt Ihr vergessen, was Eurer kostbaren kleinen Schwester angetan wurde? Trägt sie immer noch die Narben von der Peitsche meines Bruders?«

Alec stieß dem Mann die Faust ins Gesicht, und dieser stürzte in den Schmutz.

»Malcolm!« brüllte Alec, und unverzüglich stürzte der Riese aus den Stallungen hervor.

Mit einem Blick auf den Gefangenen vor ihm im Schlamm schüttelte Malcolm den Kopf. »Waren Brian Mactavishs Schläge Euch nicht Warnung genug?« Malcolm zog den Mann auf die Füße und schlug ihm mit dem Handrücken ins Gesicht.

»Warum hat Brian ihn geschlagen?« fragte Brittany.

Malcolm richtete seine Antwort an den Laird. »Der Mactavish-Bursche hörte eine Bemerkung über Lady Jenifer. Zu dritt mußten wir ihn zurückreißen, wenn ich auch zugebe, daß wir uns nicht übermäßig bemüht haben.«

Verständnislos blickte Brittany Malcolm an. Der mürrische Schotte lächelte.

»Ach ja?« Nachdenklich musterte Alec den gefangenen Laird, bevor er sich wieder an Malcolm wandte. »Erteile ihm noch eine Lektion in gutem Benehmen, aber achte darauf, daß er reisetüchtig bleibt. Morgen bekommt Edgar einen neuen Sklaven, den er mit auf sein Schloß nehmen kann.«

»Dann ist es zu spät, Campbell. Meine Rache erfüllt sich lange vor Morgengrauen.« Die Drohungen verhallten, als Malcolm den Mann wegschleppte.

Brittany schauderte bei dem Gedanken an das, was Jenifer

durchgemacht hatte. Alec zog sie eng an sich. »Laß dir von seinen Worten nicht die Laune verderben. Ich sorge dafür, daß dir nichts geschieht.«
Brittany schmiegte sich an ihn. Sie fürchtete nicht um sich selbst, doch Alecs Trost machte ihr deutlich, in welcher Gefahr sie schwebte. Aus so vielen Richtungen wurde sie bedroht. Sie zweifelte nicht daran, daß Alec sie unter Einsatz seines eigenen Lebens beschützen würde, sollte es nötig sein. Doch er war nicht unfehlbar. Sie mußte sich selbst um ihre Sicherheit kümmern. Plötzlich war ihr so kalt, daß nicht einmal Alecs Wärme ihr helfen konnte.
»Gut, daß du ihn fortschickst«, sagte Brittany. »Seine Anwesenheit auf der Burg muß Jenifer doch immer an die schlimme Zeit erinnern. Warum hast du ihn überhaupt hierbehalten?«
»Es war Edgars Vorschlag. Wäre es nach mir gegangen, würden die Würmer ihn längst fressen.« Alec legte den Arm fester um sie, sie gingen weiter. »Ich glaube, für heute abend hattest du genug Bewegung. Jetzt ist es Zeit für dich, zu Bett zu gehen.«
Sie durchquerten den Burghof, als hinter ihnen laute Stimmen ertönten. Alec fuhr herum und sah aus den Stallungen Rauch aufsteigen. Pferde wieherten und stürmten vorwärts. »Feuer!« brüllte Alec den Wachen zu, ließ Brittany stehen und eilte zu den Ställen.
Alec verschwand durchs Stalltor. Männer mit Wassereimern eilten umher. Brittany hielt Ausschau nach Alec. Angst schnürte ihr die Kehle zu, als Männer aus den Ställen stürmten und sich in Sicherheit brachten.
Sie strebte vorwärts, als sich plötzlich eine Hand um ihren Arm schloß. Sie wehrte sich, in der Annahme, es wäre einer von Alecs Männern, der sie der Gefahr fernhalten wollte. »Laß mich los!« schrie sie.

Als der Mann ihrem Begehren nicht nachkam und auch nicht antwortete, drehte sie sich zu ihm um. Ihr Atem stockte. Sie blickte in das Gesicht ihres Großvaters.

»Kein Wort, Brittany«, warnte er, während Soldaten an ihnen vorbeistürmten.

In ihrer Verwirrung brauchte sie ein paar Sekunden, bevor sie begriff, warum ihr niemand zu Hilfe kam. Gregory Wentworth war in den Farben der Campbell gekleidet. Er zog Brittany mit sich, fort von dem Durcheinander, doch sie leistete Widerstand. Sie sah Alec aus dem Stall auftauchen, einen Mann über die Schulter geworfen. Die Hilfe war so nahe.

»Stelle meine Geduld nicht auf die Probe.« Wentworths Gesicht war dem ihren nahe, und im Feuerschein erkannte sie die Kälte in seinem Blick. Sie spürte einen Dolch an den Rippen.

»Dann töte mich jetzt.«

»Dich töten? Ich bin gekommen, um dich nach Hause zu holen, Mädchen. Du trägst meinen Urenkel.«

Brittanys Knie zitterten, sie taumelte zurück. Ihr Großvater wollte einen männlichen Erben, und solange sie schwanger war, befand sie sich in Sicherheit. Ihr blieb Zeit, zu flüchten oder gerettet zu werden. Alec würde kommen. Er würde sie nicht im Stich lassen.

Alec schleppte Malcolm aus dem Feuer. Seine Augen brannten vom Rauch, als er in dem Wirrwarr nach Brittany ausspähte. Er wurde ruhiger, als er sie noch immer inmitten des Burghofs stehen sah. Einer seiner Soldaten war bei ihr und neigte ihr den Kopf zu, augenscheinlich, um sie besser hören zu können. Zwar konnte er das Gesicht des Mannes nicht sehen, doch das dichte weiße Haar war unverkennbar. Es war Andrew. Er würde sie in Sicherheit bringen.

Alec kümmerte sich um Malcolm, und Edgar gesellte sich zu ihm. Malcolm griff sich an den Kopf und bewegte sich zaghaft. »Als ich den Gefangenen zurück in den Stall brachte, wartete dort ein Fremder. Ich stellte ihn zur Rede, und er griff mich an. Ich hätte ihn leicht überwältigen können, wenn der Gefangene mir nicht in den Rücken gefallen wäre. Ich verlor den Kampf.«

»Das Feuer ist nahezu gelöscht. Ganz ruhig, Malcolm. Du hast getan, was du konntest.« Alec wandte sich an Edgar, doch Malcolms nächste Worte ließen ihn aufmerken.

»Alec, der Fremde trug die Campbell-Farben.«

Alec starrte ihn an. In der Burg hielten sich Spione auf. Das Ausmaß dieser Erkenntnis war ihm noch nicht ganz bewußt, als Edgar seinen Arm ergriff.

»Dein wiedergefangener Sklave wird gerade verhört. Von ihm werden wir erfahren, wer der Eindringling ist.«

Alec folgte Edgar zum anderen Ende des Burghofs. Dort hatte Andrew sich vor dem Mann aufgebaut, der Alec zuvor mit Rachedrohungen herausgefordert hatte.

»Andrew? Wie zum Teufel kommst du hierher?« brüllte Alec, als hätte Andrew sich eines Verbrechens schuldig gemacht.

»My Laird?« Der Soldat drehte sich verdutzt zu Alec um.

»Eben noch habe ich dich mit Lady Brittany gesehen«, warf Alec ihm vor.

»Das war ich nicht. Ich kümmere mich um diesen Mann, seit er versuchte, vor dem Feuer zu flüchten.«

»Brittany«, keuchte Alec. Wenn der Mann an ihrer Seite nicht Andrew gewesen war, wer dann?

»Zu spät, Campbell«, höhnte der Gefangene. »Sie ist in den Händen ihres Großvaters. Heute nacht wird Euer Weib mitsamt ihrem Ungeborenen sterben. Das ist die Rache für meinen Clan.« Er warf den Kopf in den Nacken und lachte.

Das Lachen ging unvermittelt in ein Gurgeln über, als Alec sein Schwert in die Kehle des Mannes stieß. Er war blind vor Zorn, und auch der Tod des Mannes ließ ihn nicht zu sich kommen.

Alec brüllte Befehle, und seine Männer standen augenblicklich bereit. Er mußte Brittany finden, bevor ... Er konnte den Gedanken nicht zu Ende denken.

Edgar packte ihn beim Arm. »Du kannst nicht nach England einmarschieren.«

Alec riß seinen Arm los. »Brittany ist meine Frau. Wenn jemand versucht, mich aufzuhalten –«, Alec deutete mit dem Schwert auf den toten Schotten, »– dann trifft ihn das gleiche Schicksal wie diesen hier.«

Edgar ließ ihn los und folgte ihm nach einem Moment des Zögerns. Sie gingen zu den Pferden und saßen auf.

Bevor Alec den Befehl zum Aufbruch geben konnte, kam Jenifer weinend herbeigestürzt und umklammerte sein Bein. »Er ist allein, Alec. Du mußt ihn retten. Sie werden ihn töten«, klagte sie.

Alec versuchte, sich aus ihrer Umklammerung zu befreien, doch sie ließ ihn nicht los. »Beruhige dich, Schwester.« Seine Stimme wurde von ihrem Weinen übertönt, und er bedeutete seiner Mutter, Jenifer fortzuziehen.

Als ihre Hände mit Gewalt von seinem Bein gelöst wurden, kreischte sie auf. »Er wird sterben bei dem Versuch, Brittany zu retten!«

Bei der Erwähnung von Brittanys Namen drehte Alec sich zu Jenifer um. »Wer?« brüllte er.

»Brian«, weinte sie. »Er hat mich zurückgeschickt. Beeil dich, Alec, er ist beim Haus des Friars.«

Alecs und Edgars Heere ritten zusammen in das Tal.

Kaum war Alec hinter dem Hügelkamm verschwunden, riß sich Jenifer von ihrer Mutter los und lief, um ein Pferd zu holen. Mit tränenüberströmtem Gesicht ritt sie ins Gebiet der Mactavish, um Brians Botschaft zu überbringen.

Brittany beobachtete ihren Großvater, der vor dem Altar auf und ab schritt.

»Lord Wentworth«, rief eine dunkle Stimme aus dem hinteren Teil der Kirche, »sie kommen.«

Wentworth straffte sich und trat auf Brittany zu. Er riß sie hoch und stieß sie vorwärts. Als sie an den Türen vorbeikamen, fesselte er ihre Handgelenke mit einem Strick. »Tu genau, was ich dir sage«, sagte er.

Mit ihrem Großvater ging Brittany zur Lichtung hinaus. Seine Männer hatten ein großes Feuer aufgeschichtet; sie standen innerhalb seines Scheins. Ein Schaudern ging durch Brittanys Körper. Ein so großes Feuer, und seine Männer weithin sichtbar – ihr Großvater brauchte sich offenbar nicht darum zu sorgen, gesehen zu werden.

Brittany musterte die Gesichter im Feuerschein. Sie kannte die fünf Männer. Sie waren speziell für diese Unternehmung ausgewählt worden. Jeder von ihn war ein Meister mit seiner jeweiligen Waffe. Die Anzahl der Männer verwunderte Brittany. Sie glaubten doch nicht etwa, ein ganzes Heer abwehren zu können? Sie blickte in Gesichter, die sie seit ihrer Kindheit kannte. Nichts war ihren stoischen Zügen zu entnehmen.

Wenn sie nicht mit einem Kampf rechneten, was hatten sie dann vor? Den Gedanken an eine Falle verwarf sie: dafür reichten sechs Männer nicht. Doch sie stand wie ein Köder im hellen Licht. Verbargen sich irgendwo noch weitere Soldaten? Ihr Großvater unternahm nie etwas ohne Grund. Er wäre nicht mit nur fünf Männern hergekommen, wenn er nicht wüßte, daß er auch wieder abreisen würde. Irgend etwas stimmte nicht. Aber was?

»Vergiß nicht, was ich dir gesagt habe, Brittany. Tu, was ich sage.«
»Was plant Ihr?«
»Unser Entkommen«, sagte Wentworth.
»Ihr könnt mich nicht für Eure Freiheit eintauschen«, erwiderte Brittany.
»Wir werden sehen«, meinte Wentworth selbstsicher. »Diese Barbaren haben noch nie mit einem Mann aus England verhandelt. Nach dem heutigen Tag werden sie es nie wieder versuchen.«
Ihr wurde kalt unter seinen Worten, doch sie hob das Kinn und sah ihm in die hinterlistigen Augen.
Er wandte den Blick nicht von ihr, während er seinem Soldaten befahl: »Bring die Pferde.«
Zwei Pferde wurden in das Lager geführt. Brittany wehrte sich vergebens, als ihre Fesseln gelöst und ihre Handgelenke an je ein Pferd gebunden wurden. Wenn die Tiere durchgingen, würde es sie zerreißen. »Ihr nennt die Schotten Barbaren, Großvater?«
Seine Lippen verzogen sich zu einem schmalen Lächeln.
»Das hier habe ich von einem Schotten gelernt, und ich entschied mich für diese Methode, weil sie genau wissen werden, was dir zustößt, falls sie angreifen. Wir werden dieses Tal ungehindert verlassen und sicher nach Hause ziehen.«
»Ihr habt einen Fehler begangen. Es interessiert niemanden, ob mich diese Pferde zerreißen oder nicht«, sagte Brittany.
»Es wird sie interessieren, Brittany, wenn ich ihnen berichtete, in welcher Weise sich der König von England in deine Angelegenheit gemischt hat. Seinem Wunsch nicht nachzukommen wäre eine kriegerische Handlung.« Er lachte in ihr bestürztes Gesicht. »Nicht dich werden sie retten wollen, sondern die Gunst König Williams.«

»Was genau wünscht er?« fragte Brittany mit den schlimmsten Befürchtungen.
»Du wirst es umgehend erfahren.« Wentworth prüfte die Knoten an ihren Handgelenken und den Satteln. Zufrieden baute er sich neben Brittany auf und blickte am Feuer vorbei in die Dunkelheit hinaus.

Mactavish und sein Clan schlossen sich am Eingang des Tals Edgar und Alec an. Angus stieß einen schrillen Pfiff aus, und innerhalb von Minuten stieß auch Brian zu ihnen.
»Sie halten sie im Kirchhof gefangen«, stieß Brian keuchend hervor.
»Wie viele sind es, Bursche?« wollte der König wissen.
»Nur sechs Männer, Sire.«
»Dann greifen wir an.« Edgar wollte schon den Arm heben und den wartenden Truppen das Signal geben, als Brian ihn zurückhielt.
»Nay, Ihr könnt nicht angreifen. Das wäre ihr Tod.«
Edgar versuchte, seinen Arm zu befreien, doch Brian hielt ihn fest. »Sie können sie nicht töten, wenn sie um ihr Leben kämpfen müssen«, meinte Edgar.
»Dazu brauchen sie keinen Finger krumm zu machen. Sie ist zwischen zwei Pferde gefesselt. Wenn wir angreifen, gehen die Pferde durch und reißen sie in zwei Teile.« Brians Bericht verursachte Alec Übelkeit vor Angst um Brittany.
»Wenn Ihr nicht bereit seid, Ihr Leben zu riskieren, werden wir verhandeln müssen.« Angus lehnte sich in seinem Sattel zurück, ein geschlagener Mann. Er schaute auf das Tal hinaus.
»Es ergibt keinen Sinn. Er will sie tot sehen. Was soll das alles, wenn er in Freiheit entkommen will?« sprach Alec seine Gedanken laut aus.
»Ich habe Euch schon einmal gesagt, daß er sie töten würde,

während Ihr hilflos zusehen müßt«, donnerte Angus. Sein Gesicht war starr vor Schmerz.
»Spekulationen bringen uns nicht weiter«, warf Edgar ein. »Ich schlage vor, wir treffen uns mit ihm und bringen in Erfahrung, was er plant. Erst dann können wir entscheiden, wie wir vorgehen wollen.« Edgar winkte einem Soldaten und sandte ihn mit Anweisungen für die Verhandlungen ab.
Alec nickte zustimmend und durchbohrte Angus mit Blicken. »Das alles ist Eure Schuld. Hättet Ihr schon bei Brittanys Geburt die Fronten mit Wentworth geklärt, wäre sie jetzt nicht in Gefahr. Wenn meiner Frau etwas zustößt, werde ich dafür sorgen, daß Ihr tausend Tode sterbt.«
»Ihr könnt mir weiter nichts antun, als meinem Elend ein Ende zu machen. Das werdet Ihr erst verstehen, wenn Euer eigenes Kind bedroht wird.«
»Mein Kind wird bedroht«, erwiderte Alec.
»Brittany ist ...?« Er brachte die Frage nicht zu Ende; die Antwort war ohnehin klar. Er streckte Alec die Hand entgegen. »Eines sollt Ihr wissen, Campbell. Wenn ihr etwas zustößt, setze ich mein Leben daran, den Mord an ihr zu rächen.«
Alec schlug seine Hand fort. »Ich will keine Hilfe von einem Mactavish.«
Edgar drängte sich zwischen die beiden Männer. »Könnt Ihr Eure Feindseligkeiten nicht wenigstens so lange beiseite lassen, bis wir das anliegende Problem gelöst haben? Um Wentworth zu besiegen, müssen wir einig sein. Eure Zwistigkeiten fördern nur seine Sache.«
»Sire«, fiel Brian ihm ins Wort und deutete auf den sich nähernden Reiter.
Alec fuhr zu dem Soldaten herum. Dieser ritt im gestreckten Galopp, und dennoch schien es endlos zu dauern, bis er sie erreicht hatte.

»Sire, der Engländer ist mit einem Treffen einverstanden. Er verlangt, daß nicht mehr als vier Männer sein Lager betreten.«
Edgar wandte sich Alec zu. »Angus hat ein Recht, dabeizusein.«
Alec nickte.
»Sire, mit Eurer Erlaubnis würde ich gern mitkommen.« Brian drängte sich vor und lenkte sein Pferd an Angus' Seite.
»Ich habe keine Einwände«, sagte Alec. »Brechen wir auf.«
Die vier Männer ritten in das Lager ein. Alecs Züge verhärteten sich, als er seine Frau im Schein des Feuers entdeckte. Er sprach kein Wort, sprang nur wutentbrannt vom Pferd.
Wentworth erwartete sie im Häuschen des Friars.
Brittanys und Alecs Blicke begegneten sich und versanken ineinander. Er sah das Flehen in ihren Augen. Es zerriß ihm das Herz, sich abwenden und in das Häuschen treten zu müssen.
Wentworth schloß die Tür hinter den vier Männern. »Ich werde Schottland mit meiner Enkelin unversehrt verlassen. Falls jemand versucht, mich aufzuhalten, stirbt Brittany.«
»Warum würdet Ihr Eure Enkelin töten wollen? Sie trägt Euren Erben.« Edgar trat an den Tisch. »Damit würdet Ihr Euren eigenen Zwecken schaden.«
»Sie ist mein Verbindungsglied mit der Zukunft. Aber täuscht Euch nicht. Wenn ich meinen Urenkel nicht bekomme, soll ihn auch kein anderer haben.«
Alec zweifelte nicht einen Augenblick daran, daß die Worte ernst gemeint waren. Er selbst wagte es nicht, etwas zu sagen; er lehnte sich gegen die Wand und überließ die Verhandlung mit Wentworth Edgar.
»Ihr Gatte und ihr Vater haben ein Wörtchen mitzureden über Euer Recht auf dieses Kind«, sagte Edgar.
»Sie haben kein Recht. König William hat die Ehe annul-

liert.« Wentworths Lippen verzogen sich zu einem selbstzufriedenen Lächeln.
»Warum?«
Edgars Haltung zeigte soviel beherrschte Gleichgültigkeit, daß sie Alec Bewunderung abrang. Es hätte nichts eingebracht, vor diesem Engländer Gefühle zu zeigen.
»Weil der Ehevertrag unter falschen Voraussetzungen unterzeichnet wurde«, warf Wentworth ihm vor.
»Der Ehevertrag ist erfüllt. Angus hat Brittany zu seiner Erbin ernannt«, erwiderte Edgar ruhig.
Lord Wentworth wurde kaum merklich blasser, gab jedoch nicht nach. »William hat mir befohlen, sie heimzubringen.«
»William hat in dieser Angelegenheit kein Mitspracherecht. Der Vertrag ist erfüllt und sie Untertanin Schottlands«, erklärte Edgar.
»Ich bezweifle nicht, daß Versuche unternommen worden sind, den Vertrag zu erfüllen«, höhnte Wentworth in einem Ton, der seine Worte Lügen strafte. »Doch in der Zwischenzeit wäre sie in England sicherer aufgehoben. William wird die Dokumente prüfen.«
»Nein, Engländer«, knurrte Edgar. »Sie wird in Schottland bleiben. Ihr könnt, wenn Ihr denn wollt, die Dokumente mitnehmen und sie William vorlegen.«
»Ich nehme die Dokumente und meine Enkelin mit«, beharrte Wentworth. Er ließ sich augenscheinlich von Edgar und der Macht, die hinter ihm stand, nicht einschüchtern.
»Lord Wentworth«, Edgar trat dicht vor den Engländer hin. »Ich will das eine klarstellen. Diese Dame steht unter meinem Schutz und dem ihres Gatten. Wenn Ihr Euch dagegen wehren wollt, dann kehrt zurück nach England und tragt Euer Anliegen William vor. Bis dahin bleibt Brittany Campbell hier.«
Wentworth trat ebenfalls einen Schritt vor, so daß er nahezu

Nase an Nase mit dem König stand. »Ich möchte eines klarstellen. Wenn sie nicht mit mir abreist, stirbt sie. Ich lasse mir meinen Erben nicht nehmen. Schottland ist für seine Hinterlist bekannt. Ihr Vater hat mich einmal betrogen; ein zweites Mal gelingt es ihm nicht.«
»Wenn Ihr einen Erben wünscht, so nehmt doch ihren Zwilling«, sagte Brian.
Wentworth bedachte den jungen Mann mit einem verächtlichen Blick. »Ich habe kein Verlangen nach einem in Schottland aufgewachsenen Kind. Seiner Loyalität wäre ich nie gewiß. Das Mädchen kommt mit mir zurück, oder sie stirbt hier an Ort und Stelle. Etwas anderes kommt für mich nicht in Frage.«
Angus trat vor. »Ihr habt Euer eigenes Todesurteil ausgesprochen.«
Campbell glaubte zu wissen, wie er mit diesem Mann zu verfahren hatte. Brittany war Wentworth völlig gleichgültig; sie war ihm nur Mittel zum Zweck. »Ich behalte meine Gattin bis zum Tag der Scheidung. Bis dahin werdet Ihr Euch gedulden müssen. Eine Mactavish-Braut sagt mir nicht zu. Was das Ungeborene betrifft: Ich werde kein Kind anerkennen, in dessen Adern das Blut der Mactavish fließt.«
Wentworth brüllte vor Lachen. »Wenn Ihr so denkt, könntet Ihr eigentlich keine Einwände gegen ihre jetzige Abreise haben.«
»Ich lasse mich nicht um meine Rache betrügen«, sagte Alec. »Das solltet gerade Ihr verstehen, Wentworth. Täuscht Euch nicht, falls Ihr aufzubrechen versucht, werde ich zusehen, wie sie stirbt.«
Wentworth starrte den Schotten an. »Wir verstehen einander. Der König und ihr Vater verhandeln um ihr Leben. Ihr verhandelt um ihren Tod.«
»Nay, nicht um ihren Tod«, wandte Alec ein. »Rache ist

sinnlos, wenn der Gegner tot ist. Ich verhandle um ihr Leben. Meine Gründe gehen nur mich etwas an. Aber meine Rache lasse ich mir nicht nehmen. Ich habe teuer dafür bezahlt, indem ich in die Heirat einwilligte. Ihr werdet warten müssen, bis ich mit dem Weib fertig bin.«
Wentworth musterte ihn. »Es sieht mir so aus, als hätte ich Euch unterschätzt. Oder aber Ihr, Schotte, unterschätzt mich. Wir werden sehen.«
Wentworth ging zur Tür und öffnete sie, gab ein Zeichen, daß die Verhandlung beendet sei, und stellte damit Alecs Worte auf die Probe.
Edgar ging ebenfalls zur Tür, gefolgt von Angus und Brian. Alec kam langsam nach und blickte dem Engländer in die kalten schwarzen Augen. »Wißt, Wentworth. Heute abend habt Ihr Euch einen Feind gemacht. Mein Schwert wird nicht ruhen, bevor es nicht Euer Blut vergossen hat.«
»Schottische Drohungen sind wie die Männer, die sie ausstoßen – nämlich leer.« Lachend folgte Wentworth Alec nach draußen.
Als Alec auf sein Pferd stieg, blieb Wentworth vor Brittany stehen. »Campbell! Damit Ihr nicht das Gefühl habt, um Eure Rache betrogen zu werden, sollt Ihr wissen, daß ich sie so behandeln werde, wie Ihr sie behandelt hättet!« Damit schlug er Brittany grob ins Gesicht. Unter dem Hieb flog ihr Kopf in den Nacken, der Stirnreifen löste sich und fiel zu Boden.
Alec ballte die Hände zu Fäusten. Nichts auf der Welt würde ihn daran hindern, diesen Hundesohn zu töten.
Mit zornsprühenden Augen hob Brittany den Kopf. Blut rann aus ihrer aufgeplatzten Lippe.
Wentworth bückte sich und hob den Stirnreifen auf. »Du hast dich an barbarische Sitten gewöhnt, Brittany.«
Sie zerrte an ihren Fesseln. »Das gehört mir!«

Alec war verdutzt. Sie schien sich mehr über den Verlust ihres Kopfschmucks zu entrüsten als über den Schlag ins Gesicht. Er vermutete, daß ihr Verhalten auf den Schock zurückzuführen wäre.
»Du weißt, wie du dein Haar zu tragen hast. Dieses kleine Zeichen deiner Eitelkeit gehört zu diesem Land.« Wentworth warf den Messingreifen den Männern zu Pferde zu. Brian streckte den Arm aus und fing ihn auf.
Wentworth hob Brittanys Gesicht an. Alec sah den Trotz in ihrem Blick und stöhnte leise. Das war nicht der Blick einer gedemütigten Gefangenen. Ihr Verhalten würde ihr nichts als Strafen eintragen. Er wünschte sich, daß sie wenigstens dieses eine Mal so tun würde, als gäbe sie sich geschlagen – um ihres eigenen Wohles willen. Kaum hatte der Gedanke sich gebildet, verwarf er ihn wieder. Er wollte nicht, daß sie je gebrochen wurde. Und mit plötzlicher Einsicht begriff er, daß es ihr ungebrochener Trotz war, den er an ihr so besonders liebte. Diese stolze, hochmütige Schönheit, die lieber sterben als sich dem Willen eines anderen beugen würde, verdiente seine Achtung.
»Es ist gut, dich wieder in Reichweite zu haben. Verabschiede dich von Schottland, Enkelin. Du wirst es nicht wiedersehen.«
Sie sah über Wentworth hinweg zu den Reitern hinüber, zu Alec. Er spürte ihren eindringlichen Blick wie eine Berührung. Die stumme Botschaft, die sie austauschten, enthielt kein Lebewohl. Er lächelte über ihre stille und doch trotzige Liebeserklärung vor den Augen ihres Großvaters. So etwas konnte nur Brittany wagen, und er nickte bestätigend.
Campbell wendete sein Pferd, und die anderen folgten seinem Beispiel. Er würde sie nicht in den Händen eines solchen Mannes lassen. Als sie weit genug entfernt waren, sprach er Edgar an. »Sie müssen einen Fluß durchreiten, und dazu

werden sie Brittany losbinden müssen. Dort wird Wentworth sein Ende finden.«
Die drei anderen nickten, und sie brachen auf, um den Plan in die Tat umzusetzen.

Nach stundenlangem Fußmarsch gewahrte Brittany einen Fluß. Ihre Arme schmerzten von den scheuernden Fesseln. Sie stolperte auf dem unebenen Boden.
»Bindet sie los.« Ihr Großvater trat ans Ufer des Flusses. »Ich werde am anderen Ufer nachsehen. Wenn dort alles sicher ist, schickt das Mädchen herüber.«
Als ihre Fesseln fielen, brach Brittany zusammen. Erschöpft lag sie am Boden und atmete keuchend. Müde wehrte sie das ihr angebotene Wasser ab. Zwar war sie durstig, doch die Anstrengung des Trinkens überschritt ihre Kräfte, und sie war zu matt, um sich um ihre körperlichen Bedürfnisse zu sorgen.
Niedergeschlagen spähte sie in die Nacht hinaus und suchte verzweifelt nach dem Anblick eines hochmütigen Schotten. Nichts. Da waren nur der Fluß, die dunklen, schemenhaften Baumkronen und die Umrisse der Männer ihres Großvaters. Wo war Alec?
Die Augen fielen ihr zu, und die zahlreichen Nachtgeräusche fluteten in ihr Bewußtsein. Das Rauschen der Blätter im leichten Wind, das Gemurmel der englischen Soldaten und das laute Klatschen des Wassers, als ihr Großvater in den tiefen Fluß hineinritt. Das Donnern von Hufen, das herannahende Reiter verkündete, blieb aus. Alecs Kriegsschrei zerriß die Stille nicht.
Jemand berührte ihre Schultern, und Brittany riß die Augen auf. Ein englischer Soldat stand vor ihr.
»My Lady, es ist Zeit zum Aufsitzen. Euer Großvater hat den Fluß schon zur Hälfte durchquert.«

Brittany nickte und erhob sich mühsam. Sie folgte dem Mann, der sie im Kämpfen unterwiesen hatte. Er diente seinem Herrn, doch sie hatte das Bedauern in seinem Blick gesehen. Dennoch, er war Soldat und würde tun, was ihm befohlen wurde. Brittany stieg aufs Pferd, während der Soldat die Zügel hielt.

Im selben Augenblick, als das Pferd ihres Großvaters das Ufer erreichte, zerriß ein ohrenbetäubender Schrei die nächtliche Stille. Männer lösten sich aus ihren Verstecken unter den Bäumen. Brittanys Herz jubelte auf, als sie die Schotten aus dem Gebüsch brechen sah. Sie stürmten ihren fünf Bewachern entgegen. Das Klirren von Metall erfüllte ihre Ohren, als ihr Pferd plötzlich vorwärtspreschte.

Das verängstigte Tier jagte auf den Fluß zu und sprang in die Strömung, während Brittany überrascht und entkräftet haltsuchend in seine Mähne griff. Beim Sprung ins Wasser löste sich ihr Griff, und sie stürzte in die kalten Fluten. Brittany kämpfte sich an die Oberfläche und schaffte es, Luft zu holen, bevor ihre nassen Kleider sie wieder herabzogen. Sie kämpfte gegen den Fluß und gegen ihre Kleider, beides zehrte an ihren ohnehin schwachen Kräften. Sie hatte das Gefühl, als würden ihre Lungen bersten, als sie endlich wieder den Wasserspiegel erreichte. Ein hastiger Atemzug, und wieder sank sie unter.

Die Luft strömte aus ihren Lungen, als ein Arm ihre Taille umschlang und sie nach oben zog. In tiefen Zügen schlang sie die frische Luft ein und klammerte sich an den nassen Schultern ihres Retters fest. Sie brauchte sein Gesicht nicht zu sehen, um zu wissen, wer er war. Alec war gekommen. Ein Schaudern ging durch ihren Körper. Sie war in Sicherheit.

Durch nasse Haarsträhnen hindurch sah Brittany ihren Großvater am anderen Ufer, der die Situation mit einem Blick erfaßte. Mit einem Fluch galoppierte er von dannen.

Mit kräftigen Schwimmzügen brachte Alec sich und Brittany ans sichere Ufer. Er nahm sie in die Arme, und sie schmiegte sich in seine bergende Wärme. Mit den Lippen streifte er ihre Wangen, und sie lehnte den Kopf an seine Brust, so müde, daß sie nicht einmal mehr sprechen konnte. Doch er schien es zu verstehen; er hob sie auf und trug sie zu seinem Pferd.

Zwanzigstes Kapitel

Brittany blickte aus dem Fenster auf das üppige grüne Tal mit seinen glitzernden Teichen hinaus. Der Sommer prunkte mit Farben und Freuden. Doch wenn sie Schottland verließ, würde nicht die wilde Schönheit seiner Landschaften ihre Träume beherrschen, sondern die süße Erinnerung an den Krieger, der ihr Herz gestohlen hatte.

Gedankenverloren ließ Brittany die Hand über ihren gewölbten Leib gleiten. »Es dauert nicht mehr lange, mein Kleines, bis ich dich endlich in den Armen halte«, flüsterte sie. Plötzlich verharrte ihre Hand still, blieb wie schützend liegen. Vor ihrem Kind würde die Scheidung kommen.

Bittersüße Erinnerungen an die vergangenen fünf Monate stiegen in ihr auf. Seit Alec Brittany aus den Klauen ihres Großvaters gerettet hatte, hatte sich sein Verhalten verändert. Zwar versuchte er, seine Sorge und Liebe hinter Hochmut und Strenge zu verbergen, doch sie konnte hinter die Fassade schauen. Ein Lächeln umspielte ihre Lippen, wenn sie daran dachte, was für ein zärtlicher Tyrann er war, der ihr nicht gestattete, auch nur die kleinste Last zu tragen und persönlich Sorge trug, daß jeder ihrer Wünsche erfüllt wurde. Und wenn er seine Frau bei Verrichtungen ertappte, die seines Erachtens einer Schwangeren nicht bekamen, stieß er wüste Drohungen aus, ohne sie jemals in die Tat umzusetzen. Aus den Liebenden waren zusätzlich Freunde geworden. Eine Träne quoll unter ihren geschlossenen Lidern hervor, und sie wischte sie ab. Heute war der Jahrestag

ihrer Hochzeit. Morgen sollte ihre Scheidung ausgesprochen werden.
Wann immer sie Angst vor der bevorstehenden Trennung empfand, schien Alec ihre Gedanken zu lesen. Dann nahm er sie zärtlich in die Arme und streichelte ihre Sorgen fort, versprach ihr, daß sie zusammenbleiben würden. Welche Strategie Alec sich auch immer für ihre Zukunft zurechtgelegt haben mochte, es blieb sein Geheimnis. »Vertrau mir!« bat er nur. Zwar vertraute sie ihm, doch sie konnte sich nicht vorstellen, wie er verhindern wollte, daß ihr Großvater sie holte.
Sie hatte genug mitangehört, um zu wissen, daß die Scheidung nicht Alecs Wille war. Der König hatte sie befohlen, und sie wußte, daß Alec gehorchen würde.
Ihr Vater würde sie enterben und Brian als seinen Nachfolger einsetzen. Sie würde ohne Heim und Heimat dastehen, und Lord Wentworth fiel das Recht zu, sie zurück nach England zu holen. Der Gedanke, unter der Herrschaft ihres Großvaters leben zu müssen, erfüllte sie mit Schrecken. Sie konnte sein Verhalten und seine Befehle nicht ertragen. Schlimmer noch, sie konnte es nicht ertragen, daß ihr Kind einem solchen Mann unterworfen sein sollte.
Das Baby bewegte sich, und Brittany lächelte. Offenbar teilte sogar das Ungeborene ihre Meinung über Lord Wentworth. Nein, um nichts in der Welt konnte sie nach England zurückkehren. Ihr Großvater sollte keine Gelegenheit erhalten, ihr Kind großzuziehen.
Brittany wollte dem Fenster gerade den Rücken kehren, als etwas Buntes ihre Aufmerksamkeit erregte. Reiter wurden auf dem Hügelkamm sichtbar. Mit zunehmendem Unbehagen sah sie zu, wie sie sich näherten. Als sie die Farben erkannte, verließ sie aller Mut. Es war Edgar.
Brittany schloß langsam die Augen, um die Reiter nicht mehr

sehen zu müssen. Wenn sie den Grund ihres Kommens doch genauso leicht ignorieren könnte! Edgar kam, um ihre Scheidung zu bezeugen.

Das Jahr war so schnell verflogen. An ihrem Hochzeitstag hatte sie sich gesagt, daß sie alles, was ihr Gatte tat und anordnete, bis zu diesem Tag würde ertragen müssen. Jetzt fragte sie sich, wie sie die Tage ohne Alec ertragen sollte. Angst überrollte sie, und sie holte tief Luft, um sich zu sammeln. Alec hatte geschworen, daß sie zusammenbleiben würden. Der Zeitpunkt war gekommen, da ihr Glaube an Alec auf die Probe gestellt werden sollte. Sie würde ihm glauben müssen. Es war eine Frage des Vertrauens. Ihr Leben lang hatte sie sich nur auf sich selbst verlassen. Jetzt würde sie sich Alec anheimgeben, wie sie es noch nie getan hatte, völlig und bedingungslos. Er hatte nichts weniger verdient, und sie im Grunde auch nicht. Es ging um alles oder nichts.

Im Burghof wimmelte es geschäftig, als Brittany aus dem Tor trat. Edgar lächelte sie an, und sie erwiderte seinen Gruß. Doch ihr Gesicht wurde starr, als sie Lady Eunices katzenhaftes Lächeln sah.

Der König saß ab, und sein Gefolge tat es ihm gleich, als er an die Treppe trat. »Lady Brittany, es ist mir, wie immer, ein Vergnügen.«

»Mein Gebieter«, erwiderte Brittany und wollte in einem Knicks versinken, doch Alec hinderte sie daran. In Erinnerung an die Schwierigkeiten, die ihr das Aufstehen bereiten würde, ließ sie es zu und neigte nur den Kopf.

»Edgar, ich habe dich schon gestern abend erwartet. Warum diese Verzögerung?« Alec ließ Brittanys Arm nicht los, während er Edgar die Hand reichte.

»Ich war zu einem Aufenthalt gezwungen. Nach einem Winter der inneren Einkehr hat Lady Eunice beschlossen, uns ihre Unterstützung anzubieten.«

Lady Eunice trat vor, und Brittany entging nicht, wie sie jede Gelegenheit nutzte, um sich in den Vordergrund zu spielen. Ihr Kleid war viel zu eng. An manchen Stellen zeichnete es ihre Konturen ab wie ein nasses Badelaken. Sie hob ihren Saum beinahe bis zu den Knien, als sie die Treppe hinaufstieg. Alec und Edgar waren nicht fähig, ihre Blicke von der Frau zu lösen.

»Nach eingehender Überlegung habe ich mich entschlossen, mich König Edgar anzuvertrauen. Ich werde Euch gerne meine Unterstützung anbieten, soweit das möglich ist.« Lady Eunice knickste tief vor Alec.

Die förmliche Verneigung spannte den Stoff an ihren Brüsten, und Brittany rechnete geradezu damit, im nächsten Moment das Reißen von Stoff zu hören. Leider hielten die Nähte, und Brittanys Zorn wuchs. Ein derartig dreistes Benehmen war unerhört, und Brittany war gründlich verärgert über Alec und Edgar, die diese Frau duldeten.

»Lady Brittany, Ihr habt Euch seit dem Winter verändert«, gurrte Lady Eunice und zog mit der Bemerkung vergleichende Blicke auf ihre Figur und Brittanys.

Brittany biß die Zähne zusammen. Wie unangebracht war eine solche Bemerkung für eine Dame, und wie typisch wiederum für Lady Eunice.

»Ja, aufgrund meines Umfangs trage ich meine Kleider nicht so eng. Vielleicht möchtet Ihr während Eures Aufenthalts meine Garderobe nach Brauchbarem in Augenschein nehmen«, antwortete Brittany zuckersüß.

Lady Eunice lachte klirrend; es schmerzte Brittany in den Ohren. »Ich habe gewiß zugenommen, aber doch nicht so viel. Im Kloster hatte ich keine andere Zerstreuung außer zu essen.«

Natürlich, dachte Brittany bitter. Was wird denn in einem Kloster von einem erwartet – womöglich Beten?

Lady Eunice wies mit einer Handbewegung an sich hinunter. »Ich weiß, mein Kleid ist eng, aber doch nicht so sehr, daß Änderungen vorgenommen werden müßten.«
»Nay«, sagte Edgar belustigt und zwinkerte Brittany wissend zu.
»Euer Kleid ist ebenso hinreißend wie Ihr, Lady Eunice«, sagte Alec und führte Lady Eunice am Arm in die Burg.
»Hinreißend«, äffte Brittany ihn nach, als er zu ihr zurückkam, und versetzte ihm einen Rippenstoß.
Alec hielt sich die Seite. »Brittany, benimm dich. Ich weiß, die Frau sieht aus wie eine prall gestopfte Wurst, aber sie ist unser Gast und kann uns in der Wentworth-Sache von Nutzen sein.«
Brittany seufzte. Alec glaubte, Lady Eunice richtig einzuschätzen. Brittany fühlte sich an die Wand gedrängt. Sie war angespannt und preßte die Hände in den Rücken, um die Schmerzen zu lindern. Sie hätte Eunice nicht bloßstellen können, ohne ihren eigenen Betrug anläßlich ihres Besuchs bei Hofe aufzudecken.
»Brittany, hast du Rückenschmerzen?« fragte Alec.
»Nein.« Alec sollte nicht denken, daß ihr Zustand Einfluß hatte auf ihr Urteil über Eunice. »Ich konnte die Frau von Anfang an nicht leiden, und jetzt mag ich sie noch weniger als zuvor.«
»Eunice ist harmlos, Brittany«, sagte Alec. »Sie ist hier, um dir zu helfen. Versuche, eine freundliche Gastgeberin zu sein.«
»Komm bitte nicht auf den Gedanken, mich zu belehren, Alec Campbell«, warnte Brittany. »Wenn du diese kleine Katze hinreißend findest, na gut. Glaub aber nicht, daß ich sie mit Sahne versorge.«
Brittany stürmte in die Burg, wohl wissend, daß sie wie ein tolpatschiger Schwan wirkte, während sie sich ungeduldig auf die Suche nach Hergess machte.

»Gib Lady Eunice das Gemach am anderen Ende«, befahl Brittany.
»Aber Lady Brittany, das ist das ungemütlichste Zimmer«, wandte Hergess ein.
»Ich weiß«, sagte Brittany lächelnd und fügte hinzu: »Seht zu, daß ihre Bedienung möglichst nachlässig erfolgt.«
Hergess bedachte die Engländerin mit einem abschätzigen Blick und nickte. Sie schien zu begreifen, und ihre Augen leuchteten auf. »Es wird schwierig sein, sie mit warmem Badewasser zu versorgen.«
»Danke, Hergess. Du bist eine wahre Freundin.« Als Brittany sich umwandte, entdeckte sie Alec hinter sich. Einen Augenblick lang hatte sie ein schlechtes Gewissen wegen ihrer Boshaftigkeit. Doch das verging schnell, als Lady Eunice auftauchte und die Hand auf Alecs Arm legte. »Was meint Ihr, könnte man mir während meines Aufenthalts ein Reittier zur Verfügung stellen?«
»Das dürfte sich machen lassen.« Brittany bemerkte das teuflische Blitzen in seinen Augen.
»Alec, Lady Eunice könnte doch mein Pferd nehmen?« Brittany lächelte ihren Gatten lieblich an. Sie wußten beide, daß ihr Pferd seit Monaten nicht bewegt worden war und deshalb ein wenig überreizt sein würde.
»Danke, Lady Brittany«, sagte Eunice.
Bevor Alec sich dazu äußern konnte, erschienen seine Mutter und seine Schwester, und er sah sich bemüßigt, die Damen einander vorzustellen. Danach entschuldigte er sich, um sich Edgar anzuschließen.
Brittany ließ sich ebenfalls von den Damen entlassen. Sie konnte Lady Eunice einfach nicht länger ertragen.

Das Mahl an diesem Abend war ein Erfolg. Brittanys gehobene Stimmung war großenteils Edgars und Alecs trockenem

Humor zuzuschreiben. Lady Eunice war zwar intelligent, warf aber unübersehbar ihre Schönheit in die Waagschale, wobei ihr überhaupt nicht in den Sinn kam, daß keiner der beiden Männer ihre Eitelkeit amüsant fand.

»Lady Eunice, die Zeit ist schon sehr fortgeschritten, und Ihr hattet einen anstrengenden Tag«, bemerkte Edgar, während Alec seiner Frau beim Aufstehen behilflich war und die anderen sich ebenfalls erhoben.

»Ja, Sire. Morgen ist ein Feiertag, nicht wahr?« wollte Lady Eunice wissen. Aller Blicke richteten sich auf sie.

»Feiertag?« Edgar zog eine Augenbraue hoch und widmete der Frau seine ungeteilte Aufmerksamkeit.

»Aber ja doch.« Lady Eunices Augen waren rund und unschuldsvoll. »Ist das nicht der Grund für Euren Besuch? Mit der Scheidung erhält Laird Campbell seine Freiheit zurück.«

Brenna hielt die Luft an, als sie diese unverschämte Bemerkung hörte, und Jenifer starrte die Frau an, als wären ihr plötzlich Hörner gewachsen. Brittany jedoch beobachtete ihren Gatten, wägte seine Reaktion.

»Würde Euch das gefallen, Lady Eunice?« fragte Alec belustigt. Wenngleich er durch sein Verhalten nichts verriet, war Brittany doch angesichts des Spotts in seinen Augen erleichtert.

»Nur, wenn es Euch auch gefällt, Laird Alec.« Eunices leicht heisere Stimme war wie ein Streicheln.

»Gute Nacht.« Alecs barsche Verabschiedung reichte als Antwort. Lady Eunice verneigte sich und verließ mit schamroten Wangen das Gemach.

»Diese Frau ist wie eine heiße Hündin. Hüte dich vor ihr, Brittany«, warnte Brenna, und Jenifer, die sich zu ihnen gesellte, nickte bestätigend.

Brittany sah sich lächelnd nach ihrem Gatten um. »Alec weiß, was ich von ihr halte.«

Edgar schloß sich ihnen an. »Nachdem die Füchsin uns nun verlassen hat, können wir zum geschäftlichen Teil übergehen.«
Brittany verließ der Mut, denn jetzt war der Zeitpunkt gekommen. »Wenn Ihr mich bitte entschuldigen wollt«, sagte sie, als die Damen sich knicksend verabschiedeten.
»Was ich zu besprechen habe, geht Euch alle an.« Edgar ging zum Kamin, und die Frauen tauschten besorgte Blicke, während sie Alec folgten und sich um den König scharten.
Mit Hilfe von Alecs starkem Arm ließ sich Brittany auf einen Stuhl nieder. Brenna und Jenifer bezogen Posten an ihrer Seite. Brittany war ihnen dankbar für ihren stummen Beistand. Eine Ehrenwache erprobter Kämpfer hätte sie nicht höher geschätzt als die Freundschaft dieser beiden Frauen, und der Blick, den Alec mit dem König wechselte, verriet, daß die Geste nicht unbemerkt geblieben war.
»Lady Brittany, mit dem morgigen Tag wird sich Euer Leben verändern«, sagte Edgar, und sein Blick glitt zu Alecs Schwester hinüber. »Und das Eure, Lady Jenifer.«
»Meines?« piepste Jenifer.
»Ich habe eine Heirat für Euch arrangiert. Die Trauung findet morgen abend statt.«
Alle Farbe wich aus Jenifers Gesicht. Sie zitterte.
»Eine Heirat?« wiederholte sie wie benommen. Ihr angstvoller Blick suchte Unterstützung bei Brittany.
Mitleid erfüllte Brittany, als sie das Entsetzen in Jenifers Augen sah. Sie kannte den Grund. Brittany hob das Kinn und wandte sich an Edgar, ohne den warnenden Blick ihres Gatten zu beachten. »Das kommt reichlich plötzlich, Majestät.«
»Ich habe lange Monate auf das Zustandekommen dieser Verbindung hingewirkt«, bemerkte er mit täuschender Milde, die Brittany nicht beschwichtigen konnte. Sie richtete das Wort an Alec.

»Wußtest du davon, mein Gemahl?« Brittanys Stimme enthielt einen Vorwurf; unbeirrbar hielt sie dem zornigen Blick Alecs stand.
»Aye«, antwortete er barsch. Ob er aufgrund ihrer Kühnheit so aufgebracht war oder wegen der geplanten Hochzeit, wußte sie nicht.
»Ich werde nicht heiraten«, tönte Jenifers Stimme hell und klar durch den Saal. Hochaufgerichtet stand sie da und trotzte den wütenden Blicken der Männer wie dem geflüsterten Flehen ihrer Mutter.
»Du wirst tun, wie dir geheißen, Schwester! Wie kannst du es wagen, meine Autorität zu untergraben?« Alec sah Brittany an. Sein anklagender Blick gab ihr die Schuld an Jenifers Widerborstigkeit. An Jenifer gewandt, fuhr er fort: »Vielleicht ist es höchste Zeit, daß du verheiratet wirst. Ein Gatte wird deiner Eigenwilligkeit schnell einen Riegel vorschieben.«
»Wer ist dieser Ausbund an Tugend, der Jenifer unterwerfen soll?« fragte Brittany. Innerlich rebellierte sie gegen ein System, das zuließ, daß eine Frau verschachert wurde, und sie war empört über die Art und Weise, wie Alec über seine Schwester und ihr Leben bestimmte.
Edgar trat vor. »Der Bräutigam ist Euer Bruder, Lady Brittany.«
Jenifer wimmerte leise, als sie dies hörte, und wollte sich auch von ihrer Mutter nicht trösten lassen.
»Sire. Wollt Ihr die beiden Clans nach meiner Scheidung durch eine erneute Ehestiftung einen?« fragte Brittany.
Edgars Nicken und Alecs regloses Schweigen ließen keinen Zweifel daran, daß eine zweite Vereinigung der Clans Campbell und Mactavish stattfinden würde. Unbeholfen erhob sich Brittany von ihrem Stuhl und ging zu Lady Jenifer. Laut sagte sie: »Nur Mut, Schwester. Ich hatte keine Wahl, als ich heiratete, und du hast auch keine.«

Brittany legte den Arm um die junge Frau und flüsterte: »Brian ist mein Bruder.«
Brittany fühlte Jenifers Schultern beben, wußte jedoch, daß nicht Angst, sondern unendliche Erleichterung und Überraschung die Ursache war.
»Zeig diesen Männern, daß Mut nicht allein ihnen vorbehalten ist.« Brittanys Worte waren für Edgar und Alec bestimmt. Sie setzte sich wieder.
Glück und Freude strahlten aus Jenifers Augen, als sie Brittany einen dankbaren Blick zuwarf, bevor sie die tränenfeuchten Wimpern senkte, um sich nicht zu verraten. »Ich werde deinem Befehl Folge leisten, Alec.« Ihre Stimme klang beinahe demütig, und mit einem versteckten Lächeln kehrte Brittany sich dem König und Alec zu.
»Das wäre geregelt«, verkündete Edgar, die klugen Augen auf Brittany gerichtet. »Jetzt müssen wir noch Eure Zukunft besprechen.«
»Was habt Ihr beschlossen, mein Gebieter? Eine weitere Vermählung?« Brittany zog die Augenbrauen hoch und reckte das Kinn vor. Unter den strafenden Blicken ihres zornigen Gatten gelang es ihr kaum noch, Tapferkeit vorzuspiegeln.
»Morgen werdet Ihr geschieden. Es ist unumgänglich. Nach der Scheidung wird Angus Euch zugunsten seines Sohnes enterben.«
All das wußte Brittany bereits, wenn sie es sich auch nicht anmerken ließ. Innerlich übernervös wartete sie auf Alecs Plan. Er hatte gelobt, daß sie zusammenblieben.
»Unter diesen Bedingungen wird Lord Wentworth Euer rechtmäßiger Vormund sein. Ihr wißt, warum er Euch haben will, Lady Brittany?«
»Er verlangt nach einem männlichen Erben. Er ließ mich wissen, daß er meinen Zwilling für untragbar hält. Ein schot-

tisch Geborener und Aufgezogener könne niemals ein angemessener englischer Lord sein. Seine Loyalität wäre zweifelhaft«, erwiderte sie. »Falls mein Erstgeborenes kein Sohn ist, wird mein Großvater eine Ehe mit einem englischen Lord stiften und hoffen, daß aus dieser Vereinigung ein Erbe hervorgeht.«

»Euer Großvater ist der irrigen Annahme, daß Alec das Kind nach der Scheidung von Euch nicht beanspruchen wird.« Edgars Gesicht zeigte keine Regung; seine Stimme klang unbeteiligt.

Angst schnürte ihr die Brust zusammen, Schweiß trat ihr auf die Stirn, ihre Lippen bebten. »Du würdest das Kind von der Mutter trennen und mich zu meinem Großvater schicken?« Sie starrte Alec an. »Ist das dein großartiger Plan?«

Ein Schmerz durchfuhr Brittany, wie sie ihn noch nie erlebt hatte. Sie hätte Alec niemals zugetraut, daß er fähig wäre, ihr das Kind zu nehmen. Jenifer und Brenna hielten sie tröstend, während sie ihrem Gatten in das vor Zorn starre Gesicht blickte.

»Nay«, stritt Alec ab. »Du wirst bei deinem Kind bleiben.«

»Aber das würde Krieg bedeuten.«

»Es hat schon immer Krieg gegeben, wenn ein Mann einem anderen seinen Besitz streitig machte. Ob du nun bleibst oder nicht, dein Großvater wird uns angreifen. Er wird unser Kind verlangen, und bei dem Versuch, es zu bekommen, wird er sterben. Deine Heimat ist jetzt hier, und du bleibst unter meinem Schutz.«

»Wie denn?« Brittany begegnete seinem harten Blick und wußte die Antwort. »Als deine Geliebte.«

»Ich kann keine Frau ohne Mitgift heiraten«, rief Alec aus. »Der Clan würde sich dagegenstellen. Aber du wirst trotzdem die meine sein.«

»Alec, selbst für einen hochmütigen Schotten verlangst du

zuviel.« Brittany drehte sich zum König um. »Ich bitte Euch als meinen Gebieter um Euren Schutz. Ihr könnt Alecs Plan nicht gutheißen. Nicht einmal ein König kann Gott spielen.«
»Wenn Edgar nicht auf meiner Seite ist, muß er auf Wentworths Seite sein. Nicht einmal ein König kann es riskieren, sich ins Lager eines Engländers zu begeben«, höhnte Alec und schlug sie mit ihren eigenen Worten.
»Ich dachte, ich kenne dich. Aber ich habe mich getäuscht.« Brittany zog den schmalen goldenen Reifen von ihrem Finger und ging auf Alec zu. Sie schlug ihm den Ring in die flache Hand. »Den wirst du brauchen, für deine nächste Frau.«
Angesichts seiner Sprachlosigkeit trat ein bitteres Lächeln auf ihre Lippen. »Edgar muß ein Land einen. Er wird zwischen deinem Clan und einem anderen eine Ehe stiften. Deine Wünsche werden für ihn genausowenig zählen wie meine für dich.«
Ihr brach das Herz, als sie sich umdrehte und den großen Saal verließ, ohne Alecs dröhnenden Befehl, sie solle zurückkommen, zu beachten. Die Gesichter der Diener und Soldaten, die ihr verdutzt nachblickten, verschwammen vor ihren tränennassen Augen. Sie war froh, daß sie die Mienen der Männer nicht sah. Ihr Mitleid oder – noch schlimmer: ihre Verachtung wollte sie nicht sehen. Alec hatte ihr eine Position in seinem Haushalt angeboten – die illustre Stellung einer Hure. Die Tränen strömten über ihre Wangen. Sie hatte an die Liebe geglaubt. Sie hatte an Alec geglaubt. Aber alles war nur Lüge.

Brittany war wie betäubt. Sie stand vor dem König, als Alec mit barscher, unpersönlicher Stimme die Worte sprach, die ihre Ehe zu Grabe trugen.
Sie nahm den Dolch vom König entgegen, während Alec nach dem dargebotenen Schwert griff. Das waren die Symbole

ihrer Hochzeit gewesen, viel mehr als der Ring, den sie ihm am Vorabend zurückgegeben hatte. Diese Waffen repräsentierten ihre Stärken und ihre Schwächen, waren eine äußerlich sichtbare Erweiterung ihrer Persönlichkeiten. Brittany schob den Dolch in die Scheide und zwang sich, nicht mehr daran zu denken, daß dieser Dolch ein Jahr lang neben Alecs Schwert im Boden gesteckt hatte, bis Alec die Waffen irgendwann in der vorherigen Nacht entfernt hatte. Ihr Fehlen am Morgen zog den Schlußstrich unter ihre Scheidung. Die Zeremonie ließ sie nur noch rechtskräftig werden.

Der Saal war angefüllt mit Mactavishs, Campbells, Edgars Kriegern und Heeresmitgliedern ihres Großvaters. Ohne einen Blick für die Zuschauenden stand sie ruhig da, während die Dokumente unterzeichnet wurden. Der quälende Rükkenschmerz, der schon gestern begonnen hatte, war am Morgen noch schlimmer geworden, doch sie ignorierte ihn. Ein Soldat konnte es sich nicht leisten, Schmerzen zu empfinden, und ihr Stolz ließ es nicht zu, daß sie zeigte, wie sie litt.

Angus und Brian Mactavish näherten sich ihr. Brittanys Zwilling legte ihr feierlich den Stirnreifen aus Messing aufs Haar, den er in der Nacht ihrer Gefangennahme aufgefangen und dann behalten hatte. »Ein solches Schmuckstück steht deinem Haupt zu.« Er neigte sich über sie und drückte einen zarten Kuß auf ihre Wange, wobei er flüsterte: »Ich habe dein Geschenk gefunden und danke dir dafür, daß du mein Erbe sicher aufbewahrt hast.«

Brian überließ Angus seinen Platz. Er schlug ihr mit sanfter Hand auf die Wange. Es war ein rein symbolischer Akt, doch sie hätte den Dolch im Herzen bevorzugt. »Ich enterbe dich von meinem Vermögen und verstoße dich aus meinem Haus und aus meinem Clan. Dein Titel geht auf deinen Zwillingsbruder über.«

Angus trat zurück und legte Brian die Hand auf die Schulter.

Der junge Mann zog die Seite aus dem Kirchenbuch mit der Geburtseintragung hervor und reichte sie Edgar. Wieder stand Brittany wie aus Holz geschnitzt, während Zeugen das Papier bestätigten.
Lord Wentworth trat vor, und Brittany registrierte geistesabwesend seinen Eifer. Ihr war alles gleichgültig – auch ihre Zukunft. Gedankenverloren glitt ihr Blick wie abschiednehmend über die sie umgebenden Gesichter. Merkwürdig, sie erkannte diese Männer kaum noch. Ihre Mienen waren so verkrampft, daß es aussah, als trügen sie Masken.
Obwohl die Züge des Königs völlig starr waren, bemerkte sie einen Zug um seinen Mund, an den sie sich nicht erinnerte. Die stoische Miene ihres Vaters konnte trotz allem nicht den inneren Schmerz verbergen, während der niedergeschlagene Ausdruck ihres Bruders in seltsamem Kontrast zu seinen geballten Fäusten stand.
Nur ihr Gemahl wirkte ungerührt und desinteressiert. Sie senkte die Wimpern, um sich vor diesem Anblick Alecs, dem letzten, den, den sie mit sich nehmen würde, zu schützen. Es zerriß ihr das Herz, ihn zu sehen. Sie sagte sich, es wäre nicht wichtig. Doch es war wichtig, so verdammt wichtig. Sie liebte ihn, und der Schmerz, ihn hergeben zu müssen, marterte sie körperlich.
Als ihr Großvater die Hand um ihre Schulter schloß, stöhnte sie auf.
Das Geräusch erschreckte sie, und sie öffnete die Augen, hoffend, es wäre nicht sie gewesen, die laut gestöhnt hatte. Die verschreckten Gesichter allerdings bestätigten nur ihre Angst. Jetzt wußte sie auch, daß der so lange ignorierte Schmerz Wirklichkeit war. Das Baby wollte kommen.
Sie stöhnte erneut, umschlang ihren Leib und krümmte sich vor Schmerz. Plötzlich hoben starke Hände sie hoch, und sie lag an einer stahlharten Brust.

»Still, Brittany«, mahnte Alec und trug sie quer durch den großen Saal in sein Schlafgemach.

Besorgte Gesichter umringten ihn, als Alec, Brittany in den Armen, sich durch die Menge drängte. Sie ächzte, und er sah die schmerzverzerrten Züge ihres blassen Antlitzes. Zwei Stufen auf einmal nehmend, stieg er die Treppe empor. Er spürte die Krämpfe, die ihren Körper erfaßten, und preßte sie instinktiv an sich in dem Versuch, etwas von ihren Qualen auf sich zu nehmen. Dann trat er die Tür auf und schritt, gefolgt von Jenna und seiner Mutter, in das Gemach. Behutsam bettete er Brittany auf ihr gemeinsames Lager und strich ihr das verwirrte Haar aus dem Gesicht. Gepackt von einer neuerlichen Wehe, entzog sie sich ihm und rollte sich zusammen. Hilflos richtete Alec sich auf, wissend, daß es ihm nicht möglich war, ihre Schmerzen zu lindern.
»Geh, Alec«, mahnte Brenna, schob ihn zur Seite und beugte sich über Brittany. »Hör mir gut zu, Kind. Du mußt deine Kräfte einteilen. Wehre dich nicht gegen die Schmerzen.« Brenna legte die Hand auf Brittanys Leib. Voller Sorge fragte sie: »Wie lange hast du diese Krämpfe schon?«
»Seit gestern abend«, ächzte Brittany.
Brenna drehte sich zu der Dienstmagd um. »Jenna, schicke nach der Hebamme und ruf Hergess und Jenifer her.« Ihr Blick schweifte zu Alec hinüber. »Laß uns allein, Alec. Du kannst hier nichts ausrichten.«
Die Worte machten ihm seine Hilflosigkeit nur noch deutlicher. Er wollte widersprechen, doch Brennas erhobene Hand gebot ihm Schweigen. Sie nahm ihn beim Arm und führte ihn zur Tür. Mit gesenkter Stimme, damit Brittany sie nicht hörte, erklärte sie: »Alec, das erste Kind braucht seine Zeit. Ich fürchte, es wird eine schwierige Entbindung. Ich erwarte die Geburt nicht vor morgen früh. Geh! Du bist uns im

Wege, und du hast deinen Verpflichtungen nachzukommen.«

Sie hatte recht. Die Argumente seiner Mutter erinnerten ihn an seine Pflichten. Er sah Brittany an, war zerrissen zwischen seinem Verlangen, bei ihr zu bleiben, und seiner Pflicht zu gehen. Er drehte sich um und stapfte aus dem Raum. Unten erwartete ihn ein Saal voller Männer, und mit einem von ihnen hatte er noch einen Strauß auszufechten – mit Lord Wentworth.

Die Bewohner der Burg wirkten seltsam bedrückt, als Alec in den großen Saal zurückkehrte. Sorge spiegelte sich in den Mienen von Bediensteten und Soldaten, als er durch die Menge der Versammelten auf den König zuschritt.

Lord Wentworth, mit silbergrauem Haar und zornigem Blick, trat Alec in den Weg. Die Hand des alten Mannes lag auf dem Heft seines Schwerts, und seine Weigerung, Platz zu machen, war eine nicht zu übersehende Herausforderung.

Alecs Hand fuhr an seine Waffe. Er hoffte, der Engländer würde sein Schwert ziehen. Sein Tod wäre die Garantie für Brittanys Sicherheit. Als hätte er Alecs Gedanken gelesen, trat ein Glimmen in die alten Augen, und Wentworth nahm die Hand von seinem Schwert.

»Ich verlange mein Recht auf meine Enkelin und ihr Kind«, sagte Wentworth.

»Engländer, das Kind ist meines. Ich werde es gleich bei der Geburt als meines anerkennen. Ihr habt kein Recht auf mein Fleisch und Blut.«

»Und meine Enkelin?« Seine verschlagenen Augen verengten sich mißtrauisch zu Schlitzen.

»Sie steht unter meinem Schutz und ist demnach meiner Befehlsgewalt unterworfen. Sie bleibt hier.«

»Ihr habt Rache als Motiv für ihr Bleiben bis zum Tag der Scheidung angeführt. Haben sich Eure Gründe geändert oder gelten sie noch?«

Alec lächelte über den Versuch des alten Kämpfers, ihm Informationen zu entlocken. »Die Gründe sind unwichtig; das Ergebnis bleibt dasselbe. Brittany bleibt hier.«

Wentworth konnte seinen Zorn nicht länger verbergen. »Euer närrischer Entschluß wird Euch teuer zu stehen kommen, Schotte.« Die Drohung hallte von den Wänden wider, als der Mann sich mit seinem kleinen Gefolge entfernte. Alec hatte nicht übersehen, daß er durch sein Täuschungsmanöver bei ihrem letzten Zusammentreffen Zeit gewonnen hatte. Der Engländer hatte nicht damit gerechnet, an diesem Tag abgewiesen zu werden. Wäre er darauf vorbereitet gewesen und mit einem Heer angereist, hätte er nicht den Rückzug angetreten.

Wütende Stimmen wurden laut, als der Engländer den Saal verließ. Alec rieb sich den verspannten Nacken und ging zu Edgar hinüber.

»Eine Woche, mehr nicht, dann wird die Belagerung beginnen«, seufzte Alec im Hinblick auf das Offensichtliche: auf Wentworths Rückkehr.

»Ich schicke Boten zu den benachbarten Clans. Wenn Wentworth zurückkommt, geht der Kampf ums Ganze«, bemerkte Edgar mit der Bestimmtheit des kampferprobten Mannes.

»Ich lasse auf den südlichen Feldern Posten aufstellen«, fügte Angus hinzu, der sich den beiden Männern anschloß. Angespannt blickte er in Alecs wachsame Augen. »Mit Eurer Erlaubnis, Campbell, will ich auch nach der Entbindung meiner Tochter noch bleiben.«

Alec nickte wortlos. Es bestand kein Grund zur Sorge um Brittany. Frauen brachten seit Anbeginn der Zeiten Kinder zur Welt. Vielleicht trieb Angus die Angst eines alten Mannes – ein Zeichen dafür, daß der Clan einen jüngeren Führer benötigte. Der Gedanke veranlaßte ihn, sich nach Brian umzusehen. Er hätte sich denken müssen, daß er Brittanys

Zwilling war. So ungern er es auch zugab, Alec mochte den Burschen. Seine Schwester würde bei ihm nichts zu fürchten haben. Es erleichterte ihn ungemein, daß Mactavish, der Jenifer zur Frau nahm, keinen Groll gegen sie hegte.
»Wollt Ihr ebenfalls bleiben?« fragte Alec seinen künftigen Schwager, und jetzt bemerkte er auch dessen Ähnlichkeit mit Brittany, die ihm vorher entgangen war.
»Aye.« Brian sah ihn an und lächelte. »Ihr habt meine Schwester nicht immer sanft behandelt.«
Die Andeutung ärgerte Alec. Er hatte der Frau gegenüber mehr Geduld aufgebracht, als die meisten Männer vermocht hätten, wenn er sich auch ehrlich eingestehen mußte, daß ihre gemeinsame Zeit nicht immer eitel Sonnenschein gewesen war.
»Wenn ich die Beherrschung verlor, wart ja Ihr zur Stelle, um mich an meine guten Manieren zu erinnern«, antwortete er scharf und dachte an die Beule am Kopf, die Brian ihm zugefügt hatte. »Vergeßt nicht, ich werde in gleicher Münze zurückzahlen, falls Jenifer Hilfe brauchen sollte.«
Brian lächelte. »Im Gegensatz zu meiner Schwester heiratet Jenifer ja nicht einen übellaunigen Barbaren, der sie mit dem Schwert bedroht und verlangt, daß sie sich verteidigt.«
Alec lachte über die Bemerkung. »Junge, meine Schwester hat lange Zeit Brittanys Gesellschaft genossen. Ich fürchte, Ihr werdet feststellen müssen, daß sie einige schlechte Gewohnheiten angenommen hat.«
Edgar schlug Brian auf den Rücken. »Am besten urteilt Ihr erst dann über Alecs Verhalten als Gatte, wenn Ihr ein paar Monate ehelichen Glücks überlebt habt.«
Brian überging die Frotzeleien mit einem Lachen. »Jenifer ist das umgänglichste Mädchen auf der ganzen Welt. Ich rechne nicht mit den Problemen, die Laird Alec hatte. Und der Fairneß halber muß ich zugeben, daß meine Schwester an einem Großteil dieser Probleme schuld hatte.«

Angus lachte seinen Sohn an. »Du lernst schnell, mein Sohn. Es empfiehlt sich, niemals zu vergessen, daß zu einem Streit immer zwei gehören und zu seiner Beilegung ebenfalls. Das ist im Krieg genauso wie in einer Ehe. Beide sind sich viel ähnlicher, als mir lieb ist.«
Die Männer lachten leise. Angus bot Alec seine Hand. »Mögen wir auch in Fehde liegen, ich stehe an Eurer Seite, bis diese Angelegenheit erledigt ist.«
Alec nahm seine Hand; er hatte keine andere Wahl. Und wenn es ihm auch nicht recht war, war sein Zorn doch nicht groß genug, um den Mann und sein Angebot zurückzuweisen.
Die vier Männer brüteten über ihrer Vorgehensweise. Während sie, über Karten der Umgebung gebeugt, dasaßen, eilte eine Frau vorbei. Alec blickte auf und sah das gehetzte Gesicht der Hebamme, die zur Treppe lief.
Seine Gedanken kehrten zu Brittany zurück. Die Erinnerung an ihr schmerzverzerrtes Gesicht ließ ihn nicht los. Mehrere Stunden waren inzwischen verstrichen, und es bedrückte ihn, daß sie schon so lange diese schreckliche Pein ertragen mußte.
»Wie lange dauert denn so eine Geburt?«
Edgar hob die Schultern und blickte Angus an. Der ältere Mann schaute ernst in Alecs Augen. »Ich bin nicht der richtige Mann für diese Frage.«
Seine Antwort erinnerte Alec daran, daß Elizabeth bei der Geburt gestorben war. Er schüttelte den Gedanken vehement ab. »Brittany wird nichts geschehen.« Er schenkte sich den Becher voll Ale und trank ihn zur Hälfte leer. »Nur das lange Warten macht mich unruhig.«
»Aye«, pflichtete Angus ihm bei und schenkte seinen Becher ebenfalls voll. »Das Warten auf die Geburt eines Kindes gibt einem Mann Zeit zum Nachdenken.« Über seinen Becher hinweg sah er Alec an. »Die Ankunft neuen Lebens macht einem Menschen seine Sterblichkeit bewußt. Was er getan

haben sollte, was er getan hat, und vor allen Dingen, was er noch tun will.« Tiefe Traurigkeit lag in seinem Blick.

Alec verstand genau, was Angus meinte. Den ganzen Tag über waren seine Gedanken bei Brittany gewesen. Wenn er auch Schlachtpläne und Befestigungsanlagen besprochen hatte, stand ihm doch ständig ihr Bild vor Augen, und er erinnerte sich seiner kurz angebundenen Art ihr gegenüber, seines Zorns, seiner kaltherzigen Bemerkungen. All seine Übergriffe fielen ihm wie zur Strafe wieder ein.

Er würde alles an ihr gutmachen. Nie wieder würde er die Geduld verlieren. Ihnen blieb noch der Rest ihres Lebens für die Liebe und gemeinsame schöne Stunden. Er riskierte ein Königreich, um diese Frau zu bekommen, und wollte nicht an die Möglichkeit glauben, daß er sie jetzt noch verlieren könnte. Doch angesichts der Traurigkeit in den Augen ihres Vaters erfaßte ihn nagende Furcht. Zum Teufel mit Mactavish. Die Mutter bestimmte nicht das Schicksal der Tochter, das war nur ein dummer Aberglaube.

Er biß die Zähne zusammen, als eine Frau die Treppe hinunterhastete und zur Küche lief. Er wartete auf ihre Rückkehr, um sich nach Brittanys Befinden zu erkundigen.

Die Arme voller frischer Leintücher, kam sie zurück. »Mary, was ist los?«

»Die Lady hat das Wasser verloren. Das Kind dürfte nun jeden Augenblick kommen, my Laird«, sagte die Frau schon auf dem Weg zur Treppe.

Alec sank in seinen Sessel zurück. Seine Erleichterung spiegelte sich in Angus' Miene wider. »Ich sagte doch, alles wird gut.« Alec hob den Becher und trank einen Schluck Ale. »Ich werde Vater«, sagte er ehrfürchtig.

Edgar hieb ihn auf den Rücken und lachte. »Eine bemerkenswerte Eigenschaft. Sag uns, Alec, wie du eine so hervorragende Leistung vollbracht hast.« Brian und Angus lachten amüsiert.

Alec neigte sich Edgar zu, als vertraute er ihm ein Geheimnis an. »Ein trauriger Tag, daß ein Laird seinem König erklären muß, wie er einen Erben zu zeugen hat. Aber um Schottlands willen bringe ich das Opfer.«

Angus lächelte, und Brian brüllte vor Lachen.

Edgar zog die Augenbrauen hoch. »Nay, Alec. Ich bin ein lang verheirateter Mann. Ich schlage vor, wir klären lieber Brian über die Pflichten eines Ehemannes auf.«

Brian wurde rot und neigte sich hastig über seinen Becher.

Nach ein paar weiteren Scherzworten verfielen die Männer in eine ruhige Unterhaltung. Alec wußte, die anderen drei warteten mit ihm auf Neuigkeiten über Brittany, und plötzlich war er glücklich über ihre Gesellschaft und Freundschaft – selbst die von Angus Mactavish, und das erfüllte ihn mit Verwunderung. Er wußte, daß ein Laird eine Fehde aufrechterhalten oder begraben konnte. Angus' Angebot seiner Hilfe bewies den Wert des Mannes. Es war an der Zeit, die Vergangenheit ruhenzulassen. Die Campbells und die Mactavishs sollten einig sein. Die Verbitterung, an der er festgehalten hatte, war nicht mehr.

Bei Morgengrauen schritt Alec rastlos auf und ab und schaute immer wieder zur Galerie hinauf. Er wartete auf das Schreien eines Babys, doch aus dem Schlafgemach drangen nur gedämpfte Schreie. Irgend etwas stimmte nicht. Er las es auf den bedrückten Gesichtern der Männer, die mit ihm wachten. Als das Warten schließlich unerträglich wurde, stürmte er die Treppe hinauf. Bevor er das Schlafgemach erreicht hatte, wurde die Tür aufgestoßen.

»Meine Gattin?« fragte er die alte, runzlige Frau auf der Schwelle.

»Schickt nach dem Priester.« Die Hebamme zog sich zurück und schloß die Tür.

Einundzwanzigstes Kapitel

Alec starrte in das bleiche Gesicht seiner Frau. Ihre Hand ruhte schlaff in der seinen. Mit geschlossenen Augen ertrug sie die unablässigen Wehen.

Er schaute zur Hebamme hinüber.

»Die stundenlangen Wehen haben ihre Kräfte aufgezehrt«, erklärte die Hebamme. »Sie wird sterben, wenn das Kind nicht sehr bald zur Welt kommt.«

»Was könnt Ihr tun, um ihr zu helfen?« fragte Alec.

Die Hebamme richtete den Blick auf das Bett. »Ich habe von einem anderen Vorgehen bei Geburten gehört, die der Hilfe bedurften, habe es aber selbst noch nie angewendet.«

»Sie wird sterben, wenn Ihr es nicht versucht«, sagte Alec, der spürte, daß etwas getan werden mußte.

Die Hebamme überlegte kurz und nickte. »Ich werde Hilfe brauchen.«

»Sagt mir, was ich zu tun habe.« Es brachte Alec ein wenig Erleichterung zu wissen, daß er Brittany würde beistehen können.

Die Hebamme flocht ihre Finger ineinander und wies Alec an, es ihr gleichzutun. Sie legte seine ineinander verschränkten Hände auf ihren Leib und gebot ihm zu drücken. Als sie mit seiner Leistung zufrieden war, lächelte sie. »Legt jetzt Eure Hände auf den Leib Eurer Gattin und helft ihr, das Kind ans Licht der Welt zu pressen.«

Seine Augen verrieten offenbar seine Zweifel an dieser Methode. Er blickte auf seine Hände und sah dann die Hebamme an.

»Ihre Muskeln schaffen es nicht mehr allein«, erklärte diese. Alec nickte begreifend. Dann richtete die zierliche Frau mit der energischen Art das Wort an Angus.

»Ihr, Mactavish, müßt sie an den Schultern anheben, wenn eine Wehe einsetzt, und sie wieder sinken lassen, wenn sie abklingt. Schafft Ihr das?« Die strenge Frage überrumpelte den Laird.

»Das ist keine schwere Aufgabe, Weib.«

»Was verlangt Ihr von mir?« Der König trat vor.

»Ihr müßt mit der Dame sprechen.«

Edgar wurde blaß. »Sprechen? Worüber?« Sein Gesicht verfinsterte sich.

Die kleine Frau fuhr zu ihm herum und brauste, begleitet von einer ungeduldigen Handbewegung, gereizt auf: »Redet von allem, was Euch einfällt, von Dingen, die sie von ihren Schmerzen ablenken.« Die Hebamme ließ Edgar stehen wie einen etwas begriffsstutzigen Diener und setzte ihre Anweisungen fort.

»Jenifer, haltet eine warme Decke für das Kind bereit. Sobald es zur Welt kommt, tut Ihr, was ich Euch sage.« Die Hebamme heftete den Blick auf Brian. »Dieser Soldat da wird Euch helfen. Sagt ihm, was er zu machen hat. Ich werde mit der Mutter zu tun haben, also müßt Ihr Euch um das Kind kümmern.«

Die grauhaarige, winzige Frau wandte sich an Jenna und Brenna. »Ihr müßt Lady Brittanys Knie stillhalten, wenn ein Krampf sie schüttelt, aber achtet darauf, daß Ihr nicht die Innenseiten ihrer Schenkel berührt.«

Sie trat ans Bett und nickte. »Wenn die nächste Wehe kommt, fangen wir an.«

Brittany schlug die Augen auf und blickte befremdet auf die um ihr Bett versammelten Menschen. »Alec, was tust du?« Verwirrt betrachtete sie seine Hände auf ihrem Leib.

»Ich muß dir helfen, Brittany«, sagte er. »Unser Kind ist ein bißchen eigensinnig.«

Brittany lächelte kaum wahrnehmbar. »Ist das ein Wunder, bei solchen Eltern?«

Der König neigte sich vor und sprach Brittany an. »Hört auf das, was ich sage, Brittany.«

»Sire?« wunderte sie sich. »Merkwürdig, Euch hier zu sehen.«

»Aye«, bestätigte Edgar. »Und ich möchte zur Belohnung für meine Hilfe der Pate sein.«

Angus ergriff ihre Schultern. »Fürchte nichts, Tochter.«

»Vater?« Verwunderung stahl sich in ihre Züge. »Es muß schlimm um mich stehen, wenn sogar Ihr anwesend seid.«

»Es steht nicht schlimm, Tochter«, sagte er. »Aber die Hand eines Mactavish ist erforderlich.«

Ein schelmisches Lächeln trat auf ihre Lippen. »In Schottland gibt es soviel Hochmut. Erstaunlich, daß uns nicht die ganze Welt zu Füßen liegt.«

Ihr blieb keine Zeit mehr, die übrigen zu begrüßen. Der Schmerz schnitt ihr das Wort ab. Und jeder übernahm seine Aufgabe.

»Pressen, my Lady. Helft ihr, Campbell.« Die Stimme der Hebamme klang weich und tröstend, wenn sie das Wort an Brittany richtete, den anderen gegenüber sprach sie jedoch streng und befehlend.

»Hebt ihre Schultern, Mactavish«, ordnete sie an.

Brittany schrie, und Edgar begann mit einem Bericht über die Schlacht zwischen den Clans im Norden, woraufhin Alec ihm einen vorwurfsvollen Blick zuwarf.

Als die Wehe abklang, hob die Hebamme den Blick. »Bei der nächsten Wehe wird das Köpfchen sichtbar.«

Alec spürte den Schrei, der sich Brittanys Körper entrang. Er preßte mit den Muskeln, die keine Kraft mehr hatten, bis er ein leises Nachgeben unter seinen Fingern spürte.

»Preßt weiter, wenn Ihr das Kind sehen wollt«, befahl die Hebamme eindringlich.
Schweiß trat ihm auf die Stirn. Er fühlte das Kind unter seinen Händen abwärts gleiten. Brittany schrie, daß es ihm durch Mark und Bein ging. Als ihr Schrei abebbte, folgte ein leises Wimmern. Alec sah Tränen unter Brittanys Wimpern hervorquellen.
»Campbell! Wir sind noch nicht fertig. Mehr Druck, sonst stirbt Eure Frau!«
Alec tat, wie ihm die Hebamme geheißen. Was war nur los? Das Kind war geboren, sein klagendes Greinen erfüllte den Raum. Doch unter seinen Fingern spürte er die viel zu schwachen Kontraktionen.
Mit scharfer Stimme erteilte die Hebamme Befehle, während Edgar immer noch die grausigen Einzelheiten der Schlacht schilderte.
Außer sich vor Schmerz, hob Alec den Blick und sah Tränen auf Angus' Wangen. Der alte Soldat starrte mit blinden Augen an die Wand. Panik ergriff Alec. Brittany durfte nicht sterben. Die Stimmen um ihn herum vermischten sich, und wie aus weiter Ferne vernahm er die Anweisung der Hebamme, weniger Druck auszuüben.
Er blickte in Brittanys stilles Gesicht und legte zärtlich die Hände um ihre Wangen. »Verlaß mich nicht, kleine Soldatin. Ich liebe dich zu sehr, um ohne dich leben zu können.«
Jemand drückte seine Schulter, doch er löste den Blick nicht von Brittany.
Ihre Lider zitterten und hoben sich dann. Die schönsten Augen, die er je gesehen hatte, sahen ihn, erfüllt von übergroßer Liebe, an.
Er neigte sich über Brittany und küßte sie.
»Alec«, flüsterte sie, während Jenifer das Baby neben sie bettete. Brittany küßte das flaumige Köpfchen ihres Kindes.

»Du hast einen Sohn, Alec«, sagte Brittany.
»Ian«, hauchte Brittany, bevor ihr die Augen wieder zufielen.
Alec hob seinen Sohn vom Bett. Er wiegte das Kind im Arm und betrachtete seine schlafende Frau. Ihr Anblick verschwamm vor seinen tränennassen Augen, und es rührte ihn zutiefst, daß sie, der schottischen Tradition folgend, ihr Kind nach Alecs Vater nannte.

»Lord Wentworth, Ihr habt einen Urenkel«, keuchte Lady Eunice, die den alten Soldaten in seinem Lager aufsuchte. Sie blickte in seine mitleidlosen Augen, die nichts verrieten, und fragte sich, ob sie sich richtig entschieden hatte. Nach ihrer Gefangenschaft im Kloster war ihr keine Wahl geblieben. Edgar hatte sie auf den bloßen Verdacht hin, sie könnte die Kirchenpapiere an sich genommen haben, festgesetzt. Die Belohnung, die er ihr versprochen hatte, wenn sie ihn gegen Wentworth unterstützte, bestand in einer Verehelichung mit einem Laird aus dem Norden.
Gott! Das Kloster war schlimm genug gewesen, aber die Isolation im barbarischen Norden war noch abschreckender. Sie konnte nicht in Schottland bleiben und auch nicht nach England zurückkehren. Frankreich war ihre einzige Hoffnung. Und Wentworth war der einzige, der ihr die Reise ermöglichen konnte.
»In einer Woche kommt mein Heer«, sagte Wentworth. »Ihr habt noch eine Aufgabe zu erfüllen. Enttäuscht mich nicht, Lady Eunice, denn im Gegensatz zu Edgar würde ich Euch nicht in ein Kloster verbannen, sondern ins Grab.«
Eunice nickte. »Der Preis ist Frankreich.« Angesichts von Wentworths tödlichem Blick hielt sie den Atem an.
»Frankreich.« Wentworth lächelte kalt und drohend. »Wenn ich mit Euren Diensten zufrieden bin, wird meine Belohnung selbst Euch überraschen.«

»Was verlangt Ihr?« Ein Zittern überfiel sie. Männliche Erpressungen übten schon immer einen Reiz auf sie aus.
»Morgen in einer Woche werdet Ihr mit Laird Campbell ausreiten. Euer Ziel ist der Hügelkamm im Westen.«
»Wie soll Euch das Euren Urenkel einbringen?« fragte Eunice, die seinen Gedankengängen nicht folgen konnte.
»Eunice, überlaßt das Denken lieber anderen. Es ist nicht gerade eine Eurer Stärken.«
Eunice sog tief den Atem ein, sagte jedoch nichts.
Der Silberfuchs strich mit einem Finger über ihre Wange. »Was will Edgar von Euch?«
»Er will, daß ich Euch Botschaften über Brittany und das Kind sende. Ihr sollt glauben, das Kind wäre tot.«
Wentworth lachte. »Ich wurde einmal zum Narren gehalten, und das geschieht nie wieder. Kehrt jetzt in die Burg zurück. Eure Abwesenheit darf nicht bemerkt werden.«
Eunice entfernte sich rückwärts gehend, da sie dem Mann nicht den Rücken kehren wollte. Ihre Angst war unbegründet. Wentworth brauchte sie. Aber, so fragte eine leise innere Stimme, was wird geschehen, wenn der Silberfuchs deiner Dienste nicht mehr bedarf?

»Was werdet Ihr tun, wenn Brittany genesen ist?« Ein Blick voll väterlicher Sorge traf Alec aus Angus Mactavishs Augen.
»Das braucht Eure Sorge nicht zu sein. Brittany wird meine Entscheidung verstehen, wenn sie Zeit hatte, darüber nachzudenken.«
Angus nahm einen langen Zug aus seinem Becher. »Reden wir von meiner Tochter? Ich dachte, Ihr wüßtet, daß Brittany sich niemals mit weniger zufriedengeben wird als mit dem, was ihr zusteht.«
Alec gedachte des Gelöbnisses, das Brittany bei ihrer Ankunft

abgelegt hatte. »Ich verlange nicht mehr als das, was mir zusteht.« Er erinnerte sich des Zorns in ihrem Blick, als er sie wissen ließ, ihr stehe zu, was er ihr gäbe, mehr nicht. Es würde nicht einfach sein, aber wie auch immer, sie würde bei ihm bleiben. Gattin oder Geliebte waren lediglich Bezeichnungen. In seinen Augen gab es keinen großen Unterschied. Mit der Zeit würde sie das einsehen.

Spannung hing in der Luft. Brian trat vor. »Wir feiern hier ein Fest.« Er hob seinen Pokal. »Auf eine glückliche Zukunft für Mutter und Kind.«

Mit den anderen hob auch Alec seinen Kelch. Er bemerkte ein seltsames Glitzern in Brians Augen. Die Doppelbedeutung seiner Worte war ihm nicht entgangen. Brians Loyalität galt seiner Schwester, und zum Teufel mit dem Vater des Kindes.

Angus und Edgar entfernten sich, über die Zukunft des kleinen Ian plaudernd, als wären sie die Erzieher des Kindes.

Brian setzte sich neben Alec. »Ihr habt nichts gegen meine Heirat mit Lady Jenifer einzuwenden?«

»Sie muß verheiratet werden«, antwortete Alec. »Aber täuscht Euch nicht, sie ist kein gefügiges Mädchen. Zwar ist sie so verschieden von Brittany wie Ihr von mir, doch Jenifer hat Eigenschaften, die Euch auf Trab halten werden.«

»Nachdem sie ihr Leben mit Euch verbracht hat, wird sie vermutlich jeden anderen Mann erträglich finden«, sagte Brian mit belustigt zuckenden Lippen.

»Mal sehen, ob Ihr ein Jahr nach der Hochzeit noch genauso denkt«, konterte Alec.

»Wenn eine Ehe nur Enttäuschung bringt, folge ich Eurem Beispiel. Ich lasse mich von meiner Gattin scheiden und behalte sie als Geliebte.« Brian trank einen Schluck Ale und lehnte sich seelenruhig in seinem Sessel zurück.

Mit schmalen Lippen musterte Alec seinen Trinkgefährten. Es war seine Pflicht, dem Burschen den Kopf zurechtzurücken. Mit einer geschickten Drohung konnte er seiner Ehe einen guten Dienst leisten. »Vergeßt nicht, Brian, daß Jenifer einen Bruder hat, der mit Eurem Verhalten nicht einverstanden sein könnte.«

Brians Augen waren hart und kalt. »Brittany auch«, sagte er, indem er die Drohung ungeschmälert zurückgab.

Leise, um seine Frau nicht zu stören, betrat Alec das Schlafgemach. Seit der Geburt war eine Woche vergangen, doch Brittany kam nur sehr langsam wieder zu Kräften. Sie lag aber nicht, wie er erwartet hatte, im Bett, sondern saß, das Kind im Arm, beim Fenster. Alec blieb stehen, genoß den Anblick ihrer Schönheit und staunte erneut darüber, daß diese zarte Frau zum Mittelpunkt seiner Welt geworden war. Sie sprach ganz leise, und Alec mußte sich anstrengen, um ihre Worte zu verstehen.

»Eines Tages, mein Sohn, wenn du alt und verständig genug bist, werde ich dir meine Beweggründe erklären. Ich hoffe, du vergibst mir dann.«

Alecs Muskeln verkrampften sich, während er lauschte.

»Ich kann nicht bleiben. Obwohl dir im Haus deines Vaters eine ehrenvolle Stellung zusteht, verhält es sich mit deiner Mutter völlig anders. Wenn du größer wirst, wird es dir nicht entgehen, daß deine Mutter respektlos behandelt wird. Einige werden mich sogar verachten und dich wegen meiner niedrigen Stellung verhöhnen. Ich kann nicht verlangen, daß du das auf dich nimmst. Im Gegensatz zu deinem Vater weiß ich, daß die Wunden, die einem Kind geschlagen werden, niemals heilen. Ich werde dafür sorgen, daß diese Schmerzen dir erspart bleiben.«

Ihre Worte rührten an sein Gewissen. Sie sagte die Wahrheit. Sie saßen beide in der Falle. Er verstand, wie sie empfand, und konnte sie doch nicht gehen lassen. Wenn sie wieder bei

Kräften war, würden sie eine für beide Seiten zufriedenstellende Lösung finden.
Sie wiegte das Baby in ihrem Arm, und er verließ lautlos das Zimmer. Ihre sanfte Stimme wehte ihm nach, als er die Tür schloß.
»Es wird schwer für uns werden, allein zu sein, Ian. Aber wir werden beide überleben.«
»Nay, nur über meine Leiche«, schwor Alec sich leise, entschlossener denn je, ihnen beiden ein gemeinsames Leben zu ermöglichen.

Andrew sattelte das Pferd und führte es Lady Eunice zu. »Falls Ihr reiten wollt, steht es dem Laird zu, Euch sein Land zu zeigen. Wollt Ihr aber geritten werden, ist der Campbell nicht der richtige für Euch.«
»Dreckiges Schwein«, schimpfte Lady Eunice unflätig und ging um das Pferd herum.
»Ich will Euch lediglich warnen«, sagte Andrew. »Kennt Ihr nicht die Geschichten von Brittany der Unerschrockenen? Überlegt es Euch zweimal, bevor Ihr Euch ihrem Mann nähert.«
»Ich habe die Geschichten gehört, aber da hieß sie Brittany die Schinderin«, sagte Eunice und griff nach den Zügeln des Tiers.
»Aye. Das wird die sein, mit der Ihr dann zu tun bekommt«, entgegnete der Schotte ungerührt, was ihren Ärger noch mehr schürte.
»Glaubt Ihr, ich hätte Angst vor ihr?« warf Eunice über die Schulter zurück und saß auf.
»Nay.« Andrew schüttelte bedächtig den Kopf und maß die Frau von oben bis unten. »Pech für Euch. Ihr werdet Euch wünschen, ihr hättet gesunde Angst gehabt, sobald ihr Schwert in Eurer Brust steckt.«

Empört lenkte Eunice ihr Pferd an dem unverschämten Schotten vorbei. Durch die Stalltür sah sie Angus Mactavish hoch zu Roß. Verdammt. Er wollte sich ihnen anschließen. Das paßte nicht in ihren Plan.

»Seid Ihr bereit, Lady Eunice?« rief Campbell gereizt und ungeduldig.

Lady Eunice zauberte ein hinreißendes Lächeln auf ihre Lippen, erhielt zur Antwort jedoch lediglich einen kalten Blick. An dem Laird vorbei blickte sie zu Mactavish hinüber.

»Wird Laird Mactavish uns begleiten?« Ihre Stimme verriet nichts von ihrer Enttäuschung und ihrer Abneigung gegen den alten Mann.

»Aye«, antwortete Campbell kurz angebunden.

Sie sah das schiefe Lächeln Mactavishs und wußte, daß er ihr nicht über den Weg traute. Vielleicht ließ seine Anwesenheit sich zu ihrem Vorteil ausschlachten. Sie würde Wentworth nicht einen, sondern zwei Gefangene zuführen.

»Laird Mactavish, wie immer ist Eure Gesellschaft mir ein Vergnügen«, sagte Eunice.

Angus schnaubte verächtlich, und Alec ritt voran aus dem Burghof hinaus.

Eunice schauderte vor Angst und Aufregung. Bald würde sie Alec Wentworth ausliefern und dieses garstige Land hinter sich lassen. Die Vorstellung stieg ihr mehr zu Kopfe als schwerer Wein. Laird Campbell zu einem Ausritt zu bewegen war ihr leichter gefallen, als sie erwartet hatte. Zwar vermutete sie, daß er sich nur dazu bereitfand, um ihr Betteln abzustellen, nicht aber, weil er ihre Nähe suchte, doch es war ihr gleichgültig. Sie hatte ihr Ziel erreicht, und Wentworth würde ihren Dienst zu schätzen wissen.

Sie fing einen nachdenklichen Blick Angus Mactavishs auf und senkte schnell die Lider. Sie durfte dem Mißtrauen des Mannes nicht noch mehr Nahrung geben. Schotten waren ihrer Erfahrung nach überaus nachtragend. Mit einem demütigen Lächeln wandte sie sich dem Laird zu.

»Wohin reiten wir?« Sie hatten die Burgmauern weit hinter sich gelassen, und schon sah sie den Hügelkamm, auf dem Lord Wentworths Männer warteten.

Alec deutete nach Süden. Er würdigte sie nicht einmal eines Wortes. Es würde unmöglich sein, ihn in dieser Stimmung nach Westen zu locken, zumal Mactavish Zeuge war. Also mußte sie auf konventionellere Methoden zurückgreifen. Ohne auf ihre Begleiter zu achten, richtete sie den Blick auf den westlichen Horizont, und plötzlich kam ihr eine Idee. Welcher Mann war nicht bereit, einer Dame in Not zu Hilfe zu eilen?

Weit vor ihnen gabelte sich der Weg. Hier würden sie in südliche Richtung abbiegen, statt geradeaus nach Westen weiterzureiten.

Eunice wartete, bis die Männer die Gabelung erreicht hatten, dann schrie sie auf, beugte sich über den Hals des Pferdes und hieb ihm die Fersen in die Weichen. Das Tier machte einen Satz nach vorn und sprintete, angetrieben von ihren heimlichen Bewegungen, auf die Hügelkette zu, als wäre es durchgegangen. Eunice hörte Hufschlag hinter sich und schrie und schrie. Sie wirkte sehr überzeugend.

Hügelaufwärts setzte sie den wilden Ritt fort. Sie spürte, daß die Männer immer näher kamen.

Am Fuß der Hügelkette griffen Wentworths Männer an. Sie zügelte ihr Pferd und wendete es, um den Kampf beobachten zu können. Sie hatte die Männer direkt in die Arme des Feindes geführt. Zehn Gegner kamen auf jeden von ihnen; sie hatten keine Chance. In Windeseile hatten die Engländer sie eingekreist.

Begeistert verfolgte Eunice das Kampfgeschehen. Alec und Angus waren zwar Barbaren, aber großartige Kämpfer. Lächelnd sah sie Mactavish vom Pferd stürzen. Campbell schwang sein Schwert wie ein wütender Gigant, schlug und hackte nach den Gegnern, bevor er vom Pferd gezerrt wurde. Schade. Er war so ein gutaussehender Bursche.

Schnell hatten die Engländer die am Boden liegenden Schotten umringt, und das Schauspiel war für Eunice beendet. Gelangweilt wandte sie sich ab und sah Wentworth, der sich ihr zu Pferde näherte.

Wentworth gesellte sich zu ihr, als die gefesselten Schotten ihm vorgeführt wurden.

»Gut gemacht, meine Liebe«, sagte Wentworth. »Heute abend, wenn Ihr mit mir gespeist habt, kehrt Ihr in Campbells Burg zurück.«

Nicht willens, ihr Mißfallen offenkundig werden zu lassen, senkte Eunice den Blick. Sie hatte geglaubt, ihren Teil der Intrige erledigt zu haben.

Wentworth musterte die sich wehrenden Männer. »Ich werde meinen Urenkel bekommen.«

»Für diese Tat werdet Ihr in der Hölle schmoren, Wentworth. Ich werde Euch töten, das schwöre ich«, fauchte Angus Mactavish.

»Ihr werdet sterben, bevor Ihr auch nur eine Chance habt, Eure Drohung auszuführen.« Wentworth wandte sich Campbell zu. »Eine englische Lektion für Euch, Schotte. Mactavish hat mich vor zwanzig Jahren hinters Licht geführt. Ihr habt mich getäuscht, als Ihr schwort, keinen Anspruch auf Euren Sohn zu erheben. Ihr werdet zusehen, wie Mactavish stirbt, bevor Ihr ihm in die Hölle folgt.«

Campbell starrte den englischen Lord wortlos an; angesichts des Hasses in seinen Augen wandte Eunice sich ab. Falls er jemals wieder die Freiheit erlangte, war ihr Leben verwirkt.

Wentworth hob die Hand, und die Männer folgten ihm, als er zum Lager zurückritt.

Eunice blickte auf die Rücken der Gefangenen und spürte ihren eiskalten Haß. Angst bemächtigte sich ihrer. »Tötet sie jetzt gleich, Lord Wentworth.«
»Nay. Ich brauche sie lebend, um sie gegen meinen Urenkel einzutauschen.«

Nach dem Mahl geleitete Lord Wentworth Lady Eunice vorbei an den Gefangenen zu ihrem Pferd. Ihr war klar, daß ihn keineswegs die Höflichkeit dazu veranlaßte.
Wentworth blieb kurz vorm Ziel stehen, und Eunice drehte sich um, gefaßt darauf, den Grund zu erblicken. Ein wilder Ausdruck lag auf Wentworths Gesicht, und Angst überkam Eunice. Er griff ihr ins Haar und zog so heftig, daß sie einen Schmerzensschrei ausstieß. Ohne auf ihr Flehen zu achten, riß und zerrte er an ihrem Kleid. Unter seinen Händen gab der zarte Stoff gleich nach.
Als er mit dem Ergebnis seiner Bemühungen zufrieden war und weiterging, atmete Eunice erleichtert auf. Sie war dankbar, daß er sie nur in zerfetzten Kleidern, nicht aber verwundet losschickte. Eilig wollte sie aufsitzen.
»Lady Eunice«, sagte Wentworth, und sie drehte sich um.
Seine Faust traf ihre Wange, und sie taumelte zurück.
»Jetzt seht Ihr aus wie eine Frau nach einem schrecklichen Erlebnis.« Er war ihr beim Aufsitzen behilflich und gab dem Pferd einen Klaps. In vollem Galopp stürmte das Tier davon. Sobald Eunice Wentworths Lager hinter sich gelassen hatte, zügelte sie das Pferd. Ihr Gesicht schmerzte. Außerdem wirkte ihre Geschichte glaubwürdiger, je später sie eintraf.
Als die Burg der Campbells in Sicht war, peitschte sie ihr Reittier und legte die kurze Strecke bis zu ihrem Ziel in halsbrecherischem Tempo zurück.

Brian Mactavish hockte mit finsterer Miene am Feuer, der König saß am langen Tisch. Edgar wandte den Blick nicht eine Sekunde von der in Tränen aufgelösten Frau und beleuchtete die Geschichte, die sie erzählte, von allen Seiten. Er suchte den Haken. Ganz gewiß gab es da eine Unstimmigkeit, doch er hatte sie bisher noch nicht herausgefunden.

Aus dem Augenwinkel bemerkte er eine Bewegung. Lady Brittany kam die Treppe herunter. Die Nachricht hatte sich rasend schnell verbreitet. Edgar wollte sie zurück in ihr Zimmer schicken, doch dann entschied er anders.

»Was ist geschehen?« wollte Brittany von Eunice wissen.

»Sie haben uns überfallen. Euer Gatte und Euer Vater sind Lord Wentworths Gefangene.« Ihre Tränen flossen reichlich.

Andrew trat ein und beugte sich herab, um dem König etwas ins Ohr zu flüstern, während Eunice nervös den Stoff ihres Kleides knetete.

»Ihr seid entkommen und mußtet um Euer Leben reiten, Lady Eunice?« fragte Edgar, schenkte einen Kelch voll Ale und reichte ihn ihr.

»Ja.« Sie ließ den zerknüllten Stoff aus den Fingern gleiten, nahm den Kelch entgegen und hob ihn an die Lippen.

»Wie kommt es dann«, fuhr Edgar fort, »daß Euer Pferd nicht schäumt, ja nicht einmal leicht ins Schwitzen geraten ist?«

Eunice senkte den Kelch, und Edgar sah die Angst in ihren Augen. »Ich will jetzt die Wahrheit wissen«, verlangte er.

Lady Eunice stellte ihren Kelch auf den Tisch und trat zurück.

»Sire«, stammelte sie, »ich habe doch die Wahrheit gesagt!«

Brittany stürzte auf sie zu und griff in ihr blondes Haar. Im selben Moment blitzte es metallisch auf, als Brittanys Dolch an Eunices Kehle fuhr.

Edgar hatte Geschichten über Brittanys Kampfgeschick gehört, ihren flinken Umgang mit der Waffe aber noch nie mit eigenen Augen bezeugt.

»Eure Worte klingen falsch, Eunice.« Brittanys Dolch fuhr über Eunices weiße Kehle und über ihr Kinn, bis die Klinge flach an ihrer Wange lag. »Mein Dolch ist scharf und schneidet tief in Euer Fleisch. Die Männer werden angewidert vor Euren häßlichen Narben zurückschrecken. Wollt Ihr Eure Haut vor meiner Klinge retten, so sagt die Wahrheit.«

Eunice schielte auf die Dolchspitze herab. Stockend würgte sie die Geschichte ihres Verrats hervor.

Brittany senkte den Dolch an die Kehle der Frau.

»Nay, Lady Brittany«, hielt Edgar sie zurück. »Ich weiß eine angemessene Strafe für sie. Der Tod ist nicht genug für einen solchen Verrat.«

Brittany nahm den Dolch nicht fort. »Ich will ihr Urteil kennen.«

»Es gibt einen Laird im Norden, der sie äußerst nützlich finden würde. Er neigt zur Grausamkeit, und deswegen habe ich bisher noch keine passende Ehefrau für ihn gefunden. Lady Eunice hat einen von seinem Schlage verdient.«

Lady Eunice sah Edgar an und stotterte: »Ihr habt versprochen, Ihr würdet mich, wenn ich Euch helfe, zur Belohnung mit einem Laird aus dem Norden verheiraten.«

Edgar lächelte. »Aye. Wäret Ihr treu geblieben, hätte ich Euch mit einem guten Mann verheiratet. Doch für Euren Verrat schenke ich Euch einem anderen. Die beiden Männer sind verschieden wie Tag und Nacht.«

Brittany zog den Dolch zurück und stieß die Frau von sich. »Sorgt dafür, daß sie noch heute abend zu ihrem Verlobten geschafft wird.«

Edgar nickte und winkte der Wache. Lady Eunice schrie, als der Mann sie aus dem Saal zerrte.

Brittany ließ sich neben Edgar in einen Sessel sinken. »Was werden wir tun?«

»Wir warten Wentworths nächsten Schachzug ab.« Er sah die Tränen in Brittanys Augen.
»Und dann, Sire?«
»Dann werde ich Angus und Alec befreien.« Sein sicheres Auftreten beschwichtigte ihre Angst jedoch nicht.
»Ihr kennt meinen Großvater nicht«, stellte Brittany fest. »Er wird sie töten.«
Brian legte Brittany die Hand auf die Schulter. »Wir werden dafür sorgen, daß das nicht geschieht.«
Edgar erhob sich und war Brittany beim Aufstehen behilflich. »Morgen früh werden wir mehr wissen. Nach ein wenig Schlaf und Ruhe sind wir besser auf die zu erwartende Herausforderung vorbereitet.«
Brittany nickte. »Ihr rechnet mit einem Handel?«
»Aye. Er wird Euch und Euren Sohn eintauschen wollen.«
Brittany senkte den Kopf. »Ich weiß.« Sie drehte sich um und schickte sich an, zur Treppe zu gehen.
Edgars Stimme hielt sie zurück. »Fürchtet nichts, Lady Brittany. Ich werde für Eure Sicherheit und die des Kindes Sorge tragen.«
Sie nickte, bevor sie schließlich die Treppe hinaufstieg, doch ihre Schultern hingen wie unter einer schweren Last herab.
Kopfschüttelnd blickte Edgar ihr nach. Er hatte ihr Unmögliches versprochen, und das wußte er.

In dieser Nacht fand Edgar keinen Schlaf. Kurz nachdem Brittany sich zur Ruhe begeben hatte, wurde ihm von Angus' Mann gemeldet, daß Wentworths Truppe an der südlichen Grenze gesichtet worden war. Die Verstärkung aus England war eingetroffen. Sie hatten für die Nacht ihr Lager aufgeschlagen und würden am Morgen zu Wentworth stoßen.
Edgar schickte fünf Clans zum Lager der Truppe. Bei Tages-

anbruch erhielt er die Nachricht. Das englische Heer war geschlagen.
Wenn Wentworth zum südlichen Hügelkamm hinaufblickte, würde er seine Truppe dort sehen, ohne allerdings zu ahnen, daß es sich um als Engländer verkleidete Schotten handelte.
Der Vormittag war zur Hälfte verstrichen, als Wentworth seine Forderung schickte – der Austausch sollte zur Mittagszeit im Tal zwischen der westlichen und der südlichen Hügelkette stattfinden. Nur eines bereitete Edgar Sorge: Brittany und sein Patensohn. Angus und Alec waren erfahrene Kämpfer und konnten im Schlachtgetümmel für sich selbst einstehen. Brittany und das Kind hatten jedoch nur geringe Überlebenschancen, wenn der Kampf begann.
»Brittany.« Edgar rief die Frau zu sich, die schon den ganzen Morgen über wartend mitten im großen Saal gesessen hatte. »Ihr seid Soldatin, und ich erwarte, daß Ihr Euch wie eine Soldatin verhaltet.« Sie straffte die Schultern und reckte das Kinn vor. In ihrem festen Blick erkannte er ihre Entschlossenheit.
»Ich bin bereit, Sire«, sagte sie tapfer.
»Euer Großvater hat nur eine kleine Gruppe von Männern dort unten im Tal versammelt, und er denkt, seine Truppe käme ihm zu Hilfe. Doch er wird von der Flanke her angegriffen und eingekreist.« Edgar berichtete von dem nächtlichen Kampf und fuhr fort: »Ich habe mich entschlossen, keine Geiseln auszutauschen.« Ihr sichtliches Erschrecken gab ihm Gelegenheit hinzuzufügen: »Dank des Überraschungseffekts stehen Angus' und Alecs Chancen gut, wenn wir zu ihnen gelangen, bevor Wentworth seine Drohung in die Tat umsetzt.« Edgar wartete auf ihr Aufbegehren; er war nicht vorbereitet auf ihre beinahe erschreckend ruhige Haltung. Er hatte sie wohl unterschätzt. Zwar hatte er sie wie eine Soldatin behandelt, aber nie damit gerechnet, daß sie sich auch wie

eine benahm. Womöglich mußte er sogar noch einen Posten aufstellen, der sie daran hinderte, sich ins Kampfgetümmel zu stürzen.

»Euer Plan hat einen Schwachpunkt.« Brittany deutete auf die Karte vor ihr. »Mein Großvater befindet sich mit der Handvoll Männer, die ihn nach Schottland begleitet haben, in der Mitte des Tals. Auf der südlichen Hügelkette sitzen Eure als Engländer verkleideten Schotten, und Ihr und Euer Heer steht auf dem westlichen Kamm und weiter im Norden. Findet der Austausch nicht statt, wird mein Großvater sehr schnell Angus und Alec töten und sich dann nach Süden zu seinem vermeintlichen Heer zurückziehen. Er ist in erster Linie Soldat. Er wird Euch in den Kampf hineinziehen.«

Edgar erkannte die Strategie und wußte, daß Brittany recht hatte. Er selbst würde genauso handeln. »Alec und Angus müssen das Risiko auf sich nehmen, bis wir zu ihnen vordringen können.«

»Es gibt eine Möglichkeit, ihnen Zeit zu verschaffen«, wandte sie ein. »Ich kann mich zum Austausch bereitstellen. Wenn der Transfer begonnen hat, haben Alec und Angus eine Chance.«

»Nay. Ihr sollt Euch nicht in Gefahr begeben«, sagte Edgar. »Außerdem wird Euer Großvater das Kind haben wollen. Würdet Ihr das Leben Eures Sohnes riskieren?«

»Ian wird nichts geschehen«, sagte sie und blickte dem König fest in die Augen. »Ich werde ein Bündel tragen. Aus der Ferne wird es so aussehen, als hielte ich ein Kind im Arm. Erst wenn ich meinem Großvater gegenüber stehe, wird er merken, daß er getäuscht worden ist. Mittlerweile werden Alec und Angus schon in Sicherheit sein.«

Edgar lehnte sich in seinem Sessel zurück und musterte die zu allem entschlossene Frau. »Ihr und die Geiseln werdet Euch auf halbem Wege treffen. Dann besteht kein Grund mehr, weiter zu Eurem Großvater zu gehen. Möglicherweise ist die gewonnene Zeit ausschlaggebend. Natürlich besteht aber auch die Möglichkeit, daß Ihr drei untergeht, bevor wir Euch erreichen können.«

»Es ist die einzige Chance für Alec. Ich werde nicht tatenlos zusehen, wie mein Großvater meinen Gatten und meinen Vater mordet.«

»Brittany hat recht«, sagte Brian und legte seiner Schwester die Hand auf die Schulter. »Ich werde sie begleiten. Dann steht ein Schwert mehr zur Verteidigung der drei zur Verfügung.«

»Nay. Mein Großvater wird es nicht zulassen«, gab Brittany zu bedenken. »Es geht um einen Austausch von Gefangenen. Ich weiß, wie mein Großvater sie töten wird. Seine Soldaten werden ihre Pfeile mit gespannten Bögen auf die Geiseln richten. Ich muß weiter gehen als nur den halben Weg, damit Alec und Angus einen sicheren Spielraum erhalten.«

»Hast du vergessen, was Wentworth dir beim letzten Mal zugefügt hat?« Brian drehte sie zu sich um.

»Die Erinnerung an seine Behandlung ist noch sehr lebhaft. Aber Ihr müßt begreifen, daß ein Mann wie Wentworth sich nicht so leicht täuschen läßt. Deshalb muß ich meine Rolle bis zum Ende spielen.« Mit entschlossenem Gesicht wandte sie sich wieder dem König zu. »Wenn Ihr in dem Moment, da ich ihn erreiche, angreift, entdeckt er den Betrug vielleicht erst, wenn es zu spät ist.«

»Das ist Wahnsinn! Ich werde es nicht zulassen. Du wirst dabei umkommen!« brüllte Brian.

»Nay. Im Gegensatz zu Alec und Angus werde ich nicht gefesselt sein, und ich werde meinen Dolch bei mir tragen. Ihr habt mich gesehen und wißt, daß ich mich zu wehren weiß.« Mit hocherhobenem Kinn sah sie ihren Bruder an. »Außerdem bin ich niemandem außer mir selbst Rechen-

schaft schuldig. Mein Gatte hat sich von mir scheiden lassen, mein Vater hat mich enterbt. Mein Entschluß steht fest.«
Edgar stand auf und packte sie heftig bei den Schultern. »Ich schätze, einiges spricht für Euren Plan, und ich wünschte, es wäre anders. Doch ich sehe keine andere Möglichkeit.« Er zog Brittany an sich und küßte sie auf die Schläfe. »Möge St. Andrew Euch beschützen, Brittany die Unerschrockene.«
Brittany trat einen Schritt zurück und versank in einem tiefen Knicks. Als sie sich wieder erhob, begegnete sie Edgars Blick. Mit Tränen in den Augen sah sie ihn an. »Wenn der Tag nicht unseren Wünschen gemäß verlaufen sollte, versprecht mir, mein Gebieter, von Soldat zu Soldat, daß Ihr meinen Sohn in Schottland erzieht. Schützt ihn vor den Mächten, die ihn seinem Heim, seinem Land und seinem Clan entreißen wollen.«
Edgar nickte und spürte staunend, daß ihm die Augen feucht wurden. Es geschah selten, daß ein Mensch ihn so tief anrührte. Diese außergewöhnliche Frau war nach seiner Königin die großartigste Dame, die er je kennengelernt hatte. Seine Gedanken schweiften kurz zu Alec ab. Es wäre ein hartes Schicksal für ihn, wenn Brittany sterben und er überleben sollte. Diese zwei gehörten zusammen.
Ein derart selbstloses Opfer sollte nicht ohne Lohn bleiben. Edgar machte ein stilles Gelübde und bekreuzigte sich. Wenn es Gottes Wille war, daß sie alle diesen Tag überlebten, würde er sein Gelübde erfüllen.

Zweiundzwanzigstes Kapitel

Brittany stand bewegungslos unter der sengenden Sonne. Die Soldatenkleider, die zu tragen Alec ihr verboten hatte – es sei denn, England marschierte in Schottland ein –, klebten ihr am Leibe. Aber weder die Sonnenglut noch der warme Wollstoff konnten ihre innere Kälte vertreiben.

Sie trug ihr Haar mit voller Absicht offen, denn ihr Großvater würde die leuchtende Farbe erkennen und sich ihrer Identität gewiß sein. Hinter ihr erhob sich die westliche Hügelkette, vor ihr, in der Tiefe des Tals, standen ihr Gatte und ihr Vater.

Sie spürte Edgars Hand ermutigend auf ihrer Schulter, als sie das in einen Plaid gehüllte Bündel an ihre Brust drückte. Wentworth würde nicht wissen, daß sie nicht ihr Kind im Arm hielt, bevor er das Bündel aufdeckte. Ihre Hand fuhr an den Dolch in ihrem Gürtel. Der kalte Stahl des väterlichen Geschenks gab ihr Mut. Sie legte die Finger um die Waffe aus dem Haus der Mactavish, wohl wissend, daß sie sie am heutigen Tag benutzen würde.

Edgar hatte dem Austausch zugestimmt. Die Männer des Königs hatten ihre Posten eingenommen, und bei Beginn des Austausches würden von der Flanke her Soldaten in Wentworths Farben auf dem Hügelkamm auftauchen. Gregory Wentworth würde keine Zeit haben herauszufinden, wer sie waren. Edgar hatte alles sehr sorgfältig geplant.

Brittany mußte zugeben, daß Edgar ein ausgezeichneter

Stratege war. Leider hatte sein Plan dennoch eine Schwäche. Er verlangte, daß Brittany den Austausch abbrach, wenn sie drei Viertel des Weges zurückgelegt hatte. Handelte sie seinem Befehl entsprechend, wären ihr Vater und Alec immer noch in Lebensgefahr. Alle drei wären leichte Zielscheiben für die Bogenschützen ihres Großvaters. Sie hielt es für besser, Wentworth entgegenzutreten, auch wenn sie damit ihr Leben aufs Spiel setzte. Der vollzogene Austausch würde Alec und ihrem Vater Gelegenheit geben, sich hinter Edgars Linien in Sicherheit zu bringen.

Das Signal zum Beginn des Austauschs wurde gegeben. Brittany holte tief Luft und setzte sich in Bewegung, darauf bedacht, keine übertriebene Eile zu zeigen. Der Gedanke, daß am Ende dieses langen Weges der Tod auf sie warten mochte, war merkwürdig. So viele Träume würden sich nicht mehr erfüllen. Das Leben hatte ihr keine Zeit gelassen, es richtig zu kosten, zu lieben, und jetzt bereute sie, die wenigen kostbaren Augenblicke, die es ihr zugestanden hatte, verschwendet zu haben.

Ein Stück weit vor ihr marschierten Alec und Angus Seite an Seite, die Hände gebunden, die Gesichter wie steinerne Masken. Brittanys Blick ruhte auf Alec. Es tat weh, sich vorstellen zu müssen, daß sie diesen Anblick vielleicht mit sich ins Grab nahm. Er wirkte so streng und finster. Wahrscheinlich hatte er geglaubt, Edgar würde sich nicht auf den Austausch einlassen. Sein Blick streifte sie, und sie spürte seine beherrschte Gewalttätigkeit. Er war es stets gewohnt gewesen, den Oberbefehl zu führen. Jetzt war er machtlos, und das war wohl mehr als alles andere der Grund für seinen Zorn.

Sie näherten sich, und Brittany konnte den Blick nicht von ihm lösen. Wenn sie doch nur Zeit gehabt hätte, ihm alles zu erklären. Doch wenn dieser Tag zur Neige ging, würde ihm irgendwer – wahrscheinlich Edgar – berichten. Sie beneidete den König nicht um diese Aufgabe. Alec würde nicht verstehen. Eine Frau hatte seine Freiheit und sein Leben erkauft. Sein Zorn würde sich gegen den Urheber dieses Plans richten. Sie schluckte. Er würde ihr nie verzeihen.

Brittany gelangte an einen kleinen Graben, der das Tal durchzog. Notwendigerweise mußte sie statt Alec das Terrain vor ihren Füßen im Auge behalten. Ihre Augen weiteten sich, als sie Brian und Andrew flach im Bett des Grabens liegen sah, zusätzliche Waffen neben sich. Plötzlich durchschaute sie den Plan. Sie würden die beiden Gefangenen befreien und mit Waffen ausrüsten. Sie zwang sich, zur anderen Seite des Grabens hinüberzuschauen, wo Alec und Angus in diesem Moment angelangt waren. Hände griffen nach den Fußknöcheln der beiden Geiseln, so daß sie in den Graben stolperten. Brittany ging weiter. Sie wußte, wenn sie wieder aufstanden, waren sie von ihren Fesseln befreit und trugen Schwerter am Gürtel.

Sie blickte nicht zurück, um kein zusätzliches Mißtrauen ob der Unbeholfenheit der Männer zu wecken. Lieber Gott. Warum hatte Edgar ihr dies verschwiegen? Sie mußte ihren Plan ändern.

Schon konnte sie ihrem Großvater in die vor Vorfreude leuchtenden Augen blicken. Seine Wachen hielten sich in seiner Nähe auf, jedoch nicht so nahe, daß sie ihm unmittelbar zu Hilfe eilen konnten. Sie geriet in einen schweren Zwiespalt. Sollte sie zurück zum Graben laufen, wenn Edgar ihr das Signal zum Rückzug gab, oder sollte sie ihrem einmal gefaßten Plan folgen?

Sie spürte kleine Schweißbäche zwischen den Brüsten. Jetzt hatte sie fast drei Viertel des Wegs zu Wentworth hinter sich. Alec und Angus würden bewaffnet bei Brian und Andrew sein; am sichersten wäre es, sich ihnen anzuschließen. Da bemerkte sie den Mann zur Rechten ihres Großvaters. Der

Pfeil auf der gespannten Sehne seines Bogens war auf sie gerichtet. Sie kannte den Mann – er war Wentworths bester Bogenschütze. Nie im Leben würde sie den sicheren Graben erreichen.

Die Stille wurde von Edgars Kriegsschrei zerrissen, und im selben Augenblick hob ihr Großvater sein Schwert, um die auf dem Hügel wartenden Truppen herbeizurufen. Unmittelbar darauf herrschte ein wirres Durcheinander, als die zwei Heere auf das Tal zu ritten. Brittany sah ihren Großvater vorwärtsstürmen und wandte sich zur Flucht. Das Bündel hielt sie fest an sich gedrückt. Die ersten Schreie von Verwundeten ertönten. Brittanys Füße berührten kaum den Boden. Neben ihr schlug zischend ein Pfeil ein. Sie konnte der Warnung keine Beachtung schenken. Der nächste Pfeil würde sie treffen. Schon hatte sie den Graben fast erreicht, als ein eiserner Griff sich um ihre Schulter schloß. Während sie versuchte, sich loszureißen, griff sie nach ihrem Dolch.

Wentworth drehte sie heftig zu sich herum, das Schwert drohend vor ihrem Gesicht erhoben. Brittany schluckte, als sie die silberne, kalte Spitze an ihrer Kehle spürte. Ihr Dolch konnte ihr auf diese Entfernung nichts nützen.

»Kehr um und gehe zu meinen Männern.« Mit kaltem Blick drückte er die Schwertspitze noch einmal etwas fester gegen ihre Kehle und ließ dann die Waffe sinken.

Mit zitternden Knien drehte sie sich um und fühlte das Schwert im Rücken. Mit stockendem Atem sah sie, wie die Reiter vom Hügel die Handvoll Engländer mehr und mehr dezimierten. In dem Augenblick, da ihr Großvater die Situation erkannte, würde er reagieren. Das Abschlachten seines Heeres schrie nach Blut, und Brittany wußte, wessen Blut sein Schwert färben würde.

Wentworths erstickter Fluch und das geringfügige Nachlassen des Schwertdrucks in ihrem Rücken gaben ihr Gelegen-

heit zur Flucht. Sie preschte vorwärts, wurde jedoch gleich wieder von hinten ergriffen. Wie eine Feder wurde sie hochgehoben und durch die Luft geschleudert.
Sicher in einem festen Griff aufgefangen, statt zu Boden zu stürzen, blickte sie in das Gesicht ihres Retters. Andrew lächelte angesichts ihrer Verwirrung, und Brittany sah sich nach ihrem Großvater um.
Ein wütendes Gebrüll begleitete Alecs Angriff. Er schwang sein Schwert wie der Bote des Todes, ließ es in blitzendem Bogen auf Wentworth niedersausen. Doch der Silberfuchs wehrte den tödlichen Streich mit seiner Waffe ab. Das Klirren von Stahl gegen Stahl hing in der Luft, als Schlag auf Schlag niederging und abgewehrt wurde. Keiner der beiden Männer gewann auch nur einen Fuß an Boden oder verlor ihn; sie kämpften wie zwei Titanen auf Leben und Tod.
»Wagt Ihr anzurühren, was mir gehört? Dann nehmt den Lohn dafür!« Als Alecs Schwert gegen Wentworths Waffe krachte, taumelte der alte Lord und stürzte.
Alec hob sein Schwert zum Todesstoß, hielt dann jedoch inne und starrte den gestürzten Heerführer an. »Ergebt Euch, Wentworth, und opfert Eure Freiheit dem Haus Campbell.«
Mit angehaltenem Atem sah Brittany ihren Großvater das silberne Haupt beugen. Niemals hatte sie erlebt, daß er im Kampf überwunden wurde, doch diese demütige Geste hätte sie dennoch nicht erwartet. Einem Leben als Sklave würde er sich niemals aussetzen. Mit Hilfe seines Schwertes als Stütze erhob er sich schwerfällig, und Brittany stieß einen lauten Warnruf aus, als ihr Großvater Alec eine Handvoll Erde in die Augen warf. Blindlings versuchte Alec, den Angriff abzuwehren.
Brittany wand sich in Andrews Griff, als Wentworth vorwärts stürmte, um Alec zu treffen. Ein Entsetzensschrei entrang sich ihrer Kehle; sie schluchzte und zerkratzte An-

drews Hand, als Angus Mactavish sich in den Kampf mengte. Ihr Vater stieß Alec aus dem Gefahrenbereich und stellte sich Wentworth entgegen, im selben Augenblick, als sie sich von Andrew befreit hatte und vorwärts stürzte.

Die grauenhafte Angst, Alec durch die Hinterlist ihres Großvaters beinahe verloren zu haben, saß ihr noch in den Knochen, als sie ihren Gatten erreichte. Mit zitternden Händen berührte sie sein schmutzbedecktes Gesicht. »Alec.«

Er wischte sich immer wieder die Augen. Als er wieder sehen konnte, leuchtete mehr als Erkennen in seinem Blick auf; es war auch Erleichterung. Sie beugte sich vor und küßte ihn. »Ich liebe dich, Alec Campbell.«

Er lächelte kläglich. »Ich weiß, Mädchen.« Die schraubstockartige Umarmung, die folgte, strafte seine beiläufigen Worte Lügen. Seine verzweifelte, nahezu grimmige Umklammerung verriet Brittany sein dringendes Bedürfnis, sich ihrer Sicherheit zu vergewissern. Hastig streichelte er ihren Rükken, bevor er sie noch einmal wild und besitzergreifend küßte.

Sie erwiderte seinen Kuß und vertrieb damit sowohl ihre eigene Angst wie auch seine. Als Alecs Mund sich von ihren Lippen löste, half er ihr auf die Füße, und der Kampflärm zog ihre Aufmerksamkeit auf sich. Erst nachdem sie sich von Alecs Sicherheit überzeugt hatte, gewannen andere Dinge wieder an Bedeutung. Jetzt wandte sie sich den Kampfgeräuschen zu.

»Du lebst schon viel zu lange, alter Mann, hast zu viele Schicksale zerstört. Es ist Zeit für dich, dich zur Ruhe zu begeben.« Angus' wüste Drohung hing in der Luft.

Für einen alten Mann schwang Wentworth sein Schwert mit erstaunlicher Kraft. Er wurde seinem Ruf als großer Krieger zweifellos gerecht. Die Zeit hatte ihm wohl die Jugend, aber nicht seine Geschicklichkeit genommen.

Gnadenlos hieb Angus auf Wentworth ein, erschütterte seine Gegenwehr mit jedem Schlag. Der Kampf bewegte sich vor und zurück, Stahl klirrte gegen Stahl, während jeder der beiden gegen viel mehr als nur einen Feind focht. In diesem letzten Zusammenprall spiegelte sich auf ihren Gesichtern die ganze aufgestaute Wut eines langen Lebens. Schließlich verlor Wentworth den Boden unter den Füßen, und Angus trieb sein Schwert tief in die Brust des Mannes.

»Es ist erledigt.« Er zog sein Schwert aus dem Körper des Feindes und drehte sich zu seiner Tochter um. »Endlich bist du frei.« Er breitete die Arme aus. Brittany war keiner Bewegung fähig, bis Alec sie schließlich vorwärts schob. Da taumelte sie in die Arme ihres Vaters.

»Zwanzig Jahre sind, verdammt noch mal, eine zu lange Wartezeit für einen Vater, der sein Kind in die Arme schließen will«, sagte Angus.

Brittany stiegen Tränen in die Augen. Der Schmerz all der Jahre ihres ungeliebten, unerwünschten Daseins bemächtigte sich ihrer. »Du hast mich geliebt?«

»Aye. Wäre nicht die Macht eines einzelnen Mannes gegen mich gewesen, so hätte ich dich behalten. Deine Mutter hat mir das Versprechen abgenommen, dich nach England zu schicken. Sie wußte, daß andernfalls zu viele Menschen hätten sterben müssen. Sie hat dich genauso geliebt wie ich, Brittany.«

Brittany lehnte ihr Gesicht an seine Brust. Ein grausamer Schmerz ergoß sich mit ihren Tränen aus ihrem Inneren, und mit ihnen verströmten sich alle Einsamkeit und Unsicherheit ihrer Kindheit.

Benommen hörte Brittany Schritte näher kommen, doch sie schaute sich nicht um. Ihr Vater straffte sich, und sie wußte, wer hinter ihr stand.

»Ich werde sie sicher nach Hause geleiten, Campbell«, rumpelte Angus' tiefe Stimme über ihrem Ohr. »Macht einem Vater dieses Recht nicht streitig. Nach all dieser Zeit brauchen wir Gelegenheit, uns wieder kennenzulernen.«

Brittany löste sich von ihrem Vater. Alec würde seinem Verlangen niemals stattgeben. Mit in Tränen schwimmenden Augen sah sie Alec an, den sie nur als wäßrigen Umriß wahrnahm. Sie stolperte in seine Arme.

Er umschlang sie fest, und sie schöpfte tief Atem. Der Kampf war vorüber; die beiden Männer, die ihr die liebsten waren, lebten.

Sie rechnete damit, daß Alec ihren Vater zurückwies, und wappnete sich gegen den herrischen Befehl. Das Ende der Feindseligkeiten kennzeichnete gewiß auch das Ende des Waffenstillstands zwischen den Clans Campbell und Mactavish.

Alec neigte sich über sie und flüsterte ihr ins Ohr: »Angus hat recht. Ihr benötigt Zeit für euch.«

Verdutzt blinzelte sie in die tiefblauen Augen voller Verständnis und Zärtlichkeit. Er lächelte sie an und schaute dann Angus ins Gesicht.

»Ich kenne keinen großartigeren Kämpfer als Laird Mactavish. In Eurer Obhut wird meine kleine Gattin sicher sein.«

Alec reichte ihm die Hand zur Besiegelung ihrer Freundschaft, und Brittany wußte, daß die Fehde zwischen den Clans beigelegt war.

Sie lächelte ihren Gatten an. »Danke, Alec. Wir werden uns zu Hause wiedersehen.«

Er drückte tröstend ihre Hand, bevor er davonschritt, und Brittany wunderte sich noch immer, daß er Verständnis für ihr Bedürfnis aufbrachte, bei ihrem Vater zu sein.

Lächelnd reichte Edgar Angus Mactavish den Packen Papiere. Seit Wentworths Tod war ein Monat vergangen. Edgars

Besuch wunderte Angus, doch er begrüßte den König auf seine gewohnt mürrische Art.
»Was führt Euch in diesen Teil Schottlands, mein Gebieter?«
»Eure Tochter«, erwiderte Edgar gleichermaßen mürrisch und verbarg sein Lächeln, bis Angus das Paket geöffnet hatte.
»Es hat lange genug gedauert, bis der englische König zu antworten geruhte. Doch was er schreibt, ist besser, als wir zu hoffen wagten.«
»Mein Gott.« Angus hielt die Papiere hoch. »Wentworth hat nie einen anderen Erben eingesetzt.«
»Nein.« Edgar schlug Angus auf den Rücken. »Und jetzt müssen wir rasch handeln, bevor jeder nur erdenkliche englische Lord sich an ihre Röcke hängt, um sich Wentworths unerhörten Besitz unter den Nagel zu reißen.«
»Gott verdammt«, fluchte Angus und ließ sich in einen Sessel fallen. »Ich dachte, mein Schwert hätte dieser Unfreiheit meines Mädchens ein Ende gemacht. Aber noch aus dem Grab heraus nimmt er Einfluß auf ihr Leben.«
»Kommt. Wir reiten zu Campbell und bringen ihm die gute Nachricht.« Edgar stieß Angus an, damit er endlich auf die Füße kam. »Jetzt steht der Versöhnung und neuerlichen Heirat Brittanys und Alecs nichts mehr im Wege.«
»Mein König, ich fürchte, es ist zu spät.« Als Angus sich Edgar zuwandte, erkannte dieser Enttäuschung und Bedauern in seinem Blick. »Brian ist im Begriff, sie herzuführen. Sie hat um Asyl vor Alec gebeten.«
Edgar seufzte. Er begriff, wo das Problem lag. »Ich werde mit Euch warten. Wenn Brittany Alec verläßt, wird er ihr folgen. Uns steht wahrscheinlich ein hochinteressanter Abend bevor.«
»Sire.« Angus wählte seine Worte mit Bedacht. »Meine Tochter hat die Chance, ein neues Leben zu beginnen. Mit einer solchen Erbschaft kann sie jeden Mann in England oder

Schottland zum Gatten bekommen. Wir haben nicht das Recht, ihr die Neuigkeiten vorzuenthalten.«

»Zu gegebener Zeit soll sie alles erfahren. Doch zunächst wollen wir sehen, wie sie reagiert, wenn Alec eintrifft.«

Angus' zweifelnder Blick ließ ihn fortfahren: »Fürchtet nichts, Angus. Ich habe gelobt, dafür zu sorgen, daß sie glücklich wird, sofern sie überlebt. Ich werde mich ihrer Gattenwahl fügen, selbst wenn sie mir nicht zusagt.«

Brittany hielt ihr Kind im Arm und hauchte einen zärtlichen Kuß auf Ians Wange. »Für all die Zeiten, da ich dich nicht im Arm haben darf, mein kleiner Liebling.« Ihre Augen schwammen in Tränen. Es brach ihr das Herz, ihren Sohn aufgeben zu müssen. Sie reichte Jenna das schlafende Kind.

»Zieh das Kind groß, so wie du mich aufgezogen hast. Ich weiß, daß ich ihn nicht in fähigere und liebevollere Hände geben könnte.« Brittany sah die Tränen in den Augen ihrer Dienstmagd und schluckte. Es war Zeit zu gehen, doch sie konnte sich nicht enthalten, ihr Baby noch einmal zu streicheln. »Ian, ich werde dich immer lieben.«

Ein Schluchzen entrang sich ihrer Kehle, als sie aus dem Raum flüchtete. Sie konnte Ian nicht mitnehmen, und sie konnte auch nicht in der Burg bleiben. Alec hatte ihr die Position einer Dirne angeboten. Darauf hätte sie sich nie im Leben eingelassen. Die Hoffnung, daß er sie eines Tages lieben würde, hatte sich so zäh gehalten. Doch sie erfüllte sich nicht. Sein Clan stand an erster Stelle. So würde es immer sein. Um mit ihrem Sohn zusammenbleiben zu können, hätte sie Alecs Bedingungen annehmen müssen. Damit konnte sie nicht leben. Eines Tages würde er sich eine Frau nehmen. Das wäre dann ihr Tod.

Sie verließ die Burg und trat in einen klaren, wunderschönen Tag hinaus. Sie nahm nichts mit sich. Brian hatte versprochen, sie im Tal zu treffen und sie zur Burg der Mactavish zu geleiten. Eine andere Zuflucht blieb ihr nicht. Ihr Vater würde ihr ein Heim bieten, obwohl er sie enterbt hatte, und tat er es nicht, wäre es ihr auch gleichgültig. Die Zukunft war leer für sie. Die Vergangenheit war unter der Asche ihrer Träume begraben. Und die Gegenwart war erfüllt von Schmerz.

Als sie die Baumgruppe erreichte, unter der Brian wartete, drehte sie sich nach der Burg um. Sie ließ einen Teil ihrer selbst bei ihrem Kind und ihrem Liebsten zurück. Ian gehörte ihr Herz, Alec ihre Seele. Nie wieder würde sie heil und vollständig sein. Was von ihr blieb, war nur die Hülle aus Fleisch und Blut, bar jeden Gefühls. Widerstrebend wandte sie sich um und reckte das Kinn vor. Die, die ihr die Liebsten auf der Welt waren, sah sie nie wieder.

Brian führte sie zu den Pferden. »Bist du sicher, daß du es tun willst?«

»Ja.« Brittany saß auf und trieb ihr Pferd an, Brian zu folgen. Ihr Bruder sagte kein Wort mehr, als spürte er ihr Bedürfnis, allein zu sein.

Beschwingt betrat Alec die Burg. Es war ein schöner Tag, das Leben war schön, der Nachmittag war zufriedenstellend verlaufen. Land und Leute gediehen, und wenn das Wetter hielt, würde es so weitergehen. In seinem Heim warteten Brittany und das Kind, und er konnte es nicht erwarten, beide zu sehen.

»Brittany«, brüllte er, erinnerte sich dann des Säuglings und wußte, daß sie böse sein würde, wenn er das Kind im Schlaf gestört haben sollte. Zwei Stufen auf einmal nehmend, lief er die Treppe empor, um dann behutsam die Tür zu ihrem gemeinsamen Schlafgemach zu öffnen. Jenna saß neben der Wiege und sah ihn aus roten, verschwollenen Augen an.

»Brittany ist nicht hier, my Laird.«
»Wo ist sie dann?« fragte er arglos. An den Nachmittagen trainierte Brittany häufig.
»Wohin sie sich gewendet hat, weiß ich nicht«, sagte Jenna. »Vielleicht nach England.«
»Nach England?« Alec ging zur Wiege. Der Anblick des schlafenden Kindes erleichterte ihn. Ohne ihren Sohn würde Brittany nicht gehen.
Die Dienstmagd betrachtete den kleinen Ian. »Um ihres Kindes willen ist sie fortgegangen. Sie will nicht, daß Schande über ihn kommt.«
»Weib, du sprichst in Rätseln. Es ist keine Schande, die Mutter des künftigen Lairds zu sein«, schimpfte Alec.
»Ganz recht«, erwiderte Jenna. »Aber es ist eine Schande, die Hure seines Vaters zu sein.«
Jennas Worte weckten Angst in ihm. Er wußte, wie Brittany über diese Angelegenheit dachte. Warum verstand sie ihn nicht? Sein Clan würde eine Gattin ohne Mitgift niemals annehmen.
Er stapfte aus dem Raum. Er mußte Brittany finden und zurückholen. Das war natürlich völlig sinnlos, denn wie er Brittany kannte, würde sie immer wieder fortlaufen. Aber sie war völlig auf sich gestellt, und wer weiß, was ihr alles zustoßen konnte.
Alec sattelte sein Pferd und brach auf. Im Westen sank bereits die Sonne, als ihm klar wurde, daß er Hilfe brauchte. Bis zur Burg der Mactavish war es nicht weit, und die Vorstellung, daß Brittany allein sein würde in der dunklen Nacht, ließ ihn einen Entschluß fassen. Er ritt zu den Mactavish. Angus würde ihm helfen, doch es fiel ihm unsagbar schwer, ihn zu fragen.

Brittany hörte wütende Stimmen. Sie schlich zu ihrer Zimmertür und öffnete sie einen kleinen Spalt. Als sie die Stimmen erkannte, stockte ihr Atem. Mit ihrem Vater und ihrem Bruder hatte sie gerechnet, nicht aber mit dem König von Schottland und seinem Favoriten. Alecs Stimme war laut und deutlich zu hören.

»Edgar, was zum Teufel suchst du hier? Ach, unwichtig. Wir müssen unverzüglich aufbrechen. Brittany ist fort.«

»Was kümmert es Euch, Campbell? Sie ist nicht mehr Eure Frau; Ihr tragt keine Verantwortung mehr für sie«, sagte ihr Vater.

»Was seid Ihr nur für ein Vater? Sie ist allein. Sie benötigt Schutz«, hielt Alec dagegen.

»Aye. Doch der Schutz, den Ihr ihr gewährt, fügt ihr schlimmere Wunden zu als jede Schlacht«, knurrte Brian. »Man nennt meine Schwester die Hure des Campbell.«

Ein Lärm – Kampfgeräusche – drang an ihr Ohr. Zwar hatte sie keine Lust, Alec zu sehen, doch sie mußte eingreifen. Brian und Jenifer waren erst seit wenigen Wochen verheiratet. Ein Wiederaufleben der Feindseligkeiten zwischen den Clans wäre denkbar ungünstig für alle.

Brittany öffnete die Tür und hörte Edgars Stimme aus dem Saal herauftönen. Seine Anwesenheit wunderte sie, doch sie würde sich als hilfreich erweisen, wenn sie Alec gegenüberstand.

Das unerwartete Eintreffen ihres früheren Gatten versetzte sie in Erstaunen. Er hatte keinen Grund, ihr zu folgen. Ihren Sohn hatte sie nicht mitgenommen, nicht weil das Gesetz es verbot, sondern weil ihre Reise unsicher und gefahrvoll sein würde. Alec hatte keinen Grund, sie zu verfolgen. Warum nur war er hier?

Zweifellos plagte ihn sein Gewissen. Ihr ging es gut; sie konnte für sich selbst sorgen. Genau das wollte sie ihn wissen lassen. Wie konnte er es wagen zu denken, daß sie ohne ihn zusammenbrechen würde? Zwar traf es zu, aber aus anderen Gründen, als er annahm. Es war ihr nicht möglich, zu seinen

Bedingungen bei ihm zu bleiben, doch ohne ihn leben zu müssen, war nicht weniger schmerzlich.
»Alec«, sagte Brittany von der Treppe her. Er ließ Brian los und starrte sie an wie eine Erscheinung.
»Brittany, wieso bist du hier?« Der anklagende Tonfall war unüberhörbar, doch Brittany achtete nicht darauf.
»Ich habe ein Recht hierzusein, Alec. Aber du könntest den Grund deines Besuchs erklären.« Vor Anspannung brachte sie die Worte nur mühsam hervor. Es tat so weh, ihn zu sehen, viel schlimmer, als sie erwartet hatte. Gott! Sie mußte ein ganzes Königreich zwischen sich und ihn legen, und selbst diese Entfernung würde sie nicht von ihrem Kummer abschneiden können.
»Ich bin gekommen, um dich heimzuholen.« Die Feststellung war so entschieden wie der Mann selbst. Er stand da mit gespreizten Beinen, kampfbereit, und erwartete, daß sie sich ihm fügte.
»Du bietest mir kein Heim, Alec.« Sie stieg die Treppe hinab, bis sie mit ihm auf einer Ebene war. Es fiel ihr schwer, seinem Blick standzuhalten, doch sie tat es, sie durfte jetzt nicht schwach werden. »Was du dir vorstellst, Alec, ist eine Beziehung, die dir freien Zugang zu meinem Bett gewährt. Wenn du genug von meinem Körper hast, wirst du mich von dir tun. Ich bin dir auf Gedeih und Verderb ausgeliefert, sogar dann noch, wenn du dich verheiratest.«
»Ich werde niemals heiraten. Verstehst du denn nicht, Brittany?« drang Alec in sie. »Ich will keine andere außer dir. Wie dein Vater, Brittany, geb' ich mich nur mit der Frau zufrieden, die ich schon kenne.«
»Mutige Worte, Alec. Du hast die Wahl, aber du läßt deinen Clan für dich wählen. Im Gegensatz zu dir habe ich keine Wahl. Ich werde heiraten müssen.« Sie sah, wie seine Augen zornig blitzten, und fuhr fort, um ihn genauso zu verletzen,

wie er sie verletzt hatte: »Ich werde bei dem Mann liegen, dem ich meinen Schwur leiste. In seinen Armen werde ich ihm alles geben, was ich dir so gern gegeben hätte. Ja, Alec, ich werde einen Gatten nehmen. Ich will meinem Vater nicht zur Last fallen.« Das entsprach nicht der Wahrheit. Nachdem sie Alecs Liebe kannte, würde sie niemals wieder heiraten. Doch Alec sollte wissen, daß sie, im Gegensatz zu ihm, nicht in der Lage war, ihre Situation zu ändern.

Alec griff an sein Schwert, und instinktiv fuhr Brittanys Hand zu ihrem Dolch. Sie hatte ihn an seine Grenzen getrieben, doch es störte sie nicht. Als er sein Schwert aus der Scheide zog, griffen auch ihr Vater und ihr Bruder zu den Waffen. Brittany blickte auf sein blankgezogenes Schwert. Sie wußte, es würde sein Tod sein, im Angesicht ihrer Familie die Waffe gegen sie zu ziehen. Verstohlen sah sie sich nach den drei Männern im großen Saal um. Ihr Vater und ihr Bruder schienen ihre Situation nicht zu verstehen, wohl aber Edgar, der Angus gerade etwas zuflüsterte. Die Männer vom Clan Mactavish steckten ihre Schwerter zwar nicht zurück in die Scheide, schienen sich jedoch zu entspannen, und Brittany konzentrierte sich wieder auf Alec. »Alec, du wirst dein Schwert benutzen müssen, denn ich komme nicht mit dir zurück.«

Alec drehte sein Schwert um und reichte es ihr. »Wenn du nicht mit mir kommen willst, dann töte mich, Brittany. Ohne dich will ich nicht leben.« Seine Stimme bebte unter seiner Gefühlsaufwallung. Brittany zweifelte an ihrem Verstand. Niemals würde Alec, so wie sie ihn kannte, soviel Emotionalität vor anderen zeigen.

Brittany hielt das Schwert, das er ihr in die Hand gedrückt hatte. »Als deine Geliebte kehre ich nicht in deine Burg zurück. Ich kann dir nicht weh tun, Alec; es würde mich bedeutend mehr schmerzen als dich.« Sie reichte ihm sein Schwert.

»Nenn mir deine Bedingungen, Brittany«, verlangte er. »Ich werde den Preis zahlen.«
»Alec, du kennst meine Bedingungen. Mit weniger gebe ich mich nicht zufrieden.« Ihre Worte klangen gallebitter. Sie wußte, der Preis war zu hoch für Alec.
Alec hob das Schwert hoch über seinen Kopf und trieb es dann tief in die hölzernen Stufen. Brittany starrte auf das Schwert, dann in Alecs Gesicht, und ein kleines Flämmchen der Hoffnung flackerte auf.
»Aye, Brittany«, sagte Alec. »Ich werde den Preis zahlen, und der Clan wird mir nicht hineinreden. Gib mir deine Antwort, Mädchen.«
Tränen brannten in ihren Augen; sie wandte sich ab. Brittany traute ihren Ohren nicht. Ehen wurden für Land und Titel geschlossen. Sie besaß weder das eine noch das andere. Alecs Leben gehörte seinem Clan, und dennoch zog er sie vor. Die Freude brachte ein Lächeln auf ihre Lippen. Sie zog ihren Dolch, bereit, Alec ihre Antwort zu geben, indem sie ihrer beider Waffen wieder vereinte. Edgars Zwischenruf hielt sie zurück.
»Wartet!« Edgar trat vor, während Brittany herumfuhr. »Bevor Ihr Eure Antwort gebt, Lady Brittany, müßt Ihr noch etwas wissen.«
»Was denn noch, Edgar?« wütete Alec.
»Brittany ist eine Erbin«, sagte Edgar. »Wentworth hat seinen Letzten Willen nie umgeschrieben. Brittany muß dein Angebot nicht annehmen.«
Brittany war wie versteinert. Sie sah Alec an. Sein Stolz verbot es ihm, sich ihr zu nähern. Zwar wich er nicht vor ihr zurück, doch sie spürte, wie er sich entfernte. Merkwürdig. Sie hätte Alec niemals für verletzlich gehalten. Und doch war er es. Sie sah es in seinen Augen. Ungeheure Zärtlichkeit für diesen tapferen Kämpfer füllte sie ganz aus. Es war die Hölle, einem anderen ausgeliefert zu sein. Wie hatten sie Ängste

und Zweifel geplagt, als sie sich Alecs Liebe nicht sicher war. So verlockend es auch war, sie wünschte nicht, daß er die gleiche Qual durchstand. Er hatte ihr seine Liebe bewiesen, und sie würde es ihm gleichtun.

»Sire, ich weiß, jetzt könnte ich jeden Mann zum Gatten nehmen, aber ich will nur einen. Mag sein, daß ich reich bin wie ein König, doch mit all den Schätzen kann ich nicht kaufen, was Alec mir gibt.«

Sie schritt zum Schwert der Campbell und trieb ihren Dolch neben der Waffe in den Boden. Noch bevor sie sich vollends aufgerichtet hatte, befand sie sich schon in Alecs Armen. Ihr stockte der Atem, als sie ihm in die Augen blickte.

»Das war die reine Lust, als du sagtest, ich wäre der einzige Mann, den du willst«, flüsterte Alec mit leisem Lachen, während in seinen Augen die Leidenschaft brannte. »Wie klug von dir, so ehrlich zu sein.«

»Nicht Klugheit hat mich bewogen, dich zu wählen, Alec«, sagte Brittany. »Über solche Dinge bestimmt das Herz, nicht der Verstand.«

»Aye. Und du hast das meine in deinen Händen – gewonnen in einem Kampf, von dem ich nicht einmal wußte«, erklärte Alec. »Was willst du jetzt tun?«

»Ich werde es hüten mit aller Liebe, die in mir ist.« Sie kam seinem Mund entgegen und staunte, daß ein Kuß sie so in Flammen setzen konnte. Liebe und Freude schlugen wie Wogen über ihr zusammen.

Angus Mactavish schlug Brian auf den Rücken. »Los, Bursche. Hol den Priester, bevor sie es sich anders überlegen und doch wieder zu den Waffen greifen.«

Edgar lächelte und flüsterte in Angus' Ohr. »Wentworths Erbe wird den beiden kaum etwas bedeuten. Sie haben viel mehr gefunden, das Größte von allem: die wahre Liebe.«

Lara Stern

bei Knaur

(60762)

(60754)

(60758)

Die spannenden Fälle der Sina Teufel, einer temperamentvollen, schlagfertigen Anwältin, die sich mal in Berlin, am Gardasee oder in esoterischen Zirkeln ihrer Heimatstadt München herumtreibt.
Im Fernsehfilm *Inzest* geradezu ideal verkörpert von Renan Demirkan!

ISBN 3-426-19386-8

Das Gesamtverzeichnis erhalten Sie bei Knaur, 81664 München.